Troublante rencontre

Une fillette en héritage

K.D. RICHARDS

Troublante rencontre

Traduction française de
CHARLOTTE DEMANIE

BLACK ROSE

HARLEQUIN

Collection : BLACK ROSE

Titre original :
MISSING AT CHRISTMAS

HARPERCOLLINS FRANCE
83-85, boulevard Vincent-Auriol, 75646 PARIS CEDEX 13
Service Lectrices — Tél. : 01 45 82 47 47 - www.harlequin.fr
ISBN 978-2-2804-7106-0 — ISSN 1950-2753

Composé et édité par HarperCollins France.
Imprimé en avril 2022 par CPI Black Print (Barcelone)
en utilisant 100% d'électricité renouvelable.
Dépôt légal : mai 2022.

FSC
www.fsc.org
MIXTE
Papier issu de sources responsables
FSC® C159065

Pour limiter l'empreinte environnementale de ses livres, HarperCollins France s'engage à n'utiliser que du papier fabriqué à partir de bois provenant de forêts gérées durablement et de manière responsable.

1

Les pieds endoloris, l'esprit embrouillé par la migraine, Adelaide « Addy » Williams poussa la porte et entra dans le restaurant. Une délicieuse odeur de bœuf et d'oignons frits lui chatouilla les narines tandis qu'elle avançait vers le maître d'hôtel. Probablement contrarié par l'arrivée d'une nouvelle cliente moins d'une heure avant la fermeture de l'établissement, il leva les yeux de son registre et lui adressa un sourire forcé.

— Sur place ou à emporter ? demanda-t-il.

— Ni l'un ni l'autre, lui répondit Addy en sortant la photo de sa sœur de son sac à main.

À force d'avoir été manipulés, les bords de la photo étaient froissés mais l'éclatant sourire de Cassie, lui, était intact.

— Je suis à la recherche de ma sœur, ajouta-t-elle en tendant la photo au maître d'hôtel. Pensez-vous l'avoir déjà vue ?

— Non, lui répondit-il après avoir jeté un rapide regard au document.

Addy réprima le profond agacement qu'elle sentait monter en elle. La plupart des gens à qui elle avait montré la photo de Cassie ces deux derniers jours avaient eu la même réaction. Quelque chose qui ressemblait à de l'indifférence ou même à de l'exaspération tandis qu'elle leur racontait la disparition de sa sœur de dix-neuf ans. Elle ne pouvait s'empêcher de se demander si tous ces gens auraient réagi de la même manière si celle-ci avait eu les yeux bleus et les cheveux blonds au lieu de son teint mat et ses boucles brunes.

— Pouvez-vous regarder une nouvelle fois ? demanda-t-elle à l'homme en approchant la photo de son visage.

Celui-ci soupira, sortit de la poche de sa veste une paire de lunettes qu'il chaussa avant de prendre la photo des mains d'Addy.

— Désolé, dit-il après l'avoir étudiée avec plus d'attention, je n'ai jamais vu cette femme.

— Vous en êtes bien certain ? insista Addy en reprenant le cliché.

Elle était déjà venue dans ce restaurant un peu plus tôt dans la journée afin d'interroger la jeune femme qui assurait ce même poste et avait espéré que quelqu'un de l'équipe du soir reconnaîtrait sa sœur.

— Oui, j'en suis certain, lui répondit-il en laissant échapper un nouveau soupir. Écoutez, je suis vraiment désolé pour votre sœur, mais à présent, si vous ne commandez rien à dîner, je vais devoir vous demander de quitter l'établissement.

Juste à cet instant, l'estomac d'Addy se mit à gronder.

L'homme haussa les sourcils, prouvant qu'il avait entendu les protestations de son corps. Obsédée par la course contre la montre qu'elle était en train de mener, elle avait oublié de déjeuner.

Mais elle connaissait les statistiques… Plus le temps passait, plus les chances de retrouver une personne disparue vivante s'amenuisaient.

— La cuisine ferme dans cinq minutes, mais la salle

à manger reste ouverte jusqu'à 21 heures, dit le maître d'hôtel.

En jetant un coup d'œil à sa montre, Addy vit qu'il était déjà 20 h 25. À Manhattan, il était quasiment impossible de trouver un seul restaurant capable de fermer si tôt. Pourtant, même si elle se trouvait toujours dans l'État de New York, Bentham n'était pas Manhattan.

— Mademoiselle ? demanda-t-il en penchant la tête sur le côté.

— Je vais prendre quelque chose à emporter.

Il attrapa un menu et le lui tendit. La plupart des plats à la carte étaient d'origine mexicaine et elle commanda un burrito au poulet.

— Asseyez-vous, je vous en prie, lui dit-il en lui montrant la table la plus proche. Votre commande sera bientôt prête.

— Cela vous ennuierait de montrer la photo de ma sœur aux employés de cuisine ? Je vous en prie ? demanda alors Addy. C'est ma petite sœur…

Ses derniers mots eurent du mal à sortir, sa gorge était serrée et elle sentit que les sanglots montaient en elle. Montrer ainsi sa vulnérabilité à un parfait inconnu n'était pas le genre de chose que faisait une avocate d'entreprise dure à cuire de Manhattan.

Cependant, même si elle devait se mettre à genoux et supplier cet homme pour obtenir son aide, elle n'hésiterait pas. Elle ne pouvait se permettre de laisser passer la moindre chance de progresser dans sa recherche.

Le regard du maître d'hôtel s'adoucit enfin et il reprit la photo des mains d'Addy avec un sourire plein de compassion.

— Bon, je vais voir ce que je peux faire.

Elle le regarda disparaître derrière les portes battantes

qui devaient mener à la cuisine puis elle alla s'asseoir à la table la plus proche.

Le fait que Cassie ne la rappelle pas pendant un jour ou deux ne l'avait pas réellement inquiétée au début. Sa sœur avait dix-neuf ans, un tempérament audacieux, et elle était bien plus impulsive que ne l'avait jamais été Addy.

Pourtant, après quelques appels et messages restés sans réponse, elle s'était attendue à recevoir un appel de sa sœur, lui expliquant qu'elle était partie à la dernière minute en voyage à la montagne ou en vacances chez quelqu'un dans les Hamptons.

Mais cet appel n'était jamais arrivé… et Cassie ne répondait toujours pas, ni aux appels ni aux SMS.

Au quatrième jour sans nouvelles, Addy se sentit suffisamment anxieuse pour contacter Suri, la colocataire de Cassie. Quand Suri lui raconta que celle-ci avait déménagé, l'inquiétude se transforma en peur. Même si elle avait résisté à la tentation d'appeler le patron de sa sœur pour ne pas la mettre dans l'embarras car il s'agissait de son premier véritable stage dans le milieu professionnel, elle avait compris qu'elle n'avait plus d'autre choix.

Au téléphone, Mme Webb, responsable des ressources humaines et supérieure de Cassie, informa Addy que celle-ci avait démissionné de son stage sans avoir déposé de préavis.

Cassie avait été ravie de décrocher ce stage chez Spectrum Industries, l'un des principaux fabricants de puces informatiques de la région. Pour elle, qui comptait rejoindre le MIT, l'Institut de technologie du Massachusetts, afin de suivre des études d'informatique à la fin de son année sabbatique, obtenir un tel stage était un rêve devenu réalité. Rien ne pouvait donc expliquer sa démission.

Quelque chose ne tournait pas rond. Addy sentait toutefois au plus profond d'elle-même que sa sœur n'était pas loin. Et qu'elle était encore en vie.

Cependant, même si elle avait mis tout en œuvre pour trouver un indice concernant l'endroit où elle pouvait se trouver et si elle avait tout tenté pour convaincre le shérif de l'urgence de la situation, elle n'avait réussi ni l'un ni l'autre. Et elle devait maintenant rentrer à New York. Ce qui signifiait qu'elle allait devoir faire la seule chose qu'elle redoutait…

Elle sortit son téléphone de sa poche et fit défiler la liste de ses contacts. Puis elle appela Jarod Cunningham, en espérant qu'il ne répondrait pas. Mais son patron décrocha à la troisième sonnerie.

— Tiens, je ne m'attendais pas à avoir de tes nouvelles ce soir. Tout va bien avec la fusion ?

Voilà qui était Jarod. Un homme pour qui le monde se résumait au business. Addy ne pouvait en être certaine mais elle se doutait qu'il devait encore se trouver à son bureau, au vingt-deuxième étage, malgré l'heure tardive et le fait qu'on était dimanche.

— Pas de souci avec la fusion, Jarod. C'est ma sœur, Cassie, qui m'inquiète. Tu sais qu'elle a disparu depuis plusieurs jours et que c'est la raison pour laquelle je suis venue passer le week-end à Bentham. En fait, je m'y trouve encore, et je t'appelle pour te dire que je vais avoir besoin de rester quelques jours de plus.

Elle avait évité de poser des jours de congé car, bien que le cabinet Covington et Baker se présente comme un lieu où l'équilibre entre la vie privée et le temps de travail était respecté, la réalité était tout autre. Comme dans tous les grands cabinets d'avocats de New York, la balance penchait toujours plus du côté du travail. Addy venait d'être affectée à l'une des plus grandes fusions jamais conclues par la société, un accord qui ferait de sa prochaine demande de partenariat une évidence. Si tout se déroulait bien, évidemment.

Aussi, demander des congés, quelques jours seulement avant la rencontre avec le client, n'était pas exactement la façon dont elle avait prévu de procéder.

Et ce n'était pas non plus ce que Jarod avait envisagé.

— Tu n'es pas sérieuse ? s'écria-t-il à l'autre bout du fil. Ce n'est vraiment pas le moment de prendre des vacances, Addy ! On a besoin de toi, ici.

— Ce ne sont pas des vacances, Jarod. Ma sœur a disparu, lui répondit Addy d'un ton qui ne pouvait masquer sa colère.

Elle avait travaillé dur pour prouver ce qu'elle valait et elle n'appréciait pas que son patron pense qu'elle pouvait délaisser l'important dossier dont elle avait la charge pour aller boire des Mai Tai sur la plage.

Bien que Jarod soit celui qui avait apporté de nombreuses affaires de fusion dans le cabinet, Addy, en sa qualité de bras droit, avait fait la plus grande partie du boulot. Et jouer ce rôle lui plaisait. Il n'était pas simple d'être une femme dans un grand cabinet d'avocats.

— Bien sûr, bien sûr ! Et nous sommes tous avec toi, lui dit Jarod d'un ton plus calme mais toujours dénué d'empathie. Cependant, pourquoi ne laisses-tu pas la police faire son travail ?

Addy savait que Jarod avait raison mais elle trouvait que les autorités prenaient les choses trop à la légère.

— Le shérif pense que Cassie réapparaîtra d'elle-même d'ici quelques jours.

Celui-ci n'avait même pas voulu inscrire sa sœur dans le fichier des personnes disparues. Heureusement, grâce à ses sept années passées à travailler dans le monde des affaires, Addy bénéficiait aujourd'hui d'une grande expérience dans l'art de convaincre les hommes les plus obstinés.

— Il vaudrait mieux que tu attendes deux ou trois semaines pour poser des congés, poursuivit Jarod. La fusion Browning-Tuffs sera alors achevée et je suis certain que ta sœur aura refait surface, vous pourrez alors prendre toutes les deux d'agréables et longues vacances.

— Ma sœur est la seule famille qu'il me reste. Je ne vais pas rester assise les bras croisés alors qu'elle a disparu.

— Tu ne resterais pas assise à ne rien faire, Addy, tu ferais ton travail.

Elle ravala la réponse qui avait failli partir sans qu'elle puisse la contrôler. Jarod était un avocat talentueux mais, comme tous les hommes puissants, il pouvait parfois se comporter comme le dernier des abrutis. Pour peut-être la millième fois depuis qu'elle travaillait chez Covington et Baker, l'idée de démissionner lui vint à l'esprit. Et comme chaque fois, elle repoussa rapidement cette pensée, se rappelant comme elle était enfin près de devenir une associée du cabinet. Ce qui lui permettrait de se libérer enfin de la coupe de Jarod et de payer les dernières factures médicales de la maladie de son père.

Elle prit une profonde inspiration puis répondit lentement :

— Nous avons prévu de rencontrer le client jeudi. Je suis prête pour cette réunion et j'ai mon ordinateur portable avec moi, je pourrai donc gérer d'ici les changements de dernière minute, s'il y en a.

— Cela ne me plaît pas, dit Jarod d'un ton légèrement hésitant qui donna de l'espoir à Addy.

— Jarod, tu me connais. Tu sais que tu peux compter sur moi. Et je serai de retour au plus tard jeudi.

Quelques secondes passèrent sans qu'ils échangent le moindre mot.

— OK, dit enfin Jarod en laissant échapper un profond soupir. Mais, Addy, cette réunion doit se dérouler sans problème, ce dossier est aussi important pour toi que pour moi.

Et sur ces mots, il raccrocha.

Jarod n'était pas réputé pour sa subtilité mais Addy devait admettre qu'il n'avait pas tort. Elle connaissait les enjeux.

Elle avait maintenant trois jours pour retrouver Cassie.

Les portes battantes qui menaient à la cuisine s'ouvrirent et le maître d'hôtel réapparut, tenant à la main un sac en plastique blanc et dans l'autre la photo de Cassie.

Addy rangea son téléphone dans son sac et se leva. La compassion qu'elle lut dans le regard de l'homme alors qu'il avançait vers elle anéantit la lueur d'espoir qui avait gonflé dans sa poitrine.

— Je l'ai montrée à tous ceux qui sont encore là mais personne ne la connaît, dit-il. Je suis désolé.

Elle avait passé deux jours entiers à montrer cette fichue photo partout dans la ville de Bentham et tout cela n'avait servi à rien. Personne n'avait vu Cassie.

— Merci quand même, lui dit-elle en fouillant dans son sac pour trouver son porte-monnaie.

— C'est offert par la maison, lui dit-il en lui tendant son repas et la photo. Prenez soin de vous, mademoiselle.

— Merci, lui répondit Addy en essuyant la larme qui venait de naître au coin de ses yeux.

Puis elle se retourna et se hâta de sortir avant d'éclater en sanglots.

Des guirlandes argentées étaient accrochées aux lampadaires ainsi que des pancartes souhaitant de bonnes fêtes aux habitants de Bentham. Quelques pâtés de maisons plus à l'ouest, les voitures se succédaient sur l'une des artères principales de la ville, mais la rue dans laquelle se trouvait Addy était déserte et calme, les commerces qui s'y trouvaient ayant fermé depuis plusieurs heures maintenant. Elle avait garé sa Mustang de location dans le parking de l'hôtel car il était plus simple de se déplacer dans ce quartier à pied.

Elle entendit soudain des pas derrière elle. Elle jeta un regard par-dessus son épaule mais ne distingua personne dans l'obscurité.

Tout en se disant qu'elle n'avait pas l'habitude d'un tel silence, elle reprit tranquillement son chemin. Elle vivait dans la ville de New York depuis l'âge de douze ans mais elle avait grandi dans le ranch de son grand-père, au Texas. Un endroit qu'elle aimait presque autant que New York, surnommée à juste titre « la ville qui ne dort jamais »… Il y avait toujours quelque chose à faire ou à voir là-bas, et elle avait l'habitude d'être entourée de centaines de personnes, même si elle était plutôt seule depuis que Cassie était venue s'installer à Bentham.

Elle entendit de nouveau des bruits de pas derrière elle et voulut se déplacer sur le côté. Mais une main agrippa alors sa queue-de-cheval et la tira en arrière. Quand elle comprit enfin ce qui était en train de se passer, son agresseur la tenait serrée contre lui et avait posé une main sur sa bouche.

Elle tenta de maîtriser la panique qui était en train de l'envahir. Comme n'importe quelle citadine, elle avait pris des cours d'autodéfense, mais cela faisait bien longtemps qu'elle n'avait pas repensé aux techniques qu'elle avait apprises. Pour être honnête, elle devait reconnaître qu'elle n'avait jamais imaginé devoir les mettre en pratique un jour.

Elle tenta de repousser l'homme mais il avait passé un bras autour de son cou avec tant de force qu'elle avait l'impression d'être emprisonnée dans un étau.

— Si vous vous laissez faire, je ne vous ferai pas de mal, grommela-t-il.

Addy n'en croyait pas un mot et regrettait amèrement d'avoir laissé dans la boîte à gants de la voiture le petit pistolet qu'elle portait toujours sur elle pour se protéger. Mais qui aurait pu croire que les rues de Bentham puissent être plus dangereuses que celles de Manhattan ?

Enfin, armée ou non, elle n'avait pas la moindre intention de se laisser faire sans se défendre. Après avoir fait une rapide prière, elle serrait les poings quand un cri déchira la nuit.

Shawn West s'arrêta à l'intersection, non loin du siège de l'entreprise sur laquelle il devait enquêter.

À quelques mètres de là, de l'autre côté de la rue, il vit une jeune femme qui avançait lentement dans sa direction. Il était trop loin pour distinguer ses traits mais sa tenue – tailleur-pantalon, caban en laine noire et mocassins gris foncé – le fit penser qu'elle était probablement en train de rentrer du travail. Cette silhouette lui rappelait quelqu'un mais il décida de ne pas y prêter attention.

Alors que la femme approchait du coin de la rue, Shawn vit surgir derrière elle un homme intégralement vêtu de noir. Celui-ci attrapa la femme par les cheveux et passa un bras autour de son cou.

Shawn bondit hors de son SUV et se précipita vers eux en criant.

— Hé !

L'homme leva les yeux et Shawn, malgré l'obscurité, vit la surprise s'afficher sur con visage. Il ne libéra pas la femme pour autant mais desserra suffisamment son emprise pour que ses pieds touchent à nouveau le sol. Profitant alors de l'occasion, cette dernière plia sa jambe droite et frappa son agresseur au tibia.

Shawn fut impressionné par tant de courage alors que son agresseur risquait de contre-attaquer de façon plus violente encore.

— À l'aide ! cria la femme en regardant les rues désertes autour d'elle.

Son assaillant essaya de la faire taire mais Shawn cria de nouveau :

— Laissez-la tranquille !

L'homme sembla soudain comprendre que Shawn ne comptait pas passer son chemin sans intervenir. Il recula de quelques pas, écarta la femme et prit ses jambes à son cou.

Shawn ralentit sa course et s'approcha de la femme qui était allongée sur le trottoir et tentait de reprendre son souffle. En l'observant, il vit qu'elle n'était pas sérieusement blessée. En revanche, il ne pouvait voir son visage qu'elle gardait penché vers le sol.

Il regarda ensuite autour d'eux mais l'homme avait déjà disparu et le quartier était à nouveau calme et désert. Les porches sombres et les nombreux véhicules garés offraient de bonnes planques à cette heure.

Le cœur battant à cause de la poussée d'adrénaline, il se tourna de nouveau vers la femme. Alors qu'elle s'asseyait, il sentit la même impression le submerger et il en comprit soudain la cause.

— Addy ?

Elle leva ses magnifiques et grands yeux vers lui et le temps sembla soudain se figer entre eux. Il avança et sortit du cercle de lumière du lampadaire qui l'éblouissait.

— Shawn ? Mais qu'est-ce... qu'est-ce que tu fais ici ?

Addy Williams et lui avaient passé ensemble un inoubliable week-end, six mois plus tôt, lors du mariage de son frère Ryan. À leur retour à New York, Shawn avait essayé de la revoir, mais Addy n'avait jamais répondu à ses appels.

— Est-ce que tout va bien ? lui demanda-t-il doucement avant de s'accroupir à ses côtés.

— Oui, lui répondit-elle d'une voix brisée.

Elle prit une profonde inspiration avant d'ajouter :

— Il ne m'a pas vraiment fait de mal.

Shawn sentit la colère monter en lui à l'idée que ce type aurait pu la faire souffrir mais il réussit à garder son sang-froid. Elle semblait bouleversée mais elle allait bien.

— On devrait appeler la police, lui dit-il en plongeant la main dans la poche de sa veste avant de se souvenir qu'il avait laissé son téléphone dans sa voiture.

Addy se releva et serra les pans de sa veste autour d'elle.

— Non, dit-elle à voix basse, pas la peine d'alerter la police, je vais bien.

— Nous devrions malgré tout les prévenir, insista Shawn en se redressant lui aussi. Ce type pourrait s'en prendre à quelqu'un d'autre.

Elle le regarda en se mordant la lèvre et il sentit une étincelle de désir naître au plus profond de lui. Quelques secondes passèrent en silence avant qu'elle acquiesce lentement du menton.

— J'ai laissé mon téléphone dans ma voiture, lui expliqua

Shawn en lui montrant son SUV qui était stationné au beau milieu de la rue, la portière grande ouverte.

— Tu n'as qu'à te servir du mien, dit-elle en lui tendant son téléphone après l'avoir déverrouillé.

Tandis qu'ils marchaient ensemble vers sa voiture, Shawn composa le numéro de la police en réfléchissant. Pour quelle raison Addy ne voulait-elle pas prévenir les autorités ? Et que diable faisait-elle à Bentham ?

2

Deux policiers arrivèrent sur les lieux en moins de dix minutes. Après avoir relevé la description de l'agresseur, l'un d'eux partit fouiller le quartier pour essayer de retrouver l'homme. Le second demanda à Shawn et Addy de bien vouloir l'accompagner au poste pour faire une déposition officielle. Addy décida de monter en voiture avec le policier, profitant de ces quelques instants pour digérer ses surprenantes retrouvailles avec Shawn West. En le reconnaissant, elle avait pensé être en proie à une hallucination. Il s'était écoulé des mois depuis l'incroyable week-end qu'ils avaient passé ensemble à Saint-Barth pour le mariage de son amie Nadia avec Ryan, le frère de Shawn.

Elle avait rencontré ce dernier lors du dîner de répétition et le courant était immédiatement passé entre eux. Ils avaient bavardé pendant tout le repas puis étaient allés se promener sur la plage, au clair de lune.

En dansant sous les étoiles, serrée contre lui, elle avait un instant oublié son vœu de renoncer à toute romance pour ne pas risquer de nuire à sa carrière. Elle avait invité Shawn à la suivre dans sa chambre et ils étaient restés la nuit entière et la majeure partie de la journée du lendemain au lit.

Elle était ensuite retournée à la réalité de sa vie new-yorkaise et l'avait totalement effacé de sa mémoire.

À présent, elle se demandait qui elle redoutait le plus d'affronter : le shérif Roger Donovan ou Shawn West. Elle prit sa tête entre les mains et laissa échapper un gémissement.

— Tout va bien, madame ? lui demanda l'agent en jetant un coup d'œil dans sa direction.

— Oui, pardon, lui répondit-elle avec un léger sourire. C'était juste une sacrée journée…

L'agent lui sourit en retour puis s'engagea dans le parking qui jouxtait le commissariat de Bentham, un bâtiment sombre et utilitaire bordé d'une étroite bande de pelouse.

Ils se retrouvèrent devant la porte principale et le policier les conduisit à l'accueil. Tandis que ce dernier remplissait le formulaire d'entrée, Addy jeta un coup d'œil vers Shawn. Il mesurait près d'un mètre quatre-vingt-cinq et était si robuste qu'il ne passait pas inaperçu quand il entrait quelque part. Malgré la température plutôt fraîche, il portait une veste en cuir qui semblait avoir été faite pour mettre en valeur ses bras puissants. Sous sa veste, son T-shirt gris finissait de révéler son torse musclé, et son pantalon ajusté révélait des jambes athlétiques. Une barbe de quelques jours recouvrait la peau mate de son visage.

Le souvenir fugace d'avoir déposé des baisers le long de cette mâchoire bien dessinée lui revint en mémoire. Elle sentit le rouge lui monter aux joues et secoua la tête pour revenir à la réalité.

Après qu'ils eurent tous les deux rempli les documents, l'agent leur demanda de s'asseoir pour patienter avant de disparaître derrière une lourde porte grise. La zone d'attente, dans le petit hall d'accueil, consistait en une rangée de chaises pliantes vertes, disposées face au long bureau en métal de l'accueil, protégé par une vitre de plexiglas transparent.

Tout en s'asseyant à côté de Shawn, Addy réfléchit à ce qu'elle pourrait bien lui dire. Mais il lui facilita la tâche en lançant la conversation le premier.

— Tu es sûre que tu vas bien ? demanda-t-il en lui jetant un regard inquiet.

— Oui, merci d'être venu à ma rescousse, répondit-elle avant de se souvenir qu'il n'avait pas répondu à sa question précédente. Que fais-tu à Bentham ?

— Je suis ici pour le travail, lui répondit-il sans lui donner plus de détails.

Le retour de l'agent empêcha Addy d'en demander davantage.

— Mademoiselle Williams, monsieur West, le shérif va pouvoir vous recevoir.

Shawn se leva et laissa passer Addy devant lui. Puis ils suivirent l'agent dans un couloir et longèrent une grande salle vitrée où de nombreux policiers étaient en train de travailler, au téléphone ou absorbés devant leurs écrans d'ordinateurs.

Addy était déjà venue s'entretenir avec le shérif la veille, aussi fut-elle surprise quand l'agent s'arrêta devant une porte, à quelques mètres du bureau de ce dernier.

En découvrant qu'il s'agissait d'une salle d'interrogatoire, elle sentit sa nuque se raidir mais y entra sans protester, Shawn sur les talons. C'était la première fois qu'elle se trouvait dans ce genre d'endroit et elle fut surprise de constater combien cette pièce ressemblait à toutes celles qu'elle avait pu voir à la télévision. Un rembourrage épais, déchiré en de nombreux endroits, recouvrait la partie inférieure du mur. Une table rectangulaire occupait presque tout l'espace, son plateau en faux bois était fendu sur l'un des coins.

De nouveau, elle s'installa à côté de Shawn et sentit la tension se réveiller dans son corps. Si Shawn était nerveux, il n'en laissait rien paraître. Il était assis de manière décontractée, les jambes croisées, les mains posées sur les cuisses, un léger sourire aux lèvres. Cool, calme, serein. Et incroyablement sexy.

Le policier les laissa et, quelques instants plus tard, un homme qui devait approcher la soixantaine d'années et dont la barbe fournie était quasiment grise pénétra dans la pièce.

Le shérif Donovan laissa tomber un bloc-notes jaune et un stylo sur la table et prit place en face d'eux.

— Mademoiselle Williams, je suis désolé de vous revoir dans de telles circonstances, toutefois j'ai cru comprendre que vous n'aviez pas été blessée ?

— Oui, merci, shérif, je vais bien, lui répondit-elle d'une voix tendue.

— Tant mieux, dit-il en acquiesçant du menton. Pour tout vous dire, j'ai été très surpris d'apprendre que vous vous trouviez toujours en ville.

Il la regarda en haussant les sourcils.

Addy n'avait pas prévenu le shérif qu'elle comptait rester à Bentham pour chercher Cassie par ses propres moyens, celui-ci lui ayant clairement expliqué qu'il ne pourrait pas l'aider. Elle avait prévu de revenir le voir, une fois qu'elle aurait trouvé la preuve irréfutable que sa sœur n'avait pas simplement fugué et qu'il était temps pour lui de passer à l'action.

Le shérif la regardait toujours avec autant d'intensité

mais Addy, qui connaissait bien ce genre de technique d'intimidation, soutint son regard, en gardant le silence.

Quelques secondes passèrent ainsi puis le shérif se tourna vers Shawn.

— Quant à vous, j'imagine que vous devez être le gentleman qui a sauvé Mlle Williams ?

— Oh ! Elle s'est sauvée toute seule, lui répondit Shawn en affichant un sourire ironique qui cadrait bien avec sa posture. Moi, je n'ai fait que vous appeler.

Le shérif se gratta la barbe en les regardant tour à tour d'un air incrédule.

— Bon, dit-il enfin, et si vous me racontiez maintenant ce qui s'est passé exactement ?

— J'étais en train de rentrer à mon hôtel après avoir acheté de quoi dîner quand un homme m'a agressée, dit Addy.

— Dans quel hôtel résidez-vous ?

— L'hôtel Madison, dans le centre-ville.

— Cela faisait une petite marche, fit remarquer le shérif en fronçant les sourcils.

— Je ne suis pas frileuse, lui répondit Addy en haussant les épaules, et marcher m'aide à me clarifier les idées.

Cela n'était pas tout à fait faux. Mais si elle avait décidé de parcourir toute cette distance à pied, c'était aussi pour continuer à enquêter dans le quartier de Cassie. Peut-être aurait-elle pu croiser quelqu'un qui savait quelque chose à son sujet…

— Poursuivez, reprit le shérif Donovan.

— Quand j'ai quitté le restaurant, j'ai pris le chemin de mon hôtel et c'est là que j'ai senti qu'on m'attrapait par-derrière. L'homme a mis sa main sur ma bouche et m'a dit de ne pas me débattre.

— Et c'est à ce moment-là que M. West est arrivé ?

— Oui.

— Qu'avez-vous fait ? demanda le shérif à Shawn en se tournant vers lui.

— Je me trouvais à quelques mètres, et j'allais tourner à l'intersection quand j'ai vu Addy se faire agresser.

— Il aurait été avisé d'appeler tout de suite la police, dit le shérif en les regardant. Vous auriez pu vous faire tuer tous les deux.

— Je suis détective privé, intervint Shawn. Je sais me protéger.

— Vous savez vous protéger ? répéta le shérif en haussant les sourcils. Eh bien, sachez, monsieur le détective privé, que dans ma ville c'est la police qui se charge de résoudre les crimes et que les enquêteurs privés se chargent, eux, de poursuivre les conjoints infidèles.

Shawn le fusilla du regard.

La conversation était en train de se transformer en combat de coqs, et Addy n'avait pas de temps à perdre.

— Pour en revenir à mon agression, reprit-elle, Shawn a crié suffisamment fort pour attirer l'attention de l'homme, ce qui m'a donné l'opportunité de le frapper au tibia.

Addy raconta la suite des événements et constata avec soulagement que le shérif ne semblait plus se concentrer sur Shawn. Elle n'avait pas la moindre envie de s'appesantir sur le rôle qu'il avait joué ce soir ni sur la nature de leur relation. Comment aurait-elle pu expliquer ce qui les liait à un étranger alors qu'elle avait du mal à le comprendre elle-même ?

— Vous avez pu voir son visage ? leur demanda le shérif en prenant son stylo.

— Non, lui répondit Addy en secouant la tête. Il se trouvait derrière moi.

— Et vous ? demanda-t-il à Shawn.

— Je l'ai juste aperçu, lui répondit-il, le regard sombre. Je ne pense pas pouvoir le reconnaître, il s'est enfui dès qu'il m'a vu.

Le shérif Donovan reporta son attention sur Addy.

— A-t-il essayé de prendre votre sac à main ? Vous a-t-il dérobé quelque chose de valeur avant de déguerpir ?

— Non, lui répondit-elle avant de prendre un instant pour réfléchir.

Pour quelle raison cet homme l'avait-il attaquée s'il ne voulait pas lui voler son sac ou son porte-monnaie ? Peut-être l'avait-il suivie depuis le restaurant en pensant qu'elle devait avoir de l'argent sur elle. Mais dans ce cas, pourquoi avait-il attendu qu'elle soit à quelques pâtés de maisons pour s'en prendre à elle ?

Une pensée terrifiante lui vint alors à l'esprit.

Elle savait que le shérif ne prenait pas la disparition de Cassie au sérieux mais elle ne put s'empêcher de se demander si son agression n'avait pas un lien avec celle-ci.

— Je vais être honnête avec vous, leur dit le shérif en refermant le capuchon de son stylo, je n'ai pas beaucoup de matière pour avancer sur votre affaire.

Son ton désinvolte déclencha la colère d'Addy.

— Cela signifie-t-il que vous n'allez pas ouvrir d'enquête ?

— Le département enquêtera, comme chaque fois qu'une plainte est enregistrée, lui répondit sèchement le shérif.

— Shérif, je ne pense pas que cet homme ait cherché à me voler. Je ne sais pas pourquoi mais je crois qu'il voulait s'en prendre à moi, personnellement. Avez-vous découvert de nouveaux éléments concernant la disparition de ma sœur ?

— Mademoiselle Williams, je vous assure que nous mettons tout en œuvre pour la localiser, lui répondit le shérif avant de marquer une courte pause, mais votre sœur n'est pas d'ici.

Déjà exaspérée par le manque de réactivité de la police, Addy dut se maîtriser pour garder son sang-froid. Une puissante vague de colère montait en elle et il lui sembla que Shawn, lui aussi, se raidissait.

— Je ne vois pas en quoi cela importe, ça fait maintenant cinq mois que Cassie s'est installée ici, cela n'est pas suffisant pour faire de sa disparition une priorité ?

— Ce n'est pas ce que j'ai dit, rétorqua le shérif en lui jetant un regard noir. Mais la vie dans une petite ville peut ne pas plaire à tout le monde, et surtout à quelqu'un comme votre sœur, habituée à vivre à New York. Si elle n'est pas retournée à Manhattan, peut-être a-t-elle décidé d'aller explorer Boston ou Philadelphie, qui sait ?

Addy voyait très bien où le shérif voulait en venir. Il avait dû parler avec la colocataire et le patron de Cassie.

— Je ne pense pas que ma sœur aurait déménagé sans m'en parler avant, lui dit-elle en fronçant les sourcils.

— Toutes ses affaires ont disparu, elles aussi, ajouta-t-il en croisant les bras comme si cette information prouvait la justesse de son hypothèse.

Mais Addy n'y croyait pas. Cassie n'avait jamais parlé de revenir vivre à New York ni d'un quelconque déménagement malgré les nombreux échanges qu'elles avaient eus ces dernières semaines.

— Si Cassie était rentrée à New York, reprit-elle en

secouant la tête pour essayer une nouvelle fois de se faire entendre par le shérif, pourquoi ne répond-elle pas à mes appels ? Et où se trouve-t-elle à cet instant ? Elle ne peut habiter que chez moi.

— Peut-être s'est-elle installée chez des amis ?

Addy secoua la tête en silence et le shérif laissa échapper un profond soupir.

— Rappelez-moi les raisons de la venue de votre sœur à Bentham ?

De nouveau, Addy sentit la fureur monter d'un cran en elle. Mais elle décida une fois encore de rester calme. Se disputer avec le chef de la police locale n'allait pas l'aider à retrouver sa sœur, ce qui était sa priorité à cet instant précis.

— Cassie voulait prendre un peu de temps pour elle avant de commencer l'université à l'automne, lui répondit-elle, les poings serrés. Elle voulait découvrir le monde réel.

Le shérif Donovan prit des notes en hochant la tête, et Addy ne put s'empêcher de penser qu'elle lui avait déjà donné toutes ces informations lors de son premier appel au commissariat, la semaine précédente, et plus tôt dans la journée lorsqu'elle était venue voir si l'enquête avait progressé.

— Bentham était assez proche de New York pour pouvoir rentrer quand elle en avait envie et dans le même temps se mettre à l'épreuve de la solitude, reprit-elle.

— Ne m'avez-vous pas dit tout à l'heure que votre père était mort récemment ?

Le shérif parcourait maintenant des yeux les pages de son carnet, cherchant probablement les notes qu'il avait prises lors de leur précédent entretien.

— Si, en mai dernier, deux mois avant le départ de Cassie pour Bentham.

Il y avait sept mois maintenant que leur père était décédé mais, chaque fois qu'elle y pensait, Addy sentait encore une puissante vague de chagrin la submerger. Shawn posa une main sur la sienne et la compassion qu'elle vit briller dans son regard lui serra le cœur.

Le mariage de Ryan et Nadia s'était tenu un mois seulement après la mort de son père et un an après son divorce. Addy n'avait pas eu besoin d'un psychologue pour faire le lien entre ces événements et sa seule et unique aventure d'un soir. Voilà les raisons pour lesquelles elle n'avait pas rappelé Shawn lorsqu'il avait cherché à prendre contact avec elle, une fois rentré à New York. Ça et les papillons qui se réveillaient au creux de son ventre, chaque fois qu'elle pensait aux moments qu'ils avaient passés ensemble.

Elle reporta son attention sur le shérif.

Celui-ci avait posé son stylo et son carnet et croisait maintenant les mains sur la table devant lui.

— Après la perte d'un être cher, les gens font parfois des choses étranges, dit-il en posant les yeux sur la main de Shawn qui était toujours posée sur celle d'Addy. Savez-vous si votre sœur s'est déjà fait du mal ?

Addy serra les lèvres, effrayée à l'idée des propos qu'elle pourrait laisser s'échapper. Elle savait que la peine causée par le deuil pouvait changer le caractère des gens. Mais jamais Cassie n'aurait pu se faire de mal ou en faire à quiconque.

— Non, réfuta-t-elle avec fermeté.

Comme sa sœur, Cassie avait été bouleversée par la mort de leur père. Mais elle avait insisté pour faire son stage chez Spectrum afin de vivre cette expérience avant de commencer ses études. Addy soupçonnait aussi chez sa sœur un profond besoin d'espace et de liberté afin de pouvoir faire son deuil seule et s'éloigner de tous les souvenirs de leur père qui hantaient encore la ville de New York.

Addy ne se considérait pas comme quelqu'un de pessimiste mais elle était d'un tempérament plus réaliste que son père et sa sœur. Et même si celui-ci s'était battu contre le cancer sans jamais perdre espoir, elle avait vite compris que le pronostic n'était pas bon.

Cassie, elle, avait toujours cru fermement qu'il pourrait vaincre la maladie, un miracle qui, malheureusement n'avait pas eu lieu. Alors qu'elle finissait sa dernière année de lycée, elle avait sombré dans une profonde tristesse et avait failli se décourager. Ses notes avaient chuté, mais elle avait heureusement déjà été acceptée pour faire sa rentrée au MIT dès l'automne.

Quand Cassie lui avait annoncé qu'elle avait repoussé sa date de rentrée universitaire et qu'elle avait envie de quitter la ville, Addy avait trouvé l'idée plutôt bonne. Elle espérait que ce temps serait bénéfique pour sa sœur, et qu'elle pourrait faire son deuil en douceur et laisser cicatriser sa blessure avant de commencer un nouveau chapitre de sa vie.

À présent, elle se demandait si elle avait eu raison de la soutenir dans ce projet.

— Écoutez, lui dit doucement le shérif en ôtant ses lunettes, pourquoi ne rentreriez-vous pas à New York ? Il est plus que probable que votre sœur finisse par y revenir… peut-être dans quelques jours. De mon côté, je vous tiendrai au courant si nous découvrons quoi que ce soit.

Il lui adressa un petit sourire pincé et Addy comprit qu'il en avait fini avec les problèmes des sœurs Williams.

Alors, elle se pencha en avant et, posant ses deux mains sur la table, elle articula chaque mot avec soin pour qu'il ne risque pas de se méprendre :

— Ma sœur n'a pas quitté cette ville de son plein gré. Elle a des problèmes, et je ne partirai pas d'ici avant de l'avoir retrouvée.

3

Il était presque minuit quand Shawn entra dans sa chambre à l'hôtel Madison. Il allait devoir payer des frais supplémentaires pour avoir annulé au dernier moment la réservation dans son précédent hôtel, pourtant son instinct lui soufflait de rester auprès d'Addy. Il avait l'intuition que ce qu'elle avait vécu ce soir n'avait rien d'une banale agression.

Certes, la vie d'Addy ne le regardait pas vraiment, elle avait d'ailleurs été plutôt claire à ce sujet en ne répondant jamais à aucun de ses appels après le week-end qu'ils avaient passé ensemble.

Alors, pour quelle raison avait-il eu le sentiment qu'il devait prendre une chambre dans le même hôtel qu'elle ?

Son téléphone sonna avant qu'il ait le temps de trouver une réponse et, sans même voir le nom qui apparaissait sur l'écran, il sut immédiatement que l'appel provenait de son frère aîné, Ryan.

— Salut, dit-il en décrochant.

— Pourquoi ne réponds-tu pas à ton téléphone ? Tu es déjà arrivé ? lui demanda Ryan avec empressement.

— Je vais bien, lui répondit Shawn en essayant de rassurer son frère qui semblait inquiet. Et le trajet s'est bien passé.

Le soupir fort et appuyé qu'il entendit à l'autre bout du

fil était devenu un son familier des plus agaçant. Ryan était sans conteste le plus sérieux des quatre frères, c'est pourquoi son poste de président de West Investigation lui convenait à merveille, même s'il avait également un tempérament parfois très alarmiste.

C'était leur père, James West senior, qui avait fondé l'agence West Investigation. Aujourd'hui quasi retraité, il n'avait gardé que quelques fidèles clients. Il aimait plaisanter en disant qu'à son âge il était plus facile de gagner de l'argent sur un terrain de golf, et Shawn et Ryan n'étaient pas en désaccord à ce sujet.

Ils avaient donc tous les deux pris les rênes de l'agence tandis que leurs deux autres frères suivaient des chemins professionnels différents.

Peut-être était-ce le fait d'être un jeune marié sur le point d'avoir son premier enfant qui stressait Ryan, quoi qu'il en soit il semblait encore plus angoissé que d'habitude et surveillait tout le monde chez West Investigation, en particulier Shawn.

— Shawn, je suis sérieux, lui dit-il d'une voix ferme. Intellus Communication est un de nos meilleurs clients et ils vont avoir de gros problèmes juridiques et financiers s'ils ne découvrent pas rapidement qui contrefait leurs puces informatiques.

Profitant du fait que son frère ne pouvait le voir, Shawn leva les yeux au ciel.

— Détends-toi, Ry, je suis là et j'ai la situation en main.

Il se trouvait non loin du siège de Spectrum Industries – l'une des entreprises que West Investigation avait identifiées comme pouvant être impliquées dans l'espionnage industriel d'Intellus –, quand il avait vu Addy se faire attaquer.

Spectrum avait une autre adresse, celle de l'usine où

étaient fabriquées les puces électroniques, et Shawn avait prévu d'aller y faire un tour dès le lendemain.

— Bien. Celui qui est derrière tout ça doit avoir une connaissance et un accès régulier au département de fabrication ainsi qu'à celui de la gestion. Ce qui signifie que, s'il s'agit bien de Spectrum, ce doit être quelqu'un d'assez haut placé dans la société.

Shawn ne prit pas la peine de répondre. Ils avaient déjà parlé de tout ça avant son départ pour Bentham.

Zelig Ernst, le P-DG d'Intellus et un des clients de West Investigation, avait appelé Shawn le matin même, depuis le siège de sa société dans la Silicon Valley. Il était totalement paniqué. Des puces informatiques contrefaites portant le logo d'Intellus avaient fait leur apparition dans tout le pays. Ernst avait ordonné une enquête sur la production au sein de leur propre usine qui avait déterminé que ces puces ne provenaient pas de chez eux.

D'après l'emplacement géographique où la plupart des puces semblaient avoir pénétré le flux de vente, Intellus avait réduit la source possible à deux entreprises compétitrices sur le même marché et l'une d'elles était Spectrum.

Intellus avait donc fait appel aux services de West Investigation pour enquêter sur les deux suspects et déterminer lequel des deux était le coupable. Ernst voulait prévenir la police et le public une fois qu'ils auraient la preuve qu'Intellus était une victime dans cette affaire et n'avait rien à voir avec cette fraude. Jusqu'à présent, les clients d'Intellus qui avaient reçu de fausses puces accordaient le bénéfice du doute à l'entreprise et lui laissaient un peu de temps pour tirer l'affaire au clair.

Mais Ernst n'était pas certain que tout cela perdurerait si un autre lot apparaissait sur le marché.

Shawn se demanda s'il devait parler à Ryan de sa rencontre avec Addy et de l'agression dont elle avait été victime. Mais son frère reprit la parole :

— Nous avons peu de temps. De nouvelles contrefaçons vont forcément apparaître dans quelques jours.

Les fausses puces semblaient arriver sur le marché de façon très régulière, soit toutes les six semaines au cours des trois derniers mois. Ce qui ne laissait que trois jours à Intellus avant l'arrivée prévue du prochain lot si les faussaires respectaient le calendrier.

Shawn ravala son irritation. Même s'il était le premier à reconnaître que Ryan s'occupait efficacement de la partie administrative de la société, il était un excellent détective privé. D'ailleurs, il avait amené plusieurs clients, Intellus compris, depuis que leur père leur avait laissé les rênes de l'agence, quatre ans auparavant.

— Je sais tout ça, Ry. J'étais avec toi lorsque nous avons eu Ernst au téléphone. Je suis à Bentham et je t'ai dit que j'avais la situation en main. De son côté, Gideon enquête sur l'autre source possible. Si l'une ou l'autre de ces compagnies est derrière ces contrefaçons, nous le découvrirons, ne t'en fais pas.

Ryan laissa échapper un soupir avant de répondre :

— Bien. Quand nous aurons mis la main sur ces types, toutes les entreprises de la ville nous demanderont d'assurer leur cyber sécurité.

— En effet, acquiesça Shawn en se massant la nuque pour se détendre. Allez, fais-moi confiance, tu sais que j'accorde autant d'importance à West Investigation que toi.

— Tu dois être concentré comme jamais sur cette affaire…

— Je le suis, conclut Shawn. Allez, il est tard, je vais dormir un peu.

Sur ces mots, il raccrocha. Une discussion avec son frère sur le rôle qu'il jouait au sein de l'entreprise s'imposait mais cela allait devoir attendre. Il allait faire son travail et, avec un peu de chance, il découvrirait rapidement si Spectrum était impliqué dans cette affaire de contrefaçon. Ce faisant, il garderait un œil sur Addy car son instinct continuait de lui souffler qu'elle allait avoir besoin de son aide.

De retour du café où il venait de prendre son petit déjeuner, Shawn inspira profondément une bouffée de l'air vivifiant du petit matin avant de prendre la direction de l'hôtel. Il entra dans le hall et, sans passer par la réception car il se souvenait du numéro de la chambre qu'Addy avait donné au shérif la veille, il se dirigea vers l'ascenseur.

Après leur entretien, Donovan avait reçu un appel en urgence et Shawn avait ramené Addy à l'hôtel. Malgré sa colère contre le shérif, elle était restée stoïque. Shawn n'avait pas trouvé le moment très opportun pour lui expliquer les raisons de sa présence à Bentham, et maintenant qu'il avait dû révéler au shérif son véritable métier, il n'allait pas pouvoir le lui cacher longtemps.

Mais à présent, la préoccupation de Shawn n'allait plus seulement être de trouver qui était responsable de la confection de ces fausses puces, mais également d'aider Addy à retrouver sa sœur disparue et à la garder hors de danger. Car, même s'il savait qu'elle était capable de se débrouiller, il n'était pas question qu'il la laisse enquêter seule. Cela dit, il avait été surpris de la façon dont elle s'en était prise à son agresseur… À ses yeux, rien n'était plus sexy qu'une belle femme assurant sa propre défense.

Shawn se ressaisit. Il ne devait pas emprunter cette voie, il le savait. Addy n'était pas intéressée, et tenter de la séduire à nouveau et risquer un nouveau rejet n'était pas la meilleure des idées. Elle avait besoin d'aide pour retrouver sa sœur et il pouvait assurer sa protection. Deux boulots qu'il maîtrisait totalement, il allait donc lui proposer un coup de main et tout s'arrêterait là.

Il prit le gobelet de café et le sac contenant la nourriture dans une main et frappa de l'autre contre la porte. Une minute passa sans qu'aucun bruit ne vienne briser le silence qui semblait régner dans la pièce. Il frappa de nouveau, plus fort cette fois, et fronça les sourcils. Il était tôt, pas encore 8 heures, mais il voulait être certain de ne pas la manquer. Peut-être était-elle descendue prendre son petit déjeuner au restaurant de l'hôtel ?

Après avoir encore attendu quelques instants, il fit demi-tour. Il commençait à se diriger vers l'ascenseur quand il entendit le bruit de la serrure.

La porte s'entrouvrit, Addy passa la tête et regarda vers lui.

— Que fais-tu ici ? lui demanda-t-elle d'une voix encore lourde de sommeil.

Shawn sentit son sang se réchauffer en entendant le timbre si sensuel de sa voix. Ignorant la naissance de cette étincelle de désir, il lui adressa un grand sourire et leva vers elle la tasse de café et le sac.

— Ma chambre est tout près. En bon voisin, j'apporte le petit déjeuner.

— Quelle heure est-il ? demanda-t-elle en ouvrant grand la porte.

Cette fois, Shawn cessa de respirer.

Elle portait un T-shirt des Knicks de New York qui tombait à mi-cuisses, révélant des jambes qui lui parurent interminables et des orteils vernis d'un rouge étincelant.

— Euh, presque 8 heures, répondit-il, la gorge sèche.

Addy écarquilla grand les yeux.

— Oh ! Je ne dors jamais aussi tard…

— Je peux entrer ? lui demanda-t-il en tendant le gobelet de café vers elle.

Elle le regarda avec étonnement puis s'en empara, ferma les yeux un instant et en but une longue gorgée.

— OK, dit-elle finalement en plongeant le regard dans le sien. Tu peux entrer.

Elle se détourna et marcha vers la table ronde qui avait été poussée dans un coin de la pièce.

Le souffle court, il la suivit.

À la différence de la suite qu'il avait réservée trois étages plus haut, la chambre d'Addy avait besoin d'être rénovée, mais elle était propre et offrait tous les équipements nécessaires : deux grands lits, une table de chevet entre eux, une télévision à écran plat, une commode et une connexion wi-fi.

Un ordinateur portable et des documents éparpillés jonchaient l'un des lits, les draps étaient défaits et froissés sur l'autre.

— Laisse-moi une minute, lui demanda Addy en déposant le gobelet sur la table.

Elle attrapa son sac de voyage et disparut dans la salle de bains.

Shawn s'assit à table et sortit l'un des deux petits pains qu'il avait achetés pour le petit déjeuner. Une pile de documents qui était posée sur le bord de la table vola et tomba sur le sol.

Il les ramassa et jeta un coup d'œil au document qui se

trouvait sur le dessus. C'était une copie de la déposition de disparition de Cassie Williams, qui avait été enregistrée deux jours plus tôt. En survolant le texte, il remarqua le nom de l'employeur de Cassie. Spectrum Industries.

Depuis la salle de bains, il entendit le son de la chasse d'eau puis le robinet du lavabo. Addy allait revenir d'une minute à l'autre.

Il remit la pile en ordre tout en cherchant à se remémorer si Addy avait parlé de Spectrum au shérif, la veille. Il se souvenait l'avoir entendue expliquer que sa sœur était venue ici pour suivre un stage mais elle n'avait pas précisé dans quelle entreprise. La disparition de Cassie n'avait peut-être rien à voir avec son affaire, mais une telle coïncidence était quand même étonnante…

La porte de la salle de bains s'ouvrit soudain et Addy apparut, vêtue à présent d'un pantalon de yoga.

— Merci pour le café, dit-elle en venant s'asseoir en face de lui.

— J'ai aussi apporté de quoi manger, dit-il en lui tendant le sac.

— Qu'est-ce que c'est ? demanda-t-elle en fronçant les sourcils.

— Des muffins de pain complet aux épinards et aux œufs brouillés.

— Merci, mais ça va aller, je vais m'en passer, lui répondit-elle en repoussant le sac vers lui.

— Goûte, au moins ! lui dit Shawn en levant les yeux au ciel.

Le téléphone d'Addy sonna et elle se dirigea vers la table de chevet sur laquelle il était en charge. En regardant l'écran, elle fronça de nouveau les sourcils et appuya sur une des touches, réduisant l'appareil au silence. Puis elle revint s'asseoir en gardant son air contrarié.

— Tout va bien ?

— Oui, répondit-elle avec un sourire. Mais dis-moi, tu n'as pas répondu à ma question : qu'es-tu venu faire ici ?

Ne souhaitant pas lui donner cette information pour le moment, Shawn décida de lui répondre par une autre question :

— Depuis combien de temps ta sœur a-t-elle disparu ?

— Cela va faire plus d'une semaine que je n'ai plus de nouvelles d'elle. Le shérif semble persuadé qu'elle a déménagé après avoir rassemblé ses affaires mais je sais que jamais elle n'aurait fait une telle chose sans m'en parler avant.

— Quel âge a-t-elle ? lui demanda Shawn en déballant son muffin.

— Dix-neuf ans. Elle avait commencé une année de stage avant son entrée au MIT prévue pour l'automne prochain.

— Et elle a choisi de venir la passer à Bentham ? lui demanda-t-il sans réussir à masquer la pointe de sarcasme dans sa voix.

— Je crois qu'elle avait surtout besoin d'espace, répondit Addy en riant.

— Tu as dit au shérif que votre père était mort récemment ?

— Oui, répondit-elle d'une petite voix. Cassie a insisté sur le fait qu'elle voulait découvrir le monde réel avant d'entrer à l'université, mais je crois surtout qu'elle voulait s'éloigner un peu de tous les souvenirs que nous avons de notre père à New York.

— N'est-il pas possible qu'elle ait finalement trouvé que Bentham était trop près ?

— Si elle avait décidé de partir, lui répondit Addy en serrant les poings, elle m'en aurait parlé ou elle l'aurait dit à ses amis. Or je les ai tous contactés et aucun d'eux n'a eu de ses nouvelles. Cassie est le genre de fille qui appelle pour demander si elle ferait mieux de choisir la glace à la vanille ou le gâteau au chocolat. Avant de finalement manger les deux.

Elle pouffa et le sourire qui illumina son visage et son regard fit tressauter le cœur de Shawn.

— Elle demande toujours des conseils, il est impossible qu'elle ait déménagé sans en parler à quelqu'un, ajouta-t-elle en frappant du poing sur la table.

Shawn ne mettait pas une seconde en doute ses propos mais il savait aussi que tout le monde avait des secrets, même les gens dont on était le plus proche. Addy avait peut-être raison en ce qui concernait sa sœur mais peut-être manquait-elle aussi de recul sur la situation. Et le fait que Cassie travaille chez Spectrum venait ajouter plus de mystère encore à cette affaire…

Il sentit une pointe de culpabilité l'envahir mais il la chassa. West Investigation avait promis à Intellus que le secret au sujet de cette fraude serait gardé le plus longtemps possible, il décida donc de ne pas parler à Addy des raisons de sa présence ici. Il ne pouvait prévoir sa réaction si elle comprenait qu'il envisageait que sa sœur puisse être impliquée dans une affaire de contrefaçon. Et il voulait rester auprès d'elle, car si sa sœur y était mêlée, Addy pouvait être en danger.

— Alors, que crois-tu qu'il puisse s'être passé ? Où penses-tu qu'elle puisse se trouver ? lui demanda-t-il.

L'angoisse s'afficha sur le joli visage d'Addy et il dut se retenir de la prendre dans ses bras.

— Je ne sais pas, répondit-elle d'une voix faible avant d'ajouter : mais comme le shérif Donovan ne semble pas vouloir le découvrir, je vais devoir m'en charger toute seule.

Addy était la définition même d'une femme forte et déterminée, pensa Shawn.

— Quand tu lui as parlé la dernière fois, tu as remarqué quelque chose de spécial ? T'a-t-elle paru inquiète ou bouleversée ?

— Non, répondit-elle en prenant finalement une petite bouchée de son muffin. Mais pourquoi cette histoire avec ma sœur t'intéresse-t-elle autant ?

— Excuse-moi, simple déformation professionnelle, je crois que je ne peux pas m'en empêcher.

— Peut-être, mais tu ne travailles pas pour moi. Je ne t'ai pas demandé d'enquêter sur cette affaire.

— Je travaille parfois bénévolement, tu sais, dit-il en haussant les sourcils.

— Hum…, lui répondit Addy en plissant les yeux. En tout cas, tu es très bon dans l'art d'éviter de répondre aux questions. Allez, finis ton petit déjeuner.

Elle regarda son propre muffin un instant puis en reprit une bouchée.

— Comment peux-tu manger une chose pareille ? s'exclama-t-elle, la bouche à moitié pleine. On dirait du sable mélangé avec des algues.

— C'est bon pour la santé, répondit-il après avoir avalé sa bouchée. Une dernière chose, Cassie avait-elle un petit ami ?

— Donc, tu peux poser des questions mais pas moi ?

— Toi aussi, mais je ne pourrai pas forcément te répondre, dit-il en souriant pour adoucir ses propos.

Addy mordit une nouvelle fois dans son muffin avant de jeter le reste à la poubelle.

— Mais pourquoi devrais-je répondre à tes questions si tu ne réponds pas aux miennes ?

— Parce que, moi, j'ai de l'expérience dans la recherche de personnes disparues. Et que je peux t'aider, si tu me laisses faire.

Addy l'observa avec une attention égale à celle qu'elle accordait sans doute aux importantes négociations qu'elle devait mener dans ses affaires professionnelles. Après le week-end passé avec elle au mariage de Ryan, il avait cherché des informations sur elle et avait ainsi découvert qu'elle était une étoile montante dans le domaine juridique. Elle avait mené à bien un grand nombre d'importantes fusions et acquisitions et d'après les informations qu'il avait récoltées auprès de son frère Brandon, il avait découvert qu'elle était sur le point de devenir associée de son cabinet.

Apparemment prête à accepter son aide, Addy finit par lui répondre :

— Elle sortait avec un type prénommé Ben. Ils travaillaient ensemble chez Spectrum, ici à Bentham.

— Que faisait-elle exactement chez Spectrum ?

— Je ne sais pas vraiment, je crois qu'elle pensait que ce stage l'aiderait dans sa carrière, lui dit-elle. Elle veut se spécialiser dans le domaine de l'informatique.

Son intuition semblait juste. Il y avait trop de coïncidences et tout tournait autour de Spectrum…

Shawn pensa soudain qu'il pourrait se servir de la disparition de Cassie pour enquêter chez Spectrum. Les collègues de la jeune fille se sentiraient plus en confiance et lui parleraient plus volontiers s'ils pensaient que tout cela était dans le cadre de sa recherche. Même s'il n'était pas parfait, ce plan semblait tout à fait viable.

Il leva les yeux vers Addy. Elle avait rassemblé ses cheveux bruns en chignon. Elle était superbe.

— J'ai une proposition à te faire, lui dit-il. Je suis en ville pour régler une affaire, mais le client exige que je garde la raison de ma présence confidentielle.

Addy haussa les sourcils et lui jeta un regard incrédule.

— Et tu penses que je peux t'aider ?

— Même si j'ai prévu de faire profil bas, lui répondit-il avec un sourire, il me faudrait une raison pour justifier ma présence ici.

— Et tu veux que je sois ta raison ? Même si tu ne me dis pas sur quoi tu enquêtes ?

— Je ne peux pas te le dire, je suis désolé. Mais je peux t'aider à rechercher ta sœur.

— Je ne sais pas, lui dit-elle en se mordant la lèvre inférieure.

Shawn se laissa aller contre le dossier de sa chaise. D'après son expérience, la meilleure façon de convaincre quelqu'un était de lui fournir une liste courte des avantages. Addy n'avait pas les compétences ni l'expérience pour mener à bien la recherche de sa sœur, et c'était là-dessus que Shawn pensait être influent.

— J'ai résolu de nombreuses enquêtes sur des personnes disparues, lui expliqua-t-il. Et West Investigation est l'une des meilleures agences de détectives de New York. Tu pourras avoir accès à toutes nos ressources. Gratuitement.

Il attendit pendant qu'elle réfléchissait. Pourtant, il n'était pas inquiet : Addy était intelligente et, plus important encore, elle était pressée de retrouver sa sœur.

— OK, lui répondit-elle enfin. Mais tu dois d'abord sortir d'ici. Je vais prendre une douche.

En se dirigeant vers la porte, Shawn réfléchit à la façon dont il allait convaincre Ryan de le laisser enquêter et utiliser les ressources de l'agence gratuitement. Cela n'allait pas être trop difficile. Ryan lui était redevable, car l'année passée, West Investigation avait aidé le frère de Nadia à quitter la mafia. Le moment était venu de lui renvoyer l'ascenseur.

— Super, conclut-il sur le pas de la porte. Et merci. Dis-moi quand tu auras rassemblé tes affaires et je viendrai les chercher pour les emmener dans ma chambre, de cette façon tu pourras rendre celle-ci.

Addy le regarda en écarquillant les yeux.

— Attends une seconde… Je n'ai jamais dit que j'étais d'accord pour partager une chambre avec toi !

— Détends-toi, lui dit-il en sortant dans le couloir. C'est une suite.

Certes, celle-ci ne comportait qu'une seule chambre à coucher, mais Shawn dormirait sur le canapé-lit du salon.

Addy semblait malgré tout assez sceptique.

— Tu auras ta propre chambre, précisa-t-il. Je te rappelle que ta sœur a disparu et que tu as été agressée. Je pense qu'il est plus sûr que nous restions ensemble.

Elle fronça le nez d'un air dubitatif puis acquiesça lentement avant de dire :

— Je serai bientôt prête.

Dès qu'il fut dans la suite, Shawn appela Ryan.

— Tu as découvert quelque chose ? lui demanda celui-ci sans préambule.

— Ce qui se passe ici est peut-être bien plus important qu'une simple contrefaçon de puces informatiques, lui répondit Shawn.

Puis il raconta en détail à son frère l'agression d'Addy et la disparition de Cassie.

— Tu penses que tout est lié à notre affaire ?

— Oui, il y a trop de coïncidences, approuva Shawn tout en sortant ses quelques affaires de la chambre.

— Quel est ton plan ? lui demanda Ryan en soupirant.

Shawn lui expliqua qu'il comptait se faire passer pour le détective employé par Addy pour enquêter sur la disparition de sa sœur.

— Je ne vois pas d'inconvénient à ce que tu te serves des ressources de l'agence pour l'aider mais n'oublie pas les vraies raisons de ta présence à Bentham. Intellus doit rester ta priorité.

— J'ai bien compris, lui répondit Shawn d'un ton légèrement irrité.

Il ne pouvait s'empêcher d'être agacé par la manière dont son frère le traitait, comme s'il ne savait pas faire son travail. Dès la fin de cette affaire, il irait lui parler.

Après avoir donné à Ryan les identités des deux sœurs Williams et lui avoir demandé de lancer des recherches sur leurs antécédents, il raccrocha.

L'expression d'angoisse qu'il avait vue sur le visage d'Addy lorsqu'il lui avait demandé ce qui, selon elle, avait pu arriver à sa sœur lui revint en mémoire. Il ne lui avait pas dit que chaque nouveau jour qui passait diminuait les chances de retrouver Cassie vivante mais il avait compris qu'elle le savait déjà. Cela faisait aujourd'hui neuf jours que celle-ci avait disparu…

Quoi qu'il en soit, morte ou vivante, il devait retrouver Cassie. Il s'en était vite rendu compte, Addy ne pourrait pas reprendre le cours de sa vie tant qu'elle n'aurait pas appris ce qui était arrivé à sa sœur. Certes, l'affaire Intellus devait rester sa priorité mais il allait tout mettre en œuvre pour retrouver Cassie Williams.

4

Après le départ de Shawn, Addy prit une douche, rassembla ses affaires puis composa un numéro de téléphone qui était en train de lui devenir familier. Comme lors de ses deux appels précédents, les sonneries se succédèrent jusqu'à ce qu'elle tombe sur la messagerie de Suri Bedingfield. Refoulant sa frustration, elle laissa un troisième message à la colocataire de Cassie, avant d'appeler Shawn dans sa suite.

Elle n'était pas certaine que partager une chambre avec lui soit une décision très sage, compte tenu de leur passé et de l'attirance puissante qu'elle ressentait toujours pour lui. Mais la situation de son compte bancaire et la pile de factures impayées qui l'attendaient chez elle faisaient pencher la balance. Sans oublier ce profond sentiment de sécurité qu'elle ressentait quand elle se trouvait à ses côtés. Et plus elle y repensait, plus elle se disait qu'elle n'avait pas été choisie par hasard par son agresseur. Celui-ci semblait très bien savoir à qui il s'en prenait…

Après que Shawn fut venu l'aider à emporter ses bagages dans la suite, ils convinrent que la première chose qu'ils devaient faire était d'aller voir le patron de Cassie.

Pendant le court trajet qui séparait l'hôtel des locaux de Spectrum, Addy raconta à Shawn le peu de choses qu'elle savait sur Caroline Webb, la supérieure de Cassie, et Ben Konstam, le collègue et petit ami de sa sœur. La proximité de cet hôtel avec l'appartement qu'avait loué sa sœur et l'entreprise où elle travaillait était une des raisons pour lesquelles elle l'avait choisi.

Le siège social de Spectrum était situé dans un bâtiment de pierre qui devait dater du milieu du siècle. Shawn se gara à proximité, dans un parking en surface et, une fois dans les locaux, ils prirent un ascenseur qui les mena au septième étage. Comme à la télévision ou au cinéma, Addy s'attendait à découvrir des bureaux dans un grand *open space* lumineux, tout en chrome et baies vitrées, où quelques employés au look branché seraient en train de travailler silencieusement tout en sirotant leur *latte*.

Mais les portes de l'ascenseur s'ouvrirent sur un grand espace plutôt triste, éclairé par des lumières crues suspendues au plafond, et une moquette grise qui couvrait un dédale de couloirs.

Une femme d'âge moyen, aux cheveux roux, vêtue d'un pull beige et d'un cardigan de la même couleur se tenait derrière le bureau d'accueil.

— Bienvenue chez Spectrum, leur dit-elle avec un sourire un peu forcé. Que puis-je faire pour vous ?

Puis elle jeta un regard charmeur à Shawn, et Addy ne put s'empêcher de se sentir agacée.

De son côté, Shawn resta silencieux. En effet, puisque Addy avait déjà parlé à Caroline Webb au téléphone, la semaine précédente, ils s'étaient dit que cette dernière aurait probablement plus de mal à refuser de parler de Cassie avec sa propre sœur.

— Bonjour, dit Addy en se présentant. Ma sœur, Cassie Williams, est en stage ici et j'aimerais parler à sa supérieure, Caroline Webb.

La femme tapota sur son clavier et regarda son écran pendant quelques instants avant de relever les yeux vers Addy et Shawn.

— Vous avez rendez-vous ?

— Non, lui répondit Addy avec un sourire convaincu, mais je suis certaine que Mme Webb va trouver un moment pour me recevoir. Comme vous le savez sûrement, ma sœur a disparu, et je pense que tout le monde chez Spectrum est prêt à tout pour m'aider à la retrouver.

— Un moment, s'il vous plaît, lui répondit la femme en plissant les yeux.

Elle décrocha son téléphone, composa un numéro puis, après quelques secondes, les annonça. Après avoir raccroché, elle les pria de bien vouloir emprunter le couloir puis la deuxième porte à droite.

Addy et Shawn passèrent devant quelques employés, si élégants dans leurs tailleurs et costumes qu'ils rappelèrent à Addy les couloirs de Covington et Baker ainsi que la tonne de vêtements qui se trouvait dans son placard à New York. Ici aussi, les couloirs semblaient constituer le plus déstabilisant des labyrinthes…

La supérieure de Cassie, Caroline Webb, était la responsable des ressources humaines de l'entreprise et occupait un bureau qui se situait entre les toilettes des hommes et ce qui semblait être la salle de repos.

Un homme vêtu d'un costume bleu impeccablement taillé ainsi qu'une femme qui portait une robe grise à la coupe stricte les attendaient.

L'homme, qui devait avoir près de soixante-dix ans, avança vers Addy en lui tendant la main.

— Bonjour, madame Williams, je suis Martin Raupp, le P-DG de Spectrum Industries, lui annonça-t-il avec le ton et l'assurance des hommes de pouvoir. Caroline m'a prévenu de votre visite. Tout le monde, chez Spectrum, a été bouleversé d'apprendre la disparition de Cassie, et nous ferons tout ce qui est en notre pouvoir pour aider la police à la retrouver.

La voix de Martin Raupp vibrait de sincérité et Addy fut touchée par le fait qu'il soit venu la rencontrer en personne en apprenant sa présence dans l'immeuble.

— Merci, monsieur Raupp. Je vous présente mon ami, Shawn West, qui est détective privé et qui m'aide à chercher Cassie.

Addy vit Caroline Webb pincer les lèvres. Une réaction qu'elle jugea étrange.

— Eh bien, reprit M. Raupp, je vais maintenant vous laisser entre les mains compétentes de Mme Webb. Sachez que ma femme, Madeline, et moi prions avec la plus grande ferveur pour que vous retrouviez Cassie saine et sauve.

Sur ces mots, il leur adressa un dernier sourire et quitta la pièce.

Caroline leur fit alors signe de s'asseoir sur les deux chaises en face de son bureau. C'était une femme aux formes plantureuses qui devait avoir une cinquantaine d'années. Elle portait ses cheveux poivre et sel relevés en un chignon strict au sommet de son crâne.

— Madame Webb, commença Addy, merci de nous recevoir sans rendez-vous, je suis désolée d'avoir fait irruption de la sorte dans vos bureaux.

Caroline pinça de nouveau les lèvres et Addy se demanda si c'était un signe de contrariété ou une simple habitude.

— Aucun problème, lui répondit-elle avec un accent britannique prononcé. Je suis vraiment désolée d'apprendre que votre sœur a disparu, et je ferai tout ce que je peux pour vous aider.

— Merci, j'espère que vous pourrez m'aider à comprendre certaines choses dans l'emploi du temps de ma sœur avant qu'elle disparaisse. Le shérif Donovan nous a dit que Cassie avait sans doute déménagé, mais ma sœur ne m'avait rien dit de tel.

— Oui, acquiesça Caroline, et pour être honnête avec vous, j'ai d'ailleurs été plutôt surprise de son départ. Cassie semblait se plaire ici et elle était très appréciée.

— Que faisait-elle exactement en tant que stagiaire ? demanda Shawn tout en caressant la main d'Addy qu'il tenait toujours dans la sienne, déclenchant en elle une vague de délicieux petits frissons.

Elle lui jeta un regard en se demandant ce que ce geste pouvait bien signifier pour lui mais il regardait Caroline Webb, et elle décida de rester, elle aussi, concentrée sur leur entretien.

— Cassie faisait tout ce que nous avions besoin qu'elle fasse, répondit Caroline en croisant les mains sur son bureau. Il s'agissait la plupart du temps de classement, de tri de documents et de diverses tâches administratives. Mais comme elle s'intéressait vraiment à l'informatique, j'ai insisté pour qu'elle puisse assister les ingénieurs à l'usine, deux fois par semaine.

Addy sentit la main de Shawn serrer un peu plus la sienne. Il lui paraissait tout à fait logique que sa sœur ait accepté cette opportunité de passer du temps avec des ingénieurs informaticiens puisqu'elle prévoyait de suivre ce type d'études à la rentrée.

— Avait-elle eu des problèmes au travail ces derniers temps ? poursuivit Shawn, qui avait manifestement oublié qu'Addy était celle qui devait poser les questions.

— Je ne crois pas, non, lui répondit Caroline. Comme je vous l'ai dit, Cassie était très appréciée ici. C'était une travailleuse, elle était volontaire et toujours à l'heure, et ne voyait jamais d'objection à rester plus tard quand cela était nécessaire.

Addy reconnaissait sa sœur dans cette description et tout cela, selon elle, prouvait si c'était nécessaire qu'elle n'avait pas pu démissionner de son plein gré.

— Ma sœur sortait avec un des employés de Spectrum qui, je crois, travaille à l'usine. Il s'appelle Ben Konstam, ajouta Addy en veillant à garder une expression neutre.

Car elle avait eu quelques réserves en apprenant que sa sœur fréquentait un collègue. Elle l'avait mise en garde quant aux histoires d'amour au travail mais Cassie était têtue. Obstinée. Déterminée à vivre sa vie comme elle l'entendait et à assumer ses choix et ses erreurs. Elle avait accusé Addy de ne pas vouloir qu'elle fréquente Ben car il n'était pas assez bien pour elle. Addy avait bien sûr nié, blessée à l'idée que sa sœur puisse penser une telle chose, même si, au fond d'elle-même, elle devait admettre qu'il y avait peut-être un peu de ça.

Son propre divorce l'avait dévastée, surtout lorsqu'elle avait compris que la seule raison pour laquelle son ex-mari, Phillip, l'avait épousée était le salaire qu'elle gagnait dans son cabinet d'avocats. Et elle ne voulait pas que sa petite sœur se retrouve dans la même situation.

— Je suis au courant de leur relation, lui répondit Caroline en fronçant les sourcils. Mais M. Konstam ne travaille plus à l'usine. Il a été promu à la direction.

— Il travaille dans ce bâtiment ? lui demanda Addy, surprise.

— Dans ce même couloir, lui répondit Caroline en montrant la direction d'un petit mouvement de tête. Vous êtes passés devant son bureau en venant ici.

C'était parfait, pensa Addy. Ils allaient pouvoir faire d'une pierre deux coups.

— Que vous a dit Cassie lorsqu'elle a posé sa démission ? demanda-t-elle en revenant au cœur du sujet. Vous a-t-elle expliqué les raisons de son départ, sept mois plus tôt que prévu ?

— Pour tout vous dire, je ne lui ai pas parlé, déclara Caroline, l'air soudainement un peu contrarié. J'ai découvert sa lettre de démission, effective immédiatement, sur mon bureau un matin.

Cette nouvelle information conforta Addy dans l'idée que quelque chose de grave s'était passé. Leur père leur avait toujours appris les bonnes manières, le respect des convenances, et jamais Cassie n'aurait osé agir de façon aussi peu professionnelle. Elle sentit les battements de son cœur s'accélérer tandis que la peur montait en elle.

— Vous avez essayé de l'appeler ?

— Bien sûr, répondit Caroline, d'un ton un peu sec.

— Je ne pense pas qu'Addy sous-entend que vous ayez pu faire quoi que ce soit de mal, intervint Shawn en lui adressant un sourire lumineux. Nous essayons seulement de tirer les choses au clair… Cassie vous a répondu ? Vous avez pu lui parler ?

— Non, Mlle Williams ne m'a jamais répondu. Elle semblait plutôt bien élevée, mais les jeunes d'aujourd'hui peuvent être si égocentriques parfois, dit-elle en soupirant. J'ai rempli les papiers pour mettre fin à son stage et c'est tout ce que je peux vous dire. Maintenant, si vous permettez, je vais me remettre au travail.

— Une dernière question, lança Addy. Est-ce que je pourrais jeter un œil à sa lettre de démission ?

— Je suis désolée, lui répondit Caroline en secouant

la tête, mais ça ne me paraît pas possible, ce genre de document fait partie du dossier personnel d'un employé.

— Mais vous ne pouvez pas savoir si sa signature est vraiment la sienne, insista Addy en s'avançant sur sa chaise. De mon côté, je pourrais vous le dire immédiatement.

— Nous pouvons demander un mandat au shérif, proposa soudain Shawn. Il y a une enquête en cours concernant la disparition de Cassie Williams. Mais si nous faisons une telle chose, cela risque d'entraîner votre entreprise dans une procédure judiciaire, et vous savez comme moi comment la police peut se comporter parfois… Ils commencent par vous poser quelques petites questions et ça se termine en véritable interrogatoire.

L'air pensif, Caroline se mordit la lèvre inférieure… Même si celle-ci appréciait manifestement Cassie, enfreindre les règles semblait lui poser un problème. Pour Addy, aussi, le respect des règles était primordial, et elle comprenait son dilemme même si elle aurait été prête à tout pour retrouver sa sœur.

— S'il vous plaît, insista-t-elle. Un simple coup d'œil à sa signature suffira. Vous avez dit vous-même que cette attitude vous avait étonnée de la part de Cassie… Et si cette lettre n'avait pas été écrite par elle ?

Caroline hocha la tête et se tourna vers son ordinateur. Elle tapa quelques mots sur son clavier et l'imprimante se mit en marche en vrombissant.

Attrapant le document qui venait d'en sortir, Caroline le tendit à Addy.

— Nous ne conservons plus beaucoup de documents sur papier aujourd'hui, dit-elle. Tout est numérisé dans le système puis envoyé hors site.

Addy prit la copie de la lettre de démission de sa sœur et la parcourut des yeux rapidement jusqu'à parvenir à la signature. Tout en évaluant chaque boucle, chaque ligne et chaque point avec la plus grande attention, elle retint sa respiration.

Mais après une minute, son cœur se serra. Il s'agissait bien de la signature de Cassie.

5

En voyant l'expression d'Addy, Shawn comprit immédiatement que la signature au bas de la lettre de démission était bien celle de Cassie… Comme Caroline Webb n'avait plus rien à leur apprendre, ils la quittèrent après l'avoir remerciée.

Ils décidèrent de passer voir Ben pendant qu'ils étaient sur les lieux. Shawn regardait les noms affichés sur les portes de gauche du couloir, Addy sur celles de droite. Ce faisant, il repensa à ce que Caroline leur avait dit au sujet de Cassie et de son rôle chez Spectrum. Lorsqu'elle leur avait appris que la jeune fille travaillait à la fois au siège de l'entreprise mais aussi à l'usine de production, il n'avait pu s'empêcher de serrer la main d'Addy… Cassie avait le profil parfait de l'employée modèle, impliquée dans une fraude.

D'après ce qu'il avait appris sur elle, elle semblait avoir une bonne connaissance du matériel informatique et du processus de fabrication des puces ainsi qu'un accès libre à tous les locaux. Évidemment, il ne pensait pas qu'elle ait pu commettre quoi que ce soit de répréhensible toute seule… Mais pourquoi pas avec l'aide d'un petit ami qui aurait eu des contacts au sein de Spectrum depuis des années ? Tout cela expliquerait aussi pourquoi une jeune New-Yorkaise de dix-neuf ans, en route pour entrer dans l'une des plus prestigieuses universités du pays, avait mis tout ça de côté un moment pour aller suivre un stage dans une petite ville de province.

Addy et lui trouvèrent enfin le bureau de Ben. Shawn frappa quelques coups à la porte qui était ouverte pour attirer l'attention de l'homme aux larges épaules assis derrière son ordinateur. Même si Addy lui avait dit qu'il avait vingt-six ans, Shawn trouva qu'il paraissait plus jeune. Il avait l'air d'un adolescent qui aurait emprunté le costume de son père pour passer un entretien d'embauche. La différence d'âge entre Cassie et lui semblait déranger Addy.

— Ben Konstam ? demanda Addy en entrant dans le bureau, je suis la sœur de Cassie. Vous avez un moment ?

— Bien sûr, lui répondit Ben en se levant pour leur faire signe de venir s'asseoir en face de son bureau. Vous avez de ses nouvelles ?

Malgré l'air désolé du jeune homme, Shawn ne sentit aucune émotion transparaître dans ses paroles. Il regarda Addy et son froncement de sourcils lui indiqua qu'elle pensait la même chose que lui.

— Non, c'est d'ailleurs la raison de notre présence ici. Nous espérons que vous pourrez nous apporter quelques éclaircissements, lui répondit-elle en se tournant vers Shawn pour faire les présentations.

— Je ferais tout pour Cassie, leur dit le jeune homme en croisant les mains devant lui. Je tiens beaucoup à elle.

— Comment l'avez-vous rencontrée ? commença Shawn.

— Quand elle a débuté chez Spectrum, je travaillais sur les quais de chargement. Il y avait eu une confusion sur certains documents concernant un envoi et c'est elle qui est venue nous apporter les bonnes factures.

La voix de Ben était impassible. Pour un jeune homme dont la petite amie venait de disparaître, il semblait étrangement calme.

— Il y a des quais de chargement dans ce bâtiment ? demanda Shawn.

— Pas ici, non, lui répondit Ben avec un léger sourire. Ici c'est le siège social de Spectrum. Mais il y a un autre bâtiment.

— Et où se trouve cet endroit ?

— Oh ! ce n'est pas très loin, répondit Ben. C'est à environ cinq kilomètres de la ville. Il est impossible d'avoir un espace aussi grand pour un loyer décent en centre-ville.

— Bien sûr, oui, mais c'est dommage. J'aime bien bricoler un peu les ordinateurs et j'avais espéré pouvoir y jeter un coup d'œil…, dit Shawn pour dissiper toute méfiance.

En l'entendant, Ben afficha un large sourire et se rengorgea.

— Si vous voulez y faire un tour, il suffit de me prévenir et je vous organise ça. J'ai un bon contact avec les gars de l'usine, j'ai fait partie de leur équipe. Et ce n'est pas parce que j'ai rejoint l'équipe de direction que j'ai oublié d'où je venais !

Shawn jeta un regard vers Addy et vit passer une lueur de suspicion dans ses yeux.

— Vous travailliez donc là-bas, reprit Shawn. Que faisiez-vous exactement ?

— Je chargeais les camions puis je livrais les puces aux clients sur toute la côte Est, leur répondit Ben en tapant du bout de son stylo sur le bureau.

— Vous êtes donc passé de chauffeur-livreur à

assistant responsable des expéditions, quel parcours ! remarqua Addy.

— J'ai un diplôme d'associé en gestion d'entreprise, déclara Ben, comme s'il était soudain sur la défensive.

Il tourna la tête vers un cadre accroché au mur et ajouta :

— Spectrum aime faire évoluer ses employés qui font leurs preuves.

— Et à quand remonte la dernière fois où vous avez vu Cassie ? demanda Addy.

— Oh ! cela fait deux ou trois semaines, répondit Ben en regardant le plafond comme si la date de leur rendez-vous pouvait y être inscrite.

— Et c'était normal pour vous deux de rester aussi longtemps sans vous voir ? demanda Shawn en fronçant les sourcils.

— Normal ? répéta Ben en parcourant la pièce des yeux. Attendez, nous n'étions pas mariés… Je ne sais pas ce qu'elle vous a dit, mais les choses étaient très détendues entre nous.

Addy ouvrit la bouche pour répondre mais Shawn sentit que ses propos n'allaient pas faire avancer la conversation.

— Est-ce qu'elle vous semblait inquiète ces derniers temps ? dit-il avant qu'Addy parle. L'avez-vous trouvée préoccupée ou soucieuse la dernière fois que vous l'avez vue ?

— Non, je n'ai rien remarqué de tel, répondit Ben en plissant les yeux pour réfléchir.

— Suri, la colocataire de Cassie, nous a dit qu'elle envisageait de rentrer à New York. Elle vous en avait touché un mot ?

— Oui, et j'en ai d'ailleurs parlé au shérif. Cassie était décidée à rentrer chez elle.

— Mais pourquoi ne m'en a-t-elle pas parlé ? s'étonna Addy.

— Peut-être qu'elle voulait vous faire la surprise ? déclara Ben en haussant les épaules. Peut-être qu'elle voulait être à New York mais ne se sentait pas forcément prête à revoir les membres de sa famille. Tout ce que je sais, c'est qu'elle m'a dit qu'elle rentrait chez elle.

Un silence passa entre eux tandis que Ben continuait d'éviter le regard d'Addy.

Il paraissait évident qu'il cachait quelque chose.

— Que faisait Cassie chez Spectrum ? demanda Shawn, espérant que, s'il adoptait un autre angle, la conversation lui apporterait de nouvelles informations.

— Du classement, de l'archivage, elle répondait aussi au téléphone et prenait les notes pendant les réunions.

Sa réponse correspondait à celle de Caroline.

— A-t-elle eu des problèmes avec quelqu'un ici, au travail ?

— Non, mais soyons honnêtes, Cassie n'était pas en position d'avoir la moindre dispute avec quiconque ici. Ce n'est pas comme si elle avait supervisé une équipe ou avait eu des responsabilités. Écoutez, conclut-il en se levant, je vais devoir me remettre au travail.

Addy et Shawn l'imitèrent et quittèrent le bureau après l'avoir remercié avant d'emprunter le couloir qui menait aux ascenseurs.

— Il ne nous dit pas la vérité, glissa Addy à Shawn dès qu'ils se furent éloignés. Jamais Cassie n'aurait déménagé sans m'en avertir.

— Oui, il nous cache des choses, c'est certain, mais cela ne signifie pas pour autant qu'il a quelque chose à voir avec la disparation de Cassie.

Addy le fusilla du regard. Alors qu'elle allait probablement le contredire, une petite femme sortit d'un bureau sur leur droite et les arrêta.

— Excusez-moi, leur dit-elle, vous êtes la sœur de Cassie ?

— Oui, je suis Addy Williams et voici Shawn West.

— Bonjour, je m'appelle Claudia, leur dit-elle avant d'inspecter le couloir et de faire un pas en arrière dans son bureau comme pour se cacher. J'hésitais à vous en parler, mais s'il s'agissait de ma propre sœur…, reprit-elle.

— Je vous en prie, lui dit Addy en avançant vers elle, si vous savez quoi que ce soit qui pourrait m'aider à la retrouver…

— J'ai surpris une conversation entre votre sœur et Ben. En fait il s'agissait plutôt d'une dispute, c'était peu de temps avant sa disparition.

Shawn étudia la femme qui se tenait devant lui. Elle semblait nerveuse et ne cessait de se tordre les mains.

— Quel était le sujet de leur dispute ? demanda Addy.

— Eh bien… je ne veux causer d'ennuis à personne.

— Je vous en prie, ce que vous savez pourrait être important.

— Je n'ai pas entendu grand-chose, dit-elle en soupirant, mais Ben lui demandait s'ils pouvaient discuter et Cassie n'était pas d'accord, elle lui disait qu'ils avaient déjà abordé ce sujet et qu'elle n'avait plus rien à dire. Elle lui a ensuite dit que l'affaire était close et qu'elle allait faire ce qui lui semblait juste.

— Aucun d'eux n'a mentionné de quoi ils parlaient ?

— Non, désolée, je n'ai rien entendu d'autre. Après cela, Cassie est partie en laissant Ben.

— L'a-t-il suivie ? demanda Shawn.

— Je ne sais pas, lui répondit Claudia en fronçant les sourcils. Ils ne sont pas passés devant moi mais en entendant le son des talons de Cassie, j'ai compris qu'elle était partie. Il est possible que Ben l'ait suivie, mais je n'en sais rien.

— Vous avez parlé de cette dispute au shérif Donovan ?

— Oh ! non, comme je vous l'ai dit, je ne veux causer de problèmes à personne.

Elle recula dans son bureau.

Tout au long de sa vie, Shawn avait rencontré trop de gens qui ne voulaient pas « s'impliquer » ou « faire de vagues ». Si Claudia avait informé Donovan de ce qu'elle avait vu et entendu, peut-être que celui-ci aurait, dès le départ, accordé plus d'importance à la disparition de Cassie. Mais il ravala son agacement et tenta de rester courtois.

— Lui raconter tout ça pourrait pourtant être d'une grande aide.

— Je vais y réfléchir, lui répondit-elle avant de refermer la porte de son bureau.

Doutant que Claudia décide de rapporter les faits au shérif, Shawn se promit de s'en charger dès que possible en espérant que Donovan saurait exploiter cette piste.

— Tu penses que c'est ça que nous cache Ben ? lui demanda Addy. Qu'ils se sont disputés juste avant qu'elle disparaisse ?

— C'est possible, cela pourrait expliquer sa nervosité et sa réticence à nous parler. En tant que petit ami, il est déjà dans le collimateur, nous dire qu'ils n'étaient pas en très bons termes est une information qui le fait passer de simple témoin à suspect.

— Retournons le voir et voyons ce qu'il a à nous dire sur le sujet.

Mais le bureau de Ben était maintenant vide.

— Nous devons aller voir le shérif Donovan, Ben

en sait plus que ce qu'il prétend sur la disparition de ma sœur, lança Addy à Shawn en se précipitant vers les ascenseurs.

— Attends une minute, lui répondit celui-ci en la suivant, nous n'avons aucune preuve de son implication dans cette affaire.

— Que veux-tu dire ? s'exclama-t-elle en appuyant sur le bouton d'appel. S'il n'avait rien à se reprocher, pour quelles raisons crois-tu qu'il serait parti d'ici dès que nous avons eu le dos tourné ?

— Nous n'en savons rien, il avait peut-être un déjeuner, lui répondit Shawn en levant les mains, comme pour calmer le jeu. Je n'y crois pas forcément mais je pense que nous ferions mieux d'attendre un peu et de revenir interroger Ben plus tard. Avec un peu de chance, nous aurons découvert de nouvelles informations d'ici là et nous pourrons le confronter sur certains aspects de son discours.

Les portes de l'ascenseur s'ouvrirent.

— D'accord, mais comment allons-nous découvrir ces nouvelles informations ?

Certain qu'Addy n'allait pas aimer sa réponse, Shawn fit une grimace…

— Pour tout te dire, je n'en ai pas la moindre idée pour le moment.

6

Addy attendit qu'ils aient atteint le trottoir qui se trouvait en face du grand bâtiment pour reprendre la parole :

— Ben nous ment.

Elle se sentait à fleur de peau et craignait de ne plus réussir longtemps à maîtriser ses émotions. Elle ne comprenait pas pourquoi tout le monde était si prompt à penser que Cassie avait pu rentrer à New York alors qu'elle savait que cela ne faisait pas partie des projets de sa sœur.

— Peut-être que Cassie a rompu et qu'il l'a kidnappée…, reprit-elle. On a déjà vu ce genre de choses arriver. On devrait demander au shérif Donovan de fouiller la maison de Ben.

— Attends un peu, dit Shawn en posant une main sur son épaule.

— Mais nous n'avons pas une minute à perdre ! s'exclama-t-elle en se dégageant. Je sais que Cassie est encore en vie, je peux le sentir et j'ai aussi le sentiment que sa recherche est une véritable course contre la montre.

— Peut-être, mais courir après Ben ne risque pas de lui donner envie de nous dire ce qu'il sait… S'il sait quelque chose.

— Que veux-tu dire ? Tu as vu comme moi combien il était nerveux, non ?

— Oui, mais il peut aussi être dans cet état pour une tout autre raison. Si ça se trouve, c'est son comportement habituel…

Bouche bée, Addy regarda Shawn un instant avant de recommencer à marcher sur le trottoir. Il ne valait pas mieux que le shérif.

— Accepter ton aide était une erreur, marmonna-t-elle, les yeux pleins de larmes.

La vue soudain brouillée, elle trébucha, et Shawn la rattrapa de ses bras puissants.

— Tout va bien ? lui demanda-t-il d'un ton inquiet.

Addy se retourna et croisa son regard. Le désir vibra entre eux.

— Oui, ça va. J'ai seulement faim. Je n'ai pas mangé grand-chose au petit déjeuner.

— Écoute, lui dit-il avec un sourire complice, laisse-moi t'offrir à déjeuner et nous pourrons parler de la prochaine étape.

Addy avait hâte de retrouver Ben pour l'interroger de nouveau mais elle se sentait ragaillardie à l'idée de manger quelque chose.

— D'accord, mais c'est moi qui choisis le restaurant, lui répondit-elle en quittant ses bras à regret.

Shawn West semblait avoir le pouvoir de remettre en cause toutes ses résolutions concernant les sentiments… Mais après tout, était-ce si important ? Elle décida de repousser ce sujet à plus tard et se concentra sur son estomac qui grondait.

Elle avait remarqué un restaurant non loin de l'endroit où ils s'étaient garés et c'est là qu'elle conduisit Shawn. Une fois devant la porte vitrée, ils découvrirent que l'endroit s'appelait La Cuillère d'or. Quand Addy tendit la main pour ouvrir la porte, Shawn fit de même et elle sentit un puissant courant électrique la parcourir de la tête aux pieds.

En pénétrant à l'intérieur, elle reconnut la chanson *Rockin'Around the Christmas Tree* diffusée par les haut-parleurs et une délicieuse odeur de bacon et de café vint aguicher ses sens.

En apercevant une assiette de pancakes et de fraises sur une table voisine, elle sentit son estomac l'implorer.

Une serveuse, qui d'après le nom brodé sur son uniforme s'appelait Becky, les guida jusqu'à une table libre et leur donna les menus.

— Et toi, Ben t'a fait quelle impression ? demanda Addy à Shawn dès que Becky eut tourné les talons.

— Je pense que tu as raison, mais nous allons devoir trouver de la matière si nous voulons découvrir ce qu'il nous cache.

— Quel genre de matière ? lui demanda-t-elle en sentant poindre un début de migraine.

— Nous devons découvrir quelque chose qui nous permette de faire pression, une preuve qu'il nous ment.

— Ça semble logique, en effet, acquiesça Addy avant de lui jeter un regard interrogateur. Et comment comptes-tu t'y prendre ?

— Il y a plusieurs manières de faire, lui répondit-il avec un sourire, mais dans ce cas précis, je pense que nous devrions rendre une petite visite à Suri, la colocataire de Cassie.

— Suri ? Mais pourquoi ?

— Elle et Ben ont tous les deux dit au shérif que Cassie avait déménagé. C'est peut-être la vérité mais si ce n'est pas le cas, cela pourrait indiquer qu'ils se sont mis d'accord pour donner la même version à la police.

Tout en réfléchissant à ce que tout cela pouvait signifier, Addy acquiesça lentement.

Tandis que Becky déposait sur leur table deux tasses de café fumantes, elle ajouta :

— Cela devait faire trois ou quatre jours que je n'avais pas eu de nouvelles de Cassie, quand j'ai décidé d'appeler Suri. Elle a mis beaucoup de temps à répondre à mes appels et quand j'ai enfin pu lui parler, elle ne m'a pas appris grand-chose.

— Si vous parlez de Suri Bedingfield, intervint la serveuse, elle a quitté la ville il y a une semaine environ.

— Vous la connaissez ? lui demanda Addy en lui jetant un regard surpris.

— Il y a peut-être beaucoup de Suri à Hollywood mais pas à Bentham, répondit celle-ci en lui souriant. Elle était serveuse ici, et mardi dernier, elle a laissé un message sur le répondeur du restaurant pour nous prévenir qu'elle avait trouvé un nouveau travail à Garwin et qu'elle démissionnait. Cela faisait trois ans qu'elle travaillait ici, après avoir abandonné le lycée, jamais je n'aurais pensé qu'elle nous laisserait tomber comme ça.

Cette soudaine démission faisait écho à celle de Cassie, et Addy et Shawn échangèrent un regard entendu.

— Elle ne vous a rien dit d'autre ? demanda Shawn.

— Que dire de plus quand on démissionne ainsi du jour au lendemain ? lui répondit Becky en sortant un stylo et un petit carnet de la poche de son tablier. Je peux prendre votre commande ?

Addy commanda le petit déjeuner américain : des pancakes, des œufs, des toasts, du bacon et des saucisses. Elle décida d'ignorer la grimace de Shawn tandis qu'elle commandait en supplément une assiette de frites.

— Je vais seulement prendre une coupe de fruits frais, déclara Shawn de son côté.

Addy sourit tandis que la serveuse s'éloignait.

— Quoi ? lui demanda Shawn en haussant les sourcils. Tu te moques de moi alors que tu as commandé de quoi nourrir une armée entière ?

— J'ai passé les douze premières années de ma vie dans un ranch, je suppose que manger des repas copieux fait partie de mon ADN.

— Dans un ranch ?

— Oui, les parents de ma mère étaient propriétaires d'un petit ranch au Texas.

Addy sourit tandis qu'un flot de souvenirs lui revenait à l'esprit : ses grands-parents, les balades à cheval et les ciels étoilés…

— Mes parents se sont rencontrés quand mon père faisait son internat dans un hôpital local. Il avait grandi à Brooklyn et n'avait pas prévu de s'éloigner longtemps de la ville mais…

— La rencontre avec ta mère a dû bouleverser un peu ses plans.

— En effet, ma mère n'avait jamais pensé devoir un jour quitter sa famille ou même le Texas. Et mon père avait l'habitude de dire que même si elle avait voulu vivre sur Mars il l'aurait suivie. Ils étaient fous amoureux l'un de l'autre.

— Ils avaient l'air heureux, remarqua Shawn.

— Et ils l'étaient, affirma Addy avec un sourire. J'ai adoré grandir au Texas. Et puis, environ un an après la naissance de Cassie, ma mère a découvert qu'elle avait un cancer. Quelques mois après, elle n'était plus là. Mon père et mes grands-parents étaient dévastés. Ma grand-mère est d'ailleurs morte l'année suivante.

— Je suis vraiment désolé, Addy, lui dit Shawn en tendant la main par-dessus la table pour prendre la sienne.

— C'était il y a bien longtemps, lui répondit-elle en haussant les épaules. Quand mon grand-père est mort, mon père a mis le ranch en vente et nous sommes rentrés à New York pour nous rapprocher de sa famille.

— Ce qui fait de toi une fascinante jeune femme, à la fois citadine et campagnarde, remarqua Shawn en entrelaçant ses doigts avec les siens.

Tout en soutenant son regard intense, Addy sentit les battements de son cœur s'accélérer. Une vision d'eux deux, marchant main dans la main dans Central Park puis savourant la vue depuis le château du Belvédère, lui traversa l'esprit.

Des pensées dangereuses pour une jeune femme qui ne voulait surtout pas laisser les sentiments prendre le pas sur sa carrière.

Elle retira sa main puis s'éclaircit la gorge.

— Et si nous parlions un peu des prochaines étapes de notre recherche ?

— Tu as des idées ? lui répondit Shawn en se laissant aller en arrière contre le dossier de sa chaise.

— Nous devons parler à Suri, mais comme elle ne répond pas à mes appels, il va falloir trouver un autre moyen pour entrer en contact avec elle.

— Il faut d'abord la localiser ; je vais demander à quelqu'un à l'agence de s'en charger, tu peux me donner son nom de famille ?

— Bedingfield, lui répondit Addy, mais dis-moi une chose : pourquoi semblais-tu si intéressé par les quais de chargement de l'usine lors de notre discussion avec Ben ?

Une curieuse expression passa sur le visage de Shawn

mais son téléphone se mit à sonner avant qu'il ait le temps de répondre.

— C'est mon frère, dit-il à Addy avant de décrocher. Salut, Ry, comment vas-tu ?

Addy se tourna vers la fenêtre et essaya de ne pas écouter la conversation des deux frères, ce qui, vu sa proximité avec Shawn, semblait compliqué.

La familiarité et la décontraction teintée d'un brin d'agacement qu'elle reconnut dans la voix de Shawn étaient typiques de la relation qui liait les frères et sœurs. Elle se demanda si cela était aussi flagrant quand elle discutait avec Cassie… et si elle lui reparlerait un jour.

Après avoir demandé à Ryan de tenter de localiser Suri Bedingfield et d'obtenir ses coordonnées, Shawn raccrocha.

— Tout va bien ? s'enquit Addy.

— Oui, soupira Shawn en rangeant son téléphone dans sa poche. Mais il peut parfois être un peu autoritaire.

— Au sujet de l'affaire sur laquelle vous travaillez en ce moment ? reprit Addy sans réussir à cacher sa curiosité.

Shawn vérifia que personne ne pouvait les entendre, mais entre le service du petit déjeuner et celui du déjeuner, le restaurant bénéficiait d'une ambiance plutôt calme. Il n'y avait que deux autres personnes dans la salle, deux adolescentes installées à une table éloignée de la leur.

— Oui, lui répondit-il. Nous devons résoudre cette affaire pour notre client dans les meilleurs délais.

— Et malgré l'urgence, tu as proposé de m'aider ?

— Je peux gérer ces deux affaires en même temps, lui répondit Shawn avec un sourire entendu.

Addy leva les yeux au ciel en comprenant que cet air arrogant n'était là que pour tenter de dévier le cours de leur conversation. Mais elle décida de ne pas relever. Pour le moment.

Becky arriva avec leurs commandes et posa les assiettes sur la table avant de leur demander s'ils désiraient autre chose.

Addy, la bouche déjà pleine, laissa Shawn répondre.

— Non merci, ça devrait aller, dit-il en jetant un regard amusé en direction d'Addy.

La serveuse sourit et repartait en direction des cuisines quand Shawn la rappela :

— Attendez une seconde ! Savez-vous pour qui travaille Suri Bedingfield à présent ?

— Elle ne m'a pas donné de nom, lui répondit Becky en fronçant le nez, mais je suppose qu'elle a dû trouver un poste mieux rémunéré à Garwin. Comme les restaurants sont nettement plus chic, les pourboires sont plus élevés.

Shawn acquiesça et la jeune femme repartit vers le fond du restaurant.

Addy n'avait pas réalisé à quel point elle était affamée, aussi termina-t-elle son repas rapidement avant de se laisser aller contre le dossier de la banquette en soupirant d'aise.

— Tu te sens mieux ? lui demanda Shawn en haussant les sourcils.

— Pour être honnête, oui, lui répondit-elle avant de jeter un regard étonné au bol vide qui se trouvait devant lui. Comment un homme comme toi peut-il survivre avec un muffin aux graines et un bol de fruits ?

— Le muffin était au blé complet, quant aux œufs et aux épinards ils regorgent de protéines. Manger sainement me procure énormément d'énergie.

— Je préfère le bacon, rétorqua Addy en souriant.

— C'est vrai que ça te réussit plutôt bien, lui répondit Shawn en lui jetant un regard chargé de sous-entendus.

Addy sentit ses joues rougir et son cœur s'emballer.

— Je ne me souvenais pas que tu étais si séducteur…

— Je suis obligé de forcer la dose puisque mon seul charme n'a pas suffi la dernière fois.

Addy se sentit terriblement gênée et baissa les yeux.

— Je te dois des excuses pour avoir ignoré tes appels après le mariage de Ryan. Mais ce week-end avait été une erreur.

En voyant combien il paraissait soudain blessé, Addy ajouta :

— Je ne veux pas dire que…

— Non, non, la coupa-t-il en levant une main. Je n'aurais jamais dû te rappeler autant de fois, après tout ce n'était qu'un week-end.

— Oui, mais un incroyable week-end, précisa-t-elle en repoussant son assiette vide devant elle. C'est seulement que je… Je n'ai pas de relations amoureuses.

— Jamais ?

Elle haussa les épaules avant de répondre :

— J'ai bien quelques amis mais depuis mon divorce…, commença-t-elle avant de s'interrompre.

— Je n'arrive pas à imaginer quel genre d'homme peut bien t'avoir laissée filer, lui répondit-il en levant les yeux au plafond comme pour réfléchir. Je suppose que c'était le plus grand des crétins…

Il la regarda avec un sourire malicieux.

Addy éclata de rire puis lui expliqua :

— Sur ce sujet, ce n'est pas moi qui vais te contredire, même si je manque d'objectivité puisque c'est lui qui m'a quittée. Ou plutôt devrais-je dire trompée.

Addy s'interrompit pour boire les dernières gouttes de son café maintenant froid et reprit, sans plus aucune trace d'humour dans le ton de sa voix :

— Même si, à en croire Phillip, c'est moi qui l'ai poussé à me tromper.

— Impossible, protesta Shawn en secouant la tête. Et tu le sais, Addy.

— Oui, je le sais, mais l'entendre de la bouche de l'homme avec qui je prévoyais de passer ma vie m'a quand même beaucoup affectée.

Addy vit que Shawn serrait les dents et que son regard s'assombrissait mais il resta silencieux.

— Phillip n'a jamais aimé que je travaille autant. Je crois qu'il supportait mal d'être celui qui attend que sa femme rentre à la maison.

— C'est une fausse excuse, je m'estimerais l'homme le plus chanceux du monde si je devais t'attendre le soir.

L'air entre eux sembla soudain se charger d'une électricité crépitante, d'un désir non dit chargé de tension.

— Est-ce à cause de lui que tu ne m'as jamais rappelé ?

— Ce n'était pas à cause de toi. Tu es ma première et ma seule aventure d'un soir. Comme je te l'ai dit, j'ai renoncé à avoir des relations.

La serveuse réapparut, interrompant le cours de leur conversation.

— Tout va bien ? Souhaitez-vous quelque chose d'autre ?

— Non merci, répondit Addy en se levant. Mais je vais aller me laver les mains.

Elle se fraya un chemin parmi les tables jusqu'au couloir qui menait aux toilettes. Une fois à l'intérieur, elle posa les mains sur le bord du lavabo et prit un moment pour réfléchir à la conversation qu'elle venait d'avoir avec Shawn.

Elle ignorait pour quelle raison elle avait ressenti le besoin de lui confier ses pensées au sujet de son mariage raté mais son instinct lui soufflait qu'elle pouvait et même qu'elle devait lui faire confiance.

La disparation de Cassie l'avait déstabilisée… Elle délaissait son travail et se livrait à un homme qu'elle connaissait à peine. Enfin, ce n'était pas tout à fait vrai. Certains aspects de cet homme lui étaient même très familiers…

Elle regarda son reflet dans le miroir. Cassie avait disparu. Et, même si Addy savait qu'elle ne pourrait probablement pas empêcher ses sentiments d'évoluer en passant tant de temps avec Shawn, elle comptait bien ne pas se laisser déconcentrer dans sa recherche.

Après s'être lavé les mains, elle sortit des toilettes et manqua d'entrer en collision avec un homme qui se tenait devant la porte.

Une longue cicatrice ornait sa joue, ses yeux étaient enfoncés, ses pommettes saillantes, et ce mélange lui donnait un air plutôt menaçant.

Addy sentit un frisson glacé la parcourir tandis que l'inconnu lui barrait le passage.

— Excusez-moi, dit-elle en essayant de passer.

— Toi, tu ferais mieux de remballer tes belles manières et de retourner à New York, lui lança-t-il. Ce n'est pas ici que tu trouveras ce que tu cherches.

Une vague de peur submergea Addy mais elle se redressa et regarda l'homme sans ciller.

— Reculez.

— Tu ferais mieux de laisser tomber si tu ne veux pas qu'il t'arrive des bricoles, lui répondit-il en faisant un pas en avant.

— Qui êtes-vous ? lui demanda Addy en reculant de deux pas.

— Tu ne voudrais pas disparaître toi aussi, n'est-ce pas ?

Soudain, la peur que ressentait Addy se changea en une puissante colère. Disparaître ? Cet homme savait-il où se trouvait Cassie ?

Il avança de nouveau pour se rapprocher d'elle mais tout à coup, il se retrouva plaqué contre le mur de l'autre côté du couloir. Shawn venait de surgir et s'était interposé entre lui et Addy.

— Êtes-vous en train de la menacer ? demanda-t-il à l'homme, les poings serrés, prêt à frapper.

— Non, ce n'était pas une menace, il s'agissait d'une simple mise en garde, lui dit l'inconnu avec un air si rude que son visage déjà déformé paraissait encore plus effrayant.

— Eh, puisque vous semblez d'humeur bavarde, pourquoi vous ne nous raconteriez pas ce que vous savez au sujet de la disparition de Cassie Williams ?

— Je ne vous dirai rien du tout, répondit l'homme d'un ton agressif en avançant vers Shawn.

— Que se passe-t-il par ici ? intervint Becky en apparaissant au bout du couloir.

En voyant l'individu, elle changea d'expression et prit un air dédaigneux.

— Teddy Arbury, dit-elle entre ses dents. Pourquoi ne suis-je pas surprise ? Il me semble pourtant t'avoir dit que tu n'étais pas le bienvenu ici, non ? Es-tu de nouveau en train de chercher des problèmes ?

— Ce n'est pas moi, Becky, protesta-t-il. J'essaie seulement d'aller aux toilettes.

— Eh bien, vas-y, lui répondit-elle en levant les yeux au ciel. Allez, sors de ma vue.

Teddy jeta un regard noir à Shawn puis avança en frôlant Addy avant de disparaître dans les toilettes.

— Tu vas bien ? demanda Shawn à Addy en passant un bras autour de ses épaules.

— Oui, ça va, heureusement il ne m'a pas touchée, mais j'ai été surprise, lui répondit-elle tandis qu'ils retournaient à leur table. Payons l'addition et sortons d'ici, tu veux bien ?

— J'ai déjà payé.

— Tu n'avais pas à le faire, j'ai mangé deux fois plus que toi.

— Je dirais quatre fois plus, la corrigea-t-il en esquissant un sourire.

Elle fouilla dans son sac à la recherche de son portefeuille mais il lui fit signe de ne pas insister.

— Ne t'inquiète pas à ce sujet, lui dit-il. Dépêchons-nous de sortir, je voudrais voir où ce Teddy va se rendre en sortant d'ici.

7

Shawn et Addy traversèrent la rue pour rejoindre la voiture qu'ils avaient garée au parking. Teddy sortit du restaurant alors qu'ils venaient tout juste de monter dans le SUV. Il s'éloigna dans la direction opposée.

Shawn démarra et entreprit de le suivre le plus discrètement possible.

Après avoir tourné à gauche au coin de la rue, Teddy enfourcha une moto noire et fila à toute allure.

— Vérifie que ta ceinture de sécurité est bien attachée. Je ne suis pas certain de pouvoir le suivre longtemps sans qu'il s'en rende compte mais ça vaut le coup d'essayer.

Shawn avait vu juste, Teddy tourna à gauche au dernier moment, frôla quelques voitures garées et repartit en sens inverse. Avec la circulation, il était impossible de le suivre.

— Bon sang ! jura Shawn en tapant du plat de la main sur son volant.

— Nous devons le retrouver, je pense qu'il sait où se trouve ma sœur.

— Quand j'aurai réussi à faire demi-tour, il sera déjà loin.

Addy réprima une profonde envie de crier sa frustration. Elle baissait sa vitre pour prendre une bouffée d'air frais quand son téléphone se mit à sonner.

Pensant qu'il s'agissait de Jerry, elle décrocha sans prendre le temps de regarder de qui provenait l'appel. Il lui avait envoyé près d'une dizaine de mails pour lui parler de choses dont elle s'était déjà occupée.

Mais la voix qu'elle entendit à l'autre bout du fil était plus familière et bien plus inattendue.

— Addy ? dit Cassie dans un sanglot.

Addy sentit les battements de son cœur s'accélérer en reconnaissant sa sœur.

— Cassie ? Oh ! mon Dieu, Cassie, est-ce que tout va bien ?

Shawn se gara sur le bas-côté puis il fit signe à Addy de mettre l'appel sur haut-parleur.

Après avoir appuyé sur la touche, elle posa le téléphone entre Shawn et elle.

— Mon épaule me fait mal… mais ça va, enfin je crois, répondit Cassie.

La ligne était brouillée et ses propos étaient hachés, comme si elle parlait en courant.

— Cassie, où es-tu ?

Il n'y eut pas de réponse, seul un grésillement persistant résonnait sur la ligne.

— Cassie ? Tu es là ? s'écria Addy, le cœur battant.

— Ici… Les bois…

Shawn se pencha vers le téléphone et dit :

— Cassie, je m'appelle Shawn West, j'aide ta sœur à te chercher, peux-tu me décrire ce que tu vois autour de toi ?

— Je ne suis pas certaine…

La ligne devint soudain silencieuse. La voix de Cassie et les grésillements avaient disparu, remplacés par un bip de fin.

— Cassie ! cria Addy en sentant la panique la submerger.

Elle coupa le haut-parleur et remit le téléphone contre son oreille, espérant en vain prolonger la conversation. Shawn lui prit doucement l'appareil des mains, navigua jusqu'à la liste des appels et appuya sur la touche du dernier numéro. Ils écoutèrent les sonneries pendant quelques secondes avant que la ligne soit de nouveau coupée.

— Allons voir le shérif, s'exclama Addy en agrippant le bras de Shawn. Peut-être pourra-t-il retracer l'appel.

Shawn acquiesça en silence avant de démarrer le SUV.

Un quart d'heure plus tard, ils se garèrent devant le commissariat. Shawn et elle expliquèrent à l'agent présent à l'accueil qu'ils n'avaient pas de rendez-vous mais qu'ils devaient voir le shérif au plus vite. Celui-ci hésita un instant avant de décrocher le combiné de son téléphone. Derrière la vitre de plexiglas, Addy ne put saisir ce qu'il disait.

Au fond d'elle-même vibraient encore les répliques de l'émotion ressentie lors de la conversation avec sa sœur. Si Shawn était aussi impatient qu'elle d'échanger avec le shérif, il le cachait mieux. Pourtant, ses épaules tendues et les nombreux regards qu'il jetait vers le hall et les agents occupés à leur poste prouvaient qu'il était, lui aussi, sur le qui-vive.

Après avoir raccroché, l'agent poussa vers eux une feuille qu'ils remplirent rapidement, et, quelques minutes plus tard, un autre agent leur fit signe de bien vouloir le suivre.

Le shérif Donovan leva les yeux de son écran d'ordinateur lorsqu'ils entrèrent dans son bureau.

— Mademoiselle Williams, monsieur West, que me vaut l'honneur de cette nouvelle visite ?

Le ton de sa voix n'était pas en accord avec ses

paroles, il était clair qu'il n'était pas du tout ravi de leur présence ici.

Comme elle n'était pas plus heureuse que lui de le revoir, et qu'elle désapprouvait son attitude concernant la disparition de sa sœur, Addy alla droit au but.

— Je viens de recevoir un appel de ma sœur. Elle semble être retenue quelque part, probablement dans les bois, déclara-t-elle en marchant de long en large, les poings serrés.

— Attendez une minute, lui répondit le shérif en levant ses deux mains devant lui. Asseyez-vous et expliquez-moi tout ça en détail, voulez-vous ?

Shawn fit un pas vers Addy mais, semblant avoir compris qu'elle comptait mener seule ce combat, il resta silencieux.

— Je ne veux pas m'asseoir, et je viens déjà de tout vous expliquer. Que comptez-vous faire pour trouver l'endroit où est détenue ma sœur ?

Le shérif Donovan se leva, la forçant à lever les yeux vers lui.

— Asseyez-vous, mademoiselle Williams, répéta-t-il en lui montrant les chaises en face de lui.

Addy ne bougea pas d'un pouce.

Cependant, tout au fond d'elle-même, elle comprit qu'il ne s'agissait pas de savoir qui allait remporter ce bras de fer. Si elle voulait retrouver sa sœur, elle avait besoin du shérif, bien plus que lui n'avait besoin d'elle. Il lui avait d'ailleurs clairement fait comprendre qu'il ne verrait aucune objection à ce qu'elle retourne à New York et le laisse gérer cette affaire comme il l'entendait. Si elle voulait qu'il soit plus actif dans ses recherches, elle devait cesser de le prendre à rebrousse-poil.

Ayant probablement mené le même genre de réflexion, Shawn intervint doucement :

— Addy, je pense que tu devrais t'asseoir.

Elle laissa quelques secondes passer puis finit par obtempérer. Shawn et le shérif l'imitèrent.

— Maintenant, dites-moi tout au sujet de cet appel, lui demanda Donovan en la regardant droit dans les yeux.

Addy raconta en détail ce qui s'était passé. Ce n'était pas difficile, chaque mot de leur courte conversation était gravé dans sa mémoire.

— Avec votre permission, je peux essayer de contacter votre opérateur téléphonique pour essayer d'obtenir un nom ou le lieu d'où a été passé l'appel, lui proposa le shérif en tendant une feuille qu'il venait de prendre dans une pile de documents.

Il s'agissait d'un formulaire de consentement permettant à la police de demander aux opérateurs de téléphonie un accès aux dossiers de leurs clients.

— C'est tout ? demanda Addy en regardant le shérif d'un air furieux.

— Je sais que ça ne va pas vous plaire, mais il n'y a rien d'autre que je puisse faire. Surtout sans savoir où votre sœur se trouve, et je ne crois pas qu'elle vous l'ait dit, n'est-ce pas ?

Addy se pencha en avant et Shawn lui prit la main, craignant peut-être qu'elle bondisse sur le shérif. Elle se sentait dans un tel état de frénésie qu'elle ne trouvait pas les mots pour faire comprendre à Donovan qu'elle savait que sa sœur courait un terrible danger.

— Peut-être qu'elle ne pouvait pas nous le dire mais son appel nous prouve qu'elle est détenue contre son gré.

— C'est probable, constata le shérif en soupirant.

Addy sentit une nouvelle vague de colère monter en elle mais elle réussit, pour l'amour de sa sœur, à la maîtriser.

— Que voulez-vous dire par « c'est probable » ?

— Les ravisseurs laissent rarement l'occasion à leurs victimes de passer des coups de téléphone à leur famille, malgré tout ce que vous avez pu voir à la télévision. Vous avez dit que l'appel était saccadé et que votre sœur prétendait aller bien…

— Shérif, commença Addy, mais celui-ci l'interrompit en levant une main devant lui.

— Écoutez, je comprends votre inquiétude. Vraiment. Mais nous ne pouvons pas faire grand-chose pour le moment. Si votre sœur vous a appelée, elle va sûrement recommencer. Et vous aurez peut-être une conversation plus fluide cette fois.

Sur ces mots, Donovan se leva.

Shawn l'imita et, sa main toujours serrée dans la sienne, il incita Addy à faire de même.

— Qu'elle vous ait appelée est très bon signe, mademoiselle Williams, ajouta le shérif avant de jeter un curieux regard à Shawn.

Addy allait lui demander ce que cet échange silencieux signifiait quand Shawn prit la parole.

— Allons-y, maintenant, Addy.

Ils sortirent du bureau et Addy déposa la feuille de consentement remplie à l'accueil avant de quitter le commissariat.

Dehors, une légère couche de neige recouvrait le parking et les gens se pressaient de rentrer chez eux, les bras chargés de paquets. Un volontaire de l'Armée du Salut se tenait au coin de la rue et le son de sa cloche invitait les passants à déposer quelques pièces dans son récipient rouge.

Une fois installée dans le SUV, Addy referma la portière et se tourna vers Shawn.

— Que signifiait cet étrange regard que tu as échangé avec le shérif ? Que voulait-il dire en m'expliquant que c'était bon signe que ma sœur m'ait appelée ?

Shawn lui prit la main et la regarda avec compassion.

— C'est bon signe car cela signifie que Cassie est toujours vivante.

Sur ce, il démarra et sortit du parking. Malgré sa réponse, les mots qu'il n'avait pas prononcés semblaient flotter dans l'air. Cassie était vivante.

Mais pour combien de temps encore ?

8

Addy se laissa aller dans le siège confortable du SUV de Shawn et ferma les yeux. Shawn et elle avaient déjà rencontré deux personnes sur les trois qui se trouvaient sur leur liste, pourtant elle avait l'impression qu'ils n'avaient pas avancé d'un pouce. Et l'appel de Cassie n'avait fait que renforcer son sentiment d'urgence.

Shawn n'avait pas démarré. En l'entendant s'agiter sur son siège, elle ouvrit les yeux. Il lui tendit un tube d'aspirine.

— Merci, dit-elle avec un faible sourire.

Elle avala deux comprimés tout en se demandant à quel moment son léger mal de tête s'était transformé en insoutenable migraine.

Shawn lui serra la main avec compassion avant de démarrer.

— Appeler Ryan, dit-il à haute voix.

Une sonnerie résonna bientôt dans l'habitacle de la voiture.

— Oui, Shawn ? répondit son frère d'une voix grave.

— Ry, juste pour te prévenir, tu es sur haut-parleur et Addy est avec moi dans la voiture.

— Addy, je suis désolé de la disparition de votre sœur, sachez que West Investigation va faire de son mieux pour vous aider à la retrouver.

— Merci, lui répondit Addy, la voix tremblante.

— Ry, reprit Shawn, Addy a reçu un appel de sa sœur, il y a une quarantaine de minutes environ, c'était court et la connexion était très mauvaise.

Ryan nota le numéro de téléphone d'Addy ainsi que son opérateur puis Shawn raconta leur confrontation avec Teddy Arbury au restaurant.

— J'ai essayé de le prendre en filature mais il conduisait une moto et il a rapidement réussi à nous semer.

— Vu ta façon de conduire, j'aurais aimé être là pour voir ça, grommela Ryan.

À l'autre bout du fil, ils pouvaient déjà l'entendre taper furieusement sur son clavier.

— Sa moto est une Fireblade noire, précisa Shawn en ignorant la moquerie fraternelle.

— Je comprends mieux, ces engins sont rapides.

— Voyons ce que tu pourras trouver sur lui… Par ailleurs, la colocataire de Cassie, Suri Bedingfield, semble avoir soudainement déménagé et trouvé un nouvel emploi à Garwin.

— Je suis sur le coup. Autre chose ? demanda Ryan d'un ton agacé.

Addy vit l'irritation s'afficher sur le visage de Shawn.

— Je te tiens au courant, lui répondit-il, l'air crispé.

Le silence qui régna alors entre les deux frères fut si long qu'Addy crut un instant que la communication avait été coupée. Pourtant Ryan finit par ajouter :

— Je reste disponible.

Et il raccrocha.

Addy laissa échapper un profond soupir puis se tourna vers Shawn.

— Qu'est-ce qu'on fait, maintenant ?

— Allons faire un tour à l'appartement de Cassie, répondit Shawn en démarrant le SUV.

Ils firent un rapide détour par l'agence immobilière qui avait aidé Cassie à trouver son logement et, comme Addy s'était portée garante de sa sœur au moment de la signature du bail, le responsable ne put faire autrement que de lui remettre les clés.

Cassie habitait non loin de leur hôtel. En sortant de la voiture, Addy sentit l'air frais lui fouetter le visage. Elle scruta la petite cour désolée qui se trouvait devant l'immeuble en bardage jaune. Les quelques touffes d'herbe qui avaient survécu au froid étaient jaunies et craquèrent sous leurs pas tandis qu'ils se dirigeaient vers l'entrée du bâtiment.

Addy ressentit une étrange impression mais elle ne parvint pas à l'identifier…

— Tout va bien ? lui demanda Shawn, l'air inquiet.

Addy lui répondit d'un faible sourire et ils montèrent en silence l'escalier qui menait au deuxième étage.

Après avoir déverrouillé la porte, ils entrèrent dans l'appartement, qui était plutôt petit. Mais Cassie avait insisté pour prendre une colocataire et payer tous les frais, malgré les nombreuses propositions d'aide financière qu'Addy lui avait faites.

L'appartement était glacial et une odeur de renfermé flottait dans l'air. Le canapé et le fauteuil appartenaient au propriétaire mais l'une des filles, Cassie ou Suri, avait manifestement eu envie de s'approprier un peu le lieu et avait accroché des rideaux couleur cerise aux fenêtres et un tableau au mur. La cuisine était minuscule et il n'y avait pas de place pour une table, les filles devaient prendre leurs repas sur la petite table basse à côté du canapé.

— Sais-tu quelle chambre occupait Cassie ? demanda

Shawn à Addy en jetant un coup d'œil à la pièce qui donnait sur le salon.

— Comme c'était son appartement, Cassie a pris la plus *grande* chambre, lui répondit Addy en appuyant sur le mot grande.

Elle lui montra du doigt un petit couloir qui menait à la deuxième chambre.

La pièce avait l'air d'avoir été nettoyée de fond en comble. Elle était meublée d'un lit simple et d'une commode en pin. La porte du placard était ouverte, révélant plusieurs cintres vides qui pendaient à la tringle.

Il restait encore plusieurs mois avant l'expiration du bail mais de toute évidence, l'appartement avait été abandonné par ses occupantes.

Shawn fouilla la table de nuit qui se trouvait à côté du lit tandis qu'Addy inspectait chaque tiroir de la commode avec attention. Mais tout était vide. Elle se hissa sur la pointe des pieds pour inspecter le placard et passa la main sur l'étagère la plus haute. Cependant, malgré sa grande taille, elle ne pouvait atteindre le fond, et elle décida de chercher, dans l'appartement, quelque chose sur lequel grimper.

De son côté, Shawn s'était agenouillé pour inspecter sous le lit. Addy ne put s'empêcher de sourire en remarquant combien son jean moulant mettait en valeur ses fesses musclées… Cet homme avait un corps vraiment magnifique.

Shawn se retourna et Addy, prise au dépourvu, sentit la chaleur lui monter aux joues.

— Qu'est-ce que tu fais ? lui demanda-t-il, le sourire aux lèvres.

— Je n'arrive pas à atteindre le fond du placard, lui

répondit-elle en montrant la table de nuit d'un air innocent, pourrais-tu m'aider à monter là-dessus ?

Shawn se releva et souleva la table de nuit comme s'il s'agissait d'une simple agrafeuse.

— Où veux-tu que je pose ça ? lui demanda-t-il avec un sourire taquin.

— Quel frimeur ! lui fit-elle remarquer.

Il lui répondit par un clin d'œil puis lui montra ses biceps.

Addy ressentit une pointe de désir s'allumer en elle. L'arrogance masculine n'était pas sa tasse de thé mais avec Shawn tout était différent. Tout était… sexy.

— Devant la penderie, ça sera parfait, ajouta-t-elle.

Il déposa l'objet au sol à l'endroit indiqué et posa les mains sur sa taille comme pour la hisser.

— Je pense que je peux m'en sortir toute seule, protesta Addy en se dégageant.

Il leva les mains avec un air désolé et recula d'un pas.

Elle prit appui de chaque côté de la table et grimpa dessus, à genoux. La table vacilla sous son poids.

Shawn s'approcha et tendit une main pour lui prendre l'avant-bras et la stabiliser. Leurs visages étaient maintenant très proches, leurs lèvres séparées seulement de quelques centimètres. Elle sentait dans sa poitrine son cœur qui battait à tout rompre.

— Cette table est une antiquité, regarde vite et descend de là avant qu'elle s'effondre.

Addy acquiesça en silence, la gorge sèche. Elle se leva et Shawn la soutint pendant qu'elle explorait le contenu du placard.

L'excitation fit place à la déception quand elle constata que la dernière étagère était aussi vide que le reste de la pièce.

— Tu vois quelque chose ? lui demanda Shawn.

— Rien du tout.

Un craquement vint ponctuer sa réponse. Sans attendre une minute, Shawn prit Addy dans ses bras. La table de nuit s'effondra dans un bruit sourd tandis qu'un de ses pieds roulait sur le sol.

Ils restèrent immobiles. Addy vit passer le trouble sur le visage de Shawn et fit ce qu'elle avait envie de faire depuis qu'elle lui avait ouvert la porte, ce matin, à l'hôtel.

Elle passa les bras autour de son cou et l'embrassa. Il lui rendit son baiser sans aucune hésitation et, en sentant sa langue raviver le feu en elle, Addy oublia tout. La seule chose qui importait à présent était de savourer le plaisir d'être dans ses bras. Shawn était si fort, si solide. Il était sûr de lui, un peu trop même, mais si gentil. Pour la première fois, elle se laissa aller et imagina combien il pourrait être agréable d'être embrassée de la sorte en rentrant chez elle, chaque soir, et pour le restant de ses jours.

Mais cette pensée lui fit interrompre brusquement leur baiser. Il ne s'agissait que d'un baiser. Un incroyable baiser, certes, mais ce n'était tout de même pas une raison suffisante pour considérer un tel changement de vie. D'autant plus que celle-ci était déjà bien remplie. Elle devait retrouver sa sœur. Elle devait clore la fusion Browning-Tuffs. Devenir associée de son cabinet. Non, elle n'avait pas de temps à accorder aux prémices d'une relation.

— Je pense que tu peux me lâcher, maintenant.

Elle vit la confusion briller dans le regard de Shawn mais il la reposa délicatement au sol.

— Nous ferions mieux de finir d'inspecter l'appartement, lui dit-elle en lissant sa chemise froissée avant de sortir de la chambre sans un regard pour lui.

S'il se demandait ce qui pouvait expliquer un tel changement d'attitude, il le garda pour lui. Elle savait qu'il était injuste de sa part de l'avoir embrassé de la sorte alors qu'elle ne souhaitait pas aller plus loin. Peut-être même devrait-elle s'excuser. Mais d'un rapide coup d'œil, en voyant son visage assombri, elle comprit que des excuses ne suffiraient pas pour le moment.

Elle soupira discrètement. Elle comprenait qu'il puisse être en colère contre elle, elle le méritait. Elle devrait assumer sa responsabilité et lui expliquer les raisons de son étrange comportement. Plus tard.

Elle se dirigea vers la cuisine et Shawn suivit le couloir jusqu'à la petite chambre qui avait été celle de Suri.

En ouvrant le réfrigérateur, Addy constata qu'il était vide. Elle ne s'était pas attendue à trouver quoi que ce soit à l'intérieur mais l'air frais vint refroidir légèrement les flammes de désir qui étaient nées tout au fond d'elle.

Elle s'approcha de la cuisinière, ouvrit la porte du four et constata, de nouveau sans surprise, qu'il n'y avait rien à l'intérieur.

Dans leur famille, Addy était celle qui aimait cuisiner. Elle trouvait une profonde satisfaction dans le fait de créer avec seulement quelques ingrédients de bons petits plats à partager avec ceux qu'elle aimait. Elle y puisait également le calme dont elle avait parfois besoin. Elle doutait que sa petite sœur se soit un jour servie de son four, ce qui aurait pu faire de celui-ci une excellente cachette.

Elle continua d'inspecter la cuisine, ouvrit les tiroirs, les placards, regarda derrière la vaisselle mais en vain.

— Il n'y a rien dans la deuxième chambre, déclara Shawn en la rejoignant.

— Ici non plus, lui répondit-elle sans réussir à cacher sa frustration. Je pense qu'on peut y aller.

Quand Shawn souleva le tissu qui recouvrait le canapé et jeta un coup d'œil en dessous, Addy prit cette fois bien garde de détourner le regard. Quand il se releva, il regarda le plafond puis avança vers elle, sans baisser les yeux.

— Il y a une trappe ici, peut-être un grenier, lui fit-il remarquer en pointant du doigt une découpe carrée d'où pendait une courte ficelle.

À ces mots, il vint se poster en dessous et sauta pour l'attraper. Une trappe s'ouvrit, révélant une échelle escamotable.

Addy s'avança, prête à monter la première. Elle doutait fort que sa sœur ait pu stocker quoi que ce soit ici mais elle ne quitterait pas l'appartement sans l'avoir inspecté de fond en comble.

— Je crois que je ferais mieux de passer devant, lui dit Shawn en lui barrant le passage. Nous n'avons aucune idée de l'état de cette vieille échelle ni de ce que nous allons découvrir là-haut.

Il sortit son pistolet de sa ceinture et commença à grimper, tenant son arme d'une main et les barreaux de l'autre.

À mi-hauteur, il prit quelques minutes pour examiner les lieux de gauche à droite.

— Il y a quelque chose, dit-il enfin avant de ranger son arme, signifiant par ce geste que ce qu'il venait de découvrir n'était pas une menace.

Il continua son ascension et disparut. Après quelques minutes, son visage apparut dans l'ouverture.

— Peux-tu reculer, s'il te plaît, demanda-t-il.

Il lança au sol deux sacs-poubelle gris foncé puis redescendit, une boîte à la main.

Addy s'agenouilla et ouvrit l'un des deux sacs. Celui-ci contenait des vêtements de femme, des jeans, des robes, des jupes.

— Ce sont les affaires de Cassie, constata-t-elle en montrant un T-shirt rose pâle.

— Il semblerait que ce qui se trouve dans cette boîte lui appartienne aussi, fit remarquer Shawn, accroupi près d'elle, en lui tendant une photo encadrée des deux sœurs avec leur père prise quelques mois avant la mort de celui-ci.

Addy lui prit le cadre des mains.

— Cassie ne serait jamais partie sans emporter cette photo avec elle.

Puis elle regarda Shawn en sentant la peur la submerger.

— Je crois que tu as raison, dit-il, il y a d'autres choses dont elle n'aurait probablement pas voulu se séparer.

Addy observa le contenu de la boîte. Un journal, un chargeur de téléphone portable, un peigne, une brosse et d'autres produits de maquillage. Que des objets dont Cassie aurait inévitablement eu besoin si elle était retournée vivre à New York ou allée ailleurs.

— Je crois que nous devrions prévenir le shérif Donovan, déclara Shawn en se relevant.

— Tu penses qu'il va accorder de l'importance à tout ça ? lui demanda-t-elle en saisissant la main qu'il lui tendait pour l'aider à se relever. Il mise plutôt sur l'hypothèse d'un déménagement volontaire de sa part.

— Il n'a pas le choix, protesta Shawn. Ces affaires contredisent totalement cette possibilité.

Addy n'était pas aussi convaincue que lui. Donovan avait eu des jours entiers pour fouiller cet appartement mais il n'avait pas trouvé ce qu'ils venaient de découvrir. Et il risquait fort de considérer leur découverte comme un empiétement sur son autorité et une remise en cause de son travail. Travail qu'il n'avait de toute évidence pas fait correctement.

Un bruit de pas dans l'escalier interrompit leur discussion, l'empêchant de confier ses doutes à Shawn.

La fenêtre du salon donnait sur le bâtiment voisin tandis que celle de la cuisine donnait sur l'arrière de l'immeuble. Il n'y avait aucune vue du parking à l'avant, ce qui signifiait qu'il était impossible pour les habitants de savoir qui pouvait leur rendre visite.

Shawn mit une main sur son arme et poussa doucement Addy.

— Va dans la chambre de Cassie et verrouille la porte derrière toi, chuchota-t-il.

Addy acquiesça et sortit son téléphone portable, prête à appeler à l'aide.

— Ouvrez-moi, c'est le shérif ! s'écria alors Donovan après avoir frappé un coup à la porte.

La main toujours posée sur son arme, Shawn regarda par l'œilleton.

— C'est bien lui, dit-il.

Addy laissa échapper un profond soupir, rangea son téléphone et rejoignit Shawn qui venait d'ouvrir la porte.

— Que faites-vous ici ? leur demanda le shérif en les découvrant tous les deux à l'intérieur. C'est une intrusion.

— Pas du tout, rétorqua Addy en tendant devant elle la clé de l'appartement, je suis garante pour ma sœur et j'ai une clé.

— Nous étions justement sur le point de vous appeler, précisa Shawn en faisant signe au shérif d'entrer.

— Pour quelle raison ? demanda Donovan, l'air suspicieux.

— Addy et moi avons inspecté les lieux pour voir si Cassie avait laissé un objet qui pourrait nous aider dans notre recherche et nous avons trouvé quelque chose.

Le shérif plissa les yeux et les regarda tous les deux, tour à tour.

— Mademoiselle Williams, sachez que, suite à votre première déposition, nous sommes venus voir Suri Bedingfield et que celle-ci nous a accordé le droit de fouiller cet appartement. Mais nous n'avons rien trouvé, toutes les affaires de votre sœur avaient déjà disparu.

Sentant la colère monter en elle, Addy inspira profondément, les mains sur les hanches.

— Peut-être est-ce parce que vous n'avez pas bien cherché… Nous avons retrouvé ses vêtements et des objets personnels dans le grenier, là, juste au-dessus de la cuisine.

— Vous avez découvert tout ça ensemble ? demanda Donovan à Shawn, comme si la parole d'Addy n'était pas fiable.

— Oui, répondit Shawn d'un ton calme.

— Aviez-vous inspecté le grenier lors de votre visite ? demanda Addy au shérif.

Le shérif jeta un coup d'œil aux sacs et à la boîte avant de répondre.

— Il n'y avait aucune raison de monter là-haut, la colocataire de votre sœur nous avait dit qu'elle avait déménagé, pourquoi ne pas la croire ?

— Parce que, moi, je suis sa sœur et que je vous ai dit que jamais elle n'aurait pu quitter la ville sans m'en avertir ! lui répondit-elle en tentant de garder son sang-froid.

— Écoutez, mademoiselle Williams, nous ne pouvons tout de même pas lancer des avis de recherche pour toutes les femmes majeures qui quittent la ville.

La frustration qu'Addy sentait grandir en elle chaque fois qu'elle discutait avec le shérif devenait réellement difficile à gérer.

Shawn dut le sentir, car il passa doucement un bras autour de ses épaules et prit la parole avant qu'elle ait le temps de répondre à Donovan.

— Eh bien, maintenant vous avez la preuve que Cassie n'est pas partie de son plein gré. À moins que vous ne pensiez qu'elle soit retournée à New York sans emporter avec elle son journal ou sa brosse à cheveux ?

Un instant, le shérif eut l'air de vouloir argumenter mais il se ravisa.

— Je vais dire à mes meilleurs agents de venir examiner ces preuves. Mais je vais d'abord devoir vous demander de partir d'ici avant de polluer davantage cet endroit.

Ce fut la goutte d'eau qui fit déborder le vase. Donovan n'avait pas fait correctement son travail, et il avait le culot de leur dire qu'ils risquaient de compromettre l'enquête concernant la disparition de Cassie ?

Trop furieuse pour réussir à se maîtriser, Addy avança vers le shérif en le regardant droit dans les yeux.

— Si nous n'étions pas venus ici pour fouiller cet appartement nous-mêmes…

Shawn l'interrompit en lui prenant la main pour l'attirer vers lui.

— Tenez-nous au courant de ce que vous découvrirez, dit-il au shérif pour conclure.

Donovan hocha la tête en silence et Shawn tira Addy hors de l'appartement puis l'entraîna en bas de l'escalier.

— Tu dois être plus prudente avec lui, tu sais, lui conseilla-t-il.

— Toi, ne commence pas à me faire la morale, lui répondit-elle en sentant que les tremblements qui l'agitaient n'étaient pas seulement dus à la colère.

Elle avança d'un pas décidé jusqu'à la voiture de Shawn. Mais celle-ci était fermée. Appuyant le front contre la vitre, elle laissa s'échapper toute la colère et l'adrénaline qui étaient montées en elle pendant sa confrontation avec le shérif. Jusqu'à ce qu'il ne reste plus que la peur de ne jamais revoir sa petite sœur.

— Je suis désolée, je sais que le fait de me mettre le shérif à dos n'est pas la meilleure des idées, c'est seulement que…

Un sanglot lui échappa et les larmes commencèrent à couler le long de ses joues.

Shawn l'enlaça et la berça un instant contre lui. L'inquiétude qu'elle retenait depuis des jours jaillit avec la même violence que la lave d'un volcan. Elle ne pouvait retenir ce tsunami de tristesse et se laissa aller en s'accrochant à lui comme à une bouée de sauvetage.

Après quelques instants, elle se dégagea.

— Je suis désolée, répéta-t-elle en s'essuyant les yeux.

— Ne le sois pas. Si j'étais dans ta situation et qu'un de mes frères ait disparu, je me serais déjà effondré… Même s'il s'agissait de Ryan.

Il la regarda avec malice et esquissa un léger sourire.

— Allez, partons d'ici, dit-il en déverrouillant les portes de la voiture.

Addy s'installa sur le siège passager tandis que Shawn se baissait pour inspecter le pneu droit du véhicule.

— Mince…, dit-il en s'accroupissant pour passer la main sur le pneu.

— Que se passe-t-il ? lui demanda-t-elle tandis qu'il faisait le tour de la voiture pour aller examiner les autres roues.

— Quelqu'un a crevé les pneus, ils sont presque à plat…

Addy leva les yeux vers l'appartement de sa sœur.

— Tu penses que c'est le shérif Donovan ?

— Impossible de le prouver, répondit Shawn en jetant un coup d'œil au SUV que celui-ci avait garé juste à côté.

Cependant, s'il semblait possible que Donovan ait pu crever deux pneus de la voiture de Shawn, pour quelles raisons aurait-il fait une telle chose ?

Shawn monta en voiture et démarra.

— Je vais aller faire changer les pneus mais avant je voudrais vraiment que nous quittions cet endroit.

— Tu penses que le shérif veut nous retenir ici ? lui demanda Addy en sentant sa gorge se serrer.

Shawn sortit lentement du parking puis regarda Addy, l'air soucieux.

— Je ne sais pas, soupira-t-il. Mais nous n'allons certainement pas traîner ici pour le découvrir.

9

De retour à l'hôtel, Shawn appela sa compagnie d'assurances. Un mécanicien arriva dans l'heure pour changer les pneus du SUV. Pendant ce temps, Addy s'était retirée dans la chambre. Elle pensait faire une sieste mais son cerveau en surchauffe l'empêcha de trouver le sommeil.

Quelqu'un avait caché les affaires de Cassie dans ce grenier, pour faire croire qu'elle avait quitté la ville. Étant son petit ami, Ben était le principal suspect, et son attitude nerveuse lors de leur rencontre confortait Addy dans l'idée qu'il leur cachait quelque chose. Mais il n'était pas seul à agir de manière étrange…

Suri manquait à l'appel. Et elle n'avait toujours pas rappelé Addy. Selon le shérif Donovan, elle avait également déclaré que Cassie était rentrée à New York.

Les deux jeunes filles s'étaient rencontrées suite à la parution de l'annonce de Cassie sur un site qui permettait de trouver des colocataires. Ce site se chargeait de vérifier les antécédents des candidats mais cela ne signifiait pas grand-chose. Heureusement que Shawn avait demandé à son frère de se pencher plus en détail sur l'histoire de cette jeune femme.

Addy sentit son estomac se serrer à l'idée que sa petite sœur ait pu partager un appartement avec une personne malintentionnée.

Son téléphone sonna, l'informant qu'elle avait reçu un nouveau message vocal. Tandis qu'elle écoutait Jarod fulminer et lui ordonner de rentrer au plus vite au bureau, elle parcourut ses mails et découvrit qu'il lui en avait envoyé plusieurs au cours des deux dernières heures. Elle lui renvoya un message pour le rassurer, lui garantissant qu'elle avait les choses en main et qu'il pouvait compter sur elle.

Puis elle s'assit sur le lit. Une pensée floue, qu'elle n'avait pas réussi à cerner quand elle était entrée dans l'immeuble de Cassie, refit surface.

Elle se leva, traversa la chambre et ouvrit la porte.

— Bien dormi ? lui demanda Shawn en levant les yeux de son ordinateur portable.

— Je n'ai pas pu fermer l'œil, je ne cessais de me demander une chose : pourquoi avons-nous retrouvé les affaires de Cassie et pas Cassie elle-même ?

— Nous faisons tout notre possible pour la retrouver, Addy, et nous allons y parvenir, lui répondit-il d'une voix si déterminée qu'elle se sentit immédiatement rassurée.

— Qu'est-ce que tu fais ? lui demanda-t-elle en venant se poster derrière lui.

— Ryan m'a envoyé les résultats des recherches qu'il a effectuées sur Ben et Suri.

— Il a trouvé quelque chose ? s'enquit-elle en se penchant pour jeter un œil par-dessus son épaule.

— Oui, regarde sur la troisième page. Ryan a trouvé la nouvelle adresse de Suri à Garwin mais le plus intéressant c'est qu'elle semble payer mille cinq cents dollars de loyer mensuel.

— Comment diable… ?

— Combien ta sœur louait-elle son appartement ?

— Un peu moins de neuf cents dollars par mois.

Shawn s'étira en croisant les mains derrière la nuque.

— Suri est donc passée d'un loyer de quatre cent cinquante dollars par mois à plus de mille… Ah, et attends, son nouveau travail n'a rien à voir avec celui de serveuse, elle travaille comme cheffe de bureau chez un fabricant de systèmes d'arrosage.

— Quoi ? Mais Becky nous a dit qu'elle travaillait au restaurant depuis qu'elle avait abandonné le lycée ! Comment cette entreprise a-t-elle pu l'engager pour gérer son bureau sans aucune expérience professionnelle ?

— C'est une excellente question, lui répondit Shawn.

Addy sentit que son cerveau était sur le point d'exploser. Trop d'idées et d'hypothèses tournaient dans son esprit.

— Une des raisons pour lesquelles je n'ai pas réussi à m'endormir, dit-elle, c'est que je ne cesse de penser que Suri a peut-être quelque chose à voir avec la disparition de Cassie.

— Je crois que nous devrions aller faire un tour à Garwin, demain.

— Pourquoi pas ce soir ?

Shawn réfléchit un instant puis passa la main sur sa barbe naissante avant de lui répondre.

— Je ne peux pas. J'ai un rendez-vous impossible à annuler et puis je voudrais étudier le dossier de Suri un peu plus en profondeur avant de l'interroger.

— Et que dit le rapport sur Ben ?

— Son diplôme est bien réel, il y a quelques mentions dans son casier concernant l'usage de marijuana, mais en tant que consommateur uniquement. Rien de notable…

— Mais s'il n'avait rien à cacher, pourquoi se comportait-il ainsi ce matin ? En trouvant les affaires de Cassie au grenier, nous avons eu la confirmation que Suri et lui nous ont menti quant à son déménagement, non ?

— Non, malheureusement, cela ne prouve rien du tout… Je ne veux pas dire que Donovan et les autres ont raison, mais Cassie a pu ranger ces sacs elle-même au grenier. Rien ne nous prouve le contraire.

Addy sentit la frustration l'envahir. Elle devait être à New York dans deux jours, et n'avait réussi jusqu'à présent qu'à soulever de nouvelles questions au lieu de trouver des réponses.

— Je me souviens maintenant de ce qui m'a choquée quand je suis entrée dans l'immeuble de Cassie, dit-elle soudain. Son scooter n'était pas là.

— Son scooter ?

— Cassie a acheté un petit scooter pour se rendre sur son lieu de travail. Et il ne se trouvait pas sur le parking.

— Nous devrions appeler Donovan pour lui demander de lancer un avis de recherche sur ce véhicule.

Addy fronça les sourcils. Leur dernière entrevue avec le shérif ne s'était pas vraiment bien passée.

— Tu crois vraiment qu'il va accepter de nous aider ?

— Je ne sais pas, mais ça ne coûte rien d'essayer. Après, nous retournerons voir Ben.

— Il est 16 h 15, dit-elle en regardant sa montre. Si nous nous dépêchons, nous pouvons l'intercepter à sa sortie de Spectrum. J'appellerai le shérif sur le trajet.

— Super, laisse-moi juste une minute, lui répondit Shawn avant de disparaître dans la salle de bains.

Addy survola les dernières pages du rapport concernant Suri. Elle cherchait à ouvrir celui de Ben quand elle aperçut sur l'écran de l'ordinateur de Shawn un document qui attira son attention… Elle cliqua dessus et découvrit un troisième rapport qui, celui-ci, portait son nom.

Jamais elle n'aurait cru possible que quelqu'un d'extérieur aux forces de l'ordre puisse avoir accès à autant d'informations concernant sa vie privée. Il y avait tout, les relevés de son compte en banque, tous les renseignements possibles sur son travail et son lieu de vie et même des détails sur la maladie et la mort de son père. Enfin, une copie de son acte de divorce venait clore le dossier. En marge apparaissaient les notes et les commentaires de Ryan West sur sa vie.

Elle les parcourut rapidement et s'arrêta sur une remarque mettant en évidence la police d'assurance-vie de cent mille dollars de son père ainsi que le montant des dettes contractées suite au divorce d'Addy et au cancer de son père.

Cent mille raisons pour A de faire disparaître C ?

avait écrit Ryan. Une puissante vague de colère naquit en Addy quand elle aperçut en dessous la réponse de Shawn :

Regarde qui sera le bénéficiaire de cette somme.

Elle essaya de se raisonner. Un époustouflant week-end passé ensemble six mois plus tôt ne pouvait pas suffire à l'innocenter totalement aux yeux de Shawn. Il ne pouvait lui accorder sa totale confiance, il ne la connaissait pas, et quand quelqu'un était porté disparu, les responsables, elle le savait, étaient la plupart du temps les gens les plus proches de la victime.

Malgré cela, elle avait du mal à rester rationnelle. Elle se sentait blessée. Shawn pensait qu'elle avait pu faire du mal à sa propre sœur. Cela lui faisait le même effet qu'une trahison.

La porte de la salle de bains s'ouvrit et elle referma rapidement le document avant de rouvrir le dossier de Suri.

— Prête à partir ? lança Shawn depuis l'entrée.

— Absolument, lui répondit-elle en se levant pour aller le rejoindre.

— Tout va bien ?

Shawn la regardait en plissant le front.

— Très bien. Allons-y avant la fermeture de Spectrum.

10

Quand ils arrivèrent devant le bâtiment de Spectrum, juste avant 17 heures, la température extérieure avait encore baissé. Pendant qu'Addy essayait de faire la sieste, Shawn avait eu Ryan au téléphone. Ce dernier avait convenu que le fait d'avoir retrouvé les affaires de Cassie n'était pas bon signe. Malgré cela, il ne voulait pas abandonner l'hypothèse selon laquelle elle pourrait être impliquée dans la fraude.

Shawn avait envisagé d'en parler à Addy, mais son obligation envers le client l'avait emporté et il avait tenu sa langue. D'ailleurs, elle ne semblait pas très bavarde, elle non plus, car elle était restée silencieuse pendant presque tout le trajet et ne répondait à ses questions que par des réponses brèves. Cependant, il avait côtoyé assez de femmes dans sa vie pour savoir que cette attitude cachait de la colère, même s'il n'en comprenait pas la cause. Après tout, si quelqu'un avait des raisons d'être contrarié ici, c'était bien lui !

Quand elle l'avait embrassé, il s'était bêtement laissé aller à croire qu'il avait encore une chance. Mais elle s'était finalement éloignée et avait ensuite pris soin de ne plus croiser son regard.

À présent, s'il avait fait quoi que ce soit qui pouvait

justifier un tel comportement, ce serait quand même le minimum de lui en faire part.

— Quelque chose te tracasse ? lui demanda-t-il enfin d'un ton sec.

— Non, tout va très bien, lui répondit-elle sans quitter des yeux le paysage qui défilait par la fenêtre.

OK, se dit-il. Si elle ne voulait pas parler, il ne parlerait pas non plus. De toute façon, il n'était pas particulièrement pressé de se faire rembarrer à nouveau.

Une fois garés sur le parking de Spectrum, ils descendirent du véhicule et se dirigèrent vers le bâtiment.

À cette heure, il n'y avait plus personne à la réception et Shawn décida de saisir cette opportunité pour essayer de surprendre Ben.

Ils avancèrent côte à côte dans les couloirs maintenant déserts, mais une fois arrivés devant le bureau de Ben dont la porte était ouverte, ils découvrirent avec regret qu'il était vide.

— Peux-tu faire le guet pendant que je jette un œil ? demanda Shawn à Addy avant d'entrer dans la petite pièce.

— Le guet ? On dirait des cambrioleurs…, lui répondit-elle en esquissant un sourire.

Shawn sentit le soulagement l'envahir. Il passa derrière le bureau de Ben, agita la souris et fixa l'écran qui s'allumait. Il fallait un mot de passe. Shawn regarda sous le clavier et fouilla le bureau. Certaines personnes laissaient parfois traîner non loin de leur ordinateur un pense-bête avec leur mot de passe. Malheureusement, Ben ne semblait pas aussi insouciant. Les tiroirs du meuble attenant à son bureau n'étaient pas fermés mais ils ne contenaient que du matériel de bureau : trombones, stylos, etc. Dans le dernier, Shawn trouva trois blocs-notes, toujours dans leur emballage de cellophane.

Rien ici n'indiquait que Spectrum avait bien confié d'importantes responsabilités à Ben.

Shawn s'agenouilla et passa une main sous le tiroir du haut. Même s'il n'avait pas réellement pensé trouver quelque chose à cet endroit, il ne fut pas surpris de sentir une petite enveloppe carrée, scotchée en dessous.

Il la décrocha délicatement et l'ouvrit. Une puce informatique portant le logo d'Intellus lui tomba dans la main.

— Quelqu'un arrive, lui souffla Addy.

Shawn remit rapidement la puce dans l'enveloppe et fourra celle-ci dans sa poche. Puis il se redressa, attrapa un bloc de post-it et un stylo et fit comme s'il était en train d'écrire un mot à Ben.

— Que faites-vous dans ce bureau ? Qui êtes-vous ?

Un homme mince, au bronzage artificiel, se tenait face à Addy, les mains sur les hanches.

— Je m'appelle Addy Williams, je suis la sœur de Cassie Williams. Et voici, mon ami, Shawn West.

Shawn se releva et agita le morceau de papier sur lequel il avait rapidement griffonné quelque chose.

— Nous voulions juste laisser un petit message à Ben.

À ces mots, le visage de l'homme s'illumina et il leur adressa un sourire éclatant.

— Bonjour, je suis Lance Raupp, le vice-président de Spectrum Industries.

Lance tendit la main à Addy tout en la scrutant de la tête aux pieds.

— Martin Raupp est votre père ? demanda-t-elle.

— Vous le connaissez ? répondit Lance d'un ton surpris.

— Nous l'avons rencontré un peu plus tôt, oui.

Shawn fit le tour du bureau, les sourcils froncés. Lance ne lâchait pas la main d'Addy et semblait ne pas vouloir la quitter des yeux. Il se posta en face de lui.

— Nous avons parlé à Ben ce matin et nous espérions pouvoir le revoir pour lui poser de nouvelles questions, mais il semble que nous soyons arrivés un peu tard, précisa Addy en se rapprochant de Shawn.

— Je suis certain que Ben est disposé à faire tout ce qu'il peut pour vous aider à retrouver votre sœur, mais en effet, on dirait qu'il est parti plus tôt aujourd'hui, lui répondit Lance en lui adressant un sourire charmeur.

— Peut-être que vous pouvez nous aider ? suggéra Shawn.

Lance se tourna vers lui et le regarda en plissant les yeux.

— Malheureusement, même si Spectrum est une petite entreprise, je n'ai pas eu la joie de rencontrer Mlle Williams.

— Vous êtes pourtant au courant de sa disparition, lui fit remarquer Shawn.

— Comme je viens de vous le dire, Spectrum est une petite entreprise, tout se sait rapidement ici, lui répondit Lance en levant les yeux au ciel. Mais il paraît que Mlle Williams est rentrée chez elle, à New York.

— Non, réfuta Addy, nous avons des raisons de croire qu'elle n'a pas quitté Bentham.

— Vraiment ? dit Lance en haussant les sourcils. Mais, si je puis me permettre de vous poser la question, qu'est-ce qui vous fait croire une telle chose ?

— Le shérif Donovan vous a-t-il interrogé ? lui demanda Shawn sans répondre à sa question.

Lance lui jeta un regard qui avait dû déstabiliser

nombre de gens, mais Shawn n'était visiblement pas du genre à se laisser impressionner facilement.

— Non, répondit-il finalement. Sans doute n'en voyait-il pas l'utilité. Mlle Williams était stagiaire ici, c'est Caroline Webb, la directrice des ressources humaines, qui était chargée de la superviser.

— Pensez-vous que nous pourrions de nouveau nous entretenir avec Mme Webb ?

— Je sais que le shérif lui a déjà parlé, mais je suis certain qu'elle serait tout à fait disposée à vous revoir, répondit Lance avec un sourire forcé.

— Tout le monde semble en effet enclin à croire que Cassie a décidé de quitter la ville sur un coup de tête, mais comme vous le savez, c'était une employée solide et fiable, alors vous ne pensez pas que si c'était le cas elle aurait fait part de son départ à son employeur ?

— Je ne sais pas, mais je suis sûr que vous connaissez mieux votre sœur que moi, répondit Lance à Addy en lui adressant un clin d'œil.

Shawn réprima son envie de lui coller son poing en pleine figure. Heureusement, Addy ne semblait pas apprécier le petit jeu de séduction de Lance.

— Vous avez raison, lui répondit-elle en plissant les yeux, je connais bien ma sœur. Aussi, même si elle avait décidé de partir de Bentham, je sais qu'elle aurait donné sa démission en bonne et due forme.

En quelques secondes seulement, Lance changea d'expression. Il abandonna son attitude séduisante et reprit une posture qui semblait bien plus naturelle chez lui, un comportement supérieur, presque méprisant.

Il regarda en soupirant la Rolex qu'il portait au poignet.

— Écoutez, je ne sais pas quoi vous dire de plus, leur dit-il en tapotant du pied sur le sol.

Shawn avait passé suffisamment de temps à observer les gens pour savoir reconnaître des tics nerveux.

— Je dois me rendre à une réunion, ajouta Lance en regardant Addy avec une expression nettement moins amicale qu'auparavant, et je vais être en retard.

— Lance ! cria une voix depuis le bout du couloir. Enfin, je te trouve.

Martin Raupp s'avança vers eux.

— Oh ! mademoiselle Williams, monsieur West, quel plaisir de vous revoir ! Avez-vous des nouvelles de Cassie ?

— Malheureusement, non, lui répondit Addy.

— Sachez que nous prions ardemment pour elle, déclara Martin en lui prenant les deux mains.

— Merci, fit Addy en baissant les yeux.

Shawn remarqua que Martin Raupp semblait réellement préoccupé par la disparition de son employée alors que son fils, lui, ne semblait pas ressentir la même inquiétude.

— Lance, nous allons être en retard pour rencontrer le distributeur, reprit Martin en fronçant les sourcils.

— Je vais devoir vous demander de quitter le bureau de Ben, dit Lance à Shawn et Addy en leur faisant signe de sortir.

Ils se saluèrent puis, alors que les Raupp, père et fils, s'éloignaient, Shawn leur demanda s'ils pouvaient lui rappeler où se trouvait le bureau de Mme Webb.

— Je pense qu'elle est rentrée chez elle, à cette heure-ci, leur répondit Lance avec un petit sourire figé. Le plus simple pour vous serait de l'appeler demain pour convenir d'un rendez-vous.

Ils avaient toutes les chances de tomber sur sa messagerie, Shawn le savait pertinemment.

— C'était plutôt instructif, constata Addy à haute voix en regardant les Raupp disparaître à l'angle du couloir.

— En effet, approuva Shawn. Allons-y, je dois te ramener à l'hôtel.

La nuit était tombée sur la ville et la température avait encore chuté. Ils attendirent d'être installés au chaud dans le SUV pour reprendre leur conversation.

— Nous devons aller voir Suri Bedingfield, lança Addy tandis que Shawn rejoignait la circulation de fin d'après-midi. Ben et elle sont les premiers à avoir prétendu que Cassie avait déménagé. Si nous ne pouvons trouver Ben, alors allons la voir et essayons de la faire parler.

— Oui, nous irons demain matin.

— Demain ? Mais Garwin n'est qu'à une quarantaine de minutes en voiture !

— J'ai un rendez-vous que je ne peux pas manquer, tu te rappelles ? lui répondit Shawn en lui jetant un regard.

— Mais si Suri nous avoue qu'elle a menti et que Cassie n'a pas quitté la ville, le shérif Donovan nous prendra enfin au sérieux !

— Oui, mais nous ne pouvons pas y aller ce soir.

— Quoi ? Mais je…

Addy fut interrompue par la sonnerie de son téléphone. Elle fouilla dans son sac avec frénésie puis son visage s'assombrit quand elle regarda son écran.

— Bon sang, soupira-t-elle en appuyant sur le bouton « Ignorer ».

— Nous partirons pour Garwin demain matin à la première heure pour voir Suri avant qu'elle aille travailler, dit Shawn.

Addy regarda le paysage par la vitre, sans rien dire. Elle semblait sur le point d'exploser.

Après s'être garé sur le parking de l'hôtel, Shawn coupa le moteur et se tourna vers elle.

— Je suis désolé, Addy, mais je ne peux vraiment pas manquer cette réunion, lui dit-il en lui prenant la main. C'est en rapport avec l'affaire sur laquelle je travaille, et cela va te donner l'opportunité de rattraper un peu ton retard sur ton propre travail.

— Je comprends, lui répondit-elle avant de descendre de la voiture.

Shawn sortit également et lui emboîta le pas.

— Attends, Addy…

— Écoute, tu m'as déjà beaucoup aidée, lui dit-elle en se dirigeant à vive allure vers l'entrée de l'hôtel, et je t'en suis reconnaissante, mais je comprends que tu aies autre chose à faire.

La raideur de son corps et le ton de sa voix indiquaient qu'elle était bouleversée, mais il ne pouvait rien faire.

— Nous irons demain matin, je te le promets.

Il l'escorta jusqu'à l'entrée de la suite puis repartit. Il regrettait sincèrement de ne pouvoir se rendre à Garwin ce soir mais il n'avait plus que deux jours avant la livraison des puces contrefaites. Il avait négligé son enquête et devait se rattraper.

Il rendit d'abord visite à un service de coursiers ouvert jour et nuit. Il pensait que la puce qu'il avait trouvée dans le bureau de Ben était une de ces contrefaçons mais il avait besoin des spécialistes de l'informatique de l'agence pour le lui confirmer. L'employé lui assura que la puce pourrait se trouver dans les locaux de West Investigation, à New York, avant 22 heures le soir même.

Il composa ensuite le numéro du service technique de l'agence.

— Chef ? répondit Tansy Carlson.

Shawn pouvait presque la voir, affalée dans son fauteuil face à son ordinateur, avec ses cheveux courts roses hérissés et son éventail de bagues argentées. Tansy était l'une des meilleures informaticiennes de l'agence. Il lui résuma la situation en quelques mots. Les heures supplémentaires à des horaires tardifs étaient des choses habituelles pour les employés de West Investigation et Tansy assura à Shawn qu'elle serait sur place pour réceptionner la puce à son arrivée sur les lieux.

Après avoir raccroché, il prit la direction de l'usine de Spectrum qui se trouvait à une dizaine de minutes du centre-ville, dans une rue bordée d'entrepôts.

Arrivé sur place, il observa les lieux. Une haute clôture grillagée entourait tout le terrain et des caméras de sécurité surveillaient les portes d'entrée et les issues latérales ainsi que les voies qui menaient aux quais de chargement. Mais cela n'était pas suffisant, n'importe qui travaillant pour l'entreprise pouvait avec un peu de temps et de jugeote contourner sans difficulté ce système de sécurité.

Shawn se gara dans la rue, à distance de l'usine et surtout hors de la vue des caméras. Il était presque 18 heures et les ouvriers commençaient à sortir, par paires ou en petits groupes. Parmi eux, un jeune homme blond et un homme plus âgé à la peau foncée et aux cheveux bruns, se dirigèrent vers le coin le plus reculé du parking.

Tout en tendant la main vers la portière d'une camionnette rouge cabossée, le jeune homme blond lança à l'autre :

— Hé, Jorge, tu as le temps de boire un verre ?

— Madame est partie rendre visite à sa sœur cette semaine, lui répondit celui-ci en pointant ses clés vers une camionnette noire pour la déverrouiller. Je suis libre comme l'air.

Le blond éclata de rire et ils montèrent tous les deux dans leurs véhicules respectifs.

De son côté, Shawn avait démarré et il suivit les deux hommes jusqu'au bar où ils se retrouvèrent.

À l'intérieur, de la musique était diffusée depuis des haut-parleurs accrochés au plafond et de grands écrans disposés stratégiquement dans la salle diffusaient divers événements sportifs. Environ la moitié des tables de la salle à manger étaient occupées et une demi-douzaine d'autres clients étaient assis au bar.

Shawn s'installa sur un tabouret, à quelques mètres seulement des deux employés de Spectrum, et tendit l'oreille.

Après avoir commandé deux bières, ils commencèrent à discuter plutôt fort pour couvrir la musique ambiante, permettant ainsi à Shawn de saisir l'intégralité de leur conversation.

Il était en majorité question de travail. Le blond considérait Lance Raupp comme un sombre crétin, et sur ce point Shawn devait avouer qu'il avait le même avis. Son acolyte semblait, lui, plus enclin à parler de la liaison extraconjugale qu'entretenait l'un de leurs collègues.

Quand le blond se rendit aux toilettes, Shawn se tourna vers Jorge.

— Vous travaillez chez Spectrum ? lui demanda-t-il avec un sourire.

— Oui, pourquoi ? lui répondit l'homme, l'air méfiant.

— Excusez-moi, mais je n'ai pu m'empêcher de vous entendre, votre collègue et vous. J'ai postulé pour un boulot de livreur chez eux, il y a deux semaines, et je n'ai toujours pas obtenu de réponse…

— Oui, ce n'est pas simple d'être embauché, lui répondit Jorge en penchant la tête sur le côté.

— Surtout quand on a un casier… J'ai pris un an et demi pour avoir dealé de la dope, tout ça pour découvrir en sortant qu'ils avaient rendu cette saloperie légale ?

Shawn ponctua ses dires par un ricanement amer qui n'était pas vraiment feint. Cela le rendait fou de voir combien d'hommes croupissaient en prison alors que les législations d'un nombre croissant d'États étaient en train de changer et de rapporter des millions de dollars en recettes fiscales.

— Ouais, c'est un sale coup, c'est sûr, approuva Jorge. J'ai un de mes cousins qui est incarcéré pour avoir vendu les mêmes choses que celles sur lesquelles misent ces gringos du Massachusetts… Les règles ne sont pas les mêmes pour tout le monde.

À ces mots, il leva sa bière pour trinquer avec Shawn. Celui-ci fit signe au barman de lui en servir une autre puis se pencha vers Jorge comme pour lui confier un secret d'une importance capitale.

— Le boulot pour lequel j'ai postulé, c'est pour charger des cartons dans des camions de livraison. J'ai déjà bossé pour des grosses entreprises comme Spectrum. Mais tous les gars qui bossent sur les quais de chargement n'apparaissent pas toujours dans la paperasse, si tu vois ce que je veux dire.

Tandis que le barman déposait devant eux une nouvelle tournée, Jorge étudia Shawn d'un œil acéré. Attendant que celui-ci ait fini son évaluation, Shawn soutint son regard calmement.

Le jeune homme blond revint avant que son collègue ait rendu son jugement final.

— Prêt pour le deuxième round ? lança-t-il à Jorge en lui posant la main sur l'épaule.

— Je te présente Shawn, lui répondit ce dernier.

Shawn, voici Granger. Il travaille avec moi chez Spectrum. Shawn me posait des questions sur le boulot chez eux, il a postulé pour le genre de mission que fait parfois Alvin.

— Oh ! nous ne savons rien de tout ça, répondit Granger en fronçant les sourcils. Essayez plutôt de voir avec les ressources humaines.

— OK, dit Shawn en levant les deux mains devant lui. Je vais faire ça. Si vous me dites que Spectrum est du genre réglo à cent pour cent, je vous crois.

— Peut-être pas à cent pour cent, dit doucement Jorge.

— Jorge, intervint Granger d'un ton sec.

— Parfois, ils font travailler des gens au noir, continua Jorge en faisant signe au blond de le laisser faire. Il m'est arrivé de rencarder mon cousin… Je ne peux rien te promettre mais si j'entends parler de quelque chose, je peux te tenir au courant.

Granger se renfrogna et emporta sa bière à l'autre extrémité du bar.

Shawn nota son numéro de téléphone sur une serviette en papier et la fit glisser jusqu'à Jorge.

— Que demander de plus ! Merci, mec, conclut-il avec un sourire entendu.

Ils bavardèrent encore quelques instants puis, après l'avoir de nouveau remercié, Shawn le salua et quitta le bar.

Certes, le fait d'avoir repoussé leur visite à Suri Bedingfield avait agacé Addy, mais son escapade nocturne avait été constructive. Si Spectrum embauchait des hommes sans les déclarer, ils feraient probablement appel à eux pour déplacer leur cargaison frauduleuse. Shawn n'avait plus qu'à espérer que Jorge l'appelle vite pour lui proposer un job qu'il serait plus que ravi d'accepter.

Sur le chemin du retour, il fit une halte au restaurant où il avait déjeuné avec Addy et acheta une part de tarte aux pommes pour tenter de se réconcilier avec elle.

Mais alors qu'il sortait de son SUV, son téléphone sonna, et tout en se dirigeant vers le hall de l'hôtel, il décrocha.

— Salut, Ryan, dit-il sans laisser à son frère le temps de pouvoir parler. J'ai du nouveau concernant notre affaire.

Il raconta à Ryan la découverte qu'il avait faite dans le bureau de Ben et la conversation qu'il venait d'avoir avec Jorge.

— Cette puce est une bonne trouvaille mais je ne pense pas que cela sera suffisant...

— Je sais, lui répondit Shawn en sortant de l'ascenseur et en prenant la direction de la suite. Mais j'ai prévu de retrouver Ben Konstam demain et, cette fois, je compte bien le faire parler.

Shawn appuya sa clé électronique contre le boîtier et déverrouilla la porte de la chambre.

En découvrant que le salon baignait dans l'obscurité, il lâcha la part de tarte et attrapa son arme avant de pénétrer dans la pièce. Il était à peine plus de 19 heures, Addy ne pouvait pas être déjà couchée...

— Addy ? appela-t-il en tenant son arme devant lui.

— Que se passe-t-il ? lui demanda son frère, toujours à l'autre bout du fil.

Shawn resta silencieux.

Il alluma les lumières et inspecta la pièce avec la plus grande attention. La porte de la chambre à coucher était ouverte.

Le cœur battant à tout rompre dans la poitrine, il essaya de s'imprégner de chaque bruit, de chaque son qui l'entourait.

Il avança doucement et alla regarder dans la chambre puis dans la salle de bains. La suite était vide.

— Shawn ? Réponds-moi ! Que se passe-t-il ?

La gorge sèche, Shawn lui répondit :

— Addy est partie.

11

La neige commença à tomber à la sortie de Bentham. Le trajet qui séparait la ville de Garwin devait initialement prendre quarante-cinq minutes mais avec les rues glissantes et le manque de visibilité, Addy allait probablement mettre une heure pour y arriver.

Après le départ de Shawn, elle était restée seule, assise dans la suite, et rapidement elle avait ressenti un sentiment d'urgence. Elle ne pouvait se permettre de perdre du temps, elle devait retrouver Cassie. Aussi, même si elle était reconnaissante à Shawn de l'avoir aidée dans sa recherche, elle prit la décision de partir voir Suri sans lui. Après tout, elle n'avait pas besoin de lui. Et elle avait aperçu l'adresse de la jeune fille quand elle avait survolé le rapport que West Investigation avait fait sur elle.

Située à la frontière qui séparait les États de New York et du Massachusetts, la ville de Garwin était deux fois plus grande que Bentham mais bien plus petite que New York. Trente ans plus tôt, les politiciens locaux avaient réussi à persuader une entreprise pharmaceutique plutôt imposante d'y établir son siège social et, rapidement, d'autres entreprises avaient fait de même, transformant la petite ville en l'un des pôles les plus dynamiques de la région. Le conseil municipal avait dû faire appel au même décorateur que celui de Bentham car les décorations de Noël étaient identiques : des guirlandes de lumière blanche enroulées à la base de chaque lampadaire et des bannières proclamant « Joyeuses fêtes » en lettres rouges et vertes suspendues dans les airs.

Addy trouva une place de parking dans une rue animée du centre-ville, juste en face d'un gratte-ciel moderne tout en verre et chrome où se trouvait l'appartement de Suri. Shawn avait raison, son niveau de vie semblait avoir bien changé. Alors qu'elle était en train de sortir de sa Mustang, son téléphone se mit à sonner. Elle n'avait pas besoin de regarder son écran pour savoir qu'il s'agissait de Shawn. Elle envisagea un instant de ne pas lui répondre, mais ne souhaitant pas l'inquiéter davantage, elle se ravisa et décrocha.

— Oui, Shawn ?

— Addy, tu vas bien ? Où es-tu ?

En entendant la panique dans le ton de sa voix, elle sentit la culpabilité l'envahir.

— Je vais bien. Je suis à Garwin, je vais voir Suri.

Shawn laissa échapper un juron.

— Tu lui as déjà parlé ?

S'engouffrant entre les grands immeubles qui bordaient la rue, le vent sifflait. Addy frissonna et resserra les pans de son manteau.

— Non, je viens tout juste d'arriver.

— Très bien, n'y va pas, lui dit Shawn. Elle a peut-être quelque chose à voir avec la disparition de ta sœur, elle pourrait être dangereuse.

— Je doute qu'elle s'en prenne à moi, surtout chez elle. C'est un grand immeuble, il doit y avoir beaucoup de voisins et un portier.

— Addy, insista Shawn, attends-moi, s'il te plaît. Si je pars maintenant, je serai là dans une heure.

Elle secoua la tête et traversa la rue.

— Tout va bien se passer, Shawn, je dois te laisser.

Elle raccrocha et se dirigea vers la porte d'entrée de l'immeuble. Inutile de discuter, elle était sur place et n'allait certainement pas attendre une minute de plus pour obtenir des réponses. Chaque seconde qui passait la séparait un peu plus de Cassie, elle ne pouvait se permettre de perdre encore du temps. Son être tout entier semblait lui crier que sa sœur était vivante mais elle avait aussi la profonde intuition qu'elle devait se dépêcher de la retrouver avant qu'il soit trop tard. Après avoir ouvert la lourde porte vitrée, elle traversa le hall tout en marbre blanc et alla jusqu'à la réception où se trouvait le portier.

— Bonsoir, que puis-je faire pour vous ? lui demanda le jeune homme en uniforme.

— Bonsoir, je viens voir Mlle Suri Bedingfield.

— Qui dois-je annoncer ?

Addy déclina son identité. Le portier saisit le téléphone et composa un numéro, mais après avoir attendu plusieurs sonneries, il raccrocha.

— Je suis désolé, lui dit-il, mais il semblerait que Mlle Bedingfield ne soit pas chez elle pour le moment. Voulez-vous lui laisser un message ?

Addy jeta un coup d'œil à son téléphone qu'elle tenait toujours en main. Elle vit que Shawn lui avait envoyé un SMS mais décida de l'ignorer. Il était 19 h 15… Suri n'avait peut-être pas encore fini sa journée de travail.

— Non, je vous remercie, répondit-elle. Je reviendrai plus tard.

Elle retourna à sa voiture et, une fois assise à l'intérieur, alluma le moteur pour faire fonctionner le chauffage. Puis elle décida de prévenir Shawn et prit son téléphone pour lui envoyer un message.

S n'est pas encore rentrée chez elle. J'attends pour essayer de l'intercepter.

Le nombre de piétons sur le trottoir diminuait petit à petit tandis qu'Addy attendait patiemment. Une vingtaine de minutes plus tard, son téléphone sonna. N'ayant pas eu de réponse de la part de Shawn, elle décrocha en pensant qu'il s'agissait de lui mais elle découvrit, surprise, que l'appel provenait de Jarod, et que celui-ci était furieux.

— Addy ! Enfin ! s'exclama-t-il. Nous avons besoin de toi ici, immédiatement !

— Jarod, répondit-elle en essayant de garder son calme. Nous en avons déjà parlé, nous ne sommes que lundi et je t'ai dit que je serais rentrée pour la réunion de jeudi.

— Tu m'avais aussi dit que tu serais disponible et tu ne l'es pas, rétorqua Jarod. Je ne suis pas certain que tu sois prête pour cette réunion, les diapositives de la présentation sont toutes fausses. Elles doivent être corrigées au plus vite, je veux que tu sois au bureau demain matin à 9 heures tapantes.

Il y avait près de soixante personnes au cabinet capables de corriger cette présentation qui, par ailleurs, était parfaite et n'avait besoin d'aucune modification. Sans compter que, pour une fois, Jarod n'avait qu'à faire autre chose que serrer la main des clients, et s'occuper un peu de ce dossier s'il voyait des choses à ajouter.

— C'est impossible, lui répondit-elle en secouant la tête. Je ne peux pas rentrer tout de suite. Transfère le dossier à quelqu'un d'autre si tu penses que c'est nécessaire.

— Transférer le dossier ? répéta Jarod d'un ton incrédule. Mais les clients t'adorent, Addy. Comment veux-tu que je leur explique ton absence ? Non, je suis désolé mais je t'attends demain à 9 heures au bureau.

Il avait prononcé ces derniers mots d'une manière qui indiquait qu'il souhaitait clore la conversation. Dehors, la lune apparut derrière un nuage, projetant un rai de lumière sur le pare-brise.

Addy eut soudain une révélation sur les sacrifices que Jarod et le cabinet allaient exiger d'elle pour lui permettre de devenir associée. Elle sentit son estomac se serrer mais inspira profondément avant de reprendre la parole, d'une voix calme et posée.

— Jarod, je démissionne.

Un long silence s'installa sur la ligne et Addy regarda les quelques personnes qui continuaient de marcher sur le trottoir dans le froid.

— Addy, réfléchis une seconde, lui répondit enfin Jarod d'un ton plus conciliant. Dans un an, tu seras associée du cabinet, tu as tellement travaillé pour ça. C'est de ta carrière qu'il s'agit.

— Non, c'est de quelque chose de bien plus important que ma carrière. Il s'agit de retrouver ma sœur.

Sur ces mots, elle raccrocha sans laisser une chance à son patron de pouvoir protester.

Ses mains tremblaient.

Une voix tout au fond d'elle-même lui soufflait de le rappeler. De s'excuser. D'arranger les choses pendant qu'il en était encore temps.

Mais elle savait que la seule chose à faire pour tout résoudre serait d'être présente le lendemain à 9 heures chez Covington et Baker, et c'était impossible. Elle rangea son téléphone dans son sac à main et essaya de reporter son attention sur la raison de sa visite ici.

Trente minutes passèrent avant qu'Addy aperçoive

enfin Suri qui marchait sur le trottoir en direction de son immeuble. Elle n'avait rencontré la jeune fille qu'une seule fois, quand elle avait rendu visite à sa sœur peu de temps après son emménagement à Bentham. Suri avait été agréable mais distante et elle était restée la plupart du temps dans sa chambre. Même si les deux jeunes filles avaient le même âge, Suri, qui portait ses longs cheveux attachés en un chignon fait à la va-vite, paraissait plus vieille et plus fatiguée.

À présent, elle avait changé de style. Elle avait éclairci ses cheveux et les avait coupés en un élégant carré. Quant au costume seyant noir et à la paire de talons hauts sur lesquels elle était perchée, ils semblaient venir de chez un créateur.

Addy attendit que Suri entre dans le hall puis disparaisse dans l'ascenseur avant de ressortir de sa voiture. Mais alors qu'elle allait traverser la rue, elle vit une grande silhouette s'approcher d'elle.

Elle trébucha sur le trottoir et allait crier quand une main l'agrippa et l'empêcha de tomber.

— Calme-toi, ce n'est que moi…

— Mon Dieu, soupira-t-elle en reconnaissant Shawn. Tu m'as fait une peur bleue, qu'est-ce que tu fais ici ?

— Tu m'enlèves les mots de la bouche, lui répondit-il en fronçant les sourcils.

— Écoute, j'ai bien compris que tu avais une affaire à résoudre pour un client, mais ma sœur a probablement de sérieux ennuis. Je ne vais certainement pas rester assise à t'attendre pendant que tu poursuis un mari infidèle ou je ne sais pas qui.

— Tu es injuste, protesta Shawn. Je t'ai aidée dans ta recherche.

Sentant la culpabilité l'envahir, Addy détourna le

regard. Shawn avait raison. Il avait fait tout ce qui était en son pouvoir pour l'aider, jusqu'à solliciter l'aide de West Investigation.

— Pouvons-nous reparler de tout ça plus tard ? lui proposa-t-elle. Maintenant que nous sommes tous les deux ici et qu'elle est rentrée chez elle, pourquoi n'irions-nous pas voir Suri ?

Addy vit que Shawn serrait les dents mais d'un geste du bras, il lui fit signe de passer la première et ils traversèrent la rue avant d'entrer dans le hall de l'immeuble.

En voyant Addy approcher, le jeune portier lui sourit.

— Voulez-vous que j'essaie de joindre une nouvelle fois Mlle Bedingfield ? lui demanda-t-il après avoir salué Shawn d'un mouvement de tête.

— Oui, s'il vous plaît.

Cette fois Suri répondit au téléphone, mais à l'expression qui s'afficha sur le visage du portier, elle ne semblait pas ravie d'apprendre qu'elle avait des visiteurs.

Avant que le jeune homme raccroche, Addy se pencha sur le comptoir et attrapa le combiné.

— Suri, nous avons retrouvé les affaires de Cassie dans le grenier de votre appartement, tu as donc deux possibilités : accepter de nous parler ou voir tout ça avec la police, c'est toi qui juges.

En l'entendant mentionner la police, le portier écarquilla les yeux.

— Vous pouvez monter, lança Suri à l'autre bout du fil.

Shawn et Addy prirent l'ascenseur jusqu'au dixième étage puis se dirigèrent vers l'appartement de Suri qui se situait au milieu du couloir.

La porte s'ouvrit dès le premier coup frappé. Suri s'était changée et portait maintenant un short et un débardeur. Son air contrarié contrastait avec sa tenue décontractée.

— Je ne comprends pas bien ce que vous faites ici, leur dit-elle d'un ton agressif. J'ai déjà dit tout ce que je savais au shérif Donovan.

— Je ne pense pas que ce soit vrai, rétorqua Addy. Pourrait-on entrer un instant ?

Sans quitter son expression renfrognée, Suri se mit sur le côté pour les laisser passer puis referma la porte derrière eux.

— Qui est-ce ? demanda-t-elle à Addy en montrant Shawn du doigt avant de se laisser tomber sur un canapé couleur citron vert.

Addy prit place à l'autre bout du canapé tandis que Shawn s'appuyait, les bras croisés, contre le mur qui séparait la cuisine du salon.

— Shawn est détective privé, il m'aide à retrouver Cassie.

Suri détailla Shawn de la tête aux pieds avec la même intensité qu'un prédateur qui évalue sa proie, et Addy sentit grandir son aversion envers elle.

— Nous savons que tu as menti à propos du déménagement de Cassie et nous pouvons le prouver, commença-t-elle.

Elle était consciente du manque de finesse de son approche mais elle était à bout de patience.

— Je n'ai pas menti ! s'exclama Suri.

— Dans ce cas, comment expliques-tu que nous ayons retrouvé les vêtements de Cassie dans l'appartement que vous partagiez toutes les deux ? Jamais elle ne serait partie sans emporter ses affaires…

Suri haussa les épaules mais Addy vit s'allumer une lueur de peur au fond de son regard avant qu'elle détourne les yeux.

— Je ne sais rien du tout.

— Tu penses que quelqu'un se serait introduit chez vous par effraction pour cacher les affaires de Cassie sans que tu sois au courant ? lui demanda Addy en tentant de garder une voix calme malgré sa colère.

— Cassie a parlé de retourner vivre à New York.

Addy la regarda avec impatience. Le « mais » semblait suspendu dans les airs.

Suri soupira puis reprit :

— Quelques jours avant qu'elle parte, Cassie semblait contrariée, ou inquiète, je ne sais pas. Elle ne m'a rien dit mais je pense qu'elle était en colère contre Ben. Peut-être qu'ils avaient rompu, car elle ne voulait plus répondre à ses appels.

— Pourquoi n'avez-vous pas raconté tout ça au shérif ? lui demanda Shawn.

Suri lui lança un regard noir avant de reporter son attention vers la fenêtre.

— J'ai oublié, dit-elle en haussant les épaules de nouveau.

— Ça me semble peu probable, fit remarquer Addy en se rapprochant d'elle.

Suri se leva et s'approcha d'un meuble sur lequel se trouvait un paquet de cigarettes.

— Écoutez, leur dit-elle après en avoir allumé une et pris une bouffée qu'elle recracha en forme de rond vers le plafond, je ne voulais pas m'attirer d'ennuis et je n'ai pas changé d'avis depuis.

— Dis-nous la vérité, exigea Addy en se levant du canapé.

— Très bien, répondit Suri en levant les yeux au ciel. Peu importe, après tout. Il y a un peu plus d'une semaine, un type prénommé Teddy est venu me voir et m'a demandé de dire à tous ceux qui poseraient des questions que Cassie était repartie vivre à New York. Si vous le rencontrez un jour, vous comprendrez tout de suite pourquoi je lui ai obéi sans broncher. Ce type est totalement dérangé.

Elle frissonna et une image des yeux noirs menaçants de Teddy revint à l'esprit d'Addy.

— OK, dit-elle, mais qu'en est-il des vêtements de Cassie dans le grenier ?

— Ça, je n'en sais rien, vraiment. Teddy m'a dit que Cassie avait quitté la ville en emportant toutes ses affaires, c'est tout ce que je sais.

— Ce n'est pas tout, intervint Shawn.

Suri tira une nouvelle fois sur sa cigarette puis recracha la fumée dans sa direction. Shawn soutint son regard sans ciller.

— Comment avez-vous trouvé ce nouveau travail et déniché ce superbe appartement ? poursuivit-il.

— Ça, ce ne sont pas vos affaires, répondit-elle en écrasant son mégot directement sur un meuble, créant une nouvelle marque parmi de nombreuses, plus anciennes.

— Ça l'est si vous avez participé au meurtre de Cassie Williams, rétorqua Shawn.

Cette simple idée terrorisait Addy. Elle resta silencieuse et laissa Shawn faire pression sur la colocataire de sa sœur. Elle savait que cette question devait être posée mais elle ne pouvait s'en charger elle-même.

— Je n'ai tué personne, marmonna Suri en plissant les yeux.

— Alors pourquoi mentir ? lui demanda Addy, la gorge sèche. Cassie a disparu. Si Teddy t'a vraiment fait peur, pourquoi n'as-tu pas raconté tout ça à la police ?

— Pour m'en sortir dans la vie ! s'écria-t-elle. Je ne suis pas une de ces filles fortunées qui cherchent à s'encanailler avant d'aller faire des études au MIT, moi ! Quand Ben est venu me proposer un vrai travail et cet appartement, j'ai tout de suite compris que c'était en échange de mon silence.

Suri marqua une pause puis haussa les épaules.

— Je ne voyais pas d'autre opportunité, alors je l'ai saisie.

Il paraissait maintenant évident que Suri était jalouse de Cassie. Mais, se demanda Addy, quel genre de personne pouvait couvrir la disparition d'une autre ? Sa sœur était peut-être blessée, peut-être même pire, et Suri ne semblait pas s'en soucier. Son attitude méprisante et désinvolte envers Cassie bouleversait Addy.

Elle traversa la pièce et se planta devant la jeune fille.

— Sans penser une seconde à Cassie ? cria-t-elle. Tu te fiches du fait qu'elle puisse avoir de sérieux ennuis ?

Addy sentit que la fureur était en train de lui faire perdre ses moyens. Elle serra les poings.

— Hé, répondit Suri, je n'ai jamais dit que j'avais quelque chose à voir avec sa disparition ou sa mort ou je ne sais quoi d'autre… Moi, la seule chose qu'on m'a demandé de faire, c'est de dire qu'elle était repartie vivre à New York.

— Où est Cassie ? hurla Addy en attrapant Suri par les épaules pour la secouer. Qu'as-tu fait à ma sœur ?

— Lâchez-moi ! protesta Suri en se débattant.

Shawn vint se poster à côté d'Addy et posa une main sur son épaule.

— Lâche-la, ma belle. Elle nous a dit tout ce qu'elle savait.

Addy desserra son emprise et se blottit contre lui.

— J'appelle les flics ! s'écria Suri. Cette folle vient de m'agresser dans mon propre appartement.

Même si elle avait le droit de porter plainte, Addy doutait que Suri mette sa menace à exécution. Pourtant, elle devait reconnaître qu'elle-même avait totalement perdu son self-control.

— Très bonne idée, répondit Shawn à Suri. Je suis certain qu'ils vont aimer connaître la raison de notre visite, mademoiselle Bedingfield.

Suri tremblait de la tête aux pieds et Addy n'aurait pu dire si c'était de colère ou de peur. Peut-être un mélange des deux.

— Sortez d'ici.

— Viens, Addy, fit Shawn en la prenant par le bras.

En se dirigeant vers la porte, Addy fixa Suri.

— S'il est arrivé quoi que ce soit à ma sœur, je peux te garantir que Teddy te semblera être le plus adorable des ours en peluche comparé à moi.

12

Addy avait espéré être de retour à l'hôtel avant Shawn. Elle avait besoin d'un peu de temps pour se calmer avant de se lancer dans une inévitable dispute, mais le SUV avait roulé derrière elle pendant tout le trajet.

Shawn la rejoignit alors qu'elle descendait de voiture.

— Comment as-tu pu aller voir Suri sans moi ? lui lança-t-il sans perdre une minute.

Un couple qui traversait le parking jeta un regard dans leur direction avant d'accélérer le pas.

— Tu ne veux pas attendre qu'on soit seuls pour avoir cette conversation ?

Addy continua à marcher vers l'entrée de l'hôtel sans attendre sa réponse. Shawn lui emboîta le pas et ils montèrent tous les deux en silence dans l'ascenseur. Plus les étages défilaient, plus sa colère grandissait.

Qui était-il pour la réprimander d'être allée voir Suri sans lui ? Certes, il était là pour l'aider dans sa recherche, mais elle était majeure et vaccinée. Elle n'avait besoin de la permission de personne pour faire ce qu'elle voulait. Sans oublier qu'en prime son frère et lui avaient l'air de croire qu'elle avait peut-être une part de responsabilité dans la disparition de sa sœur… Une pensée la traversa subitement. Peut-être sa participation n'était-elle pas seulement le fruit du hasard ? Peut-être avait-il accepté de l'aider pour enquêter sur elle… Mais dans ce cas, qui l'avait engagé ?

La compagnie d'assurances, peut-être… Mais l'argent de l'assurance-vie de leur père avait servi à couvrir les factures médicales. Et la compagnie avait déjà payé… Non, cela n'avait aucun sens.

Malgré tout, Addy ne pouvait s'empêcher de penser que l'aide de Shawn n'était peut-être pas totalement désintéressée…

Quand ils arrivèrent devant leur suite, elle entra la première et, une fois dans le salon, se retourna vers lui avant même que la porte ait eu le temps de se refermer.

— Je ne sais pas pour qui tu te prends, lui lança-t-elle, furieuse, mais tu n'as aucun ordre à me donner !

Il jeta la clé de la chambre sur la table et la fusilla du regard.

— Je ne t'ai donné aucun ordre, il me semble seulement que nous avions convenu d'aller voir Suri ensemble demain matin.

— Nous n'avions rien convenu du tout, répliqua-t-elle en pointant l'index vers lui. Tu avais autre chose à faire, pas de problème ! De mon côté, la seule chose qui m'importe est de retrouver ma sœur, et sache que je ferai tout pour ça, avec ou sans toi.

— Tu aurais pu te retrouver dans une situation dangereuse en affrontant Suri toute seule. Les mensonges qu'elle nous a servis lui garantissent déjà une place en prison pour un sacré bout de temps. S'il s'avère qu'elle en sait plus que ce qu'elle nous a dit ou qu'elle a quelque chose à voir avec la disparition de ta sœur, elle aura toutes les raisons de vouloir t'imposer le silence.

— Je sais me débrouiller toute seule ! lui répondit-elle en levant les mains en l'air.

— Je n'ai pas dit le contraire, mais il est un peu bête de filer droit dans la gueule du loup sans attendre d'avoir un peu de soutien, tu ne crois pas ?

— Du soutien ? C'est comme ça que tu considères les choses ? Parce que j'avoue que je commence à douter de la fiabilité de ton soutien, comme tu dis…

— Qu'est-ce que tu sous-entends ? lui demanda Shawn d'un ton sévère.

— Explique-moi les vraies raisons de ta présence à Bentham, exigea-t-elle, les poings sur les hanches.

— Je t'ai dit que je ne pouvais pas. Mes clients veulent que cette affaire reste confidentielle.

— J'ai vu que tu avais demandé une vérification d'antécédents sur moi à West Investigation.

Shawn plissa le front.

— Une vérification ? Mais, Addy, nous en faisons une pour tous nos clients. C'est la procédure habituelle.

— Sauf que je ne suis pas ta cliente. Tu es venu me proposer ton aide, pourquoi ? Pourquoi est-ce si important pour toi de m'aider à retrouver ma sœur alors que tu as une autre affaire à résoudre ?

— Je te l'ai déjà dit, lui répondit-il en soupirant. J'ai besoin d'une couverture pour expliquer les raisons de ma présence en ville et je sais qu'avec les ressources de West Investigation je peux t'aider à retrouver ta sœur.

— Tu es sûr que c'est bien la seule raison ? lui demanda-t-elle en cherchant sur son visage le moindre signe de duperie.

— Addy, pourquoi ne poses-tu pas simplement la question que tu veux vraiment me poser ?

— J'ai vu tes commentaires et ceux de ton frère au sujet de l'assurance de mon père. Tu crois que j'ai quelque chose à voir avec la disparition de Cassie. Est-ce pour cela que tu m'aides ? Pour me garder à l'œil ? Pour prouver que j'ai fait du mal à ma sœur pour de l'argent ? Eh bien, si c'est le cas, sache que tu vas être déçu… Jamais je ne pourrais faire de mal à Cassie. Je n'ai aucune idée de l'endroit où elle se trouve mais je n'ai pas besoin de quelqu'un qui ne me fait pas confiance pour m'aider à la retrouver.

Sur ces mots, elle tourna les talons et se rendit dans la chambre. Elle attrapa son sac de voyage dans le placard et la jeta sur le lit avant d'aller prendre ses affaires dans les tiroirs de la commode.

Shawn avança jusqu'à l'entrée de la chambre et la regarda faire.

— Pour ton information, sache que je n'ai jamais pensé que tu avais quoi que ce soit à voir avec la disparition de ta sœur, dit-il d'une voix froide et distante.

Elle se laissa tomber sur le lit, à côté de son sac.

— Shawn, j'ai lu tes commentaires.

— L'argent est toujours un mobile, Addy, lui dit-il en venant s'asseoir près d'elle. Cependant, même si je trouvais une note écrite de ta main commanditant l'assassinat de ta sœur, je n'y croirais pas une seconde.

— Maintenant, je doute un peu de tes compétences en tant que détective privé, lui répondit-elle en esquissant un sourire.

— Oui, bon, peut-être qu'il faudrait malgré tout que je me pose quelques questions, lui dit-il en riant.

La tête dans les mains, Addy laissa échapper un profond soupir. Tout son être voulait croire Shawn mais au fond d'elle-même, elle se sentait trahie… Devait-elle se fier à son instinct ? Elle n'était même plus certaine que sa sœur soit encore vivante… Et elle n'arrivait pas à savoir si ce qu'elle ressentait pour Shawn était réel et si celui-ci n'était pas en train de se servir d'elle à des fins qu'elle ignorait.

Elle leva les yeux vers lui et demanda :

— À propos de l'affaire sur laquelle tu travailles et dont tu ne peux rien me dire, est-ce la compagnie d'assurances, ou un proche que je ne connais pas, qui t'a chargé d'enquêter sur moi pour savoir si j'avais quelque chose à voir avec la disparition de Cassie ?

Elle sentait son cœur battre à tout rompre. Elle ne pouvait en être certaine mais il lui sembla voir passer sur le visage de Shawn une étrange expression. Pourtant il reprit vite un air normal et, après avoir déplacé son bagage, il prit ses deux mains dans les siennes et plongea son regard au fond du sien.

— Addy, je te le promets, je sais que tu adores ta sœur et que tu n'as rien à voir avec toute cette affaire. Je n'enquête pas sur toi.

Elle lut la sincérité dans ses yeux et sentit son cœur sur le point de chavirer. Depuis son divorce, elle n'avait noué de relation avec personne. Elle se l'était interdit et s'était jetée à corps perdu dans le travail pour éviter de souffrir à nouveau.

Et qu'avait-elle gagné en faisant cela ? Elle n'avait pas de mari, et aujourd'hui, elle avait également perdu son travail.

À présent, Shawn se trouvait de nouveau sur sa route. Il se tenait là, à ses côtés, prêt à l'aider à retrouver Cassie alors qu'elle venait de le rejeter. Comment avait-il réussi à franchir toutes les barrières qu'elle avait érigées autour de son cœur ?

Elle se rapprocha doucement et l'embrassa. Il lui rendit son baiser et l'attira contre lui. Au contact de sa langue, Addy sentit une série de décharges électriques parcourir tout son corps. Après une minute passionnée, il rompit leur baiser.

— On devrait s'en tenir là. Je ne veux pas que tu aies de regrets.

Addy sentit son corps tout entier protester. Elle n'avait jamais regretté une seule seconde l'incroyable week-end qu'ils avaient passé ensemble. Comment l'aurait-elle pu ?

Elle recula, piquée au vif.

— Tu as raison, excuse-moi.

— Tu n'as pas à t'excuser, dit-il en lui caressant tendrement la joue.

Puis il se leva et alla jusqu'à la porte où il se retourna pour lui lancer :

— Dors bien, beauté.

Et après lui avoir jeté un dernier regard, il quitta la pièce et referma derrière lui.

13

Shawn passa l'heure suivante à lire les rapports sur Suri et Ben que Ryan lui avait envoyés.

Il allait également demander à l'agence un rapport sur Lance Raupp. Son attitude hautaine et la façon dont il s'était comporté avec Addy l'avaient desservi. Et si Ben avait tous les contacts nécessaires et les compétences pour avoir participé à la fraude, Shawn n'était pas convaincu qu'il ait été suffisamment intelligent pour l'organiser. Lance, lui, avait toutes les qualités requises.

Pourtant, malgré ses efforts pour se concentrer, son esprit revenait sans cesse à Addy. Elle avait été claire sur les raisons pour lesquelles elle ne voulait pas s'engager. Et il ne voulait pas se comporter comme son ex l'avait fait et la mettre dans une position où elle se sentirait obligée de faire un choix. Il ne pouvait pas, ne voulait pas lui faire une chose pareille.

Il se mit à rire de lui intérieurement. C'était bien la première fois qu'il n'arrivait pas à se sortir une femme de la tête. Lui qui était toujours honnête avec celles qu'il rencontrait et ne leur promettait jamais rien d'autre qu'un bon dîner, peut-être une danse et une nuit de plaisir.

Et à présent ? Où en était-il ?

Il avait passé une seule nuit avec Addy, six mois plus tôt, et il n'avait été avec personne d'autre depuis.

Au tout début du mariage de Ryan avec Nadia, il avait taquiné son frère… Mais une part de lui comprenait l'amour que ces deux-là ressentaient l'un pour l'autre, le besoin dévorant d'être ensemble, de se rendre heureux réciproquement, et lui aussi voulait à présent vivre la même aventure. Et il voulait la vivre avec Addy.

Son téléphone se mit soudain à sonner, le tirant de ses pensées.

Il était minuit passé et il n'avait pas besoin de regarder l'écran de son smartphone pour savoir qui l'appelait.

— On a bien reçu la puce, murmura Ryan à l'autre bout du fil.

— Pourquoi tu parles à voix basse ?

— Nadia dort.

La femme de Ryan venait d'entrer dans son troisième trimestre de grossesse et Ryan ne la quittait plus.

— On est en train de faire analyser la puce, on devrait avoir les résultats demain matin.

— OK, merci.

— Que se passe-t-il ?

Ryan connaissait son frère mieux que quiconque. Tous les deux n'avaient que dix-huit mois de différence et on aurait parfois pu croire qu'ils étaient jumeaux. Il était de plus quasiment impossible de pouvoir cacher quoi que ce soit à Ryan.

— Rien… C'est seulement… Addy.

Shawn laissa échapper un soupir de frustration si profond qu'il eut peur qu'Addy l'entende depuis sa chambre. Mais le silence régnait dans la suite.

— Tu bouillonnes de frustration, lui dit son frère en riant.

— Allez, bonne nuit, Ry, conclut Shawn.

Les deux frères raccrochèrent et Shawn alla enfiler son

pyjama et se brosser les dents. Puis il décida de ne pas déplier le canapé-lit pour ne pas risquer de réveiller Addy et, après avoir attrapé une couverture et deux oreillers dans le placard, il s'allongea. Il allait s'endormir quand il entendit la porte de la chambre s'ouvrir.

— Tout va bien ? dit-il en se redressant.

Addy se tenait dans l'encadrement de la porte, ses longues jambes apparaissant sous sa chemise de nuit vert pâle. Sentant se tendre son pantalon de pyjama, Shawn espéra que l'obscurité réussirait à cacher son désir.

— Oui, je..., commença-t-elle en avançant vers le canapé.

Shawn se leva et s'approcha d'elle.

— Que se passe-t-il, Addy ? lui demanda-t-il en lui prenant le bras.

Elle tendit la main et lui caressa doucement le visage.

— Le week-end que nous avons passé ensemble, tu sais, ce n'était pas une erreur.

Shawn sentit sa respiration s'accélérer. Jamais il n'avait pensé qu'elle pourrait lui dire une chose pareille.

— Cela a même été pour moi une des rares fois où je me suis sentie libre, poursuivit-elle. Pas de boulot, pas de responsabilités, je pouvais enfin être moi-même.

Passant les bras derrière sa nuque, elle se hissa sur la pointe des pieds et commença à déposer une série de petits baisers le long de sa mâchoire et dans son cou.

— Et toi, tu as vu qui j'étais vraiment.

— Addy, laissa échapper Shawn dans un gémissement.

Il sentait ses résolutions fondre comme neige au soleil.

Elle recula et posa un doigt sur ses lèvres.

— Je sais ce que je fais et je sais ce que je veux. Ce que je veux, c'est ne pas avoir peur. Ne pas penser.

Je veux seulement ressentir du plaisir. Et te sentir toi. Fais-moi l'amour, Shawn.

Ses lèvres, douces et charnues, se posèrent sur les siennes pour un baiser chargé d'un intense désir.

Shawn passa les mains dans son dos, la prit dans ses bras et l'emporta dans la chambre.

Aucune autre femme ne lui faisait cet effet. Il la désirait physiquement mais il voulait aussi être avec elle. Être à ses côtés. Lui parler, lui tenir la main. Rire et se disputer. Bien au-delà du temps de leur séjour à Bentham. Pour la première fois de sa vie, Shawn voulait construire quelque chose de réel. Avec Addy.

Et il espérait que cette envie était réciproque.

14

Quand Addy se réveilla, les rayons du soleil filtraient à travers les rideaux de la chambre et elle était seule dans le lit. La dernière fois qu'elle avait passé la nuit avec Shawn, c'était elle qui s'était enfuie avant l'aube…

Le fait que Shawn ait préféré partir fit naître en elle un profond sentiment d'abandon et tout un tas de questions. Pas sur ce qu'ils avaient fait la nuit passée mais plutôt sur ce qu'ils allaient faire à présent. La nuit dernière avait été incroyable. Après s'être un peu reposé, Shawn l'avait réveillée en la couvrant de tendres baisers et ils avaient refait l'amour, cette fois avec la ferveur des amants séparés depuis trop longtemps. Shawn lui avait fait découvrir des sommets qu'elle n'avait abordés que dans certains livres, dévorés secrètement pendant son adolescence.

À présent, elle ne pouvait plus se mentir, elle tenait à lui bien plus que ce qu'elle avait voulu croire, au-delà de toute prudence.

Une vague d'inquiétude la submergea.

Elle se demanda soudain ce que cette nuit avec lui pourrait changer concernant la recherche de Cassie. Shawn serait-il toujours d'accord pour l'aider ? Et s'il décidait de passer moins de temps avec elle par peur qu'elle s'attache ?

Il était trop tard.

Non. Quoi qu'ils aient pu partager, elle ne laisserait pas cela entraver la recherche de sa sœur, et elle devait admettre qu'elle avait besoin de l'aide de Shawn. Même si leur relation devenait embarrassante, elle était suffisamment mature pour y faire face. Mais que ferait-elle s'il voulait passer la nuit avec elle de nouveau ?

Le bruit de la porte d'entrée de la suite, suivi de celui des pas de Shawn dans la pièce attenante, la tira de ses rêveries.

Elle rejeta les couvertures, se leva et se dirigea vers la salle de bains. Elle enfila un peignoir blanc en éponge par-dessus sa chemise de nuit, passa un rapide coup de peigne dans ses cheveux et se brossa les dents avant de rejoindre le salon de la suite.

— Bonjour, lui lança Shawn avec un sourire satisfait.

Elle se sentit rougir de la tête aux pieds et, baissant les yeux, avança vers la table où étaient posées deux grandes tasses de café.

— Bonjour, lui répondit-elle doucement avant de porter une des tasses à ses lèvres.

— Tu veux toujours aller voir Ben ce matin ? lui demanda-t-il.

Addy but une longue gorgée de café et, savourant l'arôme puissant, laissa la caféine achever de réveiller son cerveau.

— Absolument.

— Très bien, dit-il en lui adressant un nouveau sourire. Le café vient du restaurant de l'hôtel mais j'ai pensé que nous pourrions peut-être aller prendre notre petit déjeuner à l'endroit où nous avons déjeuné hier, si tu es d'accord. Compte tenu de notre nuit plus que sportive, j'aimerais avaler quelque chose de plus consistant qu'un simple café…

Surprise par ce dernier commentaire, Addy manqua de s'étouffer avec son café. Shawn lui tapota gentiment le dos jusqu'à ce qu'elle retrouve une respiration normale.

— Je… Oui, bonne idée pour le petit déjeuner, lui répondit-elle finalement. Je vais aller prendre une douche. Sur le chemin, peut-être pourrions-nous faire un arrêt au commissariat ? Nous devons prévenir le shérif que Suri a menti concernant le départ de Cassie et que Ben et Teddy sont impliqués dans cette histoire.

— Je lui ai laissé un message hier soir, nous irons le voir après avoir rendu visite à Ben.

Addy retourna dans la chambre, prit une douche rapide et enfila un jean et un pull à rayures noires et blanches. Tout en se préparant, elle essayait de ne pas penser à la nuit précédente et à tous les moments merveilleux qu'elle avait passés dans les bras de Shawn. Mais c'était peine perdue, elle sentait le brasier couver dans son ventre.

Elle ne cherchait pas à construire une relation, se rappela-t-elle. La nuit dernière avait été incroyable et elle serait tout à fait d'accord pour répéter la performance si l'occasion se représentait, mais la raison de sa présence à Bentham était la disparition de Cassie. Et c'était sur ce point qu'elle devait se concentrer.

Quand elle fut de retour dans le salon, elle sentit son estomac gargouiller. Shawn leva les yeux de son ordinateur portable.

— Tu es prête ? lui demanda-t-il en haussant les sourcils.

À 7 heures passées, la ville de Bentham commençait

à se réveiller et l'heure de pointe n'était pas loin. Le restaurant était déjà presque plein et Becky les installa à côté d'une fenêtre qui donnait sur le parking où Shawn avait garé son SUV. Ils passèrent commande et furent rapidement servis. Addy savoura ses pancakes et son bacon tandis que Shawn, lui, dégustait également des pancakes mais d'un aspect bien plus sombre.

— Je n'en avais encore jamais vu de cette couleur, lui dit-elle en fronçant les sourcils.

— Ils sont au blé complet, lui répondit-il avec un sourire.

— Quelle tristesse, constata-t-elle en secouant la tête.

Shawn éclata de rire alors qu'une BMW noire venait d'apparaître sur le parking. Ben surgit du véhicule, vêtu d'un long manteau de laine couleur camel. Alors qu'il venait de fermer la portière, une moto apparut et lui bloqua le passage. Le motard releva sa visière. C'était Teddy Arbury.

— Regarde, dit Addy à Shawn en lui montrant la scène du doigt.

Ben croisa les bras et jeta à Teddy un regard contrarié.

— Je me demande quel est le sujet de leur dispute, dit Shawn en reposant sa fourchette sur son assiette.

— Oh ! avec ces deux-là, ça peut être n'importe quoi, déclara Becky, revenant pour remplir leurs tasses de café.

— Pourquoi dites-vous cela ? lui demanda Shawn en levant les yeux vers elle.

— Teddy et Ben ? Ils sont amis depuis le lycée. De la mauvaise graine, tous les deux…, dit-elle en faisant une grimace.

Addy n'était pas surprise de cette remarque concernant Teddy mais, même si elle n'avait pas particulièrement apprécié Ben lors de leur rencontre – il semblait se moquer totalement de la disparition de Cassie –, elle se demandait pour quelle raison Becky disait cela à son sujet.

— Ben est de la mauvaise graine ? demanda-t-elle à la serveuse. Mais il est cadre dans une entreprise d'informatique florissante.

— Oh ! les cadres ne sont pas forcément des gens bien, vous savez, lui répondit Becky en penchant la tête sur le côté.

— Oui. Bien sûr.

— Ils sont allés au lycée ensemble, reprit la serveuse. Une étrange alliance vue de l'extérieur mais en vérité, ils se ressemblent bien plus qu'ils n'en ont l'air. Ils sont tous les deux égoïstes et persuadés que le monde leur appartient. L'argent de Ben lui a toujours épargné les conséquences de ses actes, et je pense d'ailleurs que c'est pour cette raison que Teddy s'est rapproché de lui. Maintenant, ils sont comme deux wagons attachés l'un à l'autre, ils vont toujours dans la même direction.

Par la vitre, ils virent Teddy menacer Ben de son poing levé avant de s'éloigner sur sa moto. Ben sortit de leur champ de vision et Becky partit s'occuper des clients à une table voisine.

— J'aimerais beaucoup savoir de quoi il s'agissait, conclut Shawn en attrapant son portefeuille dans sa poche arrière.

Ben entra dans le restaurant et s'approcha du bar.

— Maintenant que nous savons cela, je suis plus intéressée par la tension qui semblait être née entre Cassie et lui, répondit Addy en se levant. Enfin, quoi qu'il en soit, ne laissons pas filer cette belle occasion d'aller lui demander de nous éclairer lui-même sur ce sujet.

Shawn la suivit tandis qu'elle se faufilait entre les tables et les chaises. Au comptoir, une jeune serveuse aux cheveux roux tendit à Ben un gobelet en carton en lui adressant un sourire charmeur. Ben lui répondit par un clin d'œil, et, se retournant pour gagner la sortie, sursauta en découvrant Addy devant lui.

— Oh ! Addy…, fit-il d'une voix polie. Quel plaisir de vous revoir.

— Nous avons fini par retrouver Suri Bedingfield, lui dit-elle sans perdre de temps. Elle nous a dit avoir eu l'impression que Cassie et vous vous étiez disputés avant qu'elle disparaisse.

— Je me demande bien pourquoi elle vous a dit ça…, répondit Ben en resserrant le nœud de sa cravate bleue. Cassie et moi ne sortions plus ensemble, mais comme je vous l'ai déjà dit, nous nous sommes quittés en bons termes.

Ben avait une expression impassible mais sa voix trahissait sa nervosité. Addy pencha la tête sur le côté et prit un ton doucereux :

— Suri pense pourtant le contraire… Pourquoi ?

— Vous n'aurez qu'à le lui demander, répondit Ben avec un sourire forcé.

— Nous avons également retrouvé les affaires de Cassie rassemblées dans des sacs-poubelle cachés dans le grenier de son appartement, poursuivit Addy en avançant plus près de lui. Ça vous dit quelque chose ?

— Rien du tout.

— Je sais que vous mentez, rétorqua Addy en rapprochant son visage du sien. Je sais que vous avez un lien avec la disparition de ma sœur.

Elle tapa des deux mains sur la table à côté d'elle avant d'ajouter :

— Où est-elle ?

Elle devait faire de gros efforts pour ne pas frapper Ben. Pour ne pas le frapper jusqu'à ce qu'il lui dise où elle pourrait trouver sa sœur.

Shawn l'attrapa par le bras et l'écarta de la table. Ben en profita pour prendre la direction de la sortie.

— Je vous ai dit tout ce que je savais, leur dit-il avant de lancer un regard noir à Addy. Et je n'aime pas qu'on me harcèle.

— Je suis certain que vous pouvez comprendre l'inquiétude d'Addy, intervint Shawn.

— Je dois aller travailler, répliqua Ben.

— Il n'est pas un peu tôt ?

— Je dois passer à l'usine avant de me rendre au bureau.

— Et si nous vous accompagnions ? lui proposa alors Shawn en posant une main sur son épaule. Vous nous aviez bien promis une petite visite, non ?

— Euh, je ne sais pas, répondit Ben en fronçant les sourcils.

— Nous nous ferons tout petits, insista Shawn en lui adressant un grand sourire.

Ben sembla se renfrogner davantage mais il hocha la tête.

— OK, mais laissez-moi d'abord vérifier que cela ne pose pas de problème, leur dit-il avant de s'éloigner pour téléphoner.

Addy regarda Shawn en plissant les yeux.

— Pourquoi l'usine de Spectrum t'intéresse-t-elle autant ? Cela a quelque chose à voir avec l'affaire sur laquelle tu travailles, c'est ça ?

— Tu sais que je ne peux pas te répondre. Je peux te déposer à l'hôtel, si tu veux.

— Certainement pas, je t'accompagne.

— Je ne pense pas que ce soit une bonne idée.

Addy sentit son estomac se nouer. Shawn continuait de lui cacher des choses et elle savait qu'elle ne pourrait pas entièrement se fier à lui tant qu'elle n'aurait pas découvert de quoi il s'agissait.

— Je m'en moque.

Shawn commença à protester mais elle le coupa :

— Écoute, on peut faire d'une pierre deux coups. Je sais que tu as signé une clause de confidentialité avec cette affaire mais j'espère quand même que tu sais que tu peux me faire confiance.

— Je te fais confiance.

— Bien, poursuivit-elle en ne pouvant s'empêcher de se sentir heureuse de cette déclaration. Alors, je ne vois pas pourquoi je ne pourrais pas venir avec toi. Cassie travaillait encore là-bas il y a deux semaines, quelqu'un sait peut-être quelque chose qui pourrait nous aider à la localiser.

Addy s'interrompit un instant puis ajouta :

— Et puis… J'ai d'autres questions à poser à Ben. Je suis certaine qu'il en sait plus que ce qu'il prétend.

Elle vit le regard désapprobateur de Shawn mais décida de l'ignorer.

— Vous me suivez ? demanda soudain Ben qui venait de réapparaître.

— Avec plaisir, lui répondit Shawn sans enthousiasme.

Quand Shawn posa la main dans le bas de son dos pour sortir du restaurant, Addy sentit des vagues de frissons lui parcourir l'échine. Ben monta dans sa BMW et Shawn démarra puis le suivit hors du parking.

— Tu penses vraiment qu'il n'a rien à voir avec la disparition de ma sœur ? demanda Addy à Shawn.

— Je ne sais pas, je veux seulement éviter de tirer des conclusions trop hâtives. Et surtout ne pas accorder trop de crédit aux confidences de Suri Bedingfield.

— Son soudain déménagement à Garwin dans ce luxueux appartement est quand même quelque chose de très suspect.

— Exactement, et elle aurait tout à fait pu cacher les affaires de Cassie dans le grenier, dit Shawn en regardant le rétroviseur.

— Je voudrais tellement la retrouver, soupira Addy.

— Je sais, dit-il en lui prenant la main sans quitter la route des yeux.

Il reposa la main sur le volant, lança un nouveau regard dans le rétroviseur et fronça les sourcils.

— Pourquoi regardes-tu sans cesse derrière nous ? Quelque chose t'inquiète ? s'enquit Addy en se retournant pour jeter un coup d'œil à la route.

Il y avait très peu de circulation : devant eux, la BMW de Ben, et derrière eux, une moto qui avançait rapidement.

— Mais… Ce ne serait pas Teddy ? Shawn, que se passe-t-il ?

— Vérifie que ta ceinture de sécurité est correctement attachée, lui répondit Shawn d'une voix grave.

Elle vit que la moto se rapprochait dangereusement du SUV. Que faisait ce type ? Il allait finir par leur rentrer dedans s'il ne ralentissait pas un peu.

— Shawn ? dit-elle en sentant l'inquiétude monter en elle.

Elle jeta un regard devant eux et vit la BMW de Ben accélérer.

Shawn appuya sur la pédale d'accélérateur et changea de voie pour éviter une fourgonnette blanche qui se déplaçait lentement. Devant eux, la route était dégagée mais une course-poursuite restait toujours dangereuse. Addy fouilla dans son sac pour trouver son téléphone.

Derrière eux, la moto accéléra et remonta au niveau de Shawn. Addy essaya de voir le visage du conducteur mais elle ne put rien distinguer. Shawn accéléra à son tour, avec tant de puissance qu'elle se retrouva projetée en arrière contre son siège.

Elle entendit une succession de sons étranges et Shawn qui lui hurlait :

— Baisse-toi !

Elle se figea, cherchant à comprendre à quoi correspondaient ces bruits et ce que signifiait l'ordre de Shawn. Son cerveau semblait fonctionner au ralenti. Une nouvelle série de ces mêmes sons retentit et elle comprit. On leur tirait dessus !

Addy se tassa sur son siège et se cacha la tête entre les genoux. Son téléphone toujours à la main, elle appela la police et expliqua où ils se trouvaient et ce qui leur arrivait.

Shawn accéléra de nouveau pour tenter de distancer la moto. Mais le conducteur gardait la même allure et, bientôt, Addy entendit une nouvelle salve de balles ricocher sur la carrosserie. Quand le pare-brise arrière éclata, elle ne put s'empêcher de crier.

— Ça va ? s'écria Shawn en faisant une embardée.

— Oui, lui répondit-elle en essayant de se cacher encore plus, mais, Shawn, ce type essaie de nous tuer !

— Il semblerait, oui.

Les yeux rivés sur la route devant lui, il laissa échapper

un juron. Addy releva lentement la tête pour regarder devant elle et aperçut au loin un virage qui s'annonçait très serré. Les panneaux indiquaient aux conducteurs de ralentir mais la moto derrière eux se rapprochait et les tirs ne cessaient pas.

Shawn serra les mains sur le volant. Puis il freina alors qu'ils prenaient le virage de manière bien trop rapide. Les tirs avaient cessé, mais le motard réapparut, cette fois sur leur droite, obligeant Shawn à faire une nouvelle embardée.

Le métal de la carrosserie crissa tandis que la voiture raclait la barrière.

— Accroche-toi ! cria Shawn à Addy avant d'accélérer de nouveau.

Ils étaient toujours dans le virage mais devant eux apparaissait un nouveau tronçon rectiligne. Soudain la moto percuta l'arrière de leur voiture, et Shawn perdit le contrôle du véhicule. Heureusement, il n'y avait pas de trafic, mais à la vitesse à laquelle ils roulaient, ils quittèrent la route, défonçant la barrière métallique, jusqu'à achever leur course dans les hautes herbes, à quelques mètres seulement d'une rangée d'arbres.

— Tout va bien ? demanda Shawn à Addy d'une voix d'outre-tombe.

Elle le regarda. Une large entaille apparaissait sur sa tempe, le sang coulait le long de son visage. Elle sentit la peur l'envahir, avec la même intensité que celle qu'elle ressentait devant la disparition de sa sœur. Mais Shawn était conscient et pouvait parler.

— Je vais bien, je crois, lui dit-elle en s'inspectant de la tête aux pieds à la recherche d'une éventuelle blessure.

Elle sentait une douleur aiguë qui irradiait sur un de

ses flancs mais c'était supportable. Elle était abasourdie mais elle n'avait pas perdu connaissance.

— Je ne peux pas sortir, ma ceinture de sécurité est bloquée et la portière ne s'ouvre pas, dit Shawn en essayant de se dégager.

Addy, elle, parvint facilement à se libérer et pensa que c'était une chance que les airbags ne se soient pas déclenchés. Ils étaient arrêtés à une vingtaine de mètres de la voie, après le virage.

Elle sentit un mélange de peur et d'adrénaline l'envahir. Elle se pencha en avant et inspecta le sol à ses pieds, puis passa la main sous son siège à la recherche de son sac. Elle espérait pouvoir prendre son Ruger qui se trouvait dans son sac à main mais celui-ci semblait avoir glissé à l'arrière.

— Où est ton arme ? demanda-t-elle à Shawn sans quitter la route des yeux.

— Dans la boîte à gants, lui répondit-il en suivant son regard.

Addy l'ouvrit et laissa échapper un profond soupir de soulagement en découvrant le pistolet noir et argent.

Elle le saisit et vérifia que le cran de sûreté était oté.

— Qu'est-ce que tu fais ? lui demanda-t-il en essayant de lui prendre l'arme des mains.

— Je me prépare à nous défendre si cela est nécessaire.

Elle vit la moto réapparaître au loin et revenir vers eux. Que faisait la police ? se demanda-t-elle. Elle avait l'impression qu'il s'était passé des heures depuis qu'elle avait appelé…

— Penche ton siège en arrière, recommanda-t-elle à Shawn.

Il n'était pas nécessaire de baisser les vitres, elles avaient toutes éclaté.

— C'est trop dangereux, laisse-moi faire, protesta Shawn en essayant de lui prendre l'arme une nouvelle fois.

— Nous n'avons pas le temps de nous disputer à ce sujet, répliqua-t-elle en écartant sa main.

Elle se positionna de façon à avoir une vue dégagée sur la moto qui se rapprochait. Elle vit le conducteur lever le bras. Il tenait un fusil.

C'était un homme mais Addy ne pouvait voir les traits de son visage.

Elle cessa de tenter de l'identifier et se concentra sur son arme. Elle pouvait entendre la voix de son grand-père au creux de son oreille : « ce n'est que la mémoire du geste, petite poupée », lui murmurait-il.

La sueur perla sur son front.

Quand elle vit le motard lever son arme, elle inspira profondément puis relâcha son souffle en appuyant sur la détente. Le cri du conducteur résonna sur la route déserte. Son fusil tomba au sol.

Addy garda son arme braquée sur lui, et quand il se tourna vers elle, elle frissonna. La haine qu'on pouvait lire sur son visage faisait froid dans le dos. C'était Teddy.

Il fit demi-tour et s'éloigna.

— Il est parti, dit-elle à mi-voix. C'était Teddy Arbury.

Shawn laissa échapper un juron.

Au loin, les sirènes de la police se firent entendre.

— On dirait que les renforts arrivent, déclara Shawn en regardant derrière eux.

— Ça tombe bien…, lui répondit Addy en lui rendant son arme.

Elle ne pensait pas que Teddy allait revenir, mais elle

préférait que Shawn prenne le relais pour les défendre au besoin.

Relevant son pull, elle toucha son ventre puis regarda ses doigts pleins de sang.

—… Je crois que j'ai besoin d'aide.

15

Shawn faisait les cent pas dans la salle d'attente de l'hôpital. Pendant que les pompiers s'occupaient de sa ceinture de sécurité bloquée, les ambulanciers avaient sorti Addy de la voiture et l'avaient rapidement prise en charge. Un des adjoints du shérif l'avait conduit à l'hôpital et il était si inquiet et pressé de retrouver Addy qu'il n'avait pas pensé qu'en prétendant être son fiancé ou son mari il aurait pu la voir plus vite. Mais comme il ne faisait pas partie de ses proches, l'infirmière refusait de lui communiquer la moindre information. Il avait l'impression qu'il allait devenir fou d'inquiétude.

En se retournant, il aperçut Donovan qui venait d'entrer dans la pièce.

— Vous vous êtes mis dans un sacré pétrin, votre amie et vous, lui lança le shérif en hochant la tête avec un air navré.

— Nous n'y sommes pour rien, grommela Shawn.

— J'ai récupéré les affaires de Mlle Williams, j'ai pensé que vous aimeriez lui remettre ça, dit le shérif en lui tendant le sac à main d'Addy. Par contre, je pense que votre voiture est bonne pour la casse.

Shawn jeta un coup d'œil dans le sac, s'assurant que l'arme y était toujours bien rangée. Donovan haussa les sourcils et lui jeta un regard interrogateur.

— Elle a un permis, le rassura Shawn.

— Je suis au courant, si ce n'était pas le cas, elle irait d'ailleurs directement en cellule à sa sortie d'hôpital. Mais, dites-moi, comment va-t-elle ?

— Je ne sais pas, répondit Shawn en se passant une main sur le visage. On ne veut rien me dire car je ne suis pas un membre de sa famille, mais il y avait tant de sang que je pense qu'elle a été touchée par une balle.

— Attendez-moi ici une seconde, lui dit Donovan, l'air compatissant. Je vais voir ce que je peux faire.

Sur ces mots, il sortit de la salle d'attente et se dirigea à grands pas vers le bureau des infirmières.

Shawn sentait la colère monter en lui. Il s'en voulait terriblement. Il avait réussi à mettre en danger la seule femme qui ait jamais compté pour lui. Elle avait même failli être tuée.

En la revoyant couverte de sang, il sentit son estomac se nouer. Teddy avait beau être celui qui lui avait tiré dessus, c'était lui qui avait mis Addy dans cette situation. Il aurait dû être bien plus prudent.

Il avait laissé une opportunité à Ben et celui-ci en avait profité pour leur tendre un piège et les attaquer. Se pouvait-il que quelqu'un chez Spectrum ait découvert la véritable raison de la présence de Shawn à Bentham ? Ou ces balles n'étaient-elles destinées qu'à interrompre la recherche de Cassie ? Peut-être les deux ?

Quoi qu'il en soit, si Addy n'avait pas été une incroyable tireuse d'élite, ils seraient tous les deux morts à cette heure.

Des bruits de pas résonnèrent dans le couloir et Shawn leva les yeux. Pensant découvrir Donovan, il fut surpris de voir qu'il s'agissait de Ryan et de Gideon. Peu de temps après son arrivée à l'hôpital, il avait appelé son frère, mais à moins d'un tour de magie, il ne semblait pas possible que ces deux-là aient pu arriver à Bentham en si peu de temps.

— Que faites-vous là ? leur demanda-t-il en venant à leur rencontre.

Les gens avaient toujours beaucoup parlé de la ressemblance qui existait entre les deux frères West. Ryan faisait quelques centimètres de moins, était un peu plus trapu et préférait garder son crâne et son visage rasés de près. Malgré ces quelques différences, on ne pouvait ignorer leur lien familial.

Cependant, comparés à Gideon, ils semblaient presque petits. Mesurant plus de deux mètres, cet homme était une vraie montagne de muscles. Il avait servi dans l'armée avec James, le frère aîné de Ryan et Shawn, et même l'agence West Investigation n'avait jamais réussi à vérifier ses antécédents. Il semblait évident que les périodes obscures de la vie de Gideon le resteraient jusqu'à ce que le gouvernement des États-Unis décide qu'il pouvait en être autrement. Toutefois, James s'était porté garant de son ami et compagnon d'armes et Gideon s'était rapidement révélé être un fort atout pour leur agence.

— On était déjà sur la route quand tu nous as appelés, lui répondit Ryan en posant la main sur l'épaule de son frère. Comment va Addy ?

— Je ne sais pas, on ne me dit rien, soupira Shawn. Pourquoi êtes-vous venus ?

— Nous avons reçu les résultats du rapport sur la puce que tu as trouvée dans le bureau de Ben Konstam. C'est bien une contrefaçon.

— Je ne suis pas surpris et je suis certain que Konstam est aussi responsable de la fusillade d'aujourd'hui, lui répondit Shawn, qui avait déjà tout raconté à son frère. À présent, il faut retrouver Konstam et Arbury.

Il regarda Gideon qui hocha la tête en silence avant de s'éloigner pour téléphoner. Celui-ci possédait un vaste réseau de contacts et de mouchards qui s'avérait toujours extrêmement précieux. Si quelqu'un savait quelque chose sur l'endroit où pouvaient se cacher ces deux types, Gideon allait vite le découvrir.

— La puce ne suffira pas à prouver qu'Intellus n'a rien à voir avec les contrefaçons, déclara Ryan. Pour démontrer aux autorités et à leur clientèle qu'ils ne sont pas responsables, nous devons trouver la preuve que Spectrum les fabrique et utilise le logo d'Intellus pour saper leur marque.

Ce qui semblait bien plus facile à dire qu'à faire. La seule façon de prouver que Spectrum était bien derrière toute cette affaire nécessitait de pouvoir entrer dans l'usine. Et comme il ne leur restait que quelques jours pour le faire, une opération d'infiltration n'était pas envisageable. Cela signifiait donc qu'ils allaient devoir pénétrer dans l'usine et chercher les preuves de la fraude sans être découverts.

Ils avaient déjà réalisé des opérations aussi délicates mais cette fois le temps leur manquait et l'urgence rendait les choses plus risquées. Avant que Shawn puisse expliquer ses inquiétudes sur la situation, le shérif réapparut et, découvrant les deux hommes, sembla marquer un temps d'arrêt. Ce n'était pas la première fois que les frères West faisaient ce genre d'effet.

— Alors, ils vous ont dit quelque chose ? lui demanda Shawn en avançant vers lui.

— Elle n'a pas reçu de balle, c'est un morceau de la vitre brisée qui est venu se loger dans son flanc. Ils l'ont retiré et sont en train de recoudre la plaie.

Shawn sentit un puissant soulagement l'envahir.

— Vous me présentez votre ami ? lui demanda Donovan en fixant Ryan.

Après les présentations et les poignées de main, le shérif se tourna vers Shawn.

— Pourquoi ne me dites-vous pas ce qui se passe réellement ici ?

Shawn lui raconta la rencontre matinale avec Ben puis l'embuscade qu'on leur avait tendue sur le chemin de l'usine. Quand il expliqua qu'Addy avait tiré sur le motard, Donovan lui jeta un regard sceptique.

— Elle a réussi à le désarmer ?

Shawn ne put s'empêcher d'arborer un sourire fier.

— En fait, je crois qu'elle lui a tiré dans l'avant-bras, oui, et il a laissé tomber son arme.

— Alors qu'il était en mouvement ? demanda Ryan qui semblait tout aussi circonspect.

— C'était quelque chose, vous pouvez me croire, répondit Shawn en souriant de plus belle, et c'est son tir qui nous a sauvé la vie. Teddy Arbury avait réellement prévu de nous tuer tous les deux.

— Comment pouvez-vous être certain qu'il s'agissait bien de Teddy Arbury ? demanda le shérif tout en notant quelque chose dans son carnet.

Shawn leur raconta avoir vu Teddy quelques instants, plus tôt sur le parking du restaurant.

— Je pense que c'était la même moto.

— Mais vous n'en êtes pas sûr ? demanda Donovan en fronçant les sourcils. Vous n'avez pas vu le visage du tireur ?

— Non, reconnut Shawn. Mais Addy l'a vu, elle.

— Et comment connaissez-vous ce Teddy Arbury ? demanda le shérif en continuant d'écrire.

— Nous l'avons vu, Addy et moi, pour la première fois

hier, au restaurant. Il a menacé Addy alors qu'elle sortait des toilettes, il lui a demandé de cesser de chercher sa sœur et je suis intervenu. Cela n'a pas été plus loin car la serveuse l'a également remis à sa place.

— Pour quelle raison pensez-vous qu'il ait cherché à intimider Mlle Williams ?

— Je l'ignore. Mais avez-vous reçu mon message concernant la discussion que nous avons eue, Addy et moi, avec Suri Bedingfield ?

Donovan fronça les sourcils.

— Oui, d'ailleurs pouvez-vous m'expliquer ce que vous faisiez à Garwin ?

Shawn décida de rester calme et se laissa interroger par le shérif en espérant que leur conversation pourrait faire progresser leur recherche.

— Donc, si je comprends bien, Mlle Bedingfield a reconnu avoir menti ? résuma ce dernier.

— Nous lui avons posé des questions très précises et elle a dû penser qu'il serait judicieux d'y répondre honnêtement. Je pourrais être plus sceptique sur ses réponses si Ben Konstam ne venait pas de nous tendre un piège.

— Que voulez-vous dire par tendre un piège ? lui demanda Donovan en écarquillant les yeux.

— Il nous emmenait visiter l'usine, nous le suivions depuis le restaurant.

— Teddy Arbury et Ben Konstam feraient donc tout pour que Mlle Williams et vous cessiez de chercher sa sœur… Mais pour quelle raison ?

Shawn sentit Ryan se tendre à côté de lui. Il savait combien la confiance des clients envers l'agence était importante mais il était temps de révéler au shérif la vraie raison de leur présence à Bentham. Il expliqua donc brièvement à Donovan qu'Intellus avait découvert qu'ils étaient victimes d'une fraude à la contrefaçon et qu'ils avaient fait appel à l'agence West Investigation pour trouver les responsables.

— Vous auriez dû m'en parler plus tôt, répondit le shérif en prenant un air contrarié.

— Vous avez vos obligations, intervint Ryan, et nous avons les nôtres.

Tandis que les deux hommes se dévisageaient en silence, Shawn ajouta :

— Ben a passé un coup de téléphone avant que nous quittions le restaurant, je parie que si vous vérifiez ses appels vous découvrirez qu'il appelait Arbury.

Ils n'avaient pas de temps à consacrer à des combats d'ego et il semblait maintenant évident que Ben Konstam était la clé de cette affaire.

— Vos soupçons ne suffiront pas pour avoir accès aux relevés téléphoniques de Konstam, répondit Donovan avec dédain.

Shawn sentit l'agacement le gagner.

— Vous n'avez pas reçu d'appel de Ben au sujet de la fusillade ? Comment expliquez-vous une telle chose alors qu'il a forcément vu qu'on nous tirait dessus ?

— Le seul appel que nous avons reçu venait de Mlle Williams, déclara Donovan en fronçant les sourcils.

D'abord la disparition de Cassie. Puis Addy s'était fait agresser en pleine nuit dans le centre de Bentham. Et maintenant, ils se faisaient tirer dessus… Shawn était persuadé que tous ces événements étaient liés. Et, même s'il n'avait pu distinguer les traits du motard, celui-ci avait la même corpulence que Teddy. La situation avait dégénéré et ils ignoraient toujours la raison de cette soudaine escalade…

Il semblait également évident que la disparition de Cassie

avait quelque chose à voir avec l'affaire de contrefaçon sur laquelle ils enquêtaient. Mais si elle avait participé à cette fraude, pour quelle raison avait-elle disparu ? La réponse la plus logique était difficile à envisager, mais plus le temps passait, plus il était difficile d'ignorer cette possibilité.

— Je pense que Ben et Teddy ont un lien avec la disparition de Cassie Williams et avec la fraude.

— Oui, admit Donovan en laissant échapper un profond soupir, on dirait bien.

En constatant que le shérif prenait la situation au sérieux, Shawn sentit une partie de la tension qu'il avait accumulée ces dernières heures le quitter.

— Addy est convaincue que sa sœur est vivante.

— Je suis sûr que vous savez combien il peut être difficile pour les membres de la famille de concevoir la mort d'un des leurs, répondit Donovan en secouant la tête. Surtout quand il n'y a pas de corps.

— Je sais. Mais Addy est raisonnable, et si elle pense que sa sœur est vivante, alors je crois que nous devrions poursuivre les recherches.

Du coin de l'œil, Shawn vit Ryan froncer les sourcils.

— Je ne peux pas vous en empêcher, comme vous le savez, mais la situation est extrêmement dangereuse. Pensez-y.

Donovan s'interrompit et lança à Shawn un regard perçant avant d'ajouter :

— En attendant, j'ai lancé un avis de recherche concernant Teddy Arbury, et un de mes agents est en route pour aller voir Suri Bedingfield à Garwin afin de lui demander de faire une nouvelle déclaration.

— Et Ben Konstam ?

— Je vais aller lui parler.

Un homme chauve, portant des lunettes rondes et une blouse blanche, fit irruption dans la salle d'attente. Sur sa poitrine, un badge indiquait : Dr E. Jackson.

— Shawn West ? demanda-t-il en regardant les visiteurs présents dans la salle.

— C'est moi, répondit Shawn en avançant vers le médecin, le cœur battant.

— Suivez-moi, je vous emmène jusqu'à la chambre de Mlle Williams.

Après avoir récupéré les clés du véhicule que Ryan et Gideon avaient garé sur le parking de l'hôpital et les avoir salués, Shawn suivit le Dr Jackson dans un long couloir d'un blanc éclatant. Alors qu'ils passaient devant les urgences et les soins intensifs, Shawn accéléra le pas pour arriver au niveau du médecin.

— Je pensais que je ne serais pas autorisé à voir Addy…

— En fait, vous ne l'êtes pas, lui dit l'homme en levant les yeux au ciel. Mais Mlle Williams vous réclame depuis qu'elle est arrivée ici. Je viens juste de finir ses points de suture et j'ai peur qu'elle les fasse tous sauter en essayant de venir vous retrouver, donc…

Il s'arrêta devant un rideau bleu et regarda Shawn.

— Je vais aller rédiger son autorisation de sortie, je reviens dans quelques instants.

Shawn tira le rideau et sentit son cœur se serrer en découvrant Addy, allongée sur son lit, le visage pâle. Elle avait relevé son pull et regardait son pansement.

— Salut, lui dit-elle en levant les yeux vers lui.

— Comment te sens-tu ? lui demanda-t-il en venant se poster auprès de son lit.

— Comme si j'avais reçu un coup de poignard !

Il lui sourit et, se rendant compte qu'il n'avait encore

jamais eu aussi peur, déposa sur son front puis sur ses lèvres des délicats baisers.

Alors qu'il s'écartait, elle lui prit la main.

— Tu étais coincé dans la voiture, comment va ton bras ?

Il leva le bras au-dessus de la tête et fit rouler son épaule.

— Un peu endolori mais un cachet de paracétamol devrait résoudre ça… C'était une sacrée fusillade…

— Je t'avais dit que j'avais grandi dans un ranch, lui dit-elle en haussant les sourcils. Je sais tirer.

— Certains des employés de West Investigation qui sont d'anciens militaires n'auraient pas réussi ce tir.

Addy lui fit un sourire en coin.

— Je pourrais leur donner quelques cours quand je serai rentrée à New York, rétorqua-t-elle en regardant les infirmières qui se tenaient derrière leur bureau.

Aux deux extrémités se trouvaient un chandelier électrique et un petit sapin de Noël.

— Est-ce que le médecin t'a dit quand je pourrai sortir d'ici ?

— Il m'a dit qu'il allait remplir l'autorisation.

— Très bien…, dit-elle en s'asseyant sur son lit. Aïe…

Elle grimaça en touchant son pansement.

— Vas-y doucement, lui recommanda-t-il en passant un bras autour de sa taille pour l'aider à se relever.

Il sentit la fureur qui couvait en lui. Il valait mieux pour Teddy que Donovan le retrouve avant lui.

Le Dr Jackson revint et tendit à Addy son autorisation de sortie, une ordonnance d'analgésiques et des instructions pour que son médecin traitant examine ses points de suture à la fin de la semaine.

— La police a arrêté Teddy ? demanda Addy à Shawn alors qu'ils quittaient l'hôpital.

— Donovan est à sa recherche.

— Bien… Teddy avait dû nous suivre depuis le restaurant.

Le parking de l'hôpital n'était pas grand et Shawn repéra vite le SUV bleu foncé que son frère avait loué pour lui.

— Ce qu'il faut qu'on comprenne, c'est comment il a su à quel moment nous allions quitter le restaurant, répondit-il à Addy en lui ouvrant la portière du côté passager.

À son expression, il vit qu'Addy venait de comprendre ce qui s'était passé.

— Ben nous a tendu un piège, constata-t-elle.

— Ça en a tout l'air.

Addy se glissa doucement sur son siège, et en la voyant grimacer, Shawn serra les dents.

— Suri a dû leur dire qu'elle nous avait parlé. Maintenant, nous devons retrouver Ben au plus vite. Si Teddy et lui sont assez désespérés pour vouloir nous tuer, on ne peut pas savoir…

Addy s'interrompit.

— Je sais que tu penses que ta sœur est toujours en vie, lui dit Shawn en posant une main sur son bras, mais, ma belle, il faut aussi que tu commences à envisager que tu te trompes peut-être.

— Je ne suis pas dans le déni, tu sais, mais, même si je ne peux pas l'expliquer, je sais qu'elle est vivante, et je dois continuer à la chercher.

Sur son visage se lisaient la détermination, le sérieux et la peur.

Le fait de savoir qu'Addy pouvait se tromper, qu'il

était peut-être trop tard, et qu'elle aurait le cœur brisé était insupportable pour Shawn. Car même s'il voulait la protéger de toute souffrance, il savait qu'il ne le pourrait pas.

Il se pencha, déposa un tendre baiser sur ses lèvres puis referma la portière et vint s'installer au volant.

Sur le trajet jusqu'à leur hôtel, il pensa qu'Addy ne pourrait jamais tourner la page sans savoir ce qui avait pu arriver à sa sœur. Il ferait donc tout ce qui était en son pouvoir pour l'aider à conclure cette affaire, quelle qu'en soit l'issue.

16

Shawn sortit de la pharmacie avec les médicaments antidouleur que le Dr Jackson avait prescrits à Addy, ainsi qu'une bouteille d'eau et de quoi refaire son pansement. Alors qu'il regagnait le SUV, il observa Addy derrière le pare-brise. Adossée contre son siège, elle avait fermé les yeux. De nouveau, la colère l'envahit. Une fois qu'il aurait installé Addy confortablement dans la suite, il partirait à la recherche de Ben Konstam.

Son téléphone émit un signal alors qu'il montait dans le véhicule. C'était un message de Jorge, l'employé de Spectrum qu'il avait rencontré au bar, la veille.

Nous avons besoin d'un gars pour aider au chargement des camions. 18 heures. Tu es partant ?

Il était presque 15 heures, ce qui ne leur laissait, à Ryan, Gideon et lui, que peu de temps pour élaborer une stratégie, mais c'était leur seule chance de découvrir de nouvelles preuves pour blanchir Intellus. Shawn répondit :

Partant.

Jorge lui envoya l'adresse de l'usine de Spectrum.

— Quelque chose d'important ?

Il leva les yeux de son téléphone et croisa le regard d'Addy.

Malgré son état, elle restait la plus belle femme qu'il ait jamais vue.

— Il y a une avancée possible dans l'enquête sur laquelle je travaille, lui répondit-il en lui tendant ses médicaments.

Elle avala un cachet puis but presque la moitié de la bouteille d'eau avant de reprendre la parole :

— Je sais que je t'ai fait perdre beaucoup de temps et je ne t'ai même pas remercié. Merci, Shawn, vraiment.

Il glissa une mèche de ses cheveux derrière son oreille et lui répondit :

— Retrouver Cassie est ma priorité, je te le promets.

Elle posa la joue au creux de sa main, et il sentit son cœur s'emballer.

— Je doute fort que ton frère soit du même avis…

— Laisse-moi m'occuper de Ryan.

Quand elle déposa un baiser dans sa paume, il se pencha vers elle et l'embrassa sur les lèvres. Il aurait pu continuer ainsi pour toujours mais la sonnerie de son téléphone les interrompit.

— Tu es en train de rentrer à ton hôtel ? lui demanda Ryan quand il décrocha.

— Oui, lui répondit Shawn en démarrant. J'ai dû faire un arrêt à la pharmacie mais nous y serons dans dix minutes. J'ai reçu un message d'un type qui pourrait nous être utile.

Il jeta un coup d'œil à Addy mais celle-ci avait refermé les yeux. Il ne lui avait toujours pas dit qu'il pensait que sa sœur pouvait être impliquée dans une affaire de contrefaçon. Et chaque nouvel instant qui passait lui rappelait combien il était douloureux de lui cacher cette information.

— Je t'expliquerai quand on se retrouvera, conclut Shawn avant de raccrocher.

Il roula tranquillement dans les rues de Bentham jusqu'à leur hôtel et, une fois garé, se tourna vers Addy. Elle n'avait pas bougé. Il ne voulait pas la réveiller mais, à cause de sa blessure, il ne pouvait pas prendre le risque de la porter. Sans compter que son bras le faisait également souffrir. Il avait lui aussi acheté des antalgiques à la pharmacie et espérait que ceux-ci seraient assez puissants pour lui permettre de charger les camions en fin de journée.

— Addy, ma belle, réveille-toi, lui murmura-t-il doucement à l'oreille. Nous sommes arrivés à l'hôtel.

Elle ouvrit les yeux lentement et lui jeta un regard vague. Les médicaments semblaient faire effet. Il pensa un instant appeler son frère et Gideon à la rescousse pour l'emmener jusqu'à sa chambre mais il se ravisa. Il n'allait certainement pas laisser d'autres hommes porter sa femme. Sa femme.

Jamais il n'avait pensé à personne en ces termes. Et aussi primitif que pouvait l'être cet instinct de possession, il ressentait au fond de lui un profond besoin de surveiller Addy, de la protéger. Il comprit soudain que s'il lui arrivait la moindre chose il serait perdu à tout jamais.

Secouant la tête pour revenir à la réalité, il alla ouvrir la portière d'Addy et l'aida à descendre de la voiture. Ils montèrent tous les deux jusqu'à leur suite, bras dessus bras dessous. Après l'avoir aidée à retirer ses chaussures, il la mit au lit. À peine fut-elle couchée qu'elle s'endormit profondément.

Il s'empressa de quitter la chambre et sortit son téléphone.

— On est rentrés, dit-il à son frère quand celui-ci décrocha.

Ryan raccrocha sans lui répondre, et moins de cinq minutes plus tard, Shawn entendit des coups frappés à la porte de la suite.

— Parlons à voix basse, Addy est endormie, chuchota Shawn à Ryan et Gideon en leur faisant signe d'entrer.

— Comment va-t-elle ? demanda Gideon en s'asseyant.

— Ça va, l'éclat de verre a causé une blessure plutôt profonde mais heureusement il n'a rien touché de vital.

— Bien, conclut Ryan. Maintenant, explique-nous la teneur de ce message que tu as reçu ?

Shawn leur expliqua sa visite au bar, la veille, sa rencontre avec Jorge et la proposition de celui-ci de participer au chargement des camions ce soir.

— Il va falloir faire vite pour nous préparer, constata Ryan en sortant la tablette qu'il avait apportée.

— En effet, et comme je ne veux pas laisser Addy seule, nous ne pourrons être que deux sur le coup.

Sans quitter des yeux son écran, Ryan fronça les sourcils.

— Nous n'avons pas beaucoup de temps pour trouver les preuves nécessaires, dit-il à Shawn, et si Addy reste ici, elle ne risque rien.

Gideon se laissa aller en arrière dans son siège et croisa les bras en arborant un de ses rarissimes sourires.

— J'ai entendu dire qu'elle avait un sacré tour de main, dit-il.

Ryan éclata de rire mais Shawn resta sérieux.

— Elle a pris des analgésiques. Teddy a essayé de nous tuer ce matin et nous n'avons aucune idée de l'endroit où il peut se trouver. J'ai vérifié auprès de l'hôpital, personne ne s'est présenté pour une blessure au bras.

— Donovan a dû prévenir le personnel, Teddy n'ira jamais là-bas.

— Peut-être, mais nous ne pouvons pas être sûrs qu'il ne va pas débarquer ici pour finir son boulot. Il n'est pas difficile de découvrir dans quel hôtel nous résidons et nous ne savons toujours pas s'il est après nous pour m'empêcher d'enquêter sur Spectrum ou pour éviter qu'Addy recherche sa sœur.

— Les deux sont possibles, déclara Ryan en se frottant le menton. Nous ignorons si Cassie Williams a un lien avec la fraude mais il paraît juste de supposer que Ben et son ami Teddy y sont plongés jusqu'au cou. Ils veulent certainement interrompre le cours de l'enquête et la recherche de Cassie.

— Je ne connais pas Cassie mais je sais qu'Addy et elle sont proches, je ne pense pas qu'elle aurait pu laisser Teddy s'en prendre à sa sœur.

Ryan jeta un regard sombre à Shawn.

— Ce ne serait pourtant pas la première fois qu'un membre d'une famille s'en prend à un autre. Surtout quand il y a de l'argent en jeu.

Shawn avait connu suffisamment de gens proches, fâchés pour des histoires d'argent, pour savoir que son frère avait raison. Pourtant son instinct lui soufflait que Cassie n'était pas mêlée à cette affaire de contrefaçon.

— Gideon peut rester avec Addy, et toi tu peux surveiller et me couvrir…, proposa-t-il en s'asseyant sur le canapé à côté de Ryan.

Gideon acquiesça en silence, Ryan fronça seulement les sourcils. Shawn sentit l'agacement grandir en lui. Ryan et lui allaient devoir avoir une vraie discussion une fois que l'affaire Intellus serait close. Son frère avait beau être le P-DG de West Investigation, Shawn était un associé de l'agence. Et il était grand temps que Ryan le prenne en considération.

Mais pour le moment, Shawn avait d'autres priorités. Il expliqua à son frère où se trouvait l'usine et, sur la tablette, lui montra les environs et l'endroit où Ryan pourrait se cacher pour filmer.

De son côté, Shawn porterait une caméra cachée et un micro, de manière à pouvoir enregistrer les conversations des employés. Il essaierait également de prendre quelques photos des puces expédiées. Les cartons risqueraient fort d'être tous scellés mais il trouverait une solution. Après cela, il pourrait essayer de se concentrer sur la recherche de Cassie.

Les trois hommes peaufinèrent leur stratégie jusqu'à 17 heures puis Ryan partit se poster aux abords de l'usine afin que personne ne risque de le voir. Heureusement pour eux, la nuit tombait tôt.

À 17 h 55, Shawn se gara dans le petit parking derrière l'usine, près des quais de chargement. Jorge, Granger et deux autres hommes attendaient.

Shawn mit sur son nez la paire de lunettes dans laquelle étaient cachés la petite caméra et le micro puis alla à la rencontre des quatre hommes.

— Content de te voir, *amigo* ! s'écria Jorge en lui serrant la main.

Granger lui lança un regard suspicieux avant de s'éloigner de l'autre côté du quai tandis que Jorge présentait à Shawn les deux autres hommes, Harris et Leon, le directeur adjoint. Après avoir parlé de son salaire avec Leon, Shawn commença à charger les camions.

Une heure plus tard, il avait mal au bras mais avait pu jeter un coup d'œil à l'intérieur des cartons. Ceux-ci ne contenaient malheureusement que des puces informatiques marquées du logo de Spectrum. Une seconde heure passa et Shawn termina le chargement sans avoir trouvé de preuve de l'escroquerie. Il empocha les billets que lui tendit Leon puis rentra à l'hôtel.

Ryan était déjà là, et en le voyant arriver sur le parking, il sortit en hâte de son véhicule.

— Dis-moi que tu as découvert quelque chose ? lui demanda-t-il en croisant les bras.

— Rien du tout, lui répondit Shawn en lui tendant ses lunettes. Toutes les puces que j'ai pu voir paraissaient normales, elles portaient le logo de Spectrum.

— Bon sang, Shawn ! s'exclama Ryan. Nous manquons de temps…

Shawn serra les dents et adopta la même position que son frère, jambes écartées, bras croisés sur la poitrine.

— Tu le sais comme moi, lui dit-il. On peut passer des heures à surveiller quelque chose ou à cuisiner un contact et ne rien obtenir du tout. Ce sont les risques du métier et ce n'est pas la première fois qu'on y est confrontés.

— Intellus est certain que la prochaine livraison de puces frauduleuses va débarquer sur le marché d'ici un jour ou deux et cette fois, ils ne pourront pas le cacher aux médias.

— Je le sais, Ryan, et je fais mon maximum, déclara Shawn.

Il avait finalement décidé de ne pas dire la vérité à Addy mais s'ils n'étaient pas capables de trouver la preuve que Spectrum était bien à l'origine de ces contrefaçons, tout éclaterait au grand jour, c'était certain. Et Shawn n'avait pas la moindre envie qu'Addy découvre de cette manière la réelle raison de sa présence ici.

— Écoute, Cassie est forcément mêlée à cette affaire, qu'elle l'ignore ou qu'elle y participe activement. Et je crois qu'il est temps que j'explique le fin mot de l'histoire à Addy.

— Nous avons promis à Intellus que nous garderions le silence sur notre enquête, lui répondit Ryan en secouant la tête.

— Et c'est ce que nous faisons. Mais je fais confiance à Addy, ce n'est pas elle qui risque d'en parler à la presse.

— Tu la connais depuis combien de temps, déjà ? Un jour ? Deux ? Soyons sérieux, Shawn, lui répondit Ryan en pouffant.

— Pourquoi ne me dis-tu pas ce que tu penses vraiment ? rétorqua Shawn en avançant vers son frère. Ce n'est pas en Addy que tu n'as pas confiance, c'est en moi.

— Ne me dis pas ce que je pense.

— Oh ! je n'ai pas besoin de le faire. Tu me surveilles, tu vérifies tout ce que je fais et tu me suis à la trace comme si j'étais un débutant. À quand remonte la dernière fois où tu as demandé des comptes à Gideon sur son travail ?

— Gideon ne se laisse pas distraire. Tu es plus préoccupé par le fait de sauver une fille – qui n'a peut-être même pas besoin d'être sauvée – pour impressionner sa grande sœur que par l'affaire sur laquelle tu travailles.

Shawn serra les poings. Ayant grandi dans une famille pleine d'hommes chargés de testostérone, il savait se battre. Et si cela faisait longtemps qu'il n'avait pas frappé l'un de ses frères, il mourait d'envie de se défouler sur Ryan. Mais il savait aussi se contrôler.

— Alors, on dirait que je te ressemble bien plus qu'on ne le pensait, dit-il à son frère en se rapprochant à quelques centimètres de lui.

Nadia avait été cliente de West Investigation avant de devenir la femme de Ryan.

Celui-ci le fusilla du regard.

Pendant un moment, Shawn pensa qu'ils allaient finir

par en venir aux mains mais Ryan laissa échapper un profond soupir et déclara :

— Nous n'avons pas le temps de nous disputer, nous devons chercher la preuve que c'est bien Spectrum qui est derrière cette fraude.

— Je suggère que nous établissions un plan d'attaque, lui répondit Shawn en acceptant la trêve. Et si mon instinct est fiable, la fille qui selon toi n'a pas besoin d'être sauvée et ces fausses puces sont liées. Alors, nous manquons peut-être de temps, mais elle n'en a plus beaucoup non plus…

17

De retour dans la suite, Shawn et Ryan trouvèrent Gideon et Addy en train de finir leur dîner. La première chose que remarqua Shawn fut que quelques heures de sommeil avaient l'air d'avoir fait le plus grand bien à Addy. Sa pâleur avait laissé place à un teint frais et reposé et elle mangeait ses nouilles thaïlandaises avec appétit.

Quand elle lui adressa un sourire éclatant, il sentit le désir se réveiller en lui.

— Venez, leur dit-elle en leur montrant les plats posés sur la table, il y en a bien assez pour tout le monde.

— Merci, répondit-il.

Elle lui lança un regard interrogateur mais il se concentra sur le poulet au curry qu'il venait de se servir.

— Si cela ne vous fait rien, je vais emporter ça dans ma chambre, déclara Ryan en attrapant un des plats.

— Je te suis, ajouta Gideon en se levant pour débarrasser son assiette.

Quelques instants plus tard, Ryan et Gideon avaient quitté la suite.

— J'ai dit quelque chose qu'il ne fallait pas ? demanda Addy en tournant la tête vers Shawn.

— Non, cela n'a rien à voir avec toi. Ryan est en

colère contre moi, ne t'inquiète pas, lui répondit-il avant de prendre un morceau de poulet.

— Je suppose que ce que vous avez fait ce soir ne s'est pas bien passé ?

Il la regarda et secoua la tête.

Trouver Addy réveillée faisait que Gideon, Ryan et lui n'avaient pas pu parler de leur plan pour l'affaire Intellus. Ils allaient devoir attendre le lendemain pour se mettre d'accord sur la marche à suivre.

Ayant découvert une fausse puce sous le bureau de Ben, Shawn était convaincu de l'implication de ce dernier dans la fraude. Mais avec qui était-il de mèche ? Et quel était le lien avec la disparition de Cassie ?

La sonnerie de son téléphone interrompit le cours de ses pensées.

— Shawn West à l'appareil, dit-il en décrochant.

— Je ne suis pour rien dans l'embuscade qui vous a été tendue, déclara Ben d'une voix aiguë et presque hystérique.

Shawn mit l'appareil sur haut-parleur et fit signe à Addy de rester silencieuse.

— J'ai du mal à le croire, Ben, dit-il d'un ton sévère.

— Je vous le promets. Écoutez, c'est M. Raupp. Je l'ai appelé pour lui demander s'il était d'accord pour que je vous fasse visiter l'usine, mais je ne savais pas qu'il enverrait Teddy à vos trousses.

Lance Raupp. Tout devenait clair. Ben avait la position idéale pour orchestrer la fraude mais il n'avait pas les compétences intellectuelles pour la mener à bien. Lance, lui, était assez intelligent pour organiser l'escroquerie en se cachant derrière Ben, le suspect idéal.

Bien sûr, ce dernier n'était pas innocent pour autant. Ben les avait volontairement guidés, Addy et lui, jusqu'à cette route départementale à deux voies à la rencontre de Teddy. Mais si Shawn voulait obtenir ce dont il avait besoin, il valait mieux se taire pour le moment.

— La situation est devenue totalement incontrôlable, cria Ben, moi ce que je voulais c'était seulement me faire un peu de fric en plus.

— Pourquoi Raupp a demandé à Teddy Arbury de nous tirer dessus ?

— Oh ! mec, c'est vraiment la catastrophe, s'il n'y avait que Teddy…

— Ben, l'interrompit Shawn, qui commençait à perdre patience.

— Écoutez, moi tout ce que j'ai fait c'était emballer des fausses puces informatiques et les livrer. Rien de bien dramatique, mais quand Cassie a découvert ce qui se passait, Raupp a dit qu'il allait falloir s'occuper d'elle.

Addy laissa échapper un gémissement. Shawn serra sa main dans la sienne et posa un doigt sur ses lèvres pour lui rappeler qu'elle devait rester silencieuse.

Ses présomptions étaient justes : Cassie était mêlée à cette affaire mais n'avait pas participé à l'escroquerie.

— Que lui avez-vous fait ? demanda Shawn.

— Qui, moi ? J'ai seulement aidé Suri à trouver un autre boulot ailleurs, c'est Teddy qui s'est occupé de Cassie.

En voyant Addy frissonner, Shawn pria pour que la réponse à sa prochaine question ne la brise pas en mille morceaux.

— Cassie est-elle encore vivante ?

— Je… Je ne suis pas sûr, je pense que oui, balbutia Ben.

Addy laissa échapper un soupir de soulagement.

— J'ai entendu Raupp et Teddy discuter du fait de

la garder en vie jusqu'à la prochaine livraison de puces. Écoutez, j'ai besoin de votre aide. Je sais que vous êtes un important détective privé de New York. La nouvelle cargaison part ce soir, une fois les puces livrées, Raupp ne va pas vouloir nous garder longtemps en vie.

Ben était-il sincère ? Ou essayait-il une nouvelle fois de les manipuler ? Shawn n'avait pas pu ouvrir tous les cartons qu'il avait chargés ce soir dans les camions mais aucun de ceux dans lesquels il avait pu jeter un coup d'œil ne semblait contenir de fausses puces.

— Où êtes-vous ? demanda-t-il à Ben.

— Je… Je suis dans l'ancienne maison de ma grand-mère, elle est vide depuis des années. J'ai pensé que ce serait un bon endroit pour me cacher pendant quelque temps, mais Raupp finira par venir inspecter ici aussi, je dois quitter la ville au plus vite.

— Quelle est l'adresse ? lui demanda Shawn en attrapant de quoi noter.

Il griffonna quelques mots et Addy regarda sur son téléphone où la maison se trouvait.

— Il faut que vous veniez me chercher, implora Ben.

Addy tourna l'écran de son smartphone pour le montrer à Shawn, le GPS leur indiquait un temps de trajet d'une vingtaine de minutes.

— Attendez-nous tranquillement, conclut Shawn avant de raccrocher.

Immédiatement, il composa un autre numéro.

— Que se passe-t-il ? demanda Ryan en décrochant.

Shawn raconta à son frère la conversation qu'il venait d'avoir avec Ben et, avant même qu'il ait fini, on frappa à la porte.

— Cela pourrait être un nouveau piège, déclara Ryan en entrant dans la suite.

Gideon le suivait, avec un grand sac de sport noir dont Shawn savait qu'il contenait tout le matériel nécessaire pour ce genre d'expédition.

— C'est pour cette raison que j'ai besoin que vous m'accompagniez, Gideon et toi, lui répondit Shawn.

Ryan posa son ordinateur portable sur la table, l'ouvrit et se mit au travail. Shawn savait qu'il étudiait des cartes de la région et collectait toutes les informations possibles sur le lieu où se trouvait Ben.

— Ben nous a dit que Cassie était toujours en vie, annonça Addy, qui était restée silencieuse jusque-là.

— Il a de nombreuses raisons de nous mentir, dit Shawn en lui prenant la main.

— Je vais malgré tout m'accrocher à cet espoir, lui répondit-elle avec un faible sourire avant de regarder Ryan qui avait rangé son matériel. On y va ?

— Ah non, toi tu restes ici, lui dit Shawn en secouant la tête.

— Pas question ! Vu ce que j'ai déjà traversé, je reste avec vous jusqu'à la fin.

— Je t'ai déjà mise en danger aujourd'hui, déclara Shawn en posant les deux mains sur ses épaules. Et je ne compte pas le faire une deuxième fois.

— Shawn, protesta Addy en lui prenant le poignet, je suis une adulte, j'ai conscience des risques que je prends.

Il secoua de nouveau la tête.

— Si vous partez sans moi, je me rendrai là-bas par mes propres moyens, poursuivit-elle.

Compte tenu de la détermination dont Teddy avait fait preuve le matin même, Shawn n'était pas tranquille à l'idée de laisser Addy seule à l'hôtel. Mais il avait besoin de Ryan et de Gideon pour couvrir ses arrières. Emmener

Addy avec eux leur permettrait de veiller sur elle, et elle pourrait les attendre en sécurité dans la voiture.

— OK, tu viens avec nous, dit-il finalement, mais tu vas devoir faire ce qu'on te dit, c'est la seule manière de pouvoir te garder hors de danger.

Addy grimaça mais hocha la tête.

— Gideon et moi allons prendre notre voiture de location et vous suivre jusqu'à cette maison, leur expliqua Ryan en se dirigeant vers la porte.

Quelques instants plus tard, ils étaient tous en route pour retrouver Ben tandis qu'une légère neige tombait du ciel.

Le quartier de la maison de la grand-mère de Ben était plutôt ancien et les maisons de brique qui bordaient la rue de façon ordonnée et symétrique n'étaient pas toutes en très bon état. Les occupants, manifestement plus soucieux de leur survie que de l'entretien de leur lieu de vie, avaient laissé le temps faire son œuvre. Ici et là se trouvaient des guirlandes de lumières multicolores et des décorations de Noël, mais l'ambiance générale n'était pas joyeuse.

Shawn gara le SUV derrière la voiture de location de Ryan, à quelques maisons du numéro que lui avait communiqué Ben.

— Comment comptes-tu t'y prendre ? lui demanda Ryan quand ils furent tous les quatre réunis dans l'obscurité.

— Je passe par-devant, répondit Shawn en regardant Ryan et Gideon. Vous deux, par l'arrière.

Ryan acquiesça en silence puis ouvrit la main. Il tenait dans sa paume trois petites oreillettes.

— Et moi ? fit Addy.

— Toi, tu restes dans la voiture, lui rappela Shawn en insérant son écouteur dans le creux de son oreille.

— Mais je t'ai déjà dit que…, protesta Addy.

— Et moi je te demande de rester dans la voiture jusqu'à ce qu'on ait inspecté la maison de fond en comble. Je viendrai te chercher quand nous aurons écarté tout danger.

Et alors qu'elle s'apprêtait à insister, il ajouta :

— Addy, s'il te plaît.

— OK, mais je veux être là quand vous parlerez à Ben.

— Promis, conclut-il, soulagé qu'elle accepte de rester à l'abri.

Une fois qu'elle fut remontée dans le SUV, Shawn fit signe à Ryan et Gideon d'y aller.

L'extérieur de la maison était recouvert de stuc blanc écaillé et délavé. Des clôtures en bois pourri encerclaient la cour qui était envahie par la végétation.

Shawn remonta l'allée en béton en inspectant les environs. Un drapeau américain flottait sur l'une des maisons voisines mais il n'y avait personne aux fenêtres.

Il attendit que Ryan et Gideon disparaissent derrière la maison pour monter les quelques marches qui menaient au porche.

Puis, gardant son arme dans son holster au cas où quelqu'un regarderait, il frappa quelques coups à la porte.

— Ben ? C'est Shawn West.

La maison resta silencieuse.

Il essaya de jeter un coup d'œil à l'intérieur par la vitre, mais celle-ci était couverte de crasse et il était impossible de discerner quoi que ce soit.

Shawn frappa de nouveau puis ouvrit la porte.

— La porte d'entrée n'était pas verrouillée, dit-il à voix basse à l'intention de Ryan et Gideon. J'entre.

Une fois dans l'entrée, Shawn sortit son arme. Malgré le froid, une atroce odeur d'ordures et d'excréments d'animaux flottait dans l'air. Seule une terrible peur pouvait conduire quelqu'un à vouloir se cacher dans un tel endroit.

— Il n'y a rien en bas, déclara Shawn après avoir regardé autour de lui.

— On entre par-derrière, lui répondit Ryan.

— Ben ? cria Shawn dans la maison apparemment vide. Ben, vous êtes là ?

Il dépassa le canapé en velours bordeaux délavé du salon et avança sur le vieux sol en linoléum jauni de la cuisine.

Presque tout dans cette maison était recouvert d'une épaisse couche de poussière, mais la table de la cuisine avait été nettoyée et une assiette et une tasse étaient posées dans l'évier.

Dans le cadre de son travail, Shawn avait appris à se fier à son instinct, et à cet instant, ce qu'il ressentait n'augurait rien de bon. Cela ressemblait fort à un piège. Pourtant, si Ben savait où se trouvait Cassie, ils devaient aller au bout de cette opération.

— Le sous-sol est dégagé, lui souffla Ryan au creux de l'oreille.

— La cuisine également, répondit Shawn.

Un couloir devait mener aux chambres.

— Ben ? répéta Shawn d'une voix forte. C'est Shawn West.

Mais il n'y eut aucune réponse.

Ryan et lui se retrouvèrent au début du couloir.

Ryan inspecta la première chambre puis fit signe à Shawn qu'il pouvait s'occuper de la deuxième qui se trouvait sur la droite.

À l'intérieur de la pièce, il y avait une lourde commode en bois, une coiffeuse et un lit à baldaquin. Un oreiller et une couverture roulée en boule reposaient sur le matelas. Ben gisait sur le sol, au pied du lit. Shawn inspecta la pièce pour vérifier que personne ne s'y cachait, puis il se précipita auprès du corps…

Il avait fallu moins d'une demi-heure à Shawn, Gideon, Ryan et Addy pour venir ici, mais ils étaient arrivés trop tard.

Accroupi à côté du cadavre du jeune homme, Shawn vit que quelqu'un lui avait tiré une balle en pleine tête.

— La maison est vide, lui glissa Ryan qui venait d'apparaître dans l'encadrement de la porte.

Shawn se releva pour lui montrer le corps de Ben.

Quoi qu'ait pu savoir ce dernier, il ne risquait plus de le divulguer à quiconque. Le tueur lui avait rapidement réglé son compte. Mais comment avait-il su qu'il s'apprêtait à tout révéler, et comment l'avait-il localisé ?

Shawn parcourut la pièce des yeux à la recherche du téléphone portable de Ben, mais le tueur avait dû l'emporter pour le détruire.

Suivi de Ryan, il sortit de la chambre et entra dans le salon à l'instant où Addy arrivait.

Il jura et posa les mains sur ses épaules pour l'empêcher d'avancer.

— Où est-il ? cria-t-elle en essayant de se dégager. Que vous a-t-il dit ?

— Ce n'est pas la peine d'aller par là-bas, Addy.

— Laisse-moi passer, protesta-t-elle en se débattant.

— Écoute-moi : Ben ne parlera plus jamais, à personne. Il est mort.

Elle se figea.

— Non… Ce n’est pas possible. Il sait où se trouve Cassie. Il sait.

Shawn l’attira contre lui et la serra fort dans ses bras.

— Je suis désolé, beauté, lui dit-il doucement tandis qu’elle éclatait en sanglots. Tellement désolé.

18

Depuis qu'ils avaient quitté le commissariat, Shawn ne cessait de jeter des regards inquiets à Addy. Heureusement qu'il gardait le silence, car elle n'avait pas le courage de discuter pour le moment.

En arrivant sur les lieux, le shérif Donovan avait menacé de les faire arrêter tous les quatre, ce qu'il aurait fait s'il avait réussi à trouver un motif valable. Et, même après qu'elle lui avait dit qu'elle n'avait rien vu puisqu'elle était restée dans la voiture, il avait continué à lui poser des centaines de questions. Après des heures d'interrogatoire, alors qu'il était minuit passé, il les avait finalement laissés rentrer à l'hôtel.

Addy se sentait vidée mais elle avait envie de hurler. Ils étaient si près du but. Les agents de police avaient retrouvé le scooter de Cassie caché dans une cabane au fond du jardin mais rien dans la maison ne prouvait que Cassie ait pu s'y trouver. Addy était certaine que Ben en savait bien plus que ce qu'il leur avait dit, peut-être même savait-il où sa sœur était retenue…

— Et si je ne la retrouvais pas…, laissa-t-elle échapper dans un soupir. Elle doit probablement être… Il est sûrement trop tard.

— Ne dis pas ça, lui répondit Shawn en tendant la

main vers elle. Nous faisons tout ce que nous pouvons et nous allons continuer.

— J'arrive toujours trop tard.

Addy était consciente qu'elle avait remarqué trop tard que son mari était en train de s'éloigner, qu'elle avait pris conscience trop tard de la gravité de la maladie de son père, et maintenant… Maintenant, il était trop tard pour sauver Cassie. Cette pensée lui serra le cœur.

Une fois garé sur le parking de l'hôtel, Shawn coupa le moteur, se tourna vers elle et posa les deux mains sur ses épaules.

— Arrête ! Tu fais ce que tu peux !

— Oui, c'est bien ça le problème, rétorqua-t-elle dans un sanglot. Ce n'est pas et ça ne sera jamais suffisant. Peu importe ce que je fais, les gens que j'aime finissent tous par me quitter.

Shawn l'enlaça. Secouée par de violents sanglots, elle s'accrocha à lui pour ne pas sombrer. Il ne lui semblait pas avoir jamais autant pleuré que ces derniers jours. Mais pendant quelques minutes, elle quitta son armure de femme forte et se laissa aller.

Enfin, elle se ressaisit et ils sortirent tous les deux du SUV pour regagner leur suite, main dans la main. Même si elle appréciait le soutien de Shawn en ces instants de vulnérabilité extrême, Addy ressentait surtout le besoin urgent de prendre un peu de temps seule pour faire le tri dans ses émotions.

Une fois dans la suite, elle se dirigea vers la chambre et jeta un regard à Shawn avant d'y entrer.

— Je vais prendre une douche, l'informa-t-elle.

Elle avait envie de se détendre dans le jacuzzi mais pour cela, il faudrait attendre qu'on lui ait enlevé ses points de suture. Sa blessure la faisait d'ailleurs souffrir de nouveau et elle se mit en quête de ses cachets.

Après avoir trouvé la boîte de médicaments sur la table de chevet, elle avala deux comprimés avec un grand verre d'eau dans la salle de bains. Elle avait l'impression que tous ses muscles étaient tendus comme un élastique sur le point de craquer.

Jusqu'à cette nuit, il avait été facile d'imaginer que Cassie était toujours vivante. Mais le meurtre de Ben offrait un tout nouvel angle de vue sur la situation, la rendant bien plus dangereuse et effrayante.

Elle ouvrit le robinet d'eau chaude de la douche puis alla prendre dans son sac quelques vêtements propres. Elle pouvait entendre les voix de Ryan et de Shawn dans la pièce d'à côté, et même si elle ne pouvait discerner leurs paroles, elle sentait que le ton de la conversation était tendu. Elle appuya une oreille contre la porte pour essayer d'en saisir le contenu.

— Pour être tout à fait sincère, je n'en ai aucune idée, dit Shawn. Je suis persuadé que Ben était impliqué dans la fraude et dans la disparition de Cassie mais je n'ai pas de preuve que ces deux événements soient liés.

— Cassie Williams s'y connaissait en informatique et elle travaillait chez Spectrum. Elle est peut-être aussi impliquée dans cette escroquerie, lui répondit Ryan.

En l'entendant, Addy se remémora soudain ce que Ben avait dit lors de son appel concernant des puces frauduleuses. Cela devait avoir un lien avec l'enquête sur laquelle travaillaient les frères West. Mais qu'est-ce que sa sœur pouvait bien avoir à faire avec cette histoire de contrefaçon ?

Elle ouvrit la porte et fit irruption dans le salon.

Ryan était assis sur le canapé, Shawn dans le fauteuil en face de lui.

— Vous êtes fous ? dit-elle aux deux hommes en posant les mains sur ses hanches pour les dévisager l'un après l'autre. Jamais Cassie ne se serait laissé embarquer dans quelque chose d'illégal.

L'expression de surprise qui était apparue sur les visages des deux frères était plutôt comique mais à cet instant, Addy était trop en colère pour avoir envie de rire. Elle se tourna vers Shawn.

— C'est là-dessus que tu travailles ? Est-ce que tu enquêtes sur Cassie ?

Shawn se leva de son fauteuil.

— Non, pas sur elle, lui répondit-il avant de jeter un rapide coup d'œil à son frère. J'enquête sur une chaîne de production de fausses puces informatiques dans laquelle nous pensons que Ben jouait un rôle important.

— Et Cassie ? lui demanda Addy en reculant d'un pas pour s'éloigner de lui.

Elle avait l'impression que toutes les pièces du puzzle venaient de se mettre en place et qu'elle comprenait à présent la situation dans son ensemble.

— C'est de ça qu'il s'agit depuis le début, ajouta-t-elle en plissant les yeux. Si tu m'aidais à chercher ma sœur c'est parce que tu pensais qu'elle aussi est mêlée à cette affaire.

— Non, ce n'est pas ça, protesta Shawn en avançant vers elle.

Addy leva les deux mains en lui faisant signe de s'arrêter.

— Je me suis en effet demandé si Cassie avait quelque

chose à voir dans cette histoire mais j'ai rapidement compris que ce n'était pas le cas, tu dois me croire.

Il lui jeta un regard suppliant et Addy, en le voyant manifestement si sincère, eut envie de le croire sur parole.

— Nous devons envisager toutes les hypothèses, intervint Ryan, qui n'avait pas bougé du canapé. Et que vous le croyez ou non, votre sœur a les compétences nécessaires pour une telle opération. La disparition pourrait même être sa meilleure porte de sortie.

— C'est n'importe quoi…, déclara Addy en secouant la tête.

— Peut-être l'ont-ils recrutée dans ce but précis ? continua Ryan. Ne trouvez-vous pas étrange qu'une jeune femme aussi douée quitte New York pour venir s'installer dans cette petite ville ? Quelle chance pour Spectrum qu'une personne aussi qualifiée postule pour un stage chez eux…

Ryan ne connaissait pas aussi bien Cassie qu'Addy. Sa sœur était quelqu'un de gentil et de doux. Suivre le droit chemin était quelque chose d'important pour elle, même si c'était parfois vraiment difficile. Jamais elle n'aurait pu participer à cette escroquerie, Addy le savait.

— Mais, lors de son appel, Ben a dit que Lance Raupp avait enlevé Cassie…

— Nous ne pouvons pas prendre ce que nous a dit Ben pour argent comptant, rétorqua Ryan.

— Vous préférez tout mettre sur le dos de ma sœur afin d'en faire le parfait bouc émissaire pour vos clients, protesta-t-elle.

Ryan ne répondit pas.

Dans la salle de bains, l'eau continuait de couler. Addy

y retourna et ferma le robinet à temps pour entendre que quelqu'un frappait à la porte d'entrée de la suite.

Se dépêchant de retourner au salon, elle découvrit Gideon qui faisait irruption dans la pièce.

— Je viens d'avoir une info sur l'endroit où se trouve Teddy, déclara-t-il en les regardant tour à tour.

— On t'écoute, lui répondit Ryan.

— Il semblerait qu'il se soit caché chez sa petite amie à Chatham, une ville voisine. Ma source dit qu'il est blessé au bras.

Il adressa un clin d'œil à Addy.

Ryan alla chercher son ordinateur portable et s'installa à la table du salon. Gideon, Shawn et Addy s'assirent autour. Gideon leur donna toutes les informations qu'il avait en sa possession et, après avoir localisé l'adresse sur un plan grâce au GPS, ils mirent au point leur plan d'attaque.

— Très bien, conclut Addy en se levant. On y va ?

Ryan secoua vivement la tête.

— Tu ne peux pas venir avec nous, lui dit Shawn.

— Cassie est ma sœur, s'écria-t-elle, et je ne vais pas rester assise ici à me tourner les pouces en vous attendant.

— Ce n'est pas votre place, insista Ryan.

— C'est dangereux, Teddy nous a déjà tiré dessus, ajouta Shawn.

Elle voulait protester. Elle savait qu'il finirait probablement par céder mais à quoi bon ? Sa plaie la faisait toujours souffrir et elle risquait de les ralentir. Ce qu'elle voulait, ce dont elle avait besoin était l'information qui la mènerait jusqu'à sa sœur. Si rester en retrait était préférable, alors elle ferait ce qu'il fallait.

— D'accord, dit-elle enfin.

Shawn tendit la main vers elle pour la retenir un instant.

— Nous allons la retrouver, lui dit-il.

Elle priait de tout son cœur pour qu'il ait raison.

Après le départ des trois hommes, Addy put enfin prendre sa douche. Grâce à l'eau chaude, elle sentit tous les muscles de son corps se détendre. Elle resta sous l'eau jusqu'à ce que celle-ci devienne tiède puis sortit. Malgré tous ses efforts pour tenter de ne pas y penser, son esprit revenait sans cesse à la suggestion ridicule de Ryan concernant l'implication de sa sœur dans cette fraude informatique.

Cassie était une adorable geek qui voulait rendre la technologie accessible à chacun et l'utiliser pour le bien commun. Comment aurait-elle pu participer à une escroquerie qui concernait la communauté dont elle faisait partie ? Addy se souvenait d'avoir une fois vu sa sœur rappeler à un caissier qu'il avait oublié de lui faire payer un paquet de chips. Non, si elle avait eu connaissance de la moindre fraude, elle serait immédiatement allée le déclarer au shérif.

Mais si elle se trompait ? Se pouvait-il que de son point de vue de grande sœur elle ait une vision fausse de Cassie ?

Elle enfila des sous-vêtements propres puis se glissa dans son pyjama.

Son téléphone portable se mit à sonner sur sa table de chevet. En regardant l'écran, elle vit qu'elle ne connaissait pas le numéro.

— Allô ?

— Addy ?

En reconnaissant la voix faible de sa petite sœur, Addy retint son souffle.

— Cassie ! Cassie, où es-tu ? lui demanda-t-elle en laissant les larmes couler sur ses joues.

— Mademoiselle Williams, votre sœur et vous avez déjà bien plus d'ennuis que ce que vous méritez, alors si vous voulez récupérer Cassie, venez la chercher.

Addy sentit son pouls s'accélérer. Elle avait reconnu la voix grave et calme qu'elle entendait à l'autre bout du fil, c'était celle de Martin Raupp.

— Où se trouve-t-elle ? lui demanda-t-elle en troquant son bas de pyjama contre un jean.

— Notre ancienne usine sur la route 29. Je suis prêt à laisser partir votre sœur, mais si vous prévenez la police, sachez que je n'aurai plus rien à perdre, est-ce que vous me comprenez ?

Addy nota l'adresse qu'il lui donnait, puis elle attrapa son sac à main sur la table basse du salon et se dirigea vers la porte.

— Comment puis-je être certaine qu'il ne s'agit pas d'un piège ? demanda-t-elle en sortant dans le couloir.

— Vous ne le pouvez pas.

Et Martin Raupp raccrocha.

Addy ignora l'ascenseur et prit l'escalier, puis elle traversa le parking en courant, le téléphone toujours à la main, jusqu'à sa Mustang, qui l'attendait sagement sur le parking.

Une fois au volant, elle démarra et appela Shawn.

Son cœur battait si fort qu'elle se demanda s'il l'entendrait. Mais il ne décrocha pas et elle tomba sur sa messagerie.

— Shawn, Martin Raupp vient de m'appeler, dit-elle en sortant en trombe du parking. Cassie est toujours en vie, c'est lui qui la retient. Il m'a donné l'adresse. Je m'y rends immédiatement.

Elle raccrocha après lui avoir communiqué l'adresse puis se mit à prier pour ne pas arriver trop tard une fois de plus.

19

Le trajet jusqu'à Chatham se fit dans le calme. Ryan conduisait en silence, Gideon avait fermé les yeux et semblait dormir. Quant à Shawn, il tentait de rester serein. Affronter un homme qui avait essayé de le tuer était trop périlleux pour laisser ses émotions obscurcir son jugement. Mais ce n'était pas chose aisée. Garder son calme quand Addy et Ryan s'étaient disputés au sujet de Cassie avait déjà été très difficile. Dès qu'il était question d'Addy, Shawn devait reconnaître qu'il perdait toute objectivité… Il ne pouvait faire autrement. Il l'aimait.

— Écoute, ce que je t'ai dit tout à l'heure sur ta distraction était hors de propos, déclara soudain Ryan, brisant le silence qui régnait dans la voiture. Je n'aurais pas dû remettre en question ton éthique de travail.

— Je ne crois pas que ce soit le moment idéal pour avoir cette conversation, lui répondit Shawn en secouant la tête.

— Comme nous ne savons pas vraiment dans quoi nous allons mettre les pieds, poursuivit Ryan avec un sourire en coin, je préférerais que tu ne sois plus en colère contre moi.

Il s'interrompit un instant puis ajouta :

— Je suis sérieux, tu es un véritable atout pour l'agence et je ne te le dis pas assez souvent.

— Merci, lui répondit Shawn. Mais je sais que je pourrais m'investir davantage du point de vue administratif pour te soulager maintenant que tu as une femme, et bientôt un bébé. À notre retour, je te promets que je ferai des efforts.

Ryan sourit et leva les yeux au ciel avec un air amusé.

— Il faudra que tu me montres un peu les ficelles du métier, mais je suis sérieux, reprit Shawn. Si je veux que tu me considères comme ton associé, il faut que je me comporte comme tel.

— OK, ne nous emballons pas. Je reste le P-DG de la boîte mais j'apprécie ta proposition. C'est vrai qu'après la naissance j'aimerais passer un peu de temps avec Nadia et le bébé.

— Imaginer que tu vas bientôt être papa d'une petite fille est incroyable, conclut Shawn en riant.

Tandis qu'ils se rapprochaient de l'adresse que l'indic de Gideon lui avait communiquée, les maisons devenaient de plus en plus délabrées et les commerces de plus en plus rares.

Les deux frères reprirent vite leur sérieux. Et quand ils arrivèrent à destination, la tension dans la voiture avait grimpé d'un cran. Étant donné que Teddy avait essayé de tuer Shawn et Addy le matin même, les trois hommes avaient prévu de s'approcher arme au poing, et l'environnement misérable et délabré du quartier ne faisait qu'accentuer le danger potentiel de la situation.

Shawn ralentit devant l'immeuble en brique de trois étages où Teddy était supposé se cacher.

Une petite cour en terre battue se trouvait devant l'entrée et un chemin menait à l'arrière du bâtiment, où les résidents semblaient garer leurs véhicules. Une longue fenêtre verticale à la vitre sale révélait en son centre une cage d'escalier miteuse. Quelques lampes étaient allumées dans certains appartements de chaque côté.

Il était 2 heures du matin. Shawn ne savait pas s'ils allaient trouver Teddy mais si c'était le cas, il était déterminé à le faire parler.

Après s'être garés sur le parking d'un immeuble voisin, les trois hommes sortirent de la voiture et vérifièrent leurs armes avant d'enfiler des gilets pare-balles. Une fois leurs oreillettes mises, ils firent quelques essais avant de prendre la direction de l'immeuble.

Ce n'était pas la première fois qu'ils intervenaient ensemble et chacun d'eux connaissait parfaitement son rôle. Shawn s'approcha lentement de l'entrée en restant tapi dans l'ombre. Ryan, lui, alla de l'autre côté du bâtiment. Quant à Gideon, il resta en retrait, couvrant leurs arrières.

Après avoir fait le tour de l'immeuble, Ryan retrouva Shawn à l'entrée.

— Il y a une sortie de secours derrière, mais il faut une clé pour l'ouvrir de l'extérieur, lui dit-il.

— Je suis sur le coup, lui répondit Gideon dans l'oreillette.

— Nous entrons, l'informa Shawn en suivant Ryan à l'intérieur du hall.

L'appartement dans lequel était censé se trouver Teddy était au deuxième étage. Une fois devant le bon numéro, chaque frère se posta d'un côté de la porte.

Shawn compta silencieusement jusqu'à trois en regardant Ryan puis celui-ci ouvrit la porte d'un grand coup de pied, l'envoyant valser contre le mur.

L'appartement était un petit studio avec une kitchenette nichée dans un des coins. Teddy était allongé sur un vieux canapé marron. Sur le sol, à côté de lui, il y avait un vieux téléphone à clapet, une bouteille de rhum presque vide et un Glock.

Il regarda les deux frères pendant un instant, ahuri par leur entrée fracassante, les yeux écarquillés comme ceux d'un cerf pris dans les phares. Shawn franchit la porte et se précipita sur l'arme que Teddy essayait de saisir. D'un coup de pied, il fit glisser le pistolet sous le canapé et attrapa Teddy par son bras blessé.

— Ahhhh, hurla Teddy en se recroquevillant.

Ryan inspecta l'appartement puis vint se poster à côté de son frère. Ils attendirent quelques instants que les gémissements de Teddy diminuent puis Shawn lui demanda, pointant son arme sur lui :

— Teddy, je crois qu'il y a des choses dont nous devons discuter.

— Je ne vous dirai rien du tout, lui répondit Teddy en se redressant pour s'asseoir.

Shawn vit qu'il s'était servi de sa ceinture et d'un T-shirt sale pour se faire un garrot. À cause de la douleur et de l'alcool, ses yeux verts étaient devenus vitreux et brillants. Son teint grisâtre indiquait qu'il avait dû perdre beaucoup de sang.

— Maintenant, Teddy, insista Shawn, tu vas te comporter comme un bon garçon.

— Vous m'avez tiré dessus !

Teddy n'avait manifestement pas remarqué que c'était Addy qui l'avait désarmé le matin même. Peut-être lui dirait-il la vérité plus tard mais pour le moment, Shawn décida d'exploiter la rancœur de Teddy.

— Tu ne te rappelles pas avoir ouvert le feu en premier ? C'est facile de se donner le beau rôle… Toutefois je suis disposé à ne pas remuer le passé, Teddy. Finalement, qui a tiré sur qui ce matin est assez peu important…

Ce que je voudrais savoir, par contre, c'est où se trouve Cassie Williams ?

— Va te faire foutre, mec ! cracha Teddy, avant d'afficher un sourire narquois et menaçant. Vous arrivez trop tard de toute façon, la livraison est en train de se dérouler et Raupp tuera ces deux pauvres filles, juste après.

Shawn sentit son cœur accélérer.

— Ces deux pauvres filles ? répéta-t-il.

Teddy éclata de rire.

— Raupp a décidé de se débarrasser des deux sœurs Williams. L'aînée l'a foutu en rogne. Elle a été une véritable menace pour l'opération, ce qui, pour lui, est intolérable.

— Où ? lui demanda Shawn en sentant la colère se mêler à sa peur. Où Lance les retient-il ?

— Vous êtes totalement à côté de la plaque, lui répondit Teddy avec un sourire.

Le cœur battant la chamade, l'arme fermement serrée dans les mains, Shawn tira deux balles entre les jambes écartées d'Arbury.

Du coin de l'œil, il vit Ryan se précipiter à l'entrée de l'appartement pour surveiller l'arrivée d'éventuels curieux. Les coups de feu n'étaient malheureusement pas rares dans ce genre de quartier, mais si Shawn voulait pouvoir interroger Teddy avant l'arrivée de la police, il ne devait pas perdre une minute.

— Putain ! s'écria Teddy avant de déverser un nouveau flot de jurons. Vous avez failli tirer sur mes bijoux de famille !

— Je ne les raterai pas la prochaine fois, lui répondit Shawn en hochant la tête. Alors, je te repose la question : où sont-ils ?

— Laissez tomber, vous ne pourrez pas y arriver à temps.

— Ah, on dirait que tu ne tiens pas tant que ça à tes *bijoux*, finalement, lui dit Shawn en réajustant sa cible. Je ne te reposerai pas la question.

Livide, Teddy écarquilla les yeux et capitula.

— OK, OK, mec. Il y a une demi-heure environ, Raupp a appelé votre petite copine. Il lui a dit de venir le rejoindre et l'a prévenue que si elle voulait revoir sa sœur vivante elle ne devait parler de cet appel à personne et venir seule. Mais je crois qu'il espérait vous voir aussi…

— Nous devons y aller, lança Shawn à Ryan.

— Que veux-tu faire de lui ? demanda celui-ci.

— Nous ne pouvons pas attendre l'arrivée de Donovan, déclara Shawn en sortant les menottes de sa veste.

Il tira Teddy du canapé et le poussa vers la petite cuisine.

— Assieds-toi, lui ordonna-t-il.

Arbury s'assit au sol avec une grimace puis Shawn passa une menotte à son poignet et attacha l'autre à la cuisinière.

— Vous n'allez pas me laisser comme ça ! protesta Teddy.

— Tu devrais être reconnaissant, Teddy, tu as bien failli devenir un eunuque, conclut Shawn avant de quitter l'appartement.

Une fois dehors, il sortit son téléphone et composa le numéro d'Addy. Gideon les attendait devant le SUV. Addy ne décrocha pas mais Shawn vit qu'elle avait tenté de le joindre et qu'elle lui avait laissé un message. En l'entendant, il sentit son sang se glacer dans ses veines.

— Ce n'est pas Lance, c'est Martin Raupp, dit-il à Ryan et Gideon. C'est lui qui retient Cassie. Addy vient de partir à sa rencontre.

Ryan jura et fit démarrer la voiture en trombe.

— Martin Raupp, le père ? C'est ça que Teddy voulait

dire quand il affirmait qu'on était à côté de la plaque. Nous suspections le mauvais Raupp.

En tapant l'adresse qu'Addy avait laissée dans son message sur le GPS, Shawn eut une étrange impression de déjà-vu.

— Je connais cet endroit mais je n'arrive pas à le situer…

Les sourcils froncés, il appela Tansy.

— Oui, chef ? lui répondit celle-ci.

— Je suis en route pour un lieu dont je connais l'adresse mais je n'arrive pas à me souvenir pourquoi…

Il lui communiqua les coordonnés et pendant quelques instants, seuls les doigts qui pianotaient sur le clavier retentirent à l'autre bout du fil.

— C'est à cette adresse que Spectrum était installé auparavant, dit-elle, à peine une minute plus tard. Cette information était dans le dossier que j'avais constitué sur l'entreprise. Le lieu semble disponible à la location, ce qui signifie qu'il doit être vide.

Il se souvenait à présent. Carrier-Forest LLC. Il avait pensé s'y rendre mais il s'était passé tant de choses depuis qu'il était arrivé à Bentham que cela lui était sorti de la tête. Il pouvait maintenant voir quelle erreur il avait faite. Un grand bâtiment vide était l'endroit idéal pour retenir quelqu'un contre son gré.

— Qui est le propriétaire des lieux ? lui demanda Shawn, même s'il se doutait de la réponse.

— Ne quitte pas, lui répondit Tansy avant de prendre quelques secondes pour chercher l'information. L'acte de propriété est au nom de Madeline Raupp.

— Bon sang ! J'aurais dû m'en douter ! s'écria Shawn avant de remercier Tansy et de raccrocher.

Il se tourna vers Ryan et lui lança :

— On doit y aller le plus vite possible, Raupp doit être aux abois, tout son plan risque de tomber à l'eau.

Ryan appuya sur la pédale d'accélérateur et le SUV fonça dans la nuit.

Tandis que le paysage défilait à toute allure derrière la vitre, Shawn vérifia le cran de sûreté de son arme avant d'ajouter :

— S'il a touché un seul cheveu de la tête d'Addy, je l'enverrai directement en enfer.

20

Addy trouva sans difficulté le site de l'ancienne usine de Spectrum. Un grand panneau indiquant que celle-ci était à louer était posté à l'entrée du parking vide, devant le bâtiment haut d'un seul étage. Un lampadaire situé près de la porte d'entrée éclairait faiblement les lieux.

Ignorant les lignes blanches délavées qui marquaient l'asphalte, Addy se gara juste devant le bâtiment gris. Une grande porte de chargement métallique se trouvait sur le mur à côté de l'entrée principale qui était vitrée.

Martin Raupp apparut sur le pas de la porte alors qu'elle coupait le moteur. Elle attrapa son sac à main sur le siège passager et l'enfila en bandoulière.

Martin avança vers elle et malgré le peu de lumière, Addy vit briller l'éclat de l'arme qu'il tenait. Il jeta un coup d'œil dans la voiture puis aux alentours en fronçant les sourcils.

— Où est votre petit ami ? demanda-t-il d'un ton sec.

En route pour nous rejoindre, j'espère, pensa Addy avant de lui répondre :

— Je suis venue seule. Où se trouve Cassie ?

Martin scruta une nouvelle fois les environs.

— À l'intérieur, lui répondit-il enfin en lui faisant signe de le suivre.

Addy s'exécuta et lui passa devant, ignorant le sourire narquois qui était apparu sur son visage.

À l'intérieur, tous les meubles semblaient avoir été enlevés depuis longtemps et il ne restait qu'une moquette grise élimée au sol et un bureau de réception abîmé.

— Au bout du couloir, lui indiqua Martin en la poussant dans le dos avec le canon de son arme.

Addy frissonna en se souvenant de quelque chose que son grand-père lui répétait souvent. « Ce n'est jamais la faute de l'arme. Toujours celle de l'idiot qui l'a en main. »

Ils avancèrent dans le long couloir carrelé. Seul le son de leurs pas brisait le silence nocturne. Bien qu'il se révèle être le pire des escrocs, Martin Raupp avait réussi à endosser le rôle d'un irréprochable homme d'affaires et paraissait distingué dans son costume sur mesure et sa chemise d'un blanc immaculé.

— Dans le bureau, sur la gauche, ajouta-t-il en lui montrant une porte fermée.

Addy lui jeta un coup d'œil par-dessus son épaule. Et s'il s'agissait d'un piège ?

Mais il ne faisait aucun doute que la voix qu'elle avait entendue à l'autre bout du fil était bien celle de Cassie, ce qui prouvait que sa sœur était vivante vingt minutes plus tôt. Si elle voulait la retrouver, elle n'avait donc pas d'autre choix que de croire Martin et d'entrer dans cette pièce.

Addy posa la main sur la poignée et ouvrit lentement la porte avant de se figer.

Cassie se trouvait à l'intérieur. Assise sur une chaise de bureau, elle avait le poignet droit menotté à un meuble lourd. Ses cheveux étaient emmêlés et sales et son visage pâle et émacié. Mais elle était en vie.

— Cassie ! s'écria Addy en s'agenouillant près de sa sœur pour la prendre tendrement dans ses bras.

— Addy, je suis désolée, laissa échapper Cassie entre deux sanglots.

— Non, ma chérie, ne t'excuse pas, tu n'y es pour rien. Ne t'en fais pas, nous allons nous sortir de là.

En se retournant, Addy vit que Martin Raupp avait toujours son arme braquée sur elle.

— Je suis sincèrement désolé, leur dit-il d'un ton sarcastique, mais vous comprendrez que je ne puisse laisser une telle chose se produire.

Addy se redressa et prit la main de Cassie dans la sienne.

— Vous m'avez dit que vous laisseriez ma sœur partir.

— Eh bien, je vous ai menti, rétorqua Martin en haussant les épaules. J'ai une importante livraison à faire ce soir et vous allez toutes les deux venir avec moi.

— Pourquoi ? Pourquoi ne pas nous laisser partir ? Trop de gens sont maintenant au courant de votre escroquerie, ils savent que c'est vous qui êtes derrière cette histoire de fausses puces informatiques, vous ne pourrez pas vous en tirer.

— Vous croyez avec tant de conviction à ce que vous dites que cela en devient touchant, lui répondit Martin avec un rire moqueur. De mon point de vue, les choses sont un peu différentes… Les seules personnes qui sont au courant de cette affaire se trouvent devant moi et regardent actuellement le canon de mon arme. Vous allez toutes les deux disparaître, cette fois pour de bon, et tout rentrera dans l'ordre.

Addy sentit une vague de peur la submerger. Puis elle ressentit un élan de détermination puissant et décida qu'elle n'allait certainement pas laisser cet homme gagner. Cassie avait réussi à rester en vie pendant dix jours, alors…

— Répondez au moins à ma question, lui dit-elle pour gagner un peu de temps. Pour quelle raison un homme d'affaires respecté, propriétaire d'une entreprise florissante et lucrative comme Spectrum, met-il en péril tout ce qu'il a construit ?

— Appelez ça comme vous voulez, disons que c'est un moyen de se diversifier. Spectrum est un petit poisson dans l'océan du monde informatique et honnêtement, il y a beaucoup d'argent à se faire dans la cybercriminalité. Sans compter le plaisir de nuire à la concurrence qui se révèle être un délicieux petit bonus.

— La cupidité et la jalousie, conclut Addy.

Le visage de Martin se tordit de colère. Et le regard chargé de haine qu'il jeta à Cassie et elle fit trembler Addy. Elle sentit la main de sa sœur serrer plus fort la sienne.

— Rien de tout cela n'explique les raisons de l'enlèvement de Cassie, poursuivit-elle en essayant de le distraire.

Il fallait à tout prix éviter qu'il se laisse envahir par la fureur.

— Votre sœur est venue fourrer son nez là où elle n'aurait pas dû.

— Ben a perdu chez moi une de ces fausses puces, dit Cassie. Il était ivre et m'a tout dit sur votre escroquerie.

— Quel abruti ! s'écria Martin. J'aurais dû me douter qu'il n'avait pas les épaules pour intégrer cette opération délicate, cependant j'avais besoin de chauffeurs-livreurs avec un sens des valeurs plutôt souple pour remplir ces missions officieuses. Mais cet idiot, après m'avoir fait chanter pour obtenir un poste à la direction, a commencé à paniquer.

Il s'interrompit un instant et lança à ses deux interlocutrices un sourire à glacer le sang avant d'ajouter :

— Cela ne m'a pas posé de problème de l'éliminer, bien au contraire.

— J'ai dit à Ben qu'il devait aller voir le shérif, que ce que vous faisiez risquait de lui attirer beaucoup d'ennuis, mais l'argent semblait plus important que tout le reste, dit Cassie avec tristesse.

— Ah, le shérif, soupira Martin… Je serais bien surpris si Donovan découvrait un jour la moindre escroquerie. Il n'y a que deux choses qui semblent l'intéresser dans la vie : maintenir l'illusion que tout va bien à Bentham et se faire réélire. Et je vous laisse deviner qui est le principal donateur de sa campagne…

Le sourire de Martin Raupp était éclatant.

— Comme Ben ne voulait pas aller voir le shérif, poursuivit Cassie en se tournant vers sa sœur, j'ai décidé de m'en charger. Mais il me fallait des preuves. Lui m'a surprise alors que j'étais en train de fouiller dans ses dossiers.

Elle montrait Martin du doigt.

— Ce crétin de Ben venait de me dire que tu étais au courant. J'essayais de trouver une solution quand je t'ai découverte en train de fouiner. Je savais que tu n'accepterais ni prime ni promotion, alors j'ai choisi la manière forte.

Il semblait si fier de lui…

— Et vous avez demandé à Ben et à Suri Bedingfield de dire au shérif qu'elle était repartie pour New York, conclut Addy. Vous ne pensiez pas que quelqu'un allait s'inquiéter en ne la trouvant nulle part ?

Martin leva le poignet et regarda sa montre avant de reporter son attention sur Addy.

— Mais vous ne regardez pas les informations ? Des jeunes femmes disparaissent tous les jours dans l'indifférence la plus totale, vous savez. Et même si quelqu'un la cherchait, expliquez-moi quel aurait bien pu être le lien entre sa disparition et Spectrum ?

Son expression s'assombrit puis il ajouta :

— Mais je crois que je vous ai sous-estimée… cela ne se reproduira pas.

Il fit signe à Addy d'aller se poster dans le coin de la pièce, en face de Cassie.

Celle-ci hésita. Martin avait manifestement fini son discours mais elle n'arrivait pas à cerner ce qu'il avait en tête pour la suite. Tenter de le désarmer semblait risqué dans cette pièce si exiguë et Cassie était toujours attachée…

— Tout de suite ! ordonna-t-il à Addy en braquant son arme sur elle. Et laissez vos mains là où je peux les voir.

Addy lui obéit tout en remarquant que sur le bureau se trouvaient des feuilles éparpillées et un vieux presse-papiers en verre de la taille d'une grosse bille.

Alors que Martin s'approchait de sa sœur, elle sentit son cœur battre plus fort dans sa poitrine. S'il se tournait légèrement, elle pouvait avoir une chance de l'atteindre.

Mais il s'arrêta, sortit des clés de sa poche et les lança à Cassie.

— Détache-toi.

Oui ! pensa Addy. Elles auraient plus de chances de pouvoir reprendre le contrôle de la situation si Cassie avait les mains libres. Sa sœur avait beau être faible, Addy savait qu'elle serait prête à tout pour rester en vie. La connaissant, elle se doutait de la profonde colère qu'elle devait ressentir contre son patron.

Cassie tâtonna pour essayer de faire entrer la clé dans la serrure avec sa main gauche.

— Dépêche-toi ! hurla Martin.

Il lui jeta un regard noir tout en gardant son arme braquée sur Addy.

Aussi discrètement que possible, celle-ci en profita pour s'emparer du presse-papiers. Celui-ci semblait bien trop léger pour servir d'arme mais pourrait peut-être s'avérer utile comme moyen de diversion.

Cassie finit par réussir à se libérer et frotta doucement son poignet écorché.

— Dirigez-vous vers le couloir, leur ordonna alors Martin en leur montrant la porte avec le canon de son arme.

Cassie s'approcha d'Addy en trébuchant. Même si elle ne semblait pas blessée, elle était faible et parvenait à peine à marcher. Addy passa un bras autour de sa taille et l'aida à avancer jusqu'à la porte.

— Prenez à droite, leur indiqua Martin. Nous nous rendons sur les quais de chargement.

Addy et Cassie progressèrent dans le couloir en suivant les instructions de Martin jusqu'à parvenir devant une grande porte rouge. Une pancarte indiquait qu'il s'agissait de l'entrée de l'usine et un autre panneau, sur la gauche, avertissait que la zone était réservée au personnel autorisé et que des équipements de protection devaient être portés pour y entrer.

— Avancez, grommela Martin.

Sans lâcher la main de sa sœur, Addy poussa la barre métallique qui ouvrait la porte.

De l'autre côté, il faisait si sombre qu'elle ne distinguait rien. Martin, lui, semblait connaître parfaitement les lieux, et les poussa vers le mur sur leur gauche jusqu'à un grand panneau d'interrupteurs. Il les actionna les uns après les autres mais la salle resta plongée dans l'obscurité.

Addy sentit que c'était le moment ou jamais. Elle lança le presse-papiers vers le fond de l'usine et se félicita de l'effet produit. Tandis que Martin faisait volte-face et brandissait son arme vers l'endroit d'où provenait le bruit, Addy attrapa sa sœur par le col de sa chemise et l'entraîna derrière une énorme machine qui se trouvait à droite de la porte et le long d'une allée jonchée de matériel divers.

Elle ignorait si l'usine possédait d'autres issues et n'avait aucune idée de ce qu'elle faisait mais en entendant le flot de jurons que hurlait Martin Raupp, elle comprit qu'elle avait réussi à perturber ses plans.

Elle fouilla dans son sac à main et tâta son arme, se demandant si l'obscurité était une chance ou un nouvel obstacle pour elles… D'un côté, il était difficile de savoir quelle direction prendre, mais d'un autre, Martin ne pouvait les localiser.

— Est-ce que tu connais cet endroit ? murmura-t-elle à Cassie.

— Non, lui répondit sa sœur en gémissant. C'est la première fois que j'y mets les pieds.

Cassie serrait son bras contre elle et Addy se demanda si elle n'était pas blessée. De son côté, elle pouvait sentir que la douleur de sa blessure au flanc se réveillait.

Elles continuèrent à longer les machines dans l'obscurité avant de trouver un coin dans lequel elles se blottirent un instant avant de reprendre leur lente progression.

Martin était devenu totalement silencieux.

Quand les lumières du plafond illuminèrent tout l'espace, elles avaient atteint le fond de la salle. Addy tira immédiatement sa sœur derrière la machine la plus proche avant d'inspecter les alentours.

Il n'y avait aucune trace de Martin ni d'une quelconque issue mais elle remarqua, accroché au plafond, un panneau rouge et blanc indiquant une sortie de secours. Malheureusement, elle se trouvait de l'autre côté de la salle.

Et pour s'y rendre, Cassie et elle devraient traverser une zone où il n'y avait aucun appareil derrière lequel se cacher. Tandis qu'elle réfléchissait à la meilleure solution, Martin surgit, leur bloquant le chemin.

— Tout cela n'est qu'une perte de temps, mesdemoiselles ! cria-t-il. Mieux vaut partir avec grâce et sagesse que de s'engager dans une bataille dont vous ne sortirez pas victorieuses, vous le savez bien.

En le voyant regarder de tous les côtés, Addy comprit qu'il n'avait aucune idée de l'endroit où elles se trouvaient. Mais tout pouvait changer en un instant…

Elle jeta un regard à Cassie. Celle-ci était assise au sol, adossée à la machine derrière laquelle elles se cachaient, et semblait avoir des difficultés à respirer.

La colère d'Addy grimpa d'un cran. Elle ne pouvait imaginer ce que sa sœur avait pu endurer ces derniers jours, mais elle avait survécu. Elle admirait son courage et n'était pas prête à baisser les bras.

Elle aida Cassie à se relever et la soutint en se demandant de quelle manière elles pourraient réussir à atteindre la porte sans se faire remarquer par Martin…

Se faufilant entre les engins, elle se servit des moqueries et des attaques de Martin comme repères des zones à éviter.

Quand elles arrivèrent devant l'espace à découvert, Martin redevint subitement silencieux.

Addy sentit les battements de son cœur s'accélérer. Que fabriquait-il ? Était-il en train de leur tendre un piège ? Peut-être attendait-il patiemment qu'elles sortent pour pouvoir les abattre ?

Elle essayait de réfléchir à la meilleure chose à faire quand plusieurs événements se produisirent au même instant. Tout d'abord, Cassie sembla ne plus pouvoir tenir sur ses jambes. Addy, sentant tout le poids de sa sœur reposer sur elle, enroula un bras autour de sa taille tandis que la grande porte par laquelle ils étaient entrés dans l'usine s'ouvrait brusquement. Shawn et Ryan firent alors leur apparition.

Le soulagement que ressentit Addy en les voyant fut de courte durée. Martin surgit sur leur gauche et attrapa Cassie par les cheveux, la tirant avec tant de force qu'il faillit les faire tomber toutes les deux.

Cassie hurla et quand Addy se redressa, elle vit que Martin avait posé le canon de son arme contre la tempe de sa sœur.

Du coin de l'œil, elle aperçut Shawn et Ryan qui avançaient vers eux lentement.

— Reculez ! leur cria Martin en tremblant. Reculez ou je la tue !

Les frères West s'immobilisèrent mais gardèrent leurs pistolets braqués sur Martin Raupp.

Profitant du fait que Martin regardait Shawn et Ryan, Addy glissa la main dans son sac.

— Le vent ne tourne pas en votre faveur, Raupp, lâchez votre arme ! lança Shawn.

Ils formaient tous ensemble comme une sorte de triangle bancal. Shawn et Ryan se trouvaient à l'une des extrémités, Addy à la deuxième et Raupp et Cassie au sommet.

— Vous n'êtes pas en mesure de me donner des ordres ! Lâchez vos armes ou je fais sauter la cervelle de cette jolie petite personne !

Cassie tressaillit et Martin reserra sa prise de plus belle.

Addy sentit l'air lui manquer. Tuer Cassie n'avait pas de sens mais Raupp semblait avoir perdu la raison depuis un bon moment. Son plan était tombé à l'eau et il était sur le point de passer un bon bout de temps en prison. Il n'avait donc plus rien à perdre.

Sans quitter Cassie des yeux, elle vit que les deux frères échangeaient un regard. Intérieurement, elle pria pour qu'ils obéissent.

Et quand elle les vit tous les deux se baisser pour poser leurs armes au sol, elle lança, elle aussi, un regard à sa sœur. Shawn et Ryan n'étaient pas les seuls à pouvoir communiquer sans mots.

Cassie hocha doucement la tête et se jeta sur le côté avec tant de force que Martin se retrouva avec une poignée de cheveux dans la main. Addy n'hésita pas une seconde et, sortant son arme de son sac, elle tira un seul coup de feu.

Martin sursauta, et sur son visage se succédèrent plusieurs expressions, la surprise d'abord, puis l'inquiétude en découvrant le sang qui se répandait sur son torse. Il laissa tomber son arme avant de s'écrouler au sol.

Ryan se précipita vers lui.

De son côté, Addy courut vers sa sœur. Shawn l'imita.

— Comment allez-vous toutes les deux ? leur demanda-t-il d'un ton inquiet.

— Je n'ai rien, fit Addy, mais je crois qu'il faudrait emmener Cassie à l'hôpital le plus vite possible.

Shawn la regarda un moment comme pour vérifier

qu'elle était bien saine et sauve avant de s'éloigner pour appeler les secours.

— Ça va aller, déclara Cassie – mais la faiblesse de sa voix prouvait le contraire. Je savais que tu me retrouverais…

En voyant les larmes couler sur les joues de sa sœur, Addy la prit dans ses bras et la serra contre elle tendrement.

— Est-ce que tu l'as tué ? demanda Cassie après quelques instants.

Addy jeta un coup d'œil par-dessus son épaule. Ryan avait déchiré le bas de la chemise de Martin et le pressait contre sa plaie. Shawn, lui, était en communication avec les ambulanciers.

— Je crois qu'il est toujours en vie, répondit-elle.

Elle espérait de tout cœur qu'il ne meure pas car, malgré tout le mal qu'il avait fait, elle ne voulait pas avoir le sang d'un homme sur les mains.

Shawn revint vers elles et s'accroupit à leur côté.

— Donovan et les secours sont en chemin. Merci et bravo !

— Bravo pour quoi ?

— Tes talents de tireuse nous ont une nouvelle fois sauvé la mise, ma chérie, lui répondit-il en souriant.

21

Un grand sourire sur les lèvres, Cassie était assise sur son lit d'hôpital. La petite sœur d'Addy avait, comme elle, beaucoup de charme… Shawn vit que Gideon esquissait lui aussi un sourire, ce qui était tout à fait inhabituel.

Shawn se tourna et croisa le doux regard d'Addy qui venait de les rejoindre dans la chambre.

— Le Dr Rose dit qu'elle devrait être en pleine forme d'ici quelques jours, lui dit-elle avant de froncer les sourcils. Enfin, d'un point de vue physique… Il m'a suggéré de lui trouver quelqu'un pour parler de l'épreuve qu'elle vient de traverser.

Si Martin et Teddy ne l'avaient pas blessée physiquement, les dommages psychologiques pouvaient être bien plus dévastateurs.

— Suivre une thérapie serait en effet une bonne idée, pour Cassie et pour toi, lui répondit Shawn.

Addy avait elle aussi subi un réel traumatisme. Même si cela n'était pas comparable avec ce qu'avait enduré Cassie, cette expérience inédite serait, elle le savait, compliquée à digérer. Shawn l'avait d'ailleurs tenue dans ses bras pendant près d'une heure après l'admission de Cassie à l'hôpital, tandis qu'elle pleurait à chaudes larmes, libérant toute la peur et le stress accumulés ces derniers jours.

— Peut-être, oui, répondit Addy en reportant son attention sur sa sœur. Peut-être que nous pourrions même le faire ensemble.

Shawn l'enlaça et la serra contre lui. Ce geste lui semblait si naturel…

S'ils avaient reconnu avoir des sentiments l'un pour l'autre, ils n'avaient pas encore discuté de ce que cela pouvait signifier pour le futur.

Cependant, Shawn, lui, le savait déjà. Il voulait construire un avenir avec Addy, même s'il connaissait ses doutes concernant le fait de pouvoir concilier carrière et relation amoureuse. De son côté, il pensait que les deux étaient tout à fait compatibles, mais arriverait-elle à la même conclusion ?

Quelqu'un brisa le silence en toussotant.

Shawn et Addy se retournèrent en même temps pour découvrir Donovan sur le pas de la porte.

— Je suis venu voir si Mlle Williams est prête pour faire sa déclaration.

Shawn, Addy, Ryan et Gideon avaient répondu aux questions de la police sur place, à l'ancienne usine, mais les ambulanciers avaient emmené Cassie avant que celle-ci ait le temps de pouvoir le faire.

Elle avait toutefois déjà clairement indiqué que c'était bien Martin Raupp et Teddy Arbury qui l'avaient retenue en otage ces dix derniers jours. C'était également Martin qui lui avait fait signer la fausse lettre de démission…

Elle devait encore fournir quelques détails au shérif mais, même si le procès n'avait pas lieu avant un certain temps, il semblait sans aucun doute que Martin Raupp allait finir ses jours en prison.

Shawn sentit qu'Addy s'était tendue à l'arrivée du shérif. Elle ne semblait pas prête à lui pardonner son attitude réservée et son intervention si minimale dans la recherche de Cassie.

— Je me sens suffisamment bien pour vous parler maintenant, shérif, lui répondit Cassie.

— Si cela ne vous dérange pas, mademoiselle Williams, déclara Donovan en regardant les trois hommes présents dans la pièce puis Addy, il sera certainement plus facile pour vous de le faire en privé.

— Non, je voudrais que ma sœur et Shawn restent.

Le shérif fronça les sourcils puis acquiesça en silence.

— Nous serons dans la salle d'attente, leur dit Ryan en quittant la pièce avec Gideon.

Donovan sortit de sa poche son calepin et l'ouvrit sur une page vierge.

— Racontez-moi tout à votre rythme et à votre manière…

Shawn et Addy avaient réussi à comprendre plus ou moins tout ce qui avait pu se passer en ce qui concernait les puces contrefaites, mais les détails de l'enlèvement de Cassie restaient flous. Ils étaient donc curieux de découvrir comment Cassie avait pu finir impliquée dans une fraude de près d'un million de dollars.

— Je ne sais pas vraiment par où commencer, shérif, déclara Cassie après avoir laissé échapper un profond soupir. Au départ, mon stage chez Spectrum se passait très bien. Les gens étaient sympathiques et j'apprenais beaucoup de choses, comme je l'avais espéré en décidant de repousser mes études pour aller un peu sur le terrain. En tant que stagiaire, je m'occupais beaucoup des tâches administratives dont personne ne veut se charger…

Elle s'interrompit et adressa un sourire à sa sœur.

— Oui, je vois ce que vous voulez dire, répondit Donovan.

— Au bout d'un moment, j'ai fini par remarquer des divergences entre ce qui figurait dans les formulaires d'inventaires sur papier qui provenaient de l'usine, les chiffres qui apparaissaient, eux, dans les fichiers numériques et le nombre de puces qui semblaient sortir des lignes d'assemblage, les jours où je travaillais à l'usine.

Donovan griffonnait des notes tandis que Shawn et Addy écoutaient avec la plus grande attention.

— Comme cela devait faire près de six semaines que je sortais avec Ben, j'ai décidé de lui en parler, reprit Cassie en fronçant les sourcils. Il est devenu vraiment nerveux. Il m'a dit que je ne savais pas ce dont je parlais et il m'a quittée... Je m'étais déjà rendu compte qu'il était un peu stupide et je comptais rompre moi aussi mais... Deux jours plus tard, il a débarqué chez moi à l'improviste. Il empestait l'alcool et il tenait à peine debout. C'en était trop pour moi, je lui ai donc dit que je voulais mettre fin à notre histoire également et là, il a perdu les pédales. Il n'arrêtait pas de répéter que je me prenais peut-être pour la meilleure mais que c'était lui le plus intelligent, qu'il allait bientôt faire fortune et que je reviendrais vite vers lui en rampant.

— Tu aurais dû appeler la police, lui fit remarquer Addy, submergée par la colère.

Donovan acquiesça en silence.

Cassie secoua la tête et baissa les yeux pour regarder ses deux mains serrées l'une contre l'autre sur ses genoux.

— Je pensais qu'il disait tout cela à cause de l'alcool, reprit-elle doucement. Je voulais le mettre dehors mais je craignais qu'il prenne le volant dans cet état... Alors, quand il s'est finalement calmé, je lui ai proposé de dormir sur le canapé. Mais il a trébuché sur le pied de la table basse et une puce électronique est tombée de sa poche. En voyant qu'elle portait le logo d'Intellus, je l'ai ramassée et soudain, tout est devenu clair dans mon esprit.

Cassie regarda Shawn, Addy puis Donovan.

— Je suis désolé, intervint le shérif, je n'y connais rien en informatique, pouvez-vous m'expliquer ce que vous avez compris à cet instant ?

— Des tonnes de produits, de votre téléphone à votre montre en passant par un certain nombre d'appareils électroménagers dont vous vous servez tous les jours, contiennent au moins un type de puce électronique, déclara Cassie, sans cacher son enthousiasme. Les fabricants de ces objets ne font pas les puces eux-mêmes, ils les achètent à des sociétés comme Spectrum ou Intellus. Alors, imaginez maintenant qu'un produit sur dix ou sur cent tombe fréquemment en panne à cause de la puce qui se trouve à l'intérieur ? En tant que fabricant, l'impact qu'une telle chose peut avoir sur votre réputation est terrible, les clients s'orienteront inévitablement vers la concurrence.

— Et feront appel à Spectrum si les puces d'Intellus ne sont plus fiables, conclut Donovan en hochant la tête.

— Ce type de fraude est actuellement celui qui connaît la plus rapide croissance dans le monde, ajouta Cassie en appuyant la tête contre les oreillers.

— Et se chiffre en milliards de dollars, approuva Shawn. En vendant de fausses puces avec le logo d'Intellus, non seulement Raupp se faisait une petite fortune, mais il anéantissait en même temps la réputation de son principal concurrent.

— OK, je commence à comprendre, déclara Donovan. Mais revenons un peu en arrière, vous nous disiez avoir ramassé cette puce que Ben avait laissée tomber au sol chez vous, qu'avez-vous fait ensuite ?

— Comme je vous l'ai dit, Ben ne voulait pas aller voir le shérif, répondit Cassie. Alors j'ai décidé d'aller moi-même chercher des preuves chez Martin Raupp. Il m'a surprise et a dû me frapper avec quelque chose, car j'ai ressenti une violente douleur derrière le crâne, tout est devenu noir et quand j'ai repris connaissance, j'étais enfermée dans un minuscule endroit. Au début, je n'avais aucune idée du lieu où je me trouvais puis j'ai compris que c'était une pièce sécurisée.

Donovan la regarda en hochant la tête.

— Oui, nous avons découvert une salle de ce type dans le sous-sol du manoir de Martin Raupp. Nous sommes justement en train de le perquisitionner.

— M. Raupp ou cet homme, Teddy, m'apportaient de la nourriture une ou deux fois par jour, je crois d'ailleurs qu'il devait y avoir de la drogue dans les plats car immédiatement après avoir mangé, je me sentais toujours très fatiguée et je m'endormais sans tarder.

— Nous avons arrêté Teddy Arbury, l'informa Donovan en lançant un regard à Shawn.

Lorsque Shawn avait appelé Donovan pour lui dire qu'ils pensaient que Martin Raupp était impliqué dans la disparition de Cassie Williams et qu'ils étaient en route pour l'ancienne usine Spectrum où ils pensaient que celui-ci la retenait captive, il lui avait également révélé où il pourrait trouver Teddy Arbury.

— Il y a deux jours, vous avez pu appeler votre sœur ?

— La salle de bains installée dans la pièce sécurisée avait été inondée quelques jours plus tôt et l'odeur était horrible, lui répondit Cassie en fronçant le nez avec dégoût. Alors, je me suis réveillée le lendemain dans un bureau que je n'avais encore jamais vu, les mains ligotées dans le dos. Ils m'avaient déplacée, le temps de réparer la fuite dans la salle de bains.

— Mais comment avez-vous pu vous procurer un téléphone ? Et pourquoi n'avez-vous pas appelé la police ? lui demanda Donovan.

— J'ai réussi à ouvrir l'un des tiroirs du bureau dans lequel j'ai trouvé mon téléphone portable et mon portefeuille. J'ai pu déverrouiller mon téléphone avec la reconnaissance faciale et je me suis servie des commandes vocales pour appeler Addy. Mais je me sentais très faible à cause de ce qu'ils mettaient dans la nourriture. Et M. Raupp a dû m'entendre…

Donovan se gratta la nuque et s'agita comme s'il était soudain mal à l'aise.

— Je suis désolé pour la question que je m'apprête à vous poser, mademoiselle Williams mais celle-ci est nécessaire à l'enquête.

Addy se rapprocha de sa sœur et lui prit la main avec tendresse.

— Pour quelle raison pensez-vous que Martin Raupp vous a enlevée au lieu de…

— Me tuer ? dit Cassie.

— Oui.

— Je n'en ai aucune idée.

— Ce ne sont que des spéculations, intervint Shawn, mais nous pensons que Raupp savait que les dirigeants d'Intellus avaient découvert la contrefaçon. Ils ignoraient qui se cachait derrière cette escroquerie et c'est d'ailleurs pour cette raison qu'ils nous ont embauchés, mon frère et moi, pour le découvrir. Et la mort d'une stagiaire de Spectrum aurait nécessité une enquête officielle très minutieuse que Raupp voulait probablement éviter avant d'avoir mis son lot de nouvelles puces sur le marché.

— Cela semble logique, en effet, approuva le shérif. Quoi qu'il en soit, nous n'en aurons peut-être jamais la certitude car ni Teddy Arbury ni Martin Raupp ne semblent vouloir nous parler…

Il s'interrompit un instant, referma son carnet et leva les yeux vers Cassie.

— J'ai du mal à croire qu'une telle chose ait pu se produire dans notre petite ville, ajouta-t-il avant de sourire à Cassie. Je vous remercie, je pense que j'ai tout ce dont j'avais besoin, je vais vous laisser vous reposer.

Sur ces mots, il salua Cassie, Shawn et Addy d'un mouvement de tête et sortit de la chambre.

— Tu as pu voir le Dr Rose ? demanda alors Cassie à sa sœur.

— Oui. Il souhaite te garder en observation aujourd'hui mais il dit que tu pourras rentrer chez toi dès demain matin.

— Super, je meurs d'envie de retrouver la maison. Celle de New York, bien sûr.

— Et je serai ravie de t'y accueillir, lui répondit Addy en souriant.

Ryan passa la tête par la porte.

— Shawn ?

— Je reviens dans un instant, lança celui-ci à Addy avant de déposer un baiser sur son front.

Alors qu'il rejoignait son frère dans le couloir, il se doutait déjà qu'il n'allait pas aimer ce qu'il allait lui révéler.

— Intellus veut que nous fassions notre rapport le plus vite possible. En personne. Si nous partons maintenant, nous pouvons prendre un vol dans trois heures.

— Je ne peux pas laisser Addy pour le moment, lui répondit Shawn en secouant la tête.

— Addy et sa sœur vont bien, protesta Ryan en croisant les bras. Ne viennent-elles pas justement de dire qu'elles rentreraient à New York dès demain ?

Shawn demeura silencieux et Ryan ajouta :

— Intellus est notre client. Mais c'est toi qui étais chargé de cette enquête. Personne ne pourra en faire le compte rendu comme toi et tu le sais.

— Vas-y.

En entendant le son de la voix d'Addy, Shawn se retourna.

— Je ne vais pas te laisser ici toute seule avec tout ce que tu as à gérer, lui répondit-il en secouant la tête.

— Cassie et moi pouvons tout à fait rentrer à New York par nos propres moyens, poursuivit-elle en haussant les épaules.

— Je ne crois pas…, commença Shawn avant de s'interrompre.

Addy l'avait rejoint et, tout en passant les bras autour de sa taille, elle plongea ses grands yeux dans les siens.

— Vas-y, je serai là quand tu reviendras.

Shawn posa un léger baiser sur ses lèvres.

— Promis ?

Le sourire d'Addy était éclatant.

— Absolument.

22

Le Dr Rose autorisa Cassie à quitter l'hôpital le lendemain dès 8 heures Ne prenant même pas la peine de passer par le commissariat pour récupérer le peu de choses qu'Addy et Shawn avaient découvert dans le grenier de l'appartement de Cassie, les sœurs Williams prirent la route et, à 11 heures, elles arrivèrent à New York.

Addy avait l'impression que c'était la première fois qu'elle respirait depuis la disparition de sa sœur.

Les trois jours suivants, elle ne s'était consacrée qu'au bien-être de cette dernière. Puis Cassie avait semblé se sentir mieux et était sortie voir un ami pour tenter de reprendre le cours d'une vie normale.

Addy avait reçu de nombreuses recommandations de psychologues et Cassie et elle avaient estimé que suivre une thérapie pourrait leur faire le plus grand bien. Elles avaient donc pris rendez-vous pour la semaine suivante.

Lors de leur deuxième soirée à New York, alors qu'elles étaient sorties pour dîner, elles avaient aussi abordé l'avenir. Cassie lui avait confié qu'elle pensait refuser la proposition du MIT et préférait poursuivre ses études en ville, ce qui avait grandement rassuré Addy. Elle était ravie de garder sa sœur auprès d'elle, et étant donné qu'elle était à présent au chômage, elle ne pouvait qu'admettre son soulagement face à l'allègement des frais de scolarité.

À présent, elle était donc là, à une semaine de Noël, assise devant le petit bureau qui se trouvait dans un coin de sa chambre, espérant obtenir des entretiens d'embauche avant le nouvel an. Mais elle avait passé plus de temps à penser à Shawn qu'à éplucher les offres d'emploi.

Ils avaient eu plusieurs conversations par SMS et échangé deux coups de téléphone depuis que celui-ci avait quitté l'hôpital de Bentham pour se rendre dans la Silicon Valley. Et il lui manquait bien plus que ce qu'elle aurait pu imaginer.

Au cours des quelques jours qu'ils avaient passé ensemble à chercher Cassie, malgré tous ses efforts, elle n'avait pu s'empêcher de tomber éperdument amoureuse de Shawn West. Lors de la conversation qu'ils avaient eue la veille, Shawn lui avait confié qu'il pourrait être amené à devoir rester une semaine de plus en Californie.

Elle avait été déçue, mais c'est la distance qu'elle avait cru déceler dans le ton de sa voix qui l'avait véritablement effrayée. Elle se demandait si, maintenant que la situation s'était calmée, Shawn n'était pas en train de remettre en question leur relation.

Après avoir pris quelques profondes inspirations, elle essaya de se concentrer sur son avenir professionnel. Elle avait lancé plusieurs pistes et avait reçu une surprenante invitation à venir discuter d'une opportunité professionnelle de la part de Brandon West, le frère de Shawn.

Le cabinet que dirigeait celui-ci était petit, d'après son site Internet, et ne comprenait que quelques juristes et lui-même. Cependant le travail qu'ils accomplissaient était tout à fait novateur. Si cela était très éloigné des domaines dans lesquels elle avait travaillé jusqu'à aujourd'hui, rejoindre une telle équipe lui ouvrirait de nouveaux horizons. Mais n'étant pas certaine de sa décision, elle n'avait pas encore répondu à son invitation. La description du poste avait beau être attirante, Addy ne savait pas trop quoi penser du fait de travailler avec le frère de Shawn. Surtout si leur histoire ne fonctionnait pas…

La sonnette de la porte retentit et la tira de ses rêveries.

Elle alla ouvrir et se figea.

Shawn se tenait devant elle.

— Salut, lui dit-il avec un sourire hésitant.

En le voyant si peu sûr de lui, ce qui ne lui arrivait quasiment jamais, elle sentit son estomac se nouer mais fit un effort pour lui sourire en retour.

— Salut.

Ils se regardèrent un long moment avant que Shawn brise le silence :

— Je peux entrer ?

— Oh oui, bien sûr, lui répondit-elle en se mettant sur le côté pour le laisser passer. Que fais-tu ici ? Tu ne devais pas rester une semaine de plus en Californie ?

— Si, mais après avoir raccroché, je me suis soudain rendu compte que ma place était ici, auprès de toi.

— C'est vrai ?

Addy ne put s'empêcher de sourire et, comme dans un miroir, Shawn l'imita.

— Pour être honnête, je crois que je m'en suis rendu compte il y a six mois quand je t'ai surprise en train de me déshabiller du regard à la réception de l'hôtel où s'est marié mon frère.

— Je n'ai jamais fait une telle chose, protesta-t-elle sans cesser de sourire.

— Eh bien, poursuivit Shawn, les yeux brillant de désir, peut-être pourras-tu le faire tout à l'heure ?

Addy éclata de rire.

— Je suppose que cela signifie que nous allons donner une chance à cette relation ?

— Aussi longtemps que nous serons tous les deux en vie, ma belle, nous essaierons. Aussi longtemps que nous serons en vie…

JANE GODMAN

Une fillette en héritage

Traduction française de
CATHERINE VALLEROY

BLACK ROSE

HARLEQUIN

Titre original :
COLTON 911: FAMILY UNDER FIRE

1

Everett Colton poussa impatiemment la porte vitrée du cabinet Torrington. Ce serait une perte de temps, songea-t-il, il avait des choses plus importantes à faire. Mais il avait encore en mémoire la lettre reçue quelques jours plus tôt :

Vous êtes invité à assister à la lecture du testament et des dernières volontés de Sean Dodd et Delilah Kennedy Dodd.

Bien que Sean ait été jadis son meilleur ami, ils s'étaient à peine parlé au cours des quatre dernières années. Puis, récemment, Everett avait aidé son frère jumeau, Casey, à arrêter Sean, Delilah et la sœur de Sean, Georgia, pour vol de bétail et meurtre. Quelques jours plus tard, Sean avait percuté un mur en voiture, les tuant, lui et sa femme, sur le coup.

Les services du shérif du comté de Sur avaient conclu au suicide en raison de la lettre scotchée au tableau de bord. Mais Everett n'était pas convaincu. Non que la cause de la mort explique la situation présente.

Sean voulait que j'assiste à la lecture de son testament parce que… Il faillit en rire. Quand avait-il été capable de prédire ce que voulait Sean ? Il le découvrirait bien assez tôt.

— J'ai rendez-vous avec Me Torrington, dit-il à la réceptionniste.

Tandis qu'elle vérifiait sur son ordinateur, Everett inspira le parfum ambiant. Café, désodorisant… et violette.

— Me Torrington a quelques minutes de retard. Si vous vous donnez la peine d'entrer dans son bureau, son autre invitée est déjà là.

Un autre invité ? La lettre ne mentionnait personne d'autre. Une minute… *Violette ?*

— Vous vous parfumez à l'Acqua Viola ?

La jeune femme le regarda nerveusement.

— Puis-je vous proposer un café ?

Everett se frotta la mâchoire. Il s'était cru guéri. Il *était* guéri. Ce devait être la mort de Sean. Jointe à ses spéculations quant au contenu du testament, cela avait ranimé ses fantasmes. Il y avait au moins six mois qu'il n'avait pas imaginé sentir le parfum favori d'Alyssa Bartholomew. Et encore plus longtemps qu'il n'avait pas éprouvé un sursaut d'espoir devant une longue chevelure couleur maïs.

— Volontiers.

Il tenta un sourire rassurant. À la manière dont la jeune femme recula sa chaise à roulettes, il comprit que c'était vain.

— Je vais vous l'apporter.

Elle indiqua d'un geste la porte entrouverte du bureau.

Everett se souvenait de Ray Torrington à l'adolescence. Anxieux et efflanqué, il se débrouillait toujours pour impressionner les mauvaises personnes. Bien qu'ils aient six ans de moins que lui, Everett et Casey savaient déjà qu'il valait mieux rester à l'écart de ses fréquentations. Seule la ferme intervention de son père l'avait remis sur les rails et envoyé à la fac de droit. Ce qui rendait la convocation dans sa poche d'autant plus agaçante.

Il poussa la porte du plat de la main et enregistra simultanément deux choses : le parfum de violette était plus fort… et ce n'était pas son imagination.

Une femme était assise de dos, la tête penchée sur son smartphone, sa longue chevelure blonde attachée sur la nuque. Elle repoussa une mèche rebelle dans un geste douloureusement familier, mais ne se retourna pas quand il fit halte sur le seuil.

Combien de fois s'était-il imaginé la revoir ? Il avait toujours cru que ce serait dans un bar. C'était davantage leur style que ce décor impersonnel. Cette pensée le ramena à la réalité. C'était elle.

— Que fais-tu ici, Alyssa ?

Elle tourna lentement la tête, les yeux un peu écarquillés.

— Je l'ignore, dit-elle Mais peut-être devrais-je te poser la même question ?

Sa voix était calme, mais son smartphone lui glissa des doigts et tomba sur le sol.

L'esprit d'Alyssa était en ébullition. Elle aurait dû s'y attendre. Cactus Creek était la ville natale d'Everett, après tout.

Mais il était allé étudier à l'université d'Arizona et s'était plus tard installé à Phoenix. Elle savait qu'il revenait rarement et ne restait en contact qu'avec sa famille et quelques amis. Bien sûr, elle avait pensé à lui quand la lettre était arrivée.

Vous êtes invitée à assister à la lecture du testament et des dernières volontés de Sean Dodd et Delilah Kennedy Dodd.

Elle n'avait connu les Dodd qu'au travers de leur amitié avec Everett, qui avait depuis longtemps viré à l'aigre. Elle ne les aimait pas beaucoup, trouvant Sean arrogant et Delilah prétentieuse. Mais le couple était mort dans des circonstances tragiques, et Alyssa n'avait aucune idée de la raison pour laquelle elle devait assister à la lecture de leur testament.

Ces questions passèrent au second plan quand Everett prit un siège à côté d'elle. Leur rupture avait failli la détruire, et elle savait que cela avait été également très dur pour lui. Sous prétexte de vérifier les dégâts à son smartphone, elle risqua un regard dans sa direction. Il était toujours l'homme le plus sexy qu'elle ait jamais vu. Avec ses yeux d'un bleu cristallin, ses cheveux couleur de sable et son menton carré, il dégageait une sorte d'intensité maussade. Jusqu'à ce qu'il sourie : alors il illuminait une pièce entière. Le passe-temps préféré d'Alyssa quand ils étaient ensemble était de le faire sourire. Sa réaction résumait toutefois le pouvoir qu'il avait encore sur elle.

Bien que déstabilisée, elle éprouva un instant de soulagement. Après tout ce qui s'était passé entre eux, elle n'aurait jamais imaginé qu'Everett lui adresse encore la parole. D'accord, une question sur ce qu'elle faisait là n'était pas vraiment amicale, mais au moins, il ne l'avait pas ignorée.

— Alors…, commença-t-il.

Son téléphone faillit lui échapper à nouveau quand il tourna vers elle ses yeux bleu clair.

— Comment va le billard ? Tu es passée professionnelle ?

Alyssa émit un son à mi-chemin entre le hoquet et le rire. Cela lui ressemblait tellement de faire de l'humour. Il faisait référence à leur première rencontre. Le tumulte régnait dans son cœur, mais s'il pouvait prendre un ton léger, elle le pouvait aussi.

— Non, mais les Pocket Rockets ont mon numéro au cas où elles auraient besoin d'une remplaçante.

Il hocha la tête.

— Oh ! ça ne m'étonne pas que l'équipe de billard féminine de Phoenix recrute parmi les institutrices.

— Si je me souviens bien, l'institutrice t'a mis la pâtée plus d'une fois…

Il regarda sa montre.

— Moins de deux minutes.

La facilité avec laquelle ils avaient repris leurs taquineries était effrayante. La distance et la réserve, c'était ainsi qu'il fallait traiter la situation…

— D'accord, Colton. De quoi parles-tu ?

— Deux minutes, c'est tout ce qu'il t'a fallu pour mordre à l'hameçon.

Il lui sourit. De *ce* sourire qui lui coupait les jambes. Et voilà. Toutes ces fois où elle s'était dit qu'il ne pouvait plus faire battre son cœur d'un seul regard ? Des mensonges.

— Désolée pour l'attente. Cette machine à café est si lente, dit la réceptionniste en posant un plateau sur le bureau.

— Mes visiteurs n'ont pas besoin de le savoir, Brenda.

L'homme qui venait d'entrer s'épongea le front avec un grand mouchoir.

— Parfois, il est bon de savoir pourquoi on vous fait attendre, déclara Everett.

Alyssa lui jeta un regard surpris. Il n'était pas diplomate, mais il se montrait plutôt poli en général. L'autre rougit.

— Je m'excuse pour ce retard. J'ai eu un empêchement.

Il s'assit de l'autre côté du bureau et adressa un sourire pincé à Alyssa.

— Je suis Raymond Torrington. Merci d'être venue, mademoiselle Bartholomew.

Le sourire disparut quand il hocha la tête à l'adresse d'Everett.

— Nous nous sommes déjà rencontrés, agent Colton. J'irai droit au but, reprit-il, en prenant un dossier dans un tiroir de son bureau. Depuis leur mariage, je suis l'avocat de Sean Dodd et Delilah Kennedy Dodd. Je suis aussi leur exécuteur testamentaire. À la suite de leur mort tragique, il me revient de garantir que leur succession est réglée selon leurs vœux.

Il prit une feuille de papier dans le dossier.

— Le testament est très simple. Il n'y a qu'un bénéficiaire, qui héritera de tous les biens et actions.

— Dans ce cas, pourquoi sommes-nous ici tous les deux ?

Le langage corporel d'Everett était facile à interpréter : bras croisés, dents serrées, jambe qui tressautait.

— Mes clients ont rédigé ce testament il y a un peu plus de quatre ans, après leur mariage.

Raymond survolait le document tout en parlant.

Quatre ans. Alyssa regarda Everett, se demandant s'il allait faire le lien. Mais oui, *bien sûr.*

— C'est à peu près à l'époque où Georgia a abandonné mon frère au pied de l'autel, déclara Everett d'un ton tendu. Sean l'a exigé parce qu'un adjoint au shérif n'était pas assez bien pour sa petite sœur. Ou parce qu'il ne voulait pas d'un policier dans la famille. De toute façon, ça a été la fin de notre amitié.

Il jeta un bref coup d'œil à Alyssa. Peu de temps après cet incident, mais pour des motifs sans rapport, ils avaient rompu.

— Je suppose que Georgia, que j'ai eu récemment le plaisir d'arrêter, est la bénéficiaire.

Alyssa sursauta en entendant ces paroles. Ce n'était pas le fait qu'il ait participé à l'arrestation de Georgia. C'était le rappel du danger qu'il affrontait tous les jours.

— Même si elle a été libérée sur parole, elle est de retour derrière les barreaux car elle n'a pas respecté les termes de sa conditionnelle. Mais cela n'affectera pas son héritage. Alors pouvons-nous aller directement à la partie qui mentionne notre rôle ? Sean nous a nommés exécuteurs il y a quatre ans et a oublié de modifier cela ?

— Georgia Dodd n'est pas mentionnée dans le testament de son frère. Les circonstances sont… inhabituelles. Un paragraphe du document vous concerne. Il y a un an, Sean et Delilah sont venus me voir pour vérifier que c'était bien en ordre.

Raymond se tamponna la lèvre supérieure avec son mouchoir.

— Ce sera plus facile à expliquer si j'invite les autres personnes à nous rejoindre.

Il pressa un bouton sur son téléphone. Alyssa se retourna quand la porte s'ouvrit, livrant passage à une femme d'âge moyen. Un grand sac rose en forme d'éléphant à l'épaule, elle tenait un bébé endormi dans les bras.

— Je vous présente Patty Griffiths, des services de la Protection de l'enfance de l'Arizona.

Raymond indiqua l'enfant.

— Kennedy est la fille âgée de six mois de Sean et Delilah Dodd, et elle a été laissée à votre garde conjointe.

Les pensées d'Everett étaient en ébullition. Tandis qu'il essayait de les mettre en ordre, le bébé se réveilla et se mit à pleurer. Alyssa bondit de son siège. Les enfants l'avaient toujours attirée comme des aimants.

— Oh ! ma chérie. Qu'est-ce qu'il y a ? Tu as faim ?

Patty Griffiths lui tendit Kennedy avec un soupir de soulagement.

— Oui, sans doute. Elle mangeait déjà des purées quand elle est arrivée chez nous, mais elle prend toujours un biberon par jour.

— C'est vous qui vous êtes occupée d'elle ?

Everett regarda le bébé hoqueter et fixer des yeux pleins de larmes sur Alyssa. Il n'avait pas eu le temps de digérer la nouvelle que déjà les événements se précipitaient.

— Elle est hébergée chez nous depuis la mort de ses parents.

Patty retira un biberon d'un étui isotherme. Quand elle le donna à Alyssa, Kennedy émit un roucoulement et tendit ses mains potelées.

— Il y a l'essentiel dans ce sac, et son siège auto est à la réception. Quand j'aurai votre adresse, je ferai en sorte qu'on vous livre ses autres affaires.

— Attendez…

Everett avait retrouvé sa voix.

— Nous ne sommes pas en couple et nous ne vivons pas ici. Tout ça va trop vite. On ne peut attendre de nous que nous mettions nos vies en suspens pour un engagement dont nous ne savons rien.

Il était conscient qu'Alyssa le regardait en se rasseyant, Kennedy au creux de ses bras. Agrippé au biberon qu'il tétait avidement, le bébé émettait des bruits de contentement.

— Si vous nous laissiez pour que nous continuions cette discussion ?

Hochant la tête, Patty sortit. Ray tapota la surface de

son bureau avec un crayon et remua ses papiers avant de reprendre la parole.

— C'est exactement ce que j'ai dit quand Sean et Delilah m'ont fait part de leurs intentions. Ils vous ont désignés comme tuteurs lorsque vous étiez encore amis et n'ont jamais fait les modifications nécessaires. Quand Delilah a découvert sa grossesse, ils ont voulu savoir s'ils pouvaient laisser les choses en l'état. Je leur ai dit que s'ils ne vous consultaient pas il y avait de grandes chances que vous refusiez.

— Si c'était contre votre conseil, pourquoi ont-ils persévéré ? demanda Everett.

— Le raisonnement de Sean était que, malgré votre rupture, personne ne ferait de meilleurs parents pour sa fille.

— Ce type a toujours été un cas.

Everett secoua la tête, partagé entre l'exaspération et un reste d'affection envers Sean.

— Mais nous pouvons refuser, n'est-ce pas ?

— Soyons clairs.

C'était la voix d'Alyssa, sa voix d'institutrice.

— Nous ne refusons pas, nous nous informons. Vous dites que nous avons été désignés comme tuteurs de Kennedy. Si l'un de nous souhaite refuser cette responsabilité, l'autre peut-il la prendre en totalité ?

Raymond secoua la tête.

— Le testament établit clairement que vous devez l'élever tous les deux.

— Que lui arrivera-t-il si nous refusons ?

— Elle retournera à la Protection de l'enfance et sera proposée à l'adoption ou placée en famille d'accueil.

Everett savait ce que signifiaient ces mots pour Alyssa. En la regardant, il vit une supplication dans ses yeux.

Alyssa était fille unique. Son père avait été tué quand elle avait dix ans. Sa mère s'était laissée dépérir et était morte lorsque Alyssa avait dix-huit ans. Les cicatrices qu'avait laissées l'absence de parents dans sa vie étaient profondes. Il savait qu'il lui serait impossible de rejeter une enfant qui, comme elle, était orpheline. Mais lui demandait-elle sérieusement de faire ça ? Croyait-elle vraiment qu'ils pourraient laisser le passé derrière eux et élever cet enfant ? Et devait-il prendre cette décision immédiatement ?

Quatre ans auparavant, il aurait tout fait pour elle. Elle le savait parce qu'il le lui avait dit. Mais cela n'avait pas suffi. Alyssa avait besoin d'une assurance qu'il ne pouvait lui donner. En même temps, Everett avait ses propres raisons de refuser cette responsabilité. Rien n'avait changé dans leurs vies. Se rapprocher d'elle voulait dire risquer une nouvelle fois son cœur, son bien-être, ses rêves, sa vie. Cela avait déjà été assez douloureux la première fois. Était-il prêt à l'endurer à nouveau ? Et cette fois, il y aurait un bébé au milieu…

— Nous acceptons.

Ce fut en voyant Alyssa écarquiller les yeux qu'il comprit qu'il avait prononcé ces mots à voix haute.

Alyssa contempla le bébé dans ses bras. Elle était désormais maman. La plupart des gens avaient neuf mois pour se préparer à ce moment, elle avait eu à peine neuf minutes. Sa vie venait de changer à tout jamais.

Tout ce qu'elle savait, c'était que Kennedy avait besoin d'elle et qu'elle ne la laisserait pas tomber. Et qu'elle allait faire ça avec Everett. L'homme qui marchait à grands pas devant elle, portant un gros sac à l'épaule et un siège auto à la main.

— Attends, appela-t-elle. Où allons-nous ?

— Ma voiture est par là, dit-il en désignant une berline de couleur sombre.

— Et la mienne dans la direction opposée. Mais ce n'est pas de ça dont je parlais.

Il revint sur ses pas et fit halte à ses côtés.

— Je travaille sur une affaire et je loge dans un petit appartement sur Main Street. Allons-y pour discuter. Je demanderai à quelqu'un de venir chercher ta voiture.

Cette suggestion était pleine de bon sens. Bien que le soleil brille, quelques nuages filaient dans le ciel. Kennedy ne portait qu'un léger pull et des chaussettes, et la bise ébouriffait ses boucles blondes. Agrippée au corsage d'Alyssa, elle ne semblait pas perturbée d'être avec des inconnus.

— Faisons ça, ma chérie, allons chez Everett.

Elle cala la petite fille sur sa hanche tandis qu'Everett installait le siège auto.

— Je dois te prévenir. L'appartement n'est pas très confortable.

Il tendit les bras pour prendre Kennedy.

— Et il est petit.

— Ce sera plus confortable quand elle aura ses affaires, dit Alyssa.

— J'imagine… Qu'est-ce que c'est que ça ?

La petite fille, après lui avoir permis de l'asseoir, agitait les bras chaque fois qu'il essayait de fixer les lanières.

— J'ai l'impression d'essayer d'attacher une pieuvre.

— Tu veux que j'essaie ?

— Non, ça ne peut pas être si difficile.

Mais le bébé continuait de se tortiller en riant. Alyssa se pencha à l'intérieur de la voiture.

— C'était peut-être un jeu avec ses parents ?

Everett tourna la tête et elle vit du chagrin dans ses yeux. Elle savait combien Sean l'avait blessé en poussant Georgia à abandonner Casey, mais son amitié pour lui n'avait pas totalement disparu.

— Où était Kennedy, la nuit où ses parents ont été tués ?

— Elle était chez Georgia.

— Oh…

Alyssa prit un instant pour méditer sur cette information.

— Sean et Delilah ne voulaient pas que Georgia soit la tutrice de leur fille, mais cela ne les dérangeait pas qu'elle la garde pour la nuit ? C'est étrange.

— Presque tout est étrange dans cette affaire.

Everett recula d'un pas.

— À toi de voir ce que tu peux faire avec ce petit ver.

— Kennedy, il n'y a qu'une seule manière d'y arriver…

Chatouillant le ventre de la petite fille hilare, elle attacha les lanières en un tournemain et referma la boucle.

— Comment savais-tu que ça marcherait ?

— J'ai fait un stage dans une garderie avant de passer mon diplôme d'institutrice, tu te rappelles ? Delilah le savait, peut-être que ça a influencé sa décision.

Reculant hors de la voiture, elle referma la portière.

— Mais ce n'est pas parce que je connais les bébés que c'est moi qui la changerai tout le temps.

Il lui jeta un regard horrifié.

— On peut négocier, d'accord ?

Le trajet jusqu'à Main Street ne prit que quinze minutes. Alyssa les passa à regarder alternativement le bébé et la ville. Cactus Creek se préparait pour les fêtes. Les magasins étaient décorés d'étoiles et de cloches, et les palmiers portaient des guirlandes clignotantes. Quand ils tournèrent dans Main Street, elle vit que les cactus saguaro flanquant l'entrée du grand magasin Hoyle avaient été transformés en sucres d'orge. Une vaste zone piétonne avait été installée au milieu de la rue, depuis laquelle un Père Noël agitait la main.

Everett s'arrêta sur le parking d'un immeuble moderne. Le bâtiment faisait partie d'une rangée de bâtisses plus traditionnelles, comprenant le restaurant Pizza Paradise et un Bar des Sports.

— Je vois que tu ne t'es pas installé très loin des services essentiels.

— Tu sais que je ne sais pas cuisiner, dit-il en feignant d'être vexé. Je suis censé mourir de faim quand je suis ici ?

— Je prends le bébé. C'est une phrase que je ne m'attendais pas à prononcer ce matin en me levant, dit-elle en secouant la tête.

Situé au premier étage, l'appartement d'Everett faisait partie d'un ensemble de quatre logements donnant sur la même coursive. Une fois à l'intérieur, Alyssa fut soulagée de constater qu'il était propre et raisonnablement confortable. Mais Everett avait raison à propos d'une chose : c'était petit.

Depuis la porte, elle voyait la salle de séjour avec deux sofas, une télévision, une table et quatre chaises, et une étroite cuisine. Une pensée soudaine lui vint.

— Il y a combien de chambres ?

— Deux.

Un léger sourire révélait qu'il avait lu dans son esprit.

— Mais l'une d'elles ressemble plutôt à un placard.

Elle lissa les boucles éparses de la petite fille.

— Je pense qu'on devrait parler de ce qu'on va faire.

2

Avant même de s'asseoir pour parler, ils furent dérangés par la sonnerie de l'interphone.

— La Protection de l'enfance est drôlement rapide par ici.

Everett se dirigea vers la porte tandis qu'Alyssa, portant Kennedy, explorait les chambres.

— Mais c'est une bonne chose. Nous n'avons même pas de lit ou de chaise haute.

— Une livraison pour Mlle K. Dodd.

C'était une manière bien formelle d'annoncer l'arrivée d'affaires de bébé.

— Vous avez besoin d'aide pour monter tout ça ?

— Euh… non, ça va.

Haussant les épaules, Everett tint la porte ouverte. Quelques instants plus tard, un type en uniforme apparut. Accoutumé à vérifier les identités, Everett enregistra d'abord son nom, indiqué sur son badge. Joe Meyer. Puis il remarqua que Joe portait une grande boîte enveloppée de papier cadeau.

— C'est tout ? Je m'attendais à autre chose.

— Eh bien, c'est ce qu'on m'a remis. Je suis allé la chercher au rayon jouets de Hoyle.

Everett se considérait comme raisonnablement intelligent, mais il avait du mal à comprendre ce qui se passait.

— Hoyle ? Le rayon jouets ?

— Oui. À cette époque, c'est l'un de nos meilleurs clients.

Joe lui tendit un bloc et un stylo.

— Si vous pouvez signer ici…

— Pas avant de savoir de quoi il s'agit.

Everett prit l'énorme boîte. Il y avait une carte et il la retourna pour lire le message.

Joyeux Noël, douce petite fille. Je viens te chercher.

Un frisson de peur remonta le long de sa colonne vertébrale. Même attaché à un cadeau, le message donnait une impression menaçante. Qui allait venir chercher Kennedy ? Et qu'y avait-il dans la boîte ? Des explosifs ?

— Vous dites que vous êtes allé chercher ceci au magasin ? Était-ce emballé quand vous l'avez pris ?

— Hé, je suis seulement…

Everett prit son badge dans sa poche.

— Je vais vous demander d'attendre ici.

Son autorité était suffisante pour imposer l'obéissance. Refermant la porte, il repoussa Joe et sa livraison suspecte au fond de son esprit. Comment allait-il expliquer ça à Alyssa ?

C'était son métier qui l'avait poussée à le quitter quatre ans auparavant. Et maintenant ils étaient peut-être face à des menaces. Alors qu'ils n'étaient même pas concernés.

Sauf que nous le sommes. Pas de la même manière que par le passé, mais si les nouveaux parents d'un bébé de six mois n'étaient pas concernés, il ne savait pas qui l'était.

Pour une raison quelconque, Sean leur avait confié la garde de Kennedy. Everett ne comprenait pas les motivations de son ex-ami et il ne connaissait rien à la parentalité, mais il savait ce qu'on attendait de lui. Qu'il protège sa famille. À n'importe quel prix.

Alyssa sortit de la chambre.

— La petite demoiselle dort. Je pense qu'on devrait installer d'abord…

Elle le dévisagea puis regarda la porte d'entrée fermée.

— Il y a quelque chose qui ne va pas ?

Elle avait toujours lu en lui comme dans un livre.

— Tu me fais confiance, n'est-ce pas ?

— Tu sais bien que oui.

— Je n'ai pas le temps de t'expliquer, mais je dois sortir. Je veux que tu verrouilles la porte jusqu'à ce que je revienne.

— Mais…

Elle posa une main sur la tête du bébé, serrant la petite fille contre elle.

— Il faut installer Kennedy. Si je ne peux pas ouvrir la porte, comment vais-je réceptionner ses affaires ?

Résistant à l'envie de jurer, Everett prit son téléphone et sélectionna un contact. À moins qu'il soit sur une affaire urgente, son jumeau répondait toujours.

— Tu es occupé ?

— J'ai ce truc qu'on appelle un boulot, lâcha Casey.

En arrière-plan, on entendait les bruits dans les bureaux du shérif.

— Dans combien de temps pourrais-tu être chez moi ?

— J'arrive.

Everett poussa un soupir de soulagement. Les bureaux étaient proches et il ne faudrait que dix minutes à Casey pour arriver. Il raccrocha, conscient du regard scrutateur d'Alyssa.

— Je te fais confiance, mais s'il se passe quelque chose…

— Je dois juste vérifier quelques trucs.

Il lui adressa ce qu'il espérait être un sourire rassurant.

— Ce n'est sans doute rien.

Elle leva les yeux au ciel.

— Everett, je te connais, tu te souviens ?

— Comment pourrais-je l'oublier ?

Les mots étaient sortis avant qu'il puisse les arrêter.

— Le timing, Colton. Ça n'a jamais été ton point fort.

Un instant, ils se regardèrent dans les yeux. Puis un parfum malodorant et très reconnaissable remplit l'air.

— Oh ! bon sang.

Alyssa plissa le nez.

— Où as-tu mis le sac avec les couches ?

Everett se mit à rire.

— Sur la table. Il faut que j'y aille. Casey est en chemin. Je t'expliquerai tout à mon retour.

— Promets-moi…, dit-elle avec un air malheureux.

C'était comme revenir quatre ans en arrière.

— Je serai prudent.

Alyssa était au pied du mur. C'est ensemble qu'ils auraient dû expliquer la situation à Casey. En lui ouvrant la porte avec un bébé endormi dans les bras, elle obtint un regard stupéfait.

— C'est la fille de Sean et Delilah, Kennedy. Everett et moi avons accepté d'être ses tuteurs.

Casey resta silencieux quelques instants, les sourcils froncés. Bien qu'elle connaisse et apprécie le frère d'Everett, elle n'avait jamais eu l'occasion de se rapprocher de lui. Son métier d'adjoint au shérif le retenait à Cactus Creek, et Everett et elle vivaient à Phoenix à l'époque.

Casey pénétra dans l'appartement et Alyssa referma la porte derrière lui.

— Où est Everett ? demanda-t-il.

— Je ne sais pas. Tout ce qu'il a dit, c'est qu'il devait sortir et que tu devais rester avec moi jusqu'à son retour.

Légèrement perplexe, Casey regarda autour de lui. Avant qu'il reprenne la parole, la sonnerie de l'interphone retentit, faisant sursauter Alyssa.

— J'attends une livraison.

Elle hésita, ne voulant pas avoir l'air de dramatiser.

— Mais Everett m'a dit de n'ouvrir à personne.

Casey alla à la fenêtre et tira les rideaux.

— Il y a un camion à plateau en bas. Avec plein de cartons dessus.

Alyssa s'approcha pour jeter un coup d'œil. Le camion était petit, mais il y avait effectivement des cartons. Elle reconnut la femme qui descendait du côté passager.

— C'est Patty Griffiths. Elle travaille à la Protection de l'enfance.

Elle jeta un coup d'œil au bébé endormi.

— Elle nous a promis de nous apporter les affaires de Kennedy.

— Je vais ouvrir, dit Casey.

L'homme qui se présenta était un collègue de Patty. En manière de salutations, il tendit une chaise haute à Casey.

— J'aurais besoin d'un coup de main pour monter le reste.

Dix minutes plus tard, les deux hommes avaient fait plusieurs allers-retours, des piles de cartons s'entassaient dans la petite chambre et l'espace libre dans le salon diminuait rapidement.

— Nous n'avons apporté que l'essentiel, expliqua

Patty à Alyssa. Le reste de ses affaires est encore chez ses parents.

— Le reste ? Mais combien d'affaires peut avoir une si petite fille ?

— Je fais ce métier depuis longtemps et je n'avais jamais vu autant de jouets et de vêtements, dit Patty avec une moue. Ils ont dû dépenser une fortune pour elle.

Elle tendit à Alyssa une photo encadrée.

— Je sais que vous voudrez lui rappeler ses parents biologiques. Celle-ci a été prise récemment.

Elle montrait Kennedy assise sur un tapis, Sean et Delilah allongés de part et d'autre. Ils tendaient le cou en souriant pour embrasser les joues rebondies de leur fille.

Alyssa la contempla quelques instants. Il était difficile de croire que cette famille heureuse ait disparu aussi tragiquement. Certains auraient dit que les Dodd s'étaient attiré cela, mais Kennedy était une victime innocente.

— Je ferai en sorte de la mettre quelque part où elle la verra tout le temps.

Quand Patty et son collègue furent partis, Alyssa posa Kennedy sur le sofa et s'assit près d'elle.

— Si vous vous engagez là-dedans, il vous faudra un plus grand appartement, dit Casey en regardant le bébé endormi. Vous allez vous engager là-dedans ?

— Nous venons d'être informés du testament de Sean et Delilah. Nous allions discuter de ce que cela signifie pour l'avenir quand ton frère est parti. C'est si triste. Les parents de cette petite fille devaient beaucoup l'aimer…

Elle secoua la tête.

— Patty a parlé de leur maison. J'imagine qu'elle fait partie des biens dont Kennedy va hériter.

— Sean avait peut-être gagné son argent illégalement, mais Delilah était une comptable intelligente. Elle a investi sagement. Les Dodd avaient une jolie propriété dans les faubourgs de Cactus Creek.

— Je ne les connaissais pas bien mais j'ai cru comprendre qu'ils avaient des ennuis avec la loi. Pour autant, Sean est la dernière personne que j'imaginerais se tuer, dit Alyssa. Et tuer Delilah en plus ? Cela ne lui ressemble pas du tout.

— Il a laissé une lettre disant qu'il préférait mourir que d'aller en prison.

L'expression sombre de Casey lui rappela le chagrin que Sean lui avait causé par le passé.

Kennedy murmura dans son sommeil et Alyssa lui frotta gentiment le dos. Sa responsabilité envers l'enfant la frappa à nouveau.

— Quel début de vie dramatique pour elle ! Il faudra veiller à ce que cela ne la traumatise pas définitivement.

— Si quelqu'un peut lui donner une vie normale, c'est bien vous, dit Casey. Je suppose que c'est pour ça que Sean et Delilah vous ont choisis. Ils ont fait au moins une chose de bien.

Sean et Delilah avaient décidé de mener une vie hors la loi, mais auraient-ils pu prévoir qu'ils mourraient de cette façon ? Cela semblait tiré par les cheveux pour un couple qui l'avait toujours frappée par son trop-plein de confiance. Et ils les avaient choisis. Non Everett ou elle, mais tous les deux. C'était un rappel doux-amer de la qualité de leur relation. Elle était si bonne que les Dodd avaient vu en eux quelque chose qu'ils voulaient pour leur fille.

Son histoire avec Everett avait peut-être pris fin, mais les sentiments sur laquelle elle s'était construite étaient toujours là. C'était l'une des choses qui rendraient difficile ce nouveau rôle. Elle aurait aimé se dire qu'elle ne refusait pas un défi. Mais n'était-ce pas ce qu'elle avait fait quatre ans auparavant ? Elle secoua la tête. L'époque n'était plus la même. Et il ne s'agissait plus d'Everett et elle. Il s'agissait de construire un avenir à partir d'une tragédie.

Joe dans son sillage, Everett se dirigea vers la caisse située au fond du magasin.

— Le FBI ? Vous croyez vraiment qu'on vend de la drogue ou des armes ici ?

Il ne pouvait reprocher à Joe ses remarques sarcastiques. Hoyle était une institution à Cactus Creek et le simple fait de franchir ses portes lui rappelait des souvenirs d'enfance. Négligeant le fait que la neige était rare en Arizona, le rayon jouets était un hymne à la féerie des glaces. Avec ses sapins surchargés, ses maisons de poupées et ses petits trains, il provoquait le sourire des enfants, sinon des adultes.

— Je dois parler au responsable du rayon.

La jeune caissière fit mine de protester, mais la vue du badge d'Everett lui imposa le silence.

— Tout de suite, ajouta-t-il.

— Attendez une minute.

Après lui avoir jeté un regard nerveux, elle se dirigea vers un bureau et frappa à la porte. Quelques secondes plus tard, un homme de grande taille en émergea.

— Je suis Paul Denmore, le responsable du rayon jouets. Que puis-je faire pour vous ?

Vu ses soupçons, Everett avait laissé la boîte dans la camionnette de Joe. Il prit son téléphone et afficha une photo de l'objet.

— Je voudrais que vous me disiez ce que vous savez de ceci.

Le regard de Denmore passa d'Everett à la photo, puis à Joe.

— On dirait un de nos cadeaux livrés à domicile.

— Je suis conscient de l'apparence qu'il a, monsieur Denmore. Ce que je veux, c'est que vous me confirmiez qu'il provient bien de votre magasin. Une fois que je le saurai, je pourrai ouvrir sans danger la boîte et en vérifier le contenu.

L'ayant déjà soigneusement examinée, il était presque sûr qu'il ne s'agissait pas d'une bombe, mais il ne voulait prendre aucun risque.

— Ensuite, il me faudra les coordonnées de la personne qui l'a commandé.

Un air dubitatif passa sur les traits de Denmore.

— Je peux obtenir un mandat. Et même faire fermer le magasin, si nécessaire…

— Non, non.

Le responsable leva les mains en signe de conciliation.

— Je serai heureux de coopérer. Venez dans mon bureau, s'il vous plaît.

Everett pénétra dans la pièce à sa suite, Joe sur les talons.

— Si la boîte vient de chez nous, elle a un numéro de référence sur l'étiquette, sous l'adresse du destinataire, dit Denmore.

Everett chercha dans ses photos un gros plan de l'étiquette.

— Est-ce l'information que vous cherchez ?

— Oui.

Denmore s'approcha de son ordinateur et tapa sur quelques touches. Après un instant, il se pencha en avant.

— Cet article a été commandé et payé en ligne il y a trois jours. C'est un nounours. La plus grosse peluche que nous ayons en stock.

— Y a-t-il une possibilité qu'elle ait été trafiquée durant le processus d'emballage ?

Il voulait être absolument sûr que l'ouverture de la boîte soit sans danger. Denmore fit la moue.

— Je ne peux pas vous le garantir à cent pour cent, mais je peux vous offrir quelque chose qui s'en rapproche.

Il désigna son écran, sur lequel s'affichait un tableau.

— À partir du moment où la commande est passée jusqu'à ce qu'elle quitte le magasin, tous ceux qui s'en occupent enregistrent la date et l'heure dans le système. Je ne vois aucun problème avec celle-ci.

Everett relâcha son souffle. En un sens, la confirmation que le paquet venait bien de chez Hoyle était une bonne nouvelle. Cela voulait dire qu'il ne contenait rien de sinistre. D'un autre côté, cela ne lui fournissait que la moitié de la réponse. Et cela soulevait un tas d'autres questions malvenues.

— D'accord. Maintenant j'ai besoin de savoir qui a passé la commande.

— La confidentialité est importante pour nous. Nous ne divulguons normalement pas ce genre d'information. Mais si un crime a été commis…

Denmore tapa autre chose et fronça les sourcils quand l'écran changea.

— Je crois qu'il ne sera pas possible de vous renseigner sur l'envoyeur.

— Que voulez-vous dire ?

Everett se rapprocha pour lire l'écran.

— Le jouet a été acheté avec une carte-cadeau.

Everett réfléchit un instant. Il y avait toutes sortes de raisons pour lesquelles un acheteur voulait rester anonyme : l'insécurité, la peur de la fraude, la protection de ses données bancaires… Cacher son achat aux membres de sa famille. Ou menacer une petite fille.

— Y a-t-il un moyen de retrouver l'acheteur de la carte-cadeau ?

— Aucun.

Denmore fit un geste d'impuissance.

— Celle-ci a été payée en espèces le jour de la commande.

— Mais vous avez des caméras de sécurité, n'est-ce pas ? Vous connaissez la date et l'heure de l'achat, ainsi que la caisse qui a été utilisée. J'aimerais voir ces images.

— Bien sûr.

Denmore se tourna vers une table jouxtant son bureau. Quatre écrans y affichaient des images de l'intérieur et de l'extérieur du magasin.

— La sécurité a une meilleure vue de l'ensemble du magasin, mais ceci est un système de secours.

Denmore tapa l'heure, la date et un numéro de référence, et attendit que l'un des écrans télécharge l'information qu'il demandait. Après un instant, on vit apparaître l'image d'une caisse. Il y avait deux personnes attendant de régler leurs achats. Everett se pencha en avant.

— Cette femme a plusieurs articles, elle aurait pu acheter la carte-cadeau en même temps.

Denmore secoua la tête.

— Non. La carte-cadeau a été achetée seule.

— Alors ce doit être cette personne, dit Everett en tendant le doigt. Il ou elle n'a rien d'autre.

Il était impossible de dire si c'était un homme ou une femme. L'individu portait des vêtements sombres, avec une veste à la capuche relevée. Ce pouvait être un homme de petite taille ou une femme de taille moyenne.

— L'heure indique que c'est la personne qui a acheté la carte-cadeau, confirma Denmore.

— Vous avez d'autres images d'elle dans le magasin ?

Denmore pressa d'autres touches, suivant la silhouette qui quittait la caisse et disparaissait dans la foule. Ce fut en vain qu'il tenta de la trouver avant son arrivée à la caisse.

— Désolé. Je peux demander à la sécurité de faire des recherches et de vous tenir au courant.

Il n'y avait pas d'intérêt à poursuivre. Everett remercia Denmore, laissa ses coordonnées et se dirigea vers la sortie.

— Je peux y aller, maintenant ?

Il avait presque oublié Joe.

— Je dois examiner ce paquet.

Quelques minutes plus tard, il le sortit de la camionnette. Bien que les informations de Denmore l'aient rassuré, il lui restait un vague doute. Emportant le paquet à l'écart, il le posa sur le sol et défit le ruban. En soulevant le couvercle de la boîte, il se répéta la même question.

Même si c'est un cadeau bien intentionné, comment savait-on où trouver Kennedy ?

Il n'y avait pas de réponse satisfaisante à cela. Sean et Delilah avaient-ils parlé de leur testament à quelqu'un ? À Georgia, par exemple ? Comme ils n'en avaient informé ni Everett ni Alyssa, les premiers concernés, cela semblait improbable. Et quelles étaient les chances que cette personne sache quand ces nouveaux arrangements prendraient effet ?

Si nous ne le savions pas, qui pouvait le savoir ? La Protection de l'enfance avait-elle fait fuiter l'information ? Ajouté au fait qu'Everett vivait temporairement à cette adresse… Non, celui qui avait envoyé le cadeau à Kennedy avait fait de gros efforts pour la retrouver. C'était inquiétant.

— Vous voyez. Ce n'est qu'un nounours.

Joe commençait à l'agacer. Ce n'était pas *juste* un nounours. C'était un nounours géant, rose et moelleux, qui tenait un coussin portant les mots « Je t'aime ». Everett remit le couvercle sur la boîte et s'éloigna.

— Hé, appela Joe derrière lui. Qu'est-ce que vous voulez que j'en fasse ?

— Donnez-le à une œuvre de charité.

3

En arrivant à l'appartement, Everett trouva son frère à genoux en train d'assembler un lit d'enfant, tandis qu'Alyssa sortait des vêtements de bébé d'un carton. Son cerveau fit l'inventaire de ce qui était autrefois son espace de vie.

— Qu'est-ce que c'est que tout ça ?

— Les affaires de Kennedy sont arrivées.

Alyssa avait l'air bien calme au milieu de ce bazar. Avant qu'il puisse répondre, Casey se releva.

— C'est fait. Où tu veux le mettre ?

— Eh bien, il n'y a pas vraiment de place dans la petite chambre.

Alyssa jeta un regard prudent à Everett. Il avait envie de s'indigner, mais il y avait juste assez d'espace pour respirer, alors bomber la poitrine…

— Non seulement cette pièce est remplie d'affaires de bébé mais je suis banni de ma chambre. Dois-je dormir dans ma voiture à partir de maintenant ?

Il savait qu'il était injuste, mais que lui réservait encore cette journée ? Un bébé, une ex-petite amie, une mystérieuse livraison… Son appartement avait l'air d'avoir subi une catastrophe naturelle. Tout cela était déjà perturbant, mais ce n'était pas le pire. Comme un nœud dans sa poitrine, il y avait la conscience qu'il ne pouvait pas protéger Alyssa de ses peurs. Il aurait vu la lumière quitter ses beaux yeux s'il lui avait parlé du nounours.

Conscient du regard de son jumeau, il tourna la tête. L'expression de Casey était claire : *Ne te conduis pas comme un crétin.*

— Vous avez à discuter, vous n'avez pas besoin que je sois dans vos jambes.

Casey se dirigea vers la porte puis fit halte pour contempler son frère.

— Je t'appellerai demain.

— Je me disais qu'on pourrait commander une pizza ? dit Alyssa quand Casey fut parti. Il est tard et on ne peut pas sortir pour manger.

Elle indiqua la petite silhouette endormie sur le sofa. Kennedy était allongée de tout son long, ronflotant doucement. Alyssa avait placé les coussins de l'autre sofa en ligne sur le plancher. Quelque chose dans cette initiative toucha et effraya Everett. La sécurité du bébé était un instinct qui était venu naturellement à Alyssa. Il n'aurait jamais pensé à faire ça. *J'ai tant à apprendre.*

— Ça y est, j'ai compris pourquoi Sean a fait ça. Plus de bière après une longue journée, plus de sorties au restaurant, plus de soirées à regarder des films, plus de jogging matinal. Et…

Il s'envoya une claque sur le front, feignant le désespoir.

—… il va falloir acheter une voiture familiale.

Alyssa le regardait avec amusement.

— Tu penses que ton ex-copain dirige ta vie depuis la tombe ?

— Ça ne m'étonnerait pas de lui.

Il prit son téléphone dans sa poche.

— Chez Pizza Paradise, ils connaissent mes goûts. Et toi ? Fromage de chèvre et oignon rouge ?

— Tu t'en souviens !

— Quatre ans, c'est long.

Il ignorait s'il parlait des quatre années qu'ils avaient passées ensemble ou des quatre années qui s'étaient écoulées depuis.

— Et nous avons mangé beaucoup de pizzas.

— Oui.

Son sourire avait le don de lui réchauffer le cœur.

— C'est ce que je veux. Et un soda light, s'il te plaît.

Il passa la commande, puis raccrocha.

— Il y a quelque chose dont il faut que je te parle, reprit Alyssa d'un air plus sérieux.

— Je jouais les crétins. Je déplacerai mes affaires dans la petite chambre après le dîner.

— Merci. Mais ce n'est pas ce que je voulais dire. Everett, regarde ça.

Elle lui tendit une photo encadrée.

— Regarde comme ils aimaient leur petite fille. Je ne peux pas croire que Sean ait choisi de laisser Kennedy toute seule.

Everett plia proprement les cartons, afin qu'ils puissent disposer les pizzas sur la petite table. Alyssa s'assit sur le sofa près de Kennedy et Everett empila des coussins sur le plancher pour s'asseoir à ses pieds. C'était un moment de normalité dans une journée qui avait eu jusque-là une tonalité surréaliste. Alyssa ne savait toujours pas pourquoi il était parti aussi abruptement ni pourquoi il avait demandé à Casey de venir.

— Patty a apporté une glacière avec des petits pots, alors Kennedy aura de quoi manger quand elle se réveillera.

Alyssa sourit en regardant la petite fille.

— Mais demain, il faudra que j'aille faire des courses.

— Tu as pensé à ce que tout ça veut dire ? Je ne parle pas seulement des couches et du lait maternisé. Mais ton travail ? Ta maison ? Mon job à Phoenix ?

Il passa une main dans ses cheveux, dans un geste qui lui était aussi familier que son propre reflet.

— Et nous ? Après tout ce temps, comment allons-nous faire ?

Après la fin de leur relation, Alyssa avait accepté que leur histoire d'amour, comme toutes les histoires d'amour, fût unique. C'était comme un patchwork de tranches de vie. Tout ce qu'ils avaient fait ensemble avait laissé sa marque. Chaque fois qu'elle se croyait prête à tourner la page, quelque chose venait lui rappeler les vibrants fils de couleur qui la reliaient à lui.

Mais la réalité était plus simple et moins poétique. Rompre était le seul moyen pour ne plus vivre dans la crainte, mais elle n'avait jamais cessé d'avoir de l'affection pour lui. Et le quitter avait été comme essayer de gonfler un gilet de sauvetage en se noyant. S'ils avaient rompu parce que leurs sentiments avaient pris fin, cette conversation aurait été toute différente.

Mais elle comprenait ce qu'il disait. Se charger du bébé de Sean et Delilah était un engagement énorme. Leur histoire rendait cela mille fois plus difficile. Leurs routes avaient divergé, et maintenant leurs mondes étaient ébranlés en un clin d'œil par la volonté d'un couple décédé.

— Il ne s'agit pas de nous. Kennedy a besoin d'une famille. Un tour du destin a fait de nous ses parents et je ferai tout ce qu'il faudra.

Elle lui adressa un regard direct.

— J'ai pris quelques jours de congé, et je vais envoyer un mail au principal de mon école demain matin, pour lui demander un congé maternité.

Il y avait du défi dans ces paroles. *À ton tour.* Il soutint son regard un instant avant de reposer les yeux sur sa bière. Sur le plan professionnel, il était aussi affûté qu'un rasoir. Sur le plan privé, il était incapable de prendre des décisions difficiles. Le confort émotionnel ou l'esquive. Durant leur relation, il n'avait jamais dévié de cette règle.

— Tu es sûre que je ne peux pas te tenter avec une part de pepperoni et anchois ?

Ignorant sa tentative pour dévier la conversation, elle reprit :

— Pour ce qui est de notre installation, cet appartement n'est pas l'idéal. Mais avec les fêtes qui arrivent, il va falloir nous en contenter pour l'instant.

— Tu veux dire qu'on respirera à tour de rôle ?

— J'avais oublié ton humour, Colton.

Elle lui fit la grimace.

— Je veux dire qu'il faut que nous installions Kennedy du mieux possible et que nous lui donnions un Noël en famille.

Everett resta silencieux quelques secondes. Quand il reprit la parole, ce fut sur un tout autre ton.

— Je suis revenu à Cactus Creek pour enquêter sur un meurtre. Celui de Pierre Tostig, un ouvrier du ranch Selectman Clarence Edison's OverHerd. Casey enquêtait sur un vol de bétail et il a découvert son cadavre à proximité d'une vache volée. C'est Sean, Delilah et Georgia qui étaient à l'origine de l'opération. Lorsqu'ils ont réussi à coincer Casey et Melody Hayworth, ils ont reconnu qu'ils avaient tué Tostig. Heureusement, Melody a appelé les secours. Je suis arrivé avec des collègues à temps pour les arrêter.

— Donc quand il est mort, Sean allait être inculpé de meurtre en plus du vol de bétail ?

— C'est ça.

Il avait le visage légèrement tourné, mais elle voyait la tension à la contraction de sa mâchoire.

— Il a foncé avec sa belle voiture dans ce mur, les tuant, Delilah et lui, plutôt que d'affronter la prison. Du moins, c'est ce que disait la lettre scotchée au tableau de bord. Il n'y avait qu'un seul problème avec cette lettre.

Alyssa attendit. Ils ne se touchaient pas, mais elle sentait l'émotion qui le parcourait. Quand il leva les yeux, elle eut un pincement au cœur en y lisant sa peine profonde.

— Ce n'était pas l'écriture de Sean.

— Delilah pourrait l'avoir écrite ?

Il secoua lentement la tête.

— Je l'ai comparée à un échantillon de l'écriture de Delilah. Aucun d'eux n'a écrit cette lettre.

Kennedy se réveilla juste après qu'Everett eut parlé de la lettre, et il fut content de cette interruption qui lui permettait de maîtriser son émotion. Bien qu'il ait soumis un rapport à son superviseur, exprimant l'opinion que la mort de Sean et Delilah était suspecte, on ne lui avait pas encore accordé le feu vert pour enquêter plus avant.

En débarrassant les restes du repas, il regarda Alyssa avec le bébé. Kennedy mettait plus de nourriture sur son bavoir que dans sa bouche, mais elle semblait apprécier de tenir sa cuillère et de taper avec sur sa chaise haute. Quand elle eut fini, Alyssa lui essuya promptement la bouche et la prit dans ses bras. La petite fille gloussa avec délice.

— Il faut qu'elle ait de bonnes habitudes. Si on lui donnait le bain ensemble ? Je vais le faire couler.

Quelques secondes plus tard, il avait les mains pleines

d'un bébé chaud et gigotant. Kennedy poussa un cri de ravissement et essaya de lui fourrer un doigt dans le nez.

— Hé !

Il lui attrapa la main.

— Je pense que toi et moi devons établir des règles de base. Premièrement… Wouah ! Qu'est-ce que c'est que cette odeur ?

Un parfum d'œufs pourris et d'ordures en décomposition. Il considéra le bébé avec méfiance. Cette puanteur ne pouvait pas venir d'un si petit corps ? Comme pour confirmer ses pires craintes, le ventre de Kennedy émit un gargouillement sonore. Qui fut suivi instantanément par une série de bruits dans la région de la couche. L'odeur se fit plus forte.

Il tint la petite fille à bout de bras.

— Alyssa ?

Elle émergea de la salle de bains, les manches remontées jusqu'aux coudes.

— Oui ?

— Je crois qu'il y a quelque chose qui ne va pas chez elle.

S'approchant de lui, elle se pencha au-dessus de Kennedy, qui l'accueillit avec un geste vague et une nouvelle volée d'émanations malodorantes.

— Qu'est-ce qui te fait penser ça ?

— Tu es sérieuse ? J'ai déjà supervisé une cellule de dégrisement, et l'odeur n'avait pas ce degré de toxicité.

Alyssa se mit à rire.

— Son système digestif est immature, elle s'adapte à la nourriture solide. Quelques gaz n'ont rien de surprenant.

Elle retourna dans la salle de bains.

— Quelques gaz ?

Everett étudia le visage de Kennedy.

— J'ai peur de ce que tu peux faire quand tu décides de remplir ta couche.

Elle lui dédia un sourire joufflu.

— Je ne te lançais pas un défi.

Quelques minutes plus tard, les préparatifs furent achevés. Il y eut une brève lutte de pouvoir quand Kennedy décida que se séparer de ses vêtements était inutile. Everett regarda avec admiration Alyssa gagner facilement la bataille et poser un bébé au visage tout rouge dans quelque chose qui ressemblait à un instrument de torture médiéval.

— C'est un siège de bain, expliqua-t-elle en réponse à ses sourcils haussés. C'est pour qu'elle ne glisse pas. Et nous avons les mains libres pour la laver.

C'était un point de plus sur la liste croissante des choses qu'Everett ignorait sur les bébés. Mais il n'eut pas le temps de méditer son ignorance. Dès qu'Alyssa enduisait la tête de Kennedy de shampoing, la moitié de l'eau quitta la baignoire et aspergea le carrelage.

Gant de toilette en main, Alyssa s'efforçait de laver la petite fille qui riait et poussait des cris, tandis qu'Everett la tenait tant bien que mal. Finalement, elle se tourna vers lui.

— Je pense qu'elle est assez propre, maintenant. À six mois, elle n'est pas assez mobile pour se salir vraiment.

— Est-ce qu'on ne devrait pas lui laver les euh… parties délicates ? Après tout, c'est ce qui se salit le plus.

Bien qu'Alyssa lui jette un regard contrarié, il ne put s'empêcher de remarquer comme son corsage trempé collait à ses courbes.

— Essaie, toi.

Elle lui tendit le gant et recula d'un pas. Agenouillé, il approcha prudemment. Kennedy, visiblement consciente qu'elle avait affaire à un débutant, attendit qu'il soit plus près pour l'attraper par les cheveux.

— Il faut peut-être s'y mettre à deux, finalement.

Alyssa vint à son aide, le libérant du petit poing potelé.

— Je la soulève, tu la laves.

Sous les hurlements de protestation de Kennedy, ils achevèrent la manœuvre avant de s'effondrer côte à côte contre le mur carrelé.

— Tu sais quoi ? haleta Everett. À l'avenir, je pense qu'un bon nettoyage avant le change devrait suffire à la tenir propre.

Il se baissa juste à temps pour éviter le gant de toilette qu'Alyssa lui jetait à la tête.

Quand elle fut séchée et habillée, Kennedy se mit à somnoler. Elle était prête pour son biberon du soir.

— Pourquoi ne lui donnes-tu pas ?

Alyssa tendit le bébé sanglé dans sa grenouillère à Everett.

Il la prit et l'installa au creux de son bras. Dès qu'elle vit le biberon, elle l'attrapa et se mit à téter avidement. En quelques minutes, elle s'endormit. Alyssa reprit le biberon et le posa sur la petite table. Quand elle releva les yeux, Everett la regardait.

— Elle a beaucoup de chance de t'avoir trouvée.

Son ton, plus que les mots eux-mêmes, noua la gorge d'Alyssa. *Ne me fais pas ça, Everett. C'est le premier jour. Nous avons des années devant nous. Des anniversaires, des vacances, des petits amis, des diplômes...* Cette pensée l'effrayait moins que l'intensité du regard d'Everett.

— Elle nous a tous les deux.

Elle repoussa une mèche de cheveux sur le front de

Kennedy et posa la question qu'elle avait eue à l'esprit toute la journée.

— Je sais pourquoi je fais ça. Mais toi ?

— Oh ! allez, Alyssa ! dit-il en souriant. Quand tu as demandé à Torrington ce qui arriverait à Kennedy si nous refusions, tu savais que je ne pourrais pas te résister.

Elle secoua la tête.

— Ça ne suffit pas. Cette réponse serait justifiée si nous étions toujours ensemble et que nous décidions de nos prochaines vacances. Mais il s'agit d'être les parents d'un bébé. C'est un engagement à vie.

Il resta silencieux quelques instants.

— D'abord, tu as bien influencé ma décision. Parce que je ne pourrais faire ça avec personne d'autre que toi. Mais tu as raison. Comme toi, je veux faire ça bien. Et la raison pour laquelle je vais le faire, c'est Sean.

— Parce que tu ne penses pas qu'il s'est tué ?

— Même s'il l'a fait – et malgré ses crimes –, nous étions amis autrefois.

Il appuya la tête contre les coussins.

— J'ai des centaines de souvenirs de Sean. Nous passions notre temps à nous défier. Mais notre amitié n'était pas faite que de rivalité. Une fois, je suis tombé dans un torrent et il a sauté pour me sauver. Une autre fois, il est tombé d'un mur et s'est ouvert la tête. Je l'ai ramené à la maison sur mon vélo. Les souvenirs ne meurent pas.

Il baissa les yeux sur Kennedy.

— En me donnant la garde de son enfant, il savait que je serais là pour elle.

Alyssa baissa la tête. Depuis qu'elle le connaissait, c'était la première fois qu'Everett parlait à cœur ouvert. Elle n'avait jamais compris pourquoi il éprouvait le besoin de dissimuler ses émotions. Les choses auraient-elles tourné autrement s'il avait été capable d'exprimer ses sentiments ?

Elle secoua la tête. Ce n'était pas son détachement émotionnel qui avait mis fin à leur relation. Elle ne pouvait plus vivre dans l'angoisse par rapport à son métier.

— On devrait mettre cette petite au lit.

Everett se mit prudemment debout. Portant le bébé comme s'il s'agissait d'une porcelaine sans prix, il l'emporta dans la chambre. Il déposa la petite fille dans le lit après avoir un peu hésité. Kennedy émit une petite protestation. Everett jeta un regard de panique à Alyssa. Elle secoua la tête et désigna la porte. Ils sortirent sur la pointe des pieds. Alyssa ravala un rire en mettant en route l'écoute-bébé trouvé dans l'un des cartons.

— Cet air que tu avais…

— Qu'est-ce que tu veux dire ? murmura-t-il.

— Quand tu as cru que Kennedy allait se réveiller, ton air m'a rappelé la fois où j'ai failli m'étouffer avec mon soda.

— Hé, c'était effrayant. Tu as presque perdu connaissance.

Il se laissa tomber sur le sofa, les mains nouées derrière la tête, ses longues jambes croisées au niveau des chevilles.

— C'était ta faute, lui rappela-t-elle. Tu m'as fait rire pendant que j'avalais.

— Oui. Mais je ne m'attendais pas à cette réaction. Tu m'as fait la peur de ma vie.

— Mais c'est comme ça que tu as regardé Kennedy. C'est un bébé, Everett, pas une bombe à retardement. Elle fait caca, elle bave, elle met des choses dégoûtantes dans sa bouche et se réveille probablement plusieurs fois par nuit.

— À t'entendre, c'est à mourir de rire.

Il se redressa.

— Il faut que je te parle d'autre chose que des fonctions corporelles de cette petite.

— C'est à propos d'aujourd'hui ?

Maintenant que l'heure était arrivée, elle le redoutait. S'occuper de Kennedy n'était pas un conte de fées, et les débuts de sa vie l'avaient convaincue que les baguettes magiques et les pantoufles de vair n'existaient pas. Elle était assez réaliste pour savoir qu'élever un bébé était difficile. Mais elle aurait aimé avoir un peu plus de quelques heures pour s'adapter à cette idée avant que les choses tournent mal.

Il hocha la tête.

— Un livreur est venu. C'était un cadeau pour Kennedy.

Alyssa fronça les sourcils, essayant de comprendre.

— Mais comment savait-on où elle était ?

— Exactement.

Son premier réflexe fut de se précipiter dans la chambre, d'envelopper Kennedy dans une couverture et de s'enfuir avec elle. Mais où aurait-elle pu l'emporter qui soit plus sûr que cet appartement ? Pour la première fois, elle vit le métier d'Everett comme une bénédiction au lieu d'une malédiction.

— Est-elle en danger ?

— Je n'ai pas pu découvrir qui l'avait envoyé.

Il tendit le bras et recouvrit sa main de la sienne.

— Je ne laisserai personne vous faire du mal, Lyss.

Ce tendre diminutif lui glissa si naturellement des lèvres qu'Alyssa se demanda s'il l'avait remarqué. Dieu savait qu'elle avait besoin de tout le réconfort possible.

— Tu as une idée de qui a pu l'envoyer ?

— Je n'ai pas assez d'éléments pour commencer à spéculer.

Elle sentit qu'il retenait quelque chose. Avait-il un suspect en tête ? Elle songea qu'il lui donnerait les informations dont elle avait besoin pour garder Kennedy en sécurité.

— Ça aurait pu être un acte innocent, dit-il.

— Tu ne le penses pas.

— Non, c'est vrai, reconnut-il avec un soupir. Quand Sean et Delilah sont morts, Georgia a déclaré qu'elle voulait s'occuper de Kennedy.

— Oh… Mais tu disais qu'elle est en prison parce qu'elle n'a pas respecté les termes de sa conditionnelle. Comment aurait-elle pu envoyer un cadeau si elle est derrière les barreaux ?

— Je ne sais pas. Mais cela me pousse à creuser la question de la mort de Sean et Delilah.

4

Everett avait toujours eu le sommeil léger. Les choses avaient empiré ces dernières années, et il avait essayé tous les gadgets possibles. Il avait découvert récemment que la combinaison d'un masque et d'un casque diffusant du bruit blanc était ce qui marchait le mieux. C'était bizarre d'aller au lit avec cet attirail, mais au moins il se sentait humain le matin.

Même ainsi, il resta éveillé plusieurs heures après sa conversation avec Alyssa. Tant de pensées tournaient dans sa tête qu'il aurait été surprenant qu'il s'endorme.

Tout d'abord, et c'était le plus important, il était désormais papa. Ce n'était pas ainsi qu'il s'était représenté la chose, mais il était déterminé à faire de son mieux. Pour Sean et pour Kennedy. C'était excitant et effrayant. Il s'était engagé à élever et protéger la fille de Sean mais l'aimerait-il autant que si elle était sa propre fille ? Ça n'avait pas d'importance. Si l'amour ne venait pas, il ferait en sorte que Kennedy ne s'en aperçoive jamais.

Il aurait juste aimé ne pas avoir eu à la rencontrer à cause de la mort de ses parents. Ses pensées se tournèrent vers Casey, qui lui avait annoncé la mort de Sean. Même si cela faisait quatre ans qu'ils ne s'étaient pas parlé, la première réaction d'Everett avait été la culpabilité.

Aurait-il dû le savoir ? Aurait-il pu faire quelque chose pour l'empêcher ?

Était venue ensuite l'incrédulité. Pas Sean. Pas son ex-ami énergique, arrogant et téméraire. Et c'était ce sentiment qui lui était resté. Sean s'était toujours cru invincible. Mais sa désapprobation vis-à-vis du mariage de Georgia et Casey avait brisé le cœur de son frère.

Tu ne l'as pas vu pendant quatre ans. Un homme peut beaucoup changer durant ce temps. Sauf qu'Everett *l'avait* vu. Il avait dirigé l'équipe du FBI qui enquêtait sur le meurtre de Tostig. Après ces quatre années de silence, les premiers mots de Sean avaient été sarcastiques.

— Je vais prendre plaisir à te ridiculiser au tribunal, Colton.

L'étincelle familière dans ses yeux était révélatrice, Sean n'avait pas changé. C'était une manière de prolonger leur rivalité. Sean jouait pour gagner et il était impatient d'affronter un nouveau défi.

Bien sûr, Everett était conscient qu'on ne savait jamais vraiment ce qui se passait dans la tête de quelqu'un d'autre. Mais après la mort de Sean, ses inquiétudes étaient devenues aussi bien professionnelles que personnelles. La lettre de suicide n'était qu'une part du problème. Il y avait trop de détails qui ne collaient pas. Même s'il essayait de se représenter Sean se donnant la mort, il ne pouvait accepter que l'homme qu'il appelait autrefois son ami ait tué sa femme. Avec un bébé, il était probable qu'elle aurait écopé d'une peine réduite ou aurait même échappé à la prison.

Sean et Delilah se ressemblaient et renforçaient mutuellement leur irresponsabilité. Ils avaient un bébé de six mois qu'ils aimaient tous deux. Leurs activités criminelles n'avaient pas cessé quand Kennedy était arrivée, mais ils avaient pris la peine d'engager une voisine pour surveiller le bébé. Même s'il avait pensé à ôter la vie à Delilah, Sean avait-il vraiment pris la décision radicale de priver Kennedy de ses deux parents ? Oui, elle avait une tante, mais Sean avait-il considéré Georgia comme une personne convenable pour élever son enfant ? Everett en doutait. Cela revenait à la même question. S'il était perturbé mentalement, qui savait comment il avait raisonné ?

La nuit où ils étaient morts, on avait trouvé des signes de lutte chez eux. Le couple était apparemment en train de dîner quand les chaises avaient été renversées et les assiettes jetées à terre. Il y avait des traces dans le gravier de l'allée, suggérant qu'on avait traîné un corps.

Sean avait-il traîné Delilah jusqu'à la voiture contre son gré ? Cela suggérait une impulsivité en désaccord avec la lettre de suicide. De même que le fait de foncer à toute vitesse dans un mur. La mort n'était pas garantie, et Sean avait toujours été méticuleux. S'il avait voulu mourir, il avait à sa disposition des armes à feu qui auraient été bien plus efficaces.

Dieu merci, Kennedy était chez sa tante ce soir-là.

C'était la première fois de sa vie qu'Everett était reconnaissant à Georgia, la femme qui avait failli devenir sa belle-sœur. Dans leur enfance, la petite sœur de Sean était une continuelle source d'ennuis. À l'âge adulte, elle s'était surpassée. Quand elle s'était fiancée à son frère, Everett avait fait tout son possible pour mettre ses réticences de côté. Et lorsqu'elle avait laissé tomber Casey du jour au lendemain, il n'avait pas été étonné. Sean l'avait peut-être poussée à le faire, mais Georgia avait sa propre volonté. La décision était de son fait.

Elle était la seule parente proche de Kennedy encore

en vie. Elle était derrière les barreaux et, si elle était reconnue coupable, elle y resterait. C'était une chose de plus à prendre en considération maintenant que sa vie avait pris un tournant imprévisible. En une seule journée. Mais le plus douloureux des dernières vingt-quatre heures avait été de revoir Alyssa. Il ne savait comment gérer cela.

Lorsqu'ils avaient rompu, il avait appris à ses dépens que le chagrin faisait aussi mal qu'on le disait. Il avait perdu le compte du nombre de fois où il avait pris son téléphone, regardé son numéro et répété ce qu'il allait lui dire. Mais il savait qu'aucune parole ne pourrait arranger les choses. Les dommages avaient été faits avant qu'ils se rencontrent.

Pour Alyssa, c'était quand un ivrogne avait poignardé son père. Casey aurait dit que dans le cas d'Everett cela datait de sa brève incursion dans le monde juridique.

Des amis lui avaient affirmé que le chagrin s'amenuisait avec le temps. Mais ça n'avait pas été le cas. Il avait seulement trouvé des moyens de repousser la douleur. Au lieu de fixer sa photo comme un homme mourant de soif, il s'était jeté dans le travail, avait fait de longues courses à pied et erré en voiture en écoutant de la musique à fond.

Il avait essayé de sortir avec d'autres femmes. Après quelques tentatives, il avait renoncé. C'était injuste pour elles, qui ignoraient qu'elles ne suffiraient jamais parce qu'elles n'étaient pas Alyssa.

Quatre années s'étaient écoulées, et il pensait encore à elle chaque jour. Elle était gravée dans son cœur. Et maintenant, elle était dans la chambre voisine.

Un bruit s'immisça entre ses pensées. Une série de

cris, suivis d'un sanglot d'enfant. Il se leva d'un bond, entraînant son attirail, et courut à la chambre principale.

— Qu'est-ce qui se passe ? Elle a mal ?

Alyssa faisait les cent pas, Kennedy dans les bras. La faible lueur émanant de la lampe de chevet faisait ressortir les joues rouges et striées de larmes du bébé.

— J'ai tout essayé pour la calmer, dit Alyssa. Elle a commencé à geindre, alors je lui ai donné du lait. Sa couche est propre et sa température normale. Elle aime qu'on la berce alors j'ai essayé ça. Peut-être qu'elle fait une dent.

— Qu'est-ce qu'on peut faire ?

Sous le regard intéressé d'Alyssa, il retira ses accessoires. Elle ne l'avait jamais vu ainsi. Ses problèmes de sommeil s'étaient aggravés depuis leur rupture.

— On peut lui donner un calmant, mais je n'en ai pas vu dans les cartons que j'ai déballés.

— Il y a une pharmacie ouverte toute la nuit à quelques rues d'ici. Je vais y aller.

— Demande s'ils ont des anneaux de dentition.

Il retourna dans le salon enfiler sa veste, son pantalon de jogging et ses bottes. Puis il prit ses clés de voiture, son téléphone, et sortit dans l'air froid de la nuit.

Cactus Creek n'était pas une ville festive et la plupart des commerces étaient fermés. Il était inhabituel de voir quelqu'un dehors après minuit, aussi Everett remarqua-t-il tout de suite le véhicule garé en face de son appartement.

L'occupant était avachi sur le siège du conducteur, un bonnet tiré sur le front et une écharpe enroulée autour du visage. Everett avait fait suffisamment de planques pour savoir ce qu'il voyait. Son appartement était situé en haut de l'escalier et ce type surveillait *sa* porte.

Dévalant les marches deux par deux, il approcha du

véhicule au trot, téléphone en main, et prit une photo de la plaque d'immatriculation. L'apercevant, le conducteur démarra dans un rugissement de moteur et alluma les phares. Pris dans leur faisceau, Everett leva le bras pour abriter ses yeux.

Lorsque les pneus de la voiture hurlèrent, il eut une fraction de seconde pour comprendre ce qui se passait. Au lieu de se diriger vers la sortie du parking, le conducteur accélérait et fonçait sur lui. Plongeant sur le côté, Everett réussit à rouler sous l'escalier juste au moment où la voiture arrivait à sa hauteur.

Son cerveau lui envoya une série d'instructions rapides. L'homme avait signalé ses intentions, et elles n'étaient pas bonnes. Cette surveillance furtive était déjà assez grave. Une tentative de meurtre sur un agent fédéral était tout autre chose. Everett était coincé. S'il sortait de sa cachette, il risquait d'être fauché par la voiture. Mais s'il restait où il était, Alyssa et Kennedy pourraient être en danger.

Accroupi dans l'obscurité, il s'apprêtait à appeler Casey quand le moteur rugit à nouveau. Risquant un coup d'œil sur le parking, il vit le véhicule faire demi-tour, écraser une plate-bande et filer dans la rue.

Dépliant ses longues jambes, Everett sortit de sa cachette. En se dirigeant vers sa voiture, il établit mentalement une liste. Acheter le médicament pour Kennedy, envoyer à Casey la photo de la plaque de la voiture… et ajouter quelques exercices de souplesse à son programme de sport.

Pourquoi Everett prenait-il tant de temps ? Alyssa grogna tout haut. Ça recommençait. Elle était avec lui depuis moins de vingt-quatre heures et les vieilles inquiétudes refaisaient surface. Cette fois, elle devait surmonter sa peur. Non parce qu'ils étaient ensemble, mais pour le bien de Kennedy. Il ne fallait pas qu'elle panique chaque fois qu'Everett partait.

Elle serra Kennedy contre elle, et le bébé blottit la tête contre son cou avec une sorte de hoquet.

— Et si je te donnais un peu d'eau en attendant ?

Bien que l'eau coule davantage sur le menton de Kennedy que dans sa bouche, le liquide froid l'apaisa. Le temps qu'Everett revienne, ses larmes s'étaient calmées et elle était presque rendormie sur l'épaule d'Alyssa.

— Tu boites ?

Dès que les mots furent sortis de sa bouche, Alyssa les regretta. Au temps pour son souhait de lutter contre ses inquiétudes. Au lieu de s'endurcir, elle geignait. Everett ne parut pas le remarquer.

— On s'occupe de cette petite et je te raconterai tout.

Le fait qu'il y ait un « tout » ne lui échappa pas, pas plus que son sourire rassurant. Il était là et, pour l'instant, cela suffisait à la réconforter.

Le sirop analgésique était accompagné d'une petite seringue sans aiguille. Ayant mesuré la dose requise, Alyssa inclina la tête du bébé et mit la seringue dans sa bouche. Everett observait la manœuvre avec inquiétude.

— Elle ne va pas s'étouffer ?

— Si je la pointais directement dans sa gorge, elle pourrait avoir un haut-le-cœur. Mais je l'oriente sur le côté.

Alyssa pressa la seringue tout en parlant. Kennedy la regardait avec de grands yeux. Visiblement, la petite fille s'interrogeait sur la raison de cette entorse au protocole. Quand elle eut avalé le médicament, Alyssa ôta la seringue et, comme elle l'avait prévu, Kennedy se remit à pleurer. Elle tenta de la calmer en lui chantant une berceuse. Au bout de quelques minutes, les paupières de Kennedy se fermèrent et elle s'endormit.

— Pauvre chérie.

Alyssa déposa un baiser sur la joue du bébé, puis leva les yeux et croisa le regard d'Everett.

— Espérons qu'elle dormira jusqu'au matin.

Everett la suivit tandis qu'elle emportait la petite fille dans la chambre et la déposait dans son lit. Elle tira l'édredon sur elle. Everett se rapprocha.

— C'est difficile de croire que nous ne l'avons que depuis quelques heures.

Sa voix était rauque, mais cela pouvait être dû à la fatigue. Alyssa tourna la tête pour le regarder. Son expression était comme un livre ouvert. Il n'était pas fatigué.

Le père de Kennedy avait fait partie de sa vie, et ce lien n'avait jamais disparu. Le temps et l'espace n'avaient pas prise sur l'amitié. Everett pourrait-il dépasser son chagrin et nouer un lien authentique avec Kennedy ?

Ils sortirent de la chambre et, en entrant dans le salon, elle alluma une lampe. La pièce était froide et elle s'enveloppa de ses bras.

— Tu m'as dit que tu m'expliquerais pourquoi tu boites.

Elle comprit qu'il hésitait sur la manière de lui raconter ce qui s'était passé. Soudain, au lieu d'avoir peur, elle se sentit irritée, mécontente d'elle-même, parce qu'il devait prendre des précautions pour ne pas l'effrayer.

— Vas-y !

Les mots étaient sortis avec plus de force qu'elle n'en avait l'intention. Elle avait toujours trouvé difficile d'affronter son regard perçant, mais, à cet instant, elle le regarda droit dans les yeux. Au bout de quelques secondes, il haussa les épaules.

— Quelqu'un surveillait l'appartement.

Une part d'elle eut envie de hurler, mais elle carra les épaules.

— Tu as vu son visage ?

— Non, dit-il avec une grimace. J'étais trop occupé à éviter qu'il m'écrase.

— Everett !

Elle se rapprocha et le fit asseoir sur le sofa.

— Dis-moi tout ! Tu es blessé ? Tu as appelé le 911 ?

Il leva les mains, un léger sourire aux lèvres.

— Je n'ai rien de grave. Je suis juste un peu raide à cause de la roulade que j'ai faite. Je n'ai pas appelé le 911, mais j'ai une photo de la voiture et je l'ai envoyée à Casey. Et je ne t'ai pas tout dit tout de suite, parce que…

— Tu ne voulais pas m'inquiéter ?

— En partie. Mais aussi parce qu'il était important de soigner Kennedy. Parce que c'est elle la priorité, non ?

— Bien sûr.

Alyssa se blottit dans un coin du sofa, désormais bien réveillée.

— Ce type doit avoir un lien avec le colis qui est arrivé pour elle.

— Je n'y ai pas pensé… jusqu'à ce qu'il fonce sur moi. Néanmoins, il me semble sensé de supposer que les deux choses sont liées. Ne me demande pas pourquoi, c'est juste une impression.

Comme elle lui jetait un regard noir, il leva les mains.

— Désolé. Je ne prends pas ça à la légère. Mais c'était une longue journée, tu sais.

— Je sais.

Elle poussa un gros soupir.

— J'ai déjà vécu ça avec toi.

Everett avait oublié combien il trouvait rafraîchissante la vue d'Alyssa le matin. Avec ses cheveux attachés en queue-de-cheval, ses yeux brillants, sa peau douce et satinée, elle était l'incarnation de la bonne santé. Il avait du mal à se concentrer sur autre chose que ses formes sous son pyjama gris. Il avait envie de la serrer contre lui.

Ayant apparemment récupéré de ses problèmes de dents, Kennedy était assise dans sa chaise haute, tapant avec sa cuillère sur son bol de flocons d'avoine.

— Quels sont les plans pour aujourd'hui ? demanda Everett, appuyé contre le comptoir de la cuisine.

— Beaucoup de shopping.

Elle se mit à compter sur ses doigts.

— Il nous faut des boîtes pour ranger les vêtements et les jouets de Kennedy. Et du lait maternisé, des petits pots, des couches et autres articles du quotidien. J'ai un sac dans ma voiture, mais je dois aussi m'acheter des affaires.

Son sourire s'élargit.

— Et puis il y a Noël.

Ce sourire lui rappelait tant de souvenirs… Alyssa adorait les fêtes. Lorsqu'ils étaient ensemble, il partageait son enthousiasme. Se blottir sur le canapé pour regarder de vieux films, s'asseoir près du sapin pour envelopper des cadeaux, acheter des pulls de Noël assortis, préparer des laits de poule pendant qu'elle cuisinait… et s'approcher d'elle en catimini avec une branche de gui. Désormais, il y avait des considérations pratiques à prendre en compte.

— Alyssa, si tu as l'intention de transformer cet appartement en magasin du Père Noël…

Elle se mit à rire.

— Je sais ce que tu vas dire, mais je suis sûre qu'on peut trouver de la place pour un petit sapin.

— Et que va-t-on sacrifier pour le faire entrer ? On a vraiment besoin d'une cuisine ? Débarrassons-nous des chaises et mangeons debout tant qu'on y est.

— Tu es tellement ronchon le matin, Colton.

Elle rougit en prenant conscience de ce qu'elle faisait. Se détournant, elle se mit à essuyer les joues de Kennedy, pleines de flocons d'avoine. Oui, il était si facile de retomber dans les vieilles habitudes. *Parce que c'était amusant et qu'on aimait ça.*

Le téléphone d'Everett sonna, procurant une diversion bienvenue. C'était Casey, et tandis qu'Everett prenait l'appel, Alyssa lui fit signe qu'elle allait habiller Kennedy. Il hocha la tête, heureux d'avoir l'occasion de parler librement à son frère. Casey alla droit au but.

— Commençons par le début. Qui essaie de te tuer ?

— Ce type a essayé de m'écraser, dit Everett. J'espérais répondre à cette question avec son immatriculation.

— La voiture a été volée à Tucson il y a deux jours, et on l'a retrouvée brûlée sur un terrain vague il y a quelques heures. Elle ne nous dira pas grand-chose.

Everett ravala un juron et raconta rapidement à Casey la livraison du nounours.

— Je ne suis pas joueur, mais je parie que ce cadeau et le type qui surveillait mon appartement sont liés.

— En l'occurrence, je ne parierai pas contre toi, répliqua son frère d'un ton sérieux. Mais outre savoir qui, nous devons savoir pourquoi.

— Sean était ambitieux, reprit Everett. C'était une véritable opération qu'il avait montée. Ils ont mis beaucoup d'argent de côté, grâce au talent de Delilah. Et puis il y a la maison. Kennedy en a hérité. Delilah a fait en sorte que tout ce qui est lié à Kennedy soit complètement légal.

Casey siffla.

— Donc le tuteur de Kennedy a accès à l'argent et à la propriété de Sean ?

— Plus ou moins.

Il attendit un moment.

— Tu penses à quelqu'un d'assez tordu pour se servir d'un enfant pour s'enrichir de cette manière ?

— Georgia a plaidé non coupable, dit Casey au bout d'un instant. Elle a été libérée sous caution mais, comme nous le savons, sa tentative de fuite a changé cela. Pour ma part, je suis heureux qu'elle soit derrière les barreaux.

— Je n'ai pas parlé de Georgia.

— Tu n'avais pas besoin de le faire. Dès que tu as dit « tordu », son nom m'est venu à l'esprit. Je ne te donne que les faits. Je sais combien elle peut être destructrice.

— Georgia n'était pas en prison quand Sean et Delilah sont morts, souligna Everett.

— Si tu as raison et que les Dodd ont été assassinés, la fenêtre était très étroite. Combien de gens étaient au courant de leur arrestation ? Ils n'avaient pas un large cercle d'amis ou de parents.

Casey avait raison. Ni Sean ni Delilah n'avaient de parents proches en dehors de Georgia, et ils avaient délibérément écarté leurs anciens amis. Leurs raisons étaient claires, désormais. Ils avaient fait en sorte que de moins en moins de gens soient assez proches d'eux pour les questionner.

Everett contempla le parking. Des traces noires zébraient l'asphalte jusqu'à la plate-bande dévastée. Georgia était sa suspecte numéro un depuis le début. S'il avait espéré que ce soit quelqu'un d'autre, c'était parce qu'elle serait une adversaire lunatique et vicieuse. Et bien sûr, elle devait avoir un complice. Elle ne pouvait pas avoir conduit la voiture qui avait foncé sur lui la veille.

— On pourrait avoir un échantillon de l'écriture de Georgia ? demanda-t-il. J'aimerais qu'on la compare avec la lettre de suicide.

— Je m'en occupe.

Il y eut une pause, et Everett devina ce qui allait suivre. Ce lien entre jumeaux était quelque chose que beaucoup de gens ne comprenaient pas, mais Everett le voyait la plupart du temps comme un cadeau.

— Tu es sûr que tu veux te remettre avec Alyssa ?

Everett jeta un coup d'œil à la chambre.

— Nous ne sommes pas ensemble.

— *Bien sûr*. Parce que élever un bébé ensemble vous permet de prendre toute la distance nécessaire…

Casey soupira.

— Je sais que tu n'as pas envie de l'entendre, mais il faut que je te le dise. J'ai vu ce que t'a fait votre rupture. Je ne veux pas que tu repasses par là.

Casey savait donc ? Il n'avait rien dit. Une ou deux fois, Everett avait senti que son frère l'observait mais il n'avait jamais franchi la ligne. Peut-être s'était-il dit qu'Everett lui parlerait s'il en avait besoin ? Mais il avait compris combien Everett avait mal.

— La situation n'est pas la même.

Pourquoi sa gorge était-elle aussi serrée ? Il prit son café et avala une gorgée de liquide tiède.

— Sois prudent, c'est tout ce que je dis. Il y a des sentiments qui ne sont pas faciles à réprimer. Même toi, qui y as travaillé si dur, tu vas avoir du mal avec ça.

Depuis quand son petit frère – plus jeune de deux

minutes – était-il devenu aussi sage ? Peut-être depuis qu'il avait rencontré Melody.

— Je te tiendrai au courant si j'apprends quelque chose sur les Dodd.

5

Les parents d'Alyssa avaient toujours fait de Noël un moment mémorable et, durant son enfance, les fêtes étaient une brève échappée dans le rêve. C'est pourquoi elle adorait cette période. Bien que Kennedy soit trop jeune pour comprendre, Alyssa voulait que leur premier Noël ensemble soit spécial. Elle était résolue à ce que, en grandissant, Kennedy sache combien Sean et Delilah l'avaient aimée. Et en même temps, elle voulait qu'elle se souvienne de cette transition comme d'un point positif dans sa vie. Les fêtes, avec leur gaieté colorée, seraient toujours « leur » moment, le rappel du jour où Kennedy était entrée dans leur vie. Elle voulait des photos, des souvenirs et des rires.

Pour elle, l'un des meilleurs côtés de cette période était le shopping. Les illuminations, les vitrines, les délicieuses odeurs, les chansons populaires, tout cela ajoutait aux réjouissances. Mais la présence d'un bébé de six mois compliquait les choses.

— Ça ressemble à une opération militaire.

Une demi-heure après qu'ils s'étaient mis en mouvement, Everett déposa le sac et la poussette dans le coffre de la voiture.

— De combien de trucs un bébé a besoin pour faire le tour des magasins ?

— Je devrais peut-être prendre plus de couches ?

Alyssa, qui portait Kennedy, jeta un regard derrière elle.

— On en trouvera en chemin, si besoin.

Il la poussa vers le véhicule. La petite fille était particulièrement mignonne dans un manteau molletonné rose et un bonnet assorti. Elle regarda pensivement le siège auto, mais laissa Alyssa l'attacher sans résistance. Quand Everett lui tendit son anneau de dentition, elle le mordit avec un délice évident.

— Je n'arrive pas à croire que sa tante ait pu ordonner qu'on t'écrase, dit Alyssa, tandis qu'Everett s'engageait dans la rue.

— C'est parce que tu n'as jamais rencontré Georgia. Elle ne ressemble à personne que tu connaisses.

Bien que contente qu'Everett lui ait raconté sa conversation avec Casey, Alyssa s'inquiétait du tour que prenaient les événements. Dans son imagination, Georgia était devenue la caricature de la voleuse d'enfants. Et si la sœur de Sean était derrière ces tentatives d'intimidation, pouvait-elle leur faire vraiment du mal depuis sa cellule ?

— Elle a fait tout un cinéma au tribunal, en pleurant et en hurlant que son frère et sa belle-sœur avaient été assassinés, dit Everett.

— Ce devait être un moment très éprouvant pour elle.

Même ainsi, Alyssa se disait que dans cette situation elle aurait essayé de garder son calme pour le bien du bébé.

— On pourrait dire ça, dit Everett, le visage sombre, ou alors que Georgia aime se donner en spectacle.

Alyssa souleva une autre question qui la taraudait.

— Qu'est-ce que tu vas dire à tes parents pour Kennedy ?

— En voilà une question intéressante.

Alyssa avait rencontré quelquefois Ryker et Maribelle

lorsque Everett et elle sortaient ensemble. Le père d'Everett était oncologue et sa mère dirigeait la poste de Cactus Creek. Ils s'étaient toujours montrés amicaux et accueillants envers elle, et elle avait apprécié leur chaude atmosphère familiale.

— Je vais leur dire la vérité, bien sûr.

Un léger sourire aux lèvres, il ajouta :

— Quand ils reviendront d'El Paso.

— Quand cela ?

— Dans quelques jours. Casey et Melody vont passer Noël avec eux.

Il lui jeta un bref regard.

— Ce qui ne me donne pas beaucoup de temps pour réfléchir à ce que je vais dire.

— J'imagine qu'ils vont être sous le choc ?

Il s'arrêta sur une place de parking devant Hoyle.

— Eh bien, les circonstances sont un peu surprenantes. Mais ma mère a fait récemment allusion à son souhait de devenir grand-mère.

— Kennedy est tellement trognon, dit Alyssa. Ta mère ne pourra pas lui résister.

— Espérons.

Il coupa le moteur et se retourna pour considérer le bébé.

— Ma mère joue un rôle important à Cactus Creek. Pas seulement de par ses fonctions, mais parce qu'elle défend les bonnes causes. Elle est fougueuse et elle défendra mes choix devant quiconque, mais…

— Elle trouvera cela difficile à expliquer, dit Alyssa, finissant sa phrase pour lui.

— J'ai encore du mal à me l'expliquer moi-même, avoua-t-il tandis qu'ils descendaient de voiture.

En quelques minutes, ils installèrent Kennedy dans sa poussette.

— Ce sera réconfortant pour Kennedy de nous voir pendant que nous faisons les courses, dit-elle en demandant à Everett d'orienter le siège vers eux.

Ils se dirigèrent vers l'entrée du magasin. Alyssa eut l'impression que toute la ville s'y était donné rendez-vous. En traversant le hall brillamment éclairé, elle jeta des regards approbateurs autour d'elle. Pour qui voulait préparer un Noël exceptionnel, Hoyle pouvait rivaliser avec n'importe quel grand magasin.

— Everett !

Elle le sentit se raidir et elle se tourna pour le regarder. Son visage avait une expression atterrée presque comique.

— Maman ?

Everett réussit à avoir l'air aussi content que surpris.

— Je croyais que vous étiez en voyage.

Maribelle Colton avait un port littéralement royal. Avec ses boucles brunes, ses pommettes hautes et ses yeux en amande, elle était d'une beauté remarquable.

— Nous avons eu une panne de voiture. Tu sais comment est ton père, dit-elle en levant les yeux au ciel. Il ne fait confiance à personne en dehors de Brian de Bauer Motors. Alors il l'a fait réparer rapidement à El Paso et nous sommes rentrés plus tôt. Il est au garage, maintenant.

Son regard brillant, qui ne manquait rien, eut tôt fait de remarquer les compagnes de son fils.

— Alyssa ! Quelle joie de te revoir. Bonté divine, quel beau bébé !

Everett se tourna vers Alyssa avec un regard ironique.

— Au temps pour la préparation.

— Je ne comprends pas, dit Maribelle en les regardant tour à tour. À qui est-elle ?

— Maman, c'est la fille de Sean, Kennedy, annonça Everett.

— Oh…

L'expression de Maribelle s'adoucit.

— Pauvre petite chérie. Dieu sait que je n'avais pas grande opinion de son père, mais…

— C'est Alyssa et moi qui avons sa garde, maintenant.

Durant quelques secondes, Maribelle parut n'avoir pas compris. Avec des mouvements un peu mécaniques, elle prit un mouchoir immaculé dans son sac et s'en tamponna les coins de la bouche.

— C'est une de tes plaisanteries, Everett ?

— Tu sais que je ne plaisanterais pas à propos de ça. J'espérais avoir un meilleur moment pour te l'annoncer.

Il posa une main sur son coude.

— Pourquoi ne viens-tu pas avec nous à la cafétéria ? On pourrait en parler.

Maribelle secoua la tête.

— Je suis censée rejoindre ton père dans dix minutes. Il doit déjà regarder sa montre.

Elle contempla à nouveau Kennedy.

— Et j'ai besoin d'un peu de temps pour digérer la nouvelle.

Everett l'embrassa sur la joue.

— Appelle-moi, et nous vous amènerons Kennedy.

— Ravie de t'avoir revue, Alyssa.

Elle agita la main.

— Un nouveau bébé dans la famille. Mon Dieu…

Alyssa la regarda disparaître dans la foule.

— Elle n'avait pas vraiment l'air ravi.

Son instinct protecteur envers la petite fille se développait rapidement. Kennedy avait déjà tant perdu, Alyssa voulait lui donner une vie heureuse. Ce serait merveilleux si son avenir comprenait des grands-parents affectueux. Mais cette vision était en train de décliner.

— Tout ira bien, dit Everett. Vraiment. Le temps qu'elle arrive à la maison, ma mère va faire en sorte que Kennedy ait sa chambre.

Alyssa lui jeta un regard sceptique.

— Crois-moi. Son amour des bébés prendra le pas sur toute autre considération.

— J'espère.

Elle agrippa la barre de la poussette et consulta le plan du magasin.

— C'est par où le rayon jouets ?

Une heure plus tard, Everett disparaissait presque sous la pile de leurs achats et Kennedy commençait à être grincheuse.

— Elle a besoin de manger, dit Alyssa.

— Tu veux dire qu'on peut enfin aller à la cafétéria ? s'enquit Everett avec espoir.

— Réserve-nous une table pendant que je vais avec elle aux toilettes. Un change s'impose.

Alyssa se dirigea vers les ascenseurs. Bien qu'il y ait des toilettes à tous les étages, celles du troisième étaient spécialement aménagées pour les bébés. Tandis qu'Alyssa attendait l'ascenseur, Kennedy se mit à pleurer pour de bon.

— Coucou, ma chérie, dit-elle en s'accroupissant à côté de la poussette. Tu te sentiras mieux dès que tu seras changée. Ensuite, tu pourras déjeuner et faire la sieste.

Un tintement résonna, signalant l'arrivée de l'ascenseur. Alyssa fit entrer la poussette dedans et pressa le bouton du troisième étage. Les portes allaient se fermer quand un homme pénétra dans la cabine. Avec son capuchon relevé, ses mains dans les poches et ses épaules voûtées, il attira tout de suite son attention. Était-ce un voleur, qui tentait de dissimuler son visage ? Elle se plaça instinctivement entre Kennedy et lui.

— Je vais au troisième étage. Et vous ? dit-elle d'une voix calme.

Il ne répondit pas, le dos tourné. Le cœur battant, elle fixa le témoin lumineux indiquant le passage des étages. Quand la lumière rouge afficha le numéro 3, les portes s'ouvrirent. La vue d'acheteurs à proximité lui redonna du courage.

— C'est mon étage.

Mais l'homme resta où il était, lui bloquant la sortie.

— Je dois sortir.

Rien. En le voyant tendre la main pour presser un bouton, Alyssa comprit qu'elle devait agir vite. Si les portes se refermaient, Kennedy et elle seraient piégées. Rassemblant son courage, elle avança la poussette. Au moins, Kennedy ne pouvait voir ce qui se passait.

Remerciant silencieusement les Dodd pour leurs goûts de luxe, elle heurta durement les mollets de l'homme avec la barre latérale de la poussette. Elle l'entendit grogner et continua de pousser, le contournant sans ménagement pour sortir de la cabine. Une fois dans le magasin, elle poussa un soupir de soulagement et chercha un agent de sécurité. Trop tard, les portes de l'ascenseur se refermaient déjà.

Elle s'arrêta pour embrasser Kennedy et, les mains tremblantes, chercha son téléphone dans son sac. Appuyée contre un mur, elle appela le seul qui pouvait tout arranger.

— Everett ?

— Tu t'es déjà dit qu'il pourrait y avoir *trop* de décorations de Noël ?

Debout sur une chaise, finissant d'accrocher une guirlande, Everett regardait Alyssa, une étincelle dans l'œil. Il essayait d'alléger l'atmosphère depuis l'incident au magasin.

— Non.

Bien qu'elle ait l'air sérieux, ses yeux souriaient.

— Les guirlandes et les pulls de Noël de mauvais goût, ça n'existe pas. Les nœuds, les cloches, les boules, les bas de laine… Je veux tout pour le premier Noël de Kennedy.

Everett descendit de la chaise et désigna le sapin brillamment éclairé.

— Et c'est seulement pour Kennedy ?

— Je ne dis pas que je ne m'en réjouirai pas avec elle. J'aimerais juste qu'il n'y ait pas d'ombre au tableau.

Il savait qu'Alyssa était toujours bouleversée à l'idée qu'une proche parente de Kennedy puisse agir de manière aussi malveillante. Elle était encore plus perturbée en se disant que, si Georgia était l'instigatrice de tout cela, elle devait avoir un complice. L'image d'une crapule recrutée pour les surveiller et les menacer la hantait. C'était devenu encore plus réel depuis l'incident de l'ascenseur. Quand Alyssa l'avait appelé et lui avait raconté ce qui s'était passé, sa première réaction avait été de foncer les rejoindre. Une fois qu'il avait constaté qu'elles n'avaient pas de mal, la vue du visage blême d'Alyssa avait suscité sa colère, une colère bouillonnante. Il l'avait dissimulée, mais son silence la rendait encore plus puissante.

Maintenant qu'ils étaient rentrés, sa fureur avait un

peu diminué. Mais elle était toujours là, attendant de refaire surface quand il retrouverait le gars en question.

Casey avait demandé les bandes des caméras de sécurité du magasin, mais ils n'en avaient rien tiré. Le type qui était entré dans l'ascenseur avait rôdé un moment derrière Everett et Alyssa, le visage dissimulé. Everett avait envoyé une copie des films au laboratoire du FBI, sans grand espoir.

Ils allaient aussi comparer avec la photo de la voiture qui avait foncé sur lui. Là encore, il n'y avait guère à espérer. À chaque fois, l'individu avait pris soin de dissimuler ses traits.

Everett voyait bien qu'Alyssa faisait de gros efforts pour ne pas se laisser gagner par la peur mais, de temps en temps, elle jetait un coup d'œil inquiet au parking ou vérifiait sans raison que Kennedy allait bien. À cela s'ajoutaient ses nouvelles responsabilités maternelles. Le manque de sommeil, le bébé qui faisait ses dents, l'apprentissage des goûts et des dégoûts de Kennedy, la montagne de petits vêtements dans la buanderie… Tous deux, ils prenaient conscience que devenir parents était une tâche ardue. L'arrivée de ce bébé avait bouleversé leurs émotions, de même que leur mode de vie.

— Kennedy est si gentille. Je ne peux pas supporter l'idée qu'il lui arrive du mal.

Instinctivement, il se rapprocha d'elle. Au moment où il allait poser les mains sur ses épaules, il s'arrêta. La toucher était-il une bonne idée ? Comment Alyssa le prendrait-elle ? Il contempla son visage adorable et se questionna sur ses motivations. Le réconfort n'était peut-être pas la seule chose qu'il avait à l'esprit.

— Je ne laisserai rien lui arriver.

Il laissa retomber les mains.

— Ni à toi.

Un nuage passa dans les yeux d'Alyssa.

— Tout ça est en train de tourner mal.

— Que veux-tu dire ?

Elle eut un sourire triste.

— J'ai toujours vu ton métier comme quelque chose d'effrayant. Pour finir, c'était une crainte avec laquelle je ne pouvais plus vivre.

— Je comprends.

Après tout ce temps, cela faisait encore mal d'en parler.

— Je n'étais pas d'accord, mais j'ai respecté ta décision.

— Mais tu ne vois pas ce qui se passe maintenant ? Je dépends de ton métier – la cause de tant de mes cauchemars – pour notre protection. Tout est inversé.

Cette fois, il ne prit pas le temps de réfléchir et referma les bras sur elle. Quand elle posa la tête contre sa poitrine, une vague de chaleur monta en lui.

— La vie n'est-elle pas faite de tournants ?

Il lui caressa les cheveux. Sa mémoire ne lui avait pas joué des tours. Ils étaient aussi soyeux qu'il s'en souvenait.

— Si c'est le cas, je n'aime pas ça.

Sa voix était étouffée par son pull.

— Je ne suis pas sûr de vouloir qu'une situation dangereuse soit la raison pour laquelle tu vois le côté positif de mon métier.

— Le côté positif ? Ne nous emballons pas. Je suis forcée de m'en remettre à toi pour nous sortir de cette histoire. Je n'ai pas dit que je voyais ce que tu fais comme une bonne chose.

Elle fit un pas en arrière.

— Et maintenant, si tu fixais cette étoile en haut du sapin pour que Kennedy la voie quand elle se réveillera ?

Il lui adressa un salut comique.

— Tout ce que tu veux, ô commandante des fêtes.

Elle lui donna une bourrade, mais avant qu'il monte sur la chaise, ses doigts effleurèrent son poignet.

— Merci.

Il haussa les sourcils d'un air interrogateur.

— Parce que j'accroche une étoile au sapin ?

Elle lui sourit encore, cette fois sans tristesse.

— Entre autres choses.

— Sean et Delilah étaient mariés depuis quatre ans. Et ils étaient ensemble depuis trois ans avant cela.

Everett s'était mis à parler pratiquement dès l'arrivée de Casey.

— Durant tout ce temps, vous avez eu des appels pour violences conjugales chez eux ?

— Pas que je sache, mais je vérifierai.

Casey alla à la cuisine se servir un café.

— À quoi penses-tu ?

— La nuit où ils sont morts, ils ont mangé à la cuisine. Des chaises ont été renversées et des assiettes jetées à terre. Il y avait du sang de Delilah sur le sol et la porte d'entrée était grande ouverte. Je ne me trompe pas jusqu'ici ?

— Tu as mémorisé les détails du rapport, apparemment, répondit Casey.

— Il y avait des traces dans l'allée, cohérentes avec le fait que quelqu'un a été traîné de la maison jusqu'au garage.

— C'était une spéculation de la part du premier policier sur les lieux, dit Casey. Je ne dis pas qu'il a tort, mais il peut y avoir d'autres explications. Sean et Delilah ont pu déménager quelque chose plus tôt dans la journée.

— Ou ils se sont disputés et il l'a traînée de la maison

à la voiture, dit Everett. C'est pourquoi je voudrais savoir s'il y a eu des violences conjugales. Ils étaient ensemble depuis sept ans. Ça ne te paraîtrait pas bizarre si c'était la première fois qu'ils en venaient aux mains ?

— Ils étaient tous les deux sous pression, souligna Casey. C'était le compte à rebours avant la prison.

— Ce n'est pas comme ça que Sean le voyait. Il m'a dit les yeux dans les yeux qu'il avait hâte de me ridiculiser au tribunal. Et même s'il pensait à la prison comme à une possibilité, pourquoi se serait-il retourné contre Delilah ? Il la vénérait.

— La lettre disait qu'il ne pouvait pas affronter la perspective de faire de la prison.

— Ah oui. La lettre de suicide.

Everett hocha la tête.

— Ça me paraît bizarre qu'elle ne mentionne pas la raison pour laquelle il voulait tuer aussi Delilah.

Casey haussa les épaules.

— Tu viens de dire qu'il la vénérait. Peut-être qu'il ne pouvait pas supporter non plus qu'elle soit emprisonnée ?

Everett demeura silencieux, essayant de comprendre la dernière nuit des Dodd. Quelle était la place de Kennedy dans ce tableau ? Tout ce qu'il avait appris lui disait qu'elle était au centre du monde de ses parents. Même s'il se débarrassait de ses doutes concernant le suicide de Sean, il ne pouvait faire abstraction du plus gros d'entre eux. Sean n'aurait pas volontairement privé sa fille de ses parents.

— Et la lettre d'adieu scotchée au tableau de bord ?

— Tout est dans le rapport. Pourquoi écrases-tu cette mousse verte ?

— C'est une compote kiwi-avocat. Kennedy adore ça.

Everett revint au sujet de la conversation.

— Le fait qu'on l'ait placée là ne te semble pas étrange ? Sean écrit une lettre expliquant qu'il va se tuer plutôt que d'aller en prison. À quel moment la scotche-t-il sur le tableau de bord ? Est-ce avant de se disputer avec Delilah ? Ou après avoir traîné sa femme dans la voiture ?

— Est-ce que c'est important ?

Casey le regardait avec une sorte de fascination.

— J'essaie d'analyser ce qui s'est passé ce soir-là. Et ne me parle pas du fait qu'ils aient laissé Kennedy chez Georgia. S'il y avait un concours pour la tante la plus irresponsable de l'année, Georgia n'aurait qu'à se montrer pour gagner le prix.

— En parlant de Kennedy, où est-elle ? Et où est Alyssa ?

— Endormies toutes les deux. Kennedy fait ses dents et elle reste éveillée la plus grande partie de la nuit. Nous dormons à tour de rôle.

Son frère jumeau le considéra avec intérêt.

— Et comment as-tu reçu ce coup sur la tête ?

Everett se mit à rire en se frottant le front.

— J'ai oublié d'ouvrir la porte de la chambre en allant voir Kennedy au milieu de la nuit. Le choc a été impressionnant.

Casey lui adressa un sourire de sympathie.

— Tu trouves ça dur, non ?

— C'est ce que j'ai fait de plus difficile. Je n'avais pas du tout prévu ce genre de choses. Ma vie est soudain faite de stérilisation de biberons, de changes de couches, de lavage de vêtements, d'essuyage de vomi…

— Je parie que tu déconseilles aux autres de devenir parents ? s'enquit Casey.

Everett sentit un sourire lui réchauffer le visage. Comment pouvait-il expliquer ses sentiments à son frère ? Être papa était effrayant, mais c'était une bonne frayeur. Il s'inquiétait continuellement. Puis il baissait les yeux sur une main minuscule et se demandait comment il était possible de s'éprendre autant d'un autre être en si peu de temps.

— Non, c'est tout le contraire. Entendre Kennedy rire, c'est le paradis. Et même si je suis fatigué au point de ne plus savoir quel jour on est, j'adore cette nouvelle expérience.

— Et Alyssa ?

— Oh ! elle a adoré Kennedy dès l'instant où elle l'a vue. Elle est un bien meilleur parent que moi.

Casey secoua la tête.

— Ouais, c'est ça, fais semblant de croire que c'est ce que je voulais dire.

6

L'armoire à linge était située près de la salle de bains. Quand Everett en ouvrit la porte, il eut l'impression d'avoir changé d'appartement.

— Alyssa ?

Elle émergea de la cuisine.

— Que font toutes ces serviettes ici ?

— J'en ai acheté de nouvelles.

— Pourquoi ? Il y en avait déjà assez.

— Pour une personne, dit-elle en lui lançant un regard apitoyé. Et certaines ne sont plus très neuves. Maintenant, tu en as assez pour deux adultes et un bébé, plus quelques-unes de rechange au cas où nous aurions des invités.

— Si nous avons des invités, il faudra nous débarrasser des serviettes pour qu'ils dorment dans l'armoire, dit-il en ricanant. Et à quoi servent ces petites serviettes sur l'étagère de la salle de bains ?

— Elles sont là pour la décoration.

Cette fois, il rit franchement.

— On ne peut déjà pas bouger ici, mais tu as décidé que ça nous faciliterait la vie d'avoir des serviettes décoratives ?

— Ne t'avise pas de les utiliser.

Elle le contourna d'un pas vif, les bras chargés de linge.

— Où est ton fer à repasser ?

Une heure plus tard, il la regardait ranger ses chemises tout en l'écoutant expliquer comment plier les chaussettes.

— Je comprends. Dorénavant, je suspendrai mes chemises dans le même sens et je trierai mes T-shirts par couleurs.

Il lui sourit.

— Tu essaies de me domestiquer, Lyss ?

Pour être honnête, il appréciait cette introduction à la vie conjugale. Mais il ne résistait pas à la tentation de taquiner un peu Alyssa.

— J'en fais trop ? C'est que j'aime que tout soit en ordre.

Il posa un bras sur ses épaules.

— Tu vas avoir du travail avec moi.

À la lueur dans ses yeux, il comprit qu'il n'avait pas dit ce qu'il fallait. Quelques minutes plus tard, il entendit une exclamation irritée en provenance de la cuisine. Quand il y pénétra, Alyssa lui désigna le lave-vaisselle.

— Il ne s'est pas fermé comme il fallait et le cycle n'est pas terminé. Il faut appeler le propriétaire ou un réparateur.

— Ou alors je prends mes outils et je le fais.

Elle lui lança un regard intéressé.

— Tu as des outils ?

— J'en ai plein, dit-il en haussant les sourcils. Ils sont dans un local en bas. Je vais les chercher.

Quand il revint, il ôta son T-shirt. Il avait vu la lumière dans les yeux d'Alyssa quand elle avait prononcé le mot « outils ». Elle avait toujours aimé ses muscles, et… oh, bon sang, qu'est-ce qui lui prenait ? Il avait l'impression d'être un abruti sans cervelle.

— Je peux regarder ?

Elle s'était hissée sur le comptoir. *Peut-être pas si abruti que ça.*

Il vit le problème immédiatement. Serait-ce mal de faire traîner un peu ? Ce n'était pas tous les jours qu'il pouvait passer pour un athlète en col bleu devant la femme de ses rêves. Allongé sur le dos, il expliqua en détail à Alyssa ce qu'il faisait. Penchée en avant, elle écoutait attentivement. Elle était si belle vue d'en dessous !

Finalement, Everett dut reconnaître qu'il avait fini. Il rangea les outils dans la boîte et se releva. Alyssa se laissa glisser du comptoir à quelques centimètres de lui.

— Je n'arrive pas à croire que nous ayons été si longtemps ensemble et que je n'aie jamais su que tu pouvais faire des choses comme ça.

Son regard rayonnant l'embarrassa.

— C'est juste une machine, pas de quoi en faire une montagne.

— Pour moi, si. J'ai payé des centaines de dollars pour des réparations comme celle-ci, dit-elle. Tu dois avoir soif ?

Elle alla au réfrigérateur lui chercher un verre d'eau. Quand elle le lui tendit, sa main trembla légèrement et un peu d'eau se répandit sur sa poitrine. Everett inspira fortement et Alyssa écarquilla les yeux.

— Euh… je vais te chercher une serviette.

Ils se mirent tous deux à rire.

— Pas une serviette décorative.

Alyssa avait remarqué qu'Everett était fasciné par le caractère taquin de Kennedy.

— Elle n'est sur Terre que depuis six mois et elle sait déjà ce qui est drôle, lui dit-il. Regarde ça.

Abandonnant la préparation du repas, elle vint s'asseoir sur le tapis à côté de lui. Everett tendit ses clés de voiture au bébé, qui les fit tinter et les mordit avec joie. Quand Everett essaya de les reprendre, Kennedy parut vouloir les lui donner. Mais, à la dernière seconde, elle les retira vivement en le regardant d'un air malicieux.

— Elle me taquine. Elle est minuscule, mais elle sait que c'est amusant.

Les voir ensemble procurait à Alyssa une joie qu'elle n'aurait jamais imaginée quelques semaines auparavant. Ils étaient devenus gagas de Kennedy en si peu de temps ! Leur petite fille avait eu des débuts difficiles, mais elle était leur petite chérie pleine de vie, aux joues rebondies et aux poignets dodus.

— Elle aime jouer.

Tandis qu'Everett acquiesçait, Kennedy lui attrapa un doigt et le porta à sa bouche.

— Hé, ce n'est pas l'heure de dîner… Ouille ! Elle m'a mordu.

Il retira son doigt et le tint en l'air.

— Regarde.

Il y avait une petite marque rouge au bout.

— Kennedy, tu as une dent ? Tu es si maligne.

— Maligne ? Elle m'a presque mordu au sang.

Alyssa leva les yeux au ciel, mais elle était occupée à essayer de regarder dans la bouche du bébé. La petite fille, décidant visiblement que c'était un autre jeu, serra les mâchoires et refusa d'ouvrir la bouche.

— Redonne-lui les clés.

Il les lui tendit, et Kennedy les attrapa et les agita joyeusement. Après un instant, elle les porta à sa bouche et Alyssa les lui prit.

— Je ne vois aucune dent.

— Tu penses que je me suis fait ça moi-même ? dit Everett en levant à nouveau son doigt.

— Tu avais peut-être déjà une marque ?

Alyssa lui lança un regard de pitié.

— Ses gencives sont vraiment fortes. Elle peut faire mal.

Juste à ce moment, il y eut un bruit distinctement métallique dans la bouche de Kennedy. Alyssa passa doucement un doigt le long de la gencive inférieure du bébé.

— Elle a un petit pic. Comme un tout petit grain de riz.

— Avec une arête aussi coupante qu'une lame de rasoir…

Alyssa lui donna une bourrade dans les côtes et Everett se plia en deux. Couché sur le flanc, il la regarda en riant.

— Ça va être comme ça, maintenant ? Deux filles contre moi ?

— Si tu n'arrêtes pas de jouer les chochottes, oui, dit-elle. Il faut que je finisse de préparer le repas. Tu crois que tu pourras changer sa couche ? Je sais que tu es blessé…

Il se jeta sur elle, prêt à la chatouiller, mais elle lui échappa. En riant, elle se remit debout et se dirigea vers la cuisine. Ayant récupéré ses clés, Everett emporta Kennedy sur la table à langer. Après lui avoir donné un jouet pour la distraire, il se mit en devoir de lui enlever son pantalon. Mais ce qu'il vit en ôtant la couche le fit reculer d'horreur.

— Alyssa !

Il avait voulu pousser un cri, mais c'était davantage un croassement. Il essaya encore :

— Lyss !

Elle arriva en courant, galvanisée par la note de panique dans sa voix. Fixant le bébé avec horreur, elle s'accrocha à son bras.

— Qu'est-il arrivé ?

— Rien.

Il fourragea d'une main tremblante dans ses cheveux.

— J'ai juste défait sa couche et c'était là.

Kennedy, allongée sur une couche trempée de sang, leur sourit et babilla d'un air joyeux.

— Je ne sais pas ce qu'elle a, mais il faut tout de suite l'emmener aux urgences.

Son esprit était rempli de graves maladies infantiles. Kennedy avait l'air d'aller bien, mais cette couche écarlate racontait autre chose.

— Attends. Le caca des bébés est souvent de la même couleur que ce qu'ils ont mangé.

— Tu penses qu'elle a bu du sang quand on avait le dos tourné ?

— Non, mais elle a mangé de la purée de betterave au déjeuner.

Il se plia en deux sous la force du soulagement.

— Tu crois vraiment qu'elle va bien ?

Sa frayeur avait disparu, mais il restait secoué. Kennedy était si vulnérable, et le monde était rempli de mauvaises choses attendant de lui tomber dessus. Savoir qu'il était impuissant à en arrêter certaines était comme un coup de poing dans le ventre.

— Oui, vraiment.

Alyssa retira la couche dégoûtante.

— Je n'imaginais pas que c'était comme ça d'être parent. Bon ou mauvais, nous sommes responsables de tout ce qui lui arrive.

Elle leva les yeux.

— C'est effrayant, hein ?

— Mais ça en vaut la peine. Tu imaginais l'aimer autant ?

Les yeux brillants, elle secoua la tête.

— Je suppose que rien ne pouvait nous préparer à cela. Mais, au moins, à l'avenir, nous serons prêts pour le caca à la betterave.

Alyssa fit la moue en contemplant les conteneurs qu'elle avait achetés.

— Patty Griffiths disait qu'elle avait apporté l'essentiel. Mais la vérité, c'est que quelqu'un a dû prendre des brassées de vêtements et les jeter dans des cartons. Beaucoup de ces affaires sont trop petites, et nous n'avons pas la place pour ça ici.

— Qu'est-ce que tu suggères ? demanda Everett.

Elle servait le déjeuner, de la soupe de tomate maison avec du pain de maïs. Everett avait proposé de recouvrir tout l'appartement d'une bâche en plastique avant de nourrir le bébé. En attendant, Kennedy jouait à son jeu favori : jeter sa cuillère par terre.

— Je pense que nous devons nous renseigner auprès de Torrington sur notre statut. Nous sommes les tuteurs de Kennedy, mais qui gère son argent ? Qui va s'assurer qu'il est investi comme il faut jusqu'à ce qu'elle soit assez grande pour en disposer ? Casey et toi, vous parliez de la maison. Que va-t-il lui arriver ? On ne peut pas la laisser s'écrouler.

Elle posa les bols sur la table.

— Nous étions tellement aveuglés par notre rôle que nous n'avons pas réfléchi à tout cela.

— Et tu as tiré toutes ces conclusions en pensant à ses vêtements ?

— En pensant que j'aimerais aller chez eux et trier les affaires de Kennedy. Il faut que je vérifie si elle en a de la bonne taille.

Elle prit la chaise à côté de lui.

— Tu me connais. J'aime bien planifier.

Cette courte phrase plana dans l'air entre eux. Alyssa n'était pas la personne la plus facile à vivre, mais il la connaissait mieux que quiconque. Même après avoir scruté son cœur, il était resté avec elle. Elle lui avait raconté le meurtre de son père et combien l'idée de perdre quelqu'un de la même manière l'effrayait. Il savait combien elle avait fait d'efforts pour communiquer avec sa mère. Il avait séché ses larmes et l'avait tenue dans ses bras quand elle faisait des cauchemars.

Ils se regardèrent dans les yeux. Alyssa avait du mal à respirer. Mais Kennedy poussa un cri perçant, signalant très clairement qu'elle avait faim.

— Tu as des vieux vêtements pour te protéger ? Je me disais qu'une visière de sécurité renforcée ne serait pas inutile, dit Everett.

Alyssa lui fit une grimace et plaça un bol de soupe sur le plateau de la chaise haute.

— Au moins, enlève-lui la cuillère.

— J'ai lu des trucs là-dessus. C'est important pour elle d'apprendre aussi tôt que possible…

Elle s'interrompit quand Kennedy plongea la cuillère dans le bol. Du liquide rouge jaillit, aspergeant Alyssa. Elle hoqueta et tenta d'essuyer le plus gros de la soupe sur ses cheveux et ses yeux. Everett bondit pour l'aider.

— Enlève-lui la cuillère.

Dans un brouillard de soupe, Alyssa vit le bébé se préparer à récidiver. Everett se précipita mais arriva une fraction de seconde trop tard. Avec un timing parfait, Kennedy avait pris son élan.

— Oh non, tu…

La cuillère le heurta en pleine poitrine, laissant une grosse tache écarlate, et tomba par terre.

— Si c'était délibéré, les Cactus Creek Divas vont te recruter dans seize ans.

— Elle a six mois. C'était un coup de chance. On peut moins parler de football féminin et plus de nettoyage ?

Alyssa sentait de la soupe couler sur son visage.

— J'ai vu des scènes de crime moins sanglantes. Quant à toi, mademoiselle…

Kennedy battit des paupières et il soupira.

— Mange ton pain de maïs.

Il retira son sweat-shirt et le laissa tomber par terre. Puis il attrapa quelques-unes des lingettes de Kennedy et se tourna vers Alyssa.

— Ne bouge pas.

Il lui prit le menton et inclina son visage vers lui.

— Tu as de la soupe sur les cils.

Durant toutes ces années d'absence, quand elle fantasmait sur Everett, il lui murmurait toutes sortes de choses romantiques ou érotiques à l'oreille, mais aucune ne ressemblait à « Tu as de la soupe sur les cils ». Non, son imagination ne lui avait pas une seule fois représenté cette phrase.

Gentiment, il essuya ses yeux, puis s'occupa du reste de son visage. Alyssa se tenait tranquille. Ses mains ranimaient tant de souvenirs qu'elle serait bien restée là toute la journée.

— Va prendre une douche pendant que je range ici.

Ah, ces paroles-là avaient figuré dans ses fantasmes… Sentant le sang lui monter au visage, elle ouvrit les yeux et le regarda. Il l'observait.

— Ça va, Lyss ?

— Oui. Je vais, euh…

Elle désigna la salle de bains du pouce.

— Hé, regarde-la ! Ce n'est pas encore ça avec la cuillère.

Kennedy détachait des morceaux de son pain de maïs. Pour chaque morceau qu'elle enfournait dans sa bouche, deux autres tombaient sur le sol. Everett se tourna vers Alyssa.

— Elle se débrouille très bien.

Il lui déposa un baiser sur le bout du nez. *Ça ne veut rien dire pour lui. C'est le genre de baiser qu'il donnerait à Kennedy.* Ce fut ce qu'elle se répéta en se rendant à la salle de bains. Le problème, c'était qu'elle avait maintenant une sensation de chaleur au fond du ventre qui n'avait rien à voir avec la soupe.

Heureusement, ses vêtements étaient arrivés de Phoenix la veille. Bien que cela signifie encore des affaires dans un appartement déjà encombré, elle avait au moins des tenues de rechange.

Quand elle revint après sa douche, elle portait un jean moulant glissé dans ses bottes et un pull couleur bleuet, qui soulignait ses courbes et rappela à Everett qu'il était un mâle à sang chaud. Non qu'il ait besoin d'encouragements ces derniers temps. Après quatre années à se demander s'il y avait quelque chose qui n'allait pas chez lui, il constatait que son désir sexuel était revenu à la normale.

À la normale ? Tu veux dire en surmultipliée…

Ce qui confirmait qu'il avait un problème. Il s'en était

rendu compte, mais il était désormais impossible de l'ignorer. Il était l'homme d'une seule femme. Et cette femme était devant lui, berçant Kennedy dans ses bras en l'appelant monstre à la tomate.

Alyssa lui avait déjà clairement signifié qu'elle ne pouvait envisager l'avenir avec un homme dont le métier le mettait en danger. Ce qui laissait Everett face à un choix difficile. Il pouvait vivre une demi-vie avec Alyssa, partageant la responsabilité de Kennedy et la regardant grandir en réprimant ses véritables sentiments. Ou il pouvait renoncer à un métier qu'il adorait. Juste au moment où il était pressenti pour une promotion.

Comme il venait de subir un bouleversement majeur, il n'était sans doute pas dans le bon état d'esprit pour prendre une décision radicale. Mais en voyant Alyssa si tentante, il avait du mal à quitter la pièce.

— Je vais m'habiller et on va rendre visite à Torrington.

— Tu ne devrais pas appeler son cabinet d'abord ?

— Fais-moi confiance. Des années dans la police m'ont appris qu'il vaut mieux se présenter sans s'annoncer.

Ray Torrington se leva derrière son bureau quand sa réceptionniste les introduisit. Il jeta un regard à Kennedy, endormie dans sa poussette.

— Vous avez accepté les termes du testament. Vous ne pouvez pas la ramener comme un cadeau inopportun.

Everett sentit Alyssa se raidir.

— Nous n'avons pas du tout l'intention de nous séparer de notre fille, maître Torrington.

— Oh…

L'avocat prit un air penaud.

— Je croyais juste… Voulez-vous vous asseoir ?

Ils prirent place dans les mêmes fauteuils que la

première fois. Everett ne put s'empêcher de penser à tout ce qui avait changé en si peu de temps. Il regarda Alyssa border Kennedy. L'instinct maternel était naturel chez elle. Cela lui avait pris plus longtemps pour s'adapter, mais il aimait se dire qu'il y était arrivé.

— Nous voulons vous poser des questions sur le testament.

Il fixa le visage de l'avocat. Certaines personnes le rendaient instantanément soupçonneux, et Ray Torrington était de celles-là.

— En particulier, quelles sont les dispositions qui ont été prises pour l'avenir financier de Kennedy ?

— Je ne suis pas sûr de comprendre la question.

L'avocat semblait incapable de soutenir leur regard et agitait nerveusement les mains.

— Quand nous sommes venus l'autre jour, vous nous avez lu la partie du testament qui traitait de la garde de Kennedy. C'était important, bien sûr. Mais Sean et Delilah ont dû prendre d'autres dispositions. Vous avez dit qu'il y avait un seul bénéficiaire. Si Kennedy est cette personne, elle est trop jeune pour gérer ses finances. Delilah était une comptable expérimentée, elle devait connaître le meilleur moyen d'assurer l'avenir de sa fille. Je suppose que les Dodd ont dû nommer un ou des curateurs, qui géreront les biens de Kennedy jusqu'à ce qu'elle soit en âge de le faire.

Tandis qu'Everett parlait, Ray s'agitait dans son fauteuil. Était-il possible qu'il ait espéré dépouiller Kennedy ? Everett le soupçonnait d'en être capable. Un coup d'œil à Alyssa lui apprit qu'elle pensait exactement la même chose.

— Maître Torrington, existe-t-il un mécanisme légal

par lequel nous pouvons exiger de voir la totalité du testament ?

Everett n'avait jamais entendu ce ton de sa part. C'était comme des glaçons s'entrechoquant dans un verre. La maternité avait clairement éveillé son instinct protecteur.

— Ce ne sera pas nécessaire, mademoiselle Bartholomew.

Ray s'affaissa un peu dans son siège.

— Je vais vous fournir la copie intégrale, y compris l'information que vous requérez. Je suis l'un des curateurs de Kennedy. L'agent Colton ici présent est l'autre.

— C'est une information plutôt importante. Vous devez avoir oublié de nous la donner la dernière fois.

Il y avait peu de choses qu'Everett détestait plus qu'un avocat véreux. Ray allait payer cette tentative flagrante pour escroquer Kennedy. Dans quelques jours, les agents du FBI allaient fourmiller dans son cabinet.

— J'ai supposé que la question de la garde était la priorité et que tout le reste pouvait attendre.

Ray noua les doigts sous son menton et s'appuya sur son bureau, avec un sourire méchant.

— De toute façon, cela n'aura bientôt plus d'importance. Georgia Dodd conteste le testament. Elle espère hériter des biens immobiliers de son frère et sa belle-sœur et obtenir la garde de sa nièce.

C'était comme un retour au passé. À l'âge de dix ans Alyssa avait fait l'expérience des mêmes incertitudes. C'était pire à l'époque, bien entendu. Son père était mort et sa mère anéantie par le chagrin. Mais le parallèle avec la situation de Kennedy la frappait. Heureusement, la petite fille était trop jeune pour comprendre ce qui se passait.

En regagnant la voiture avec Everett, elle sentit la peur l'envelopper comme une couverture rêche. Juste au moment où elle apprenait à aimer Kennedy, tout cela pouvait lui être arraché.

— Allons-y, lui dit Everett en lui prenant le coude. La météo prévoit de la neige. Il n'y aura sans doute que quelques flocons, mais la température est en train de chuter.

En se tournant vers lui, elle remarqua son air d'inquiétude.

— Un Noël blanc en Arizona ? On n'en a pas souvent.

— Tu voulais que tout soit parfait pour Kennedy.

Le sourire d'Alyssa s'évanouit et Everett secoua la tête.

— Georgia est en prison, Alyssa. Aucun tribunal ne la laissera approcher de Kennedy. Pas à Noël, ni dans un avenir proche.

Ils sortirent le bébé endormi de sa poussette et le déposèrent dans le siège auto. En peu de temps, ils avaient perfectionné cette routine. Tandis qu'Everett pliait la poussette dans le coffre, Alyssa étendit une couverture sur Kennedy. En quelques minutes, ils furent partis.

— Tu veux toujours aller chez les Dodd ?

Ce qu'elle voulait, c'était revenir aussi vite que possible à l'appartement, verrouiller la porte et ne jamais en ressortir. C'était une pensée si féroce qu'elle la cloua dans son siège. Ils n'avaient pas prévu cette nouvelle vie, mais ils se l'étaient appropriée et ça marchait. Mieux que ça. C'était une bonne vie. Georgia n'allait pas la leur prendre.

— Oui. Pourquoi devrions-nous changer nos plans à cause d'elle ? Georgia n'a aucun contrôle sur notre vie.

Il lui lança un regard approbateur.

— Il n'y a qu'une chose qui m'ennuie. À ton avis, Kennedy se souvient de cette maison ?

— Je n'y avais pas pensé.

Elle fronça les sourcils.

— Tu crois que la ramener là-bas pourrait réveiller ses souvenirs de Sean et Delilah ?

— Je ne sais de quoi se rappelle un enfant de six mois. Même si elle reconnaît la maison, l'associera-t-elle à ses parents ? Est-ce qu'ils lui manquent ? Nous nous sommes concentrés sur ses besoins physiques, mais il faut penser au traumatisme émotionnel qu'elle a subi.

— Au moins, elle n'était pas là le soir où ils sont morts, dit Alyssa. Si elle semble troublée, nous pourrons toujours partir. Je veux seulement déposer ces vêtements et en prendre de plus grands.

Ils traversèrent Cactus Creek en silence. Une fois la ville derrière eux, ils se trouvèrent sur une route étroite coupant les collines. Bientôt, un panneau indiqua la direction de l'Old West Fairway.

— C'est un club de golf vieux de quatre-vingts ans, dit Everett. Mon père et la plupart de ses collègues en sont membres. Ces dernières années, des maisons luxueuses ont été construites en bordure du canyon avec vue sur les greens.

— Des maisons luxueuses ? Casey parlait d'une demeure sympa.

— Tu vas voir que mon frère était en dessous de la vérité.

Intriguée, Alyssa contempla le paysage des deux côtés de la route. Quand ils atteignirent un portail ornementé, Everett se servit de la télécommande que lui avait remise Ray. Les grilles s'ouvrirent et ils pénétrèrent dans un autre monde.

— C'est ça… ?

Alyssa ouvrit des yeux ronds.

— La maison de Kennedy ? Oui. C'est Paradise Palms.

— Mais c'est un manoir !

Tandis qu'Everett se garait devant la bâtisse, elle se pencha en avant pour mieux voir. En brique, la demeure de deux étages trônait au centre d'une vaste cour ornée d'une fontaine en mosaïque.

— Six chambres et sept salles de bains, annonça Everett. Toutes les pièces ont accès à l'extérieur et vue sur le canyon. Quand Sean et Delilah l'ont achetée, il y avait une piscine à débordement, un simulateur de golf, un terrain de basket et une salle de fitness avec sauna. Ils ont ajouté une salle de jeux, une salle de cinéma et une cuisine d'extérieur.

— Comment sais-tu tout ça ? demanda Alyssa tandis qu'ils descendaient de voiture.

— Je t'ai dit combien il y avait de rivalité entre Sean et moi. Ce n'était pas son genre de se taire là-dessus. Il m'a envoyé un mail avec tous les détails de la maison et une phrase : « Profite de ton trois pièces, G-man ».

— G-man ?

— C'est un terme d'argot, ça veut dire « homme du gouvernement ». Ça se réfère spécifiquement aux agents du FBI. Sean l'employait toujours dans un sens méprisant.

— Eh bien, au moins ton trois pièces a été payé avec de l'argent honnête, dit Alyssa, indignée. Si cette maison a été achetée avec de l'argent mal acquis, elle n'aurait pas dû être saisie par le gouvernement ?

— Si tu regardes les comptes de Sean, tu découvriras que la transaction était tout ce qu'il y a de plus légal.

Elle ricana.

— Delilah devait être extrêmement créative.

Everett lui prit Kennedy pour l'installer dans la poussette.

— Elle l'était. Son rôle était de blanchir l'argent. Elle ne pouvait pas prévoir ce qui allait se passer, mais elle a fait en sorte que l'avenir de sa fille soit assuré. Ce qui compte, maintenant, c'est de protéger l'héritage de Kennedy.

Ces paroles la firent soudain frissonner.

— Elle est en danger. Torrington a essayé de nous tromper en ne nous révélant pas l'ensemble du testament. Et maintenant Georgia essaie de le contester. Mais si aucun d'eux n'était responsable des menaces ?

— J'ai déjà réfléchi à cela. Dans mon métier, on se fait des ennemis.

Il lui prit la main et la posa sur la barre de la poussette, près de la sienne.

— Mais Kennedy nous a pour prendre soin d'elle. Ensemble, nous ferons en sorte que rien de mal ne lui arrive.

Il tira de sa poche le trousseau de clés que lui avait donné Ray.

— Prête ?

Elle posa les doigts sur les siens, sentant la force et la chaleur de sa main. Y avait-il des certitudes quelconques dans la vie ? Sean et Delilah avaient transgressé la loi et étaient morts de manière horrible. La méthode personnelle d'Alyssa était de tourner le dos à tout ce qui pouvait lui nuire. Et cela ne lui avait apporté que quatre années de malheur.

En regardant cette belle maison, scène d'un drame si affreux, elle se demanda si la meilleure option n'était pas de laisser sa destinée s'accomplir.

— Oui, allons-y.

7

— Kennedy avait sa propre suite ?

Alyssa fit le tour de la grande pièce et se mit à rire.

— On pourrait y faire entrer notre appartement et avoir encore de l'espace pour un chien et un poney.

Everett se tut un instant pour savourer ce « notre ».

— Tu as des envies de maison, Alyssa ?

Elle secoua la tête.

— Non, je n'aimerais pas ce style de vie.

Bien que son enfance ait été difficile, Alyssa avait une moralité à toute épreuve. Avant sa mort, son père lui avait transmis des valeurs solides. Et malgré ses problèmes, sa mère avait continué sur cette lancée. En contraste avec Sean et Delilah, qui avaient opté pour une vie de crime.

Everett contempla la petite silhouette dans la poussette. La vie de Kennedy avec Alyssa et lui serait tellement plus riche, parce qu'il ne s'agirait pas seulement d'argent.

Il y avait un petit dressing à côté de la nurserie, et ils y trouvèrent ce qu'ils cherchaient. Deux des murs étaient tapissés de tiroirs et de penderies. Delilah croyait à la planification, car il y avait des vêtements encore emballés, qui n'iraient pas à Kennedy avant des mois. Un coup d'œil aux étiquettes de prix donna des vapeurs à Everett.

Alyssa transféra rapidement les affaires qu'ils avaient apportées.

— C'est du gâchis de les laisser là.

Agenouillée sur le coûteux tapis, elle regarda Everett.

— On pourrait les donner à une association charitable de Cactus Creek ?

— En tant que curateur des biens de Kennedy, je pense qu'il faut y réfléchir, dit-il. Ma mère connaît sûrement des familles dans le besoin.

Tandis qu'il parlait, Kennedy, qui avait fait une sieste plus longue que d'ordinaire, poussa un gémissement et ouvrit les yeux.

— Coucou, marmotte.

Alyssa s'approcha d'elle. Le bébé la regarda d'un air un peu confus.

— Tu as faim ?

— Question absurde, cette petite demoiselle a toujours faim, dit Everett en prenant la thermos qui contenait son biberon.

Kennedy décida de lui donner tort. Devant le biberon, elle tourna la tête d'un côté et de l'autre en poussant de petits cris.

— Elle n'est peut-être pas à l'aise dans la poussette ? suggéra Alyssa. Il y a un fauteuil dans la nurserie.

Dès qu'elle la sortit de sa poussette, Kennedy s'accrocha à elle comme un petit singe, nouant les mains dans ses cheveux et enfouissant le visage contre son cou. Perplexe, Alyssa échangea un regard avec Everett.

— Elle est désorientée parce qu'elle s'est endormie dans un endroit et réveillée dans un autre ?

Everett l'accompagna dans la nurserie.

— À moins qu'elle se souvienne de cette maison ?

Elle s'assit dans un rocking-chair placé à côté d'une

grande fenêtre et tenta de donner le biberon à Kennedy. Mais si la petite fille semblait satisfaite d'être tenue dans les bras, elle refusait de boire.

— Elle n'est pas bien. Si elle se rappelle cet endroit, elle devrait y avoir des souvenirs heureux, non ? Nous savons combien ses parents l'aimaient.

Everett se pencha pour caresser la tête de Kennedy.

— On a ce qu'on est venus chercher. Si elle n'est pas bien, allons-y.

Alyssa porta le bébé tandis qu'Everett se chargeait de la poussette. Les sacs de vêtements étaient rangés dans le panier sous la poussette. Ils repartirent par un large corridor. Mais à la hauteur de la cuisine, Kennedy poussa un cri aigu qui transperça le cœur d'Everett.

— Qu'y a-t-il, chérie ?

Alyssa leva un regard inquiet vers Everett.

— Elle tremble de tout son corps.

Kennedy pleurait pour de bon maintenant, poussant des cris de peur et de détresse.

— Regarde son visage.

Sa figure était rouge et contractée, mais ce furent ses yeux qui attirèrent son attention. Elle fixait la cuisine avec horreur, en particulier la table située au milieu de la pièce.

— Tu comprends ce que ça veut dire ? Kennedy était là.

Alyssa plaqua le visage de la petite fille contre sa poitrine et se dirigea rapidement vers la porte.

— Elle était là quand ses parents ont été tués.

Quand ils furent de retour à l'appartement, il fallut une heure à Alyssa pour consoler Kennedy. Elle la berça, lui chanta des chansons, et le bébé finit par se rendormir.

Alyssa l'observa quelques minutes après l'avoir déposée

dans son lit, puis alla dans le salon. Everett la regardait. Mieux valait lui dire avant qu'il le fasse.

— Tu penses quc j'invente.

— Je n'ai pas dit ça. Seulement... Est-ce qu'une enfant aussi jeune que Kennedy peut avoir des souvenirs ?

— Tu as vu comment elle était, rétorqua Alyssa d'un air déterminé. Tu ne peux pas dire que c'était une réaction normale.

— J'imagine que non.

Il fourragea dans ses cheveux.

— Mais je ne sais pas ce qu'on peut y faire.

— Il faut que je passe un appel.

Elle prit son sac sur la table et chercha la carte de visite de Patty Griffiths. Bien que l'après-midi soit bien avancé, elle espérait que l'éducatrice serait encore disponible. Patty répondit en effet presque immédiatement.

— Patty ? C'est Alyssa Bartholomew. Nous nous sommes rencontrées au cabinet de Me Torrington, quand j'ai accepté la garde de Kennedy.

— Oui, je me souviens de vous.

Patty semblait heureuse d'avoir de ses nouvelles.

— Je pense beaucoup à la petite Kennedy et je me demande souvent comment elle va.

— Elle va très bien. Cela vous paraîtra peut-être bizarre, mais je vous appelle pour une question d'ordre général. Peut-être pourrez-vous me répondre ?

— Je ferai de mon mieux pour vous aider, répondit Patty avec une trace de perplexité.

— Je me demandais si un très jeune bébé – âgé de six mois, par exemple – est capable de se rappeler un événement traumatisant ?

— Ah, voilà une question intéressante, dit Patty.

La plupart des gens ont l'impression que les bébés ne se rappellent pas les incidents traumatisants. Mais des spécialistes en santé mentale infantile ont récemment prouvé le contraire. De nouvelles recherches montrent que même de tout petits bébés peuvent se souvenir d'épisodes effrayants, et que ceux-ci leur laissent des impressions durables.

— Vous avez l'air de connaître le sujet, remarqua Alyssa.

— J'ai un diplôme de psychologie infantile et j'ai étudié le traumatisme précoce comme cause d'angoisse de séparation extrême. Si vous avez besoin d'autres informations, faites-le-moi savoir.

Après avoir raccroché, Alyssa fit part de tout cela à Everett.

— C'est incroyable.

Il se laissa tomber sur l'un des sofas en se massant les tempes du bout des doigts.

— Si Kennedy était dans la maison, cela veut dire que Georgia mentait en disant qu'elle l'avait gardée la nuit. Le rapport signale qu'il n'y avait pas de bébé dans la maison, et Casey, qui connaissait la situation familiale, a recommandé de contacter Georgia. Elle a confirmé que Kennedy était avec elle. Il n'y a qu'une seule raison pour laquelle elle pourrait avoir menti.

— Tu penses que Georgia avait besoin de Kennedy comme alibi ? Parce que c'est elle qui a tué Sean et Delilah ?

— Ça en a tout l'air, mais comment pourrais-je le prouver ? grommela Everett. Le témoignage de Kennedy est impossible.

Alyssa s'assit à ses côtés, blottie dans un coin du sofa. La détresse de Kennedy lui avait brisé le cœur. Elle avait besoin de toutes ses ressources émotionnelles pour comprendre ce qui était arrivé.

— Elle était perturbée d'être dans la maison, mais c'est la vue de la cuisine qui a déclenché la crise, dit-elle.

Everett se redressa.

— Bien sûr. Si elle était dans sa chambre, comment aurait-elle su ce qui se passait ? Kennedy était forcément dans la cuisine quand les choses ont mal tourné.

— Oh ! mon Dieu.

Alyssa porta une main tremblante à sa bouche.

— Tu as raison. La pauvre chérie a dû être témoin de tout.

— Attends.

Il enfonça un poing dans le coussin à côté de lui.

— Que disait Patty lors de la première réunion chez Ray ? Que Kennedy avait déjà commencé à manger des aliments solides quand elle était arrivée à la Protection de l'enfance.

Alyssa comprit son raisonnement.

— Ça veut dire que si elle était dans la cuisine elle devait être dans sa chaise haute.

— Il faut que je trouve quel est l'agent qui a inspecté la maison après la découverte des corps.

Il prit son téléphone. Tandis qu'il passait des appels, Alyssa alla voir Kennedy. Le bébé dormait profondément. Sa respiration et sa température étaient normales. Les larmes lui brouillèrent la vue tandis qu'elle contemplait ce petit visage.

Elle savait que plus tard ils devraient traiter le problème de ce qui était arrivé aux parents de Kennedy. La photo de Sean et Delilah était à sa place habituelle, près du lit. C'était le rappel, s'il en était besoin, de l'amour qu'avait reçu Kennedy. Perdre son père et sa mère à cet âge précoce était déjà terrible. Mais avait-elle vu les événements qui avaient conduit à leur mort ? Alyssa avait dix ans quand la mort de son père lui avait causé une blessure émotionnelle qui perdurait dans sa vie d'adulte. Quelle sorte d'impact pouvait avoir un traumatisme similaire sur un bébé ?

— Nous nous en sortirons ensemble.

Les liens qui l'unissaient à Kennedy se resserraient.

— Tous les trois.

Everett regardait avec amusement Kennedy enfourner un second bol de flocons d'avoine.

— On peut dire que son appétit n'a pas été affecté.

Après avoir dormi plusieurs heures, le bébé s'était réveillé de bonne humeur et semblait avoir oublié sa détresse. La seule différence dans son comportement était une tendance à larmoyer quand elle n'avait pas Alyssa et Everett sous les yeux.

— Casey va venir avec Bob Andrews. C'est lui qui est allé chez les Dodd après l'accident. Je pense qu'il est le mieux placé pour nous dire à quoi ressemblait la scène.

Tout en parlant, il tentait de retirer des flocons d'avoine des cheveux de Kennedy avec une lingette. La petite fille riait et battait des paupières en le regardant.

Alyssa posa des tranches de pomme sur le plateau. Après avoir constaté que le bébé était absorbé par la nourriture, elle s'écarta légèrement, faisant signe à Everett de la suivre.

— Je sais qu'elle ne peut pas comprendre ce que nous disons, mais je n'aime pas parler de ces choses devant elle.

Elle sourit tendrement à Kennedy, qui réduisait une tranche de pomme en purée avec son poing potelé.

— J'ai juste…

Elle s'enveloppa de ses bras comme pour s'empêcher de frissonner.

— J'ai du mal à comprendre ce qui s'est passé. Comment peut-on tuer quelqu'un en le poussant à foncer dans un mur ?

En s'approchant d'elle, il remarqua la tension de sa mâchoire et les petites rides autour de ses yeux. Alyssa, qui s'était toujours détournée du danger, était désormais forcée de l'affronter. Il était émerveillé par sa force intérieure. Imaginer une scène de meurtre était aussi éloigné que possible de ce qu'elle recherchait, mais, pour le bien de Kennedy, elle était prête à affronter ce cauchemar et à combattre Georgia. L'attirant contre lui, il lui caressa les épaules. Il la sentit frissonner et elle posa la tête contre sa poitrine.

— C'est une question à laquelle j'ai beaucoup réfléchi, mais il vaut mieux ne pas te torturer en essayant de te le représenter, dit-il. S'il y a une chose que je sais, c'est que les meurtriers peuvent être créatifs. Si nous ne nous trompons pas et que Georgia est coupable, c'est tout ce que nous avons besoin de savoir. Les détails s'éclairciront d'eux-mêmes quand elle aura été inculpée des meurtres.

Elle pencha la tête pour le regarder.

— Tu as l'air tellement sûr de toi.

— Aussi sûr que je l'étais le jour de la Saint-Valentin.

Elle éclata de rire, exactement comme il l'avait espéré.

— J'avais oublié ça.

Il posa une main sur son cœur.

— Oublié ? C'était mon heure de gloire, Lyss, et c'était pour toi.

— Ah oui !

Ses yeux étincelaient de rire.

— Tu étais là, suspendu comme un orang-outan dans

un harnais de sécurité, oscillant à quinze centimètres du sol, avec une rose entre les dents…

— Tu ne sais pas apprécier un geste romantique.

Il tendit la main pour tirailler sa queue-de-cheval. C'était un geste familier et taquin, mais il prit une nouvelle signification dans l'instant. Des étincelles volèrent entre eux, et Alyssa écarquilla les yeux. Ils se rapprochèrent… puis firent un bond en arrière en entendant sonner.

— Je devrais… euh…

Elle désigna Kennedy.

— Pendant que tu…

Aussi rouge qu'elle, Everett attendit que sa respiration revienne à la normale avant de presser le bouton de l'interphone.

— C'est Casey. Prends ton temps, surtout.

Même le système électronique ne parvenait pas à voiler le sarcasme. Quand Everett ouvrit la porte, il vit que son frère était accompagné d'un homme en uniforme.

— Je te présente Bob Andrews.

Casey dut élever la voix pour couvrir le vacarme en provenance de la table. Dès qu'elle avait vu les deux hommes, Kennedy s'était mise à pleurer. Le temps qu'Alyssa la sorte de sa chaise, ses larmes étaient devenues des cris perçants.

— Ma sœur a adopté un petit garçon, dit Bob d'un air d'empathie. Il faisait la même chose chaque fois qu'il voyait un inconnu. Comment elle appelait ça ? L'angoisse de séparation, je crois.

Alyssa câlina le bébé.

— Mais nous étions des inconnus pour elle quand nous l'avons eue, et elle n'a pas réagi comme ça.

— Mon neveu a été enlevé quand il était bébé. Quand

un déclencheur le lui rappelait, il devenait anxieux et refusait de quitter ma sœur.

Il lui adressa un sourire rassurant.

— Il vient d'entrer en maternelle, il va bien, maintenant.

Kennedy se calma progressivement dans les bras d'Alyssa. Ce que disait Bob correspondait à ce qu'ils avaient observé. Kennedy voyait Everett et Alyssa comme ses parents, mais elle était consciente que quelque chose de mal était arrivé à ceux qui l'étaient autrefois. La visite de son ancienne maison avait réveillé cet événement, et s'accrocher à eux était sa manière de manifester sa détresse.

C'était une confirmation supplémentaire du fait que Kennedy était bien dans la maison le soir de la mort de ses parents. Everett sentit sa détermination s'affermir. Il ferait tout ce qu'il fallait pour découvrir la vérité.

Il servit du café et ils s'assirent autour de la table. Kennedy mâchonnait son anneau de dentition, observant prudemment les inconnus à l'abri des bras d'Alyssa.

— Tout d'abord, j'ai vérifié les appels pour voir s'il y avait eu des signalements de violences chez Sean et Delilah, dit Casey, et ce n'est pas le cas.

— Cela va dans le sens de ce que nous savions déjà, dit Everett. Les Dodd étaient des criminels mais ils avaient une relation aimante. À moins qu'ils n'aient eu des problèmes qui n'ont pas été signalés à la police.

— Casey m'a dit que vous vouliez savoir ce que j'ai vu quand je suis entré chez eux le soir de leur mort.

Bob haussa les épaules d'un air d'excuse.

— Je ne sais pas si je peux ajouter grand-chose au rapport d'enquête.

— Vous avez parlé d'assiettes cassées et de chaises renversées, dit Everett. Ce qui nous intéresse, c'est la manière dont la table était mise. Vous n'avez pas pris de photos, je suppose ?

— Pas de la table. Seulement des dégâts.

Bob tira un carnet de sa poche.

— J'ai fait un croquis aussi, si ça vous paraît utile.

Everett acquiesça. Bob feuilleta les pages jusqu'à ce qu'il trouve celle qu'il cherchait. Plaçant le carnet au milieu de la table, il désigna un croquis sommaire.

— Je ne suis pas un artiste. Ce sont les chaises renversées et voici les assiettes sur le sol. Vous voyez que j'ai indiqué les autres chaises restées en place.

Alyssa se pencha en avant et désigna un petit carré au bout de la table.

— Et ça, qu'est-ce que c'est ?

Bob examina son propre dessin.

— Ça ? Oh ! c'était une chaise de bébé.

Everett leva la main, faisant taire la conversation générale.

— À moins de pouvoir prouver que Kennedy était dans sa chaise ce soir-là, le croquis de Bob n'a pas de valeur.

Alyssa fronça les sourcils.

— Tu as vu la maison. C'est un chef-d'œuvre d'architecture. Des affaires de bébé auraient gâché tout ce luxe. Cette chaise haute n'aurait pas été près de la table si le bébé ne mangeait pas avec ses parents.

Il montra la chaise haute que Kennedy venait de quitter.

— Nous la laissons toujours à table. Sean et Delilah faisaient peut-être la même chose. Mais de toute façon, aucun jury n'acceptera ce croquis comme la preuve que Kennedy était effectivement là.

Alyssa soupira d'un air fâché.

— Mais elle était là. Nous le savons à cause de sa réaction quand elle a vu la cuisine. Ce que nous ignorons, c'est si ce sont ses parents qui y ont été tués, mais elle a vu quelque chose de grave.

— Il faut le prouver, dit Everett en lui touchant le dos de la main. Au-delà de tout doute possible.

Un silence tomba tandis qu'ils réfléchissaient.

— Les Dodd avaient une femme de ménage qui venait tous les jours, dit Casey. Je lui demanderai si la chaise haute restait à la même place ou si on l'approchait de la table seulement pour les repas.

— C'est une bonne idée.

Everett se tourna vers Bob.

— Et pour les photos ? Vous avez des copies ?

— Je les ai supprimées de mon téléphone, mais envoyées par mail à Forman, l'inspecteur qui s'occupe de l'enquête.

Bob glissa un regard en biais à Casey.

— Je pourrais y accéder à travers mon mail, mais je devrais peut-être en demander l'autorisation d'abord.

Casey leva les yeux au ciel.

— Everett appartient au FBI. Combien de temps lui faudra-t-il pour court-circuiter les bureaux du shérif ?

Bob hésita encore un instant, considérant les jumeaux tour à tour. Finalement, il tira son téléphone de sa poche.

— Comme je voulais montrer qu'il y avait eu des violences dans la maison, je n'ai pris en photo que les chaises renversées, les assiettes cassées et la nourriture répandue sur le sol. Il y en a deux.

Il tendit le téléphone à Everett. Alyssa se pencha en avant pour les étudier avec lui. Il y avait eu huit chaises autour de la table en marbre, quatre de chaque côté. Deux couverts avaient été dressés de part et d'autre de la chaise haute en bout de table. Alyssa le montra à Everett et celui-ci hocha la tête d'un air sombre. Si la chaise haute n'avait pas été utilisée ce soir-là, pourquoi Sean et Delilah s'étaient-ils installés là ?

Deux chaises étaient renversées. Sur la table, on remarquait une carafe, des verres, et par terre des assiettes et un grand saladier en mille morceaux, mélangés à de la nourriture. Alyssa regarda ce chaos avec consternation. Elle s'était attendue à des traces de violence, mais cette scène donnait une impression de furie incontrôlable.

— Nous savons déjà que les taches de sang appartiennent à Delilah, dit Everett en les désignant. Y avait-il des signes que quelqu'un d'autre ait été blessé ?

— Non, répondit Bob. Mais il n'y avait pas non plus de traces concernant la manière dont Delilah a été blessée. Il n'y avait pas de sang sur la vaisselle cassée. Juste quelques éclaboussures sur le carrelage.

Incertaine de ce qu'elle cherchait, Alyssa étudia les images sous tous les angles. Elle finit par désigner la nourriture répandue sur le sol.

— Tu peux agrandir cette partie ?

Everett s'exécuta, zoomant sur la pagaille.

— Là ! s'exclama Alyssa.

— C'est ça ! Tu l'as trouvée. C'est la preuve que nous cherchions, dit-il en lui prenant le poignet.

— Trouvé quoi ?

Casey essayait de regarder par-dessus leurs épaules.

— Qu'est-ce que c'est ?

— Il y a une tasse à bec et un petit pot à moitié cachés sous la salade, dit Everett. Mais même si c'est la preuve que Kennedy était là, ça ne signifie pas que Georgia a tué ses parents.

— Mais ça confirme qu'elle a menti en disant que Kennedy était avec elle.

Alyssa était outrée.

— Pourquoi l'aurait-elle fait si ce n'était pas pour dissimuler sa culpabilité ?

— Parce qu'elle ment comme elle respire ?

Le sourire moqueur de Casey s'adressait d'abord à lui-même.

— J'ai compris depuis longtemps quelle chance j'ai eue qu'elle me laisse tomber.

— Tu connais Georgia mieux que la plupart des gens. Elle a participé au meurtre de Pierre Tostig. Tu penses qu'elle aurait pu tuer son propre frère ? demanda Everett.

Casey resta silencieux un instant.

— Quand elle est acculée, je pense qu'elle est capable de n'importe quoi.

8

Bob Andrews était déjà parti quand Casey fit halte près de la porte.

— Vous allez passer les fêtes avec les parents ?

— Nous n'en avons pas encore discuté. Maman a été un peu prise au dépourvu par l'arrivée de Kennedy.

— Oui, dit Casey en souriant. Elle n'arrête pas d'en parler.

— Elle en est où ?

— Je crois qu'elle a atteint le stade « Je sais que tu me le dirais si ton frère avait un problème ».

Après quelques secondes de réflexion sur la manière dont leur mère réussissait à les culpabiliser, Casey reprit son sérieux.

— Tu vas bien ?

— Cette famille instantanée est difficile à gérer, dit Everett, alors tout ce mystère en rajoute. Dans un sens, j'aimerais avoir la preuve que Sean s'est tué et a tué Delilah. Ainsi, nous pourrions avancer.

— Nous savons tous que ça n'arrivera pas.

Casey baissa la voix.

— Je ne voulais pas le dire devant Alyssa, mais Georgia comparaît de nouveau au tribunal demain.

— Tu sais pourquoi ?

— Aucune idée, mais j'ai l'intention d'y être pour le découvrir.

— Je te rejoindrai là-bas, dit Everett.

Il en profiterait pour regarder Georgia dans les yeux. Il ne s'attendait pas à ce qu'elle avoue, mais ce serait l'occasion de voir s'il pouvait la déstabiliser.

— Pourquoi ne venez-vous pas dîner, Melody et toi, demain ? On pourra planifier notre stratégie pour les fêtes.

Casey se mit à rire.

— Tu veux dire affronter maman quand elle passera à la phase « Viens parce que tu en as envie, pas parce que tu y es obligé » ?

Ils récitèrent en chœur l'argument final de Ryker.

— « Ta mère veut que tu sois là. Viens. »

Après le départ de son frère, Everett trouva Alyssa en train de s'occuper du bébé, qui somnolait.

— Ça a été une dure journée. Je pense qu'elle doit prendre un bain et aller directement au lit.

Everett avait appris une ou deux choses depuis le premier bain de Kennedy.

— Je vais poser des serviettes sur le sol et mettre un short. Ensuite je ferai couler son bain et je t'aiderai à la déshabiller.

Il se dirigea vers la chambre, mais dès qu'il fut hors de son champ de vision, Kennedy se mit à geindre.

— Elle refait la même chose. Ça la bouleverse quand elle ne nous voit pas tous les deux, dit Alyssa.

— D'accord.

Everett réfléchit à la situation.

— On peut faire couler le bain ensemble. Je n'ai pas besoin de short pour cette fois.

Tandis qu'il parlait, Alyssa avait commencé à déshabiller

la petite fille. Kennedy, qui n'aimait pas beaucoup être habillée ou déshabillée, se tortillait comme un ver sur le matelas à langer. Everett s'approcha pour la distraire avec un jouet, tandis qu'Alyssa lui enlevait le reste de ses vêtements.

Puis il retira son sweat-shirt.

— Tu ne veux pas enlever quelque chose avant de commencer ? demanda-t-il.

Elle lança un bref coup d'œil à sa poitrine nue. Depuis qu'ils donnaient le bain à Kennedy, ils étaient passés d'une tenue normale aux vieux vêtements puis aux shorts et aux débardeurs.

— Ça va, merci.

Il haussa les épaules.

— Tu sais comment c'est quand Miss Tsunami s'y met.

— Elle est fatiguée ce soir. Je prends le risque.

Sa confiance s'avéra bien placée. Au lieu de gigoter comme à son habitude, Kennedy se détendit avec plaisir dans l'eau chaude. Everett était heureux de laisser Alyssa s'occuper du bébé. Il observa la douceur de son regard tandis qu'elle murmurait des gentillesses, apaisant les tourments du jour. C'était comme si elles avaient toujours été mère et fille, et pour lui, elle n'avait jamais été plus belle. Il comprit qu'il l'avait dévisagée trop longtemps quand Alyssa leva sur lui un regard interrogateur.

— C'est l'heure du coucher ?

Il s'éclaircit la gorge.

— Pas pour nous, pour Kennedy, je veux dire…

Un léger sourire flotta sur les lèvres d'Alyssa.

— Où est sa serviette ?

— Dans l'armoire. J'ai oublié de la prendre.

Il se releva, mais dès qu'il fut à la porte, Kennedy se mit à pleurer.

— Ah…

Alyssa désigna l'étagère.

— On peut la sécher avec une de ces serviettes.

— Attends une minute ! Elle peut avoir une des serviettes décoratives mais pas moi ? On ne devrait pas faire une réunion familiale là-dessus ? Voter…

Il éclata de rire quand Alyssa lui enfonça un doigt dans les côtes.

— Oh ! j'ai compris. Ce sont des serviettes décoratives d'urgence !

— Arrête de parler et bouge, Colton.

Enfouie dans la jolie serviette, Kennedy se laissait faire avec plaisir. Quand ils entrèrent dans la chambre, elle sommeillait déjà. Et même le change et l'habillage ne posèrent pas de problèmes. Alyssa la déposa dans son lit.

— Quand elle sera endormie, on pourra partir sans qu'elle le remarque, murmura-t-elle.

— Tu es sûre de ça ? dit Everett à voix basse.

Alors que ses yeux se fermaient déjà, Kennedy continuait d'agripper le devant du T-shirt d'Alyssa. Bien qu'elle se soit laissé déposer dans le lit sans protester, dès qu'ils firent mine de s'éloigner, elle ouvrit ses grands yeux et laissa échapper un gémissement.

— On devrait s'asseoir et attendre qu'elle soit tout à fait endormie, suggéra Everett. Combien de temps ça peut prendre ?

Deux heures plus tard, Everett roula sur le flanc.

— Question sérieuse : on fait venir de la pizza et de la bière ici sans qu'elle s'en aperçoive ?

Alyssa, adossée aux oreillers, pressa un doigt sur ses lèvres.

— Chut.

Il baissa la voix.

— Qu'est-ce que tu en dis, Lyss ? On passe commande, et dès qu'on entend la sonnette, tu la distrais pendant que je vais ouvrir. Il faut faire ça. Pour ton bien.

— Pour le bien de ton estomac, tu veux dire, rétorqua Alyssa.

— Regarde-moi.

Il prit sa main et la plaqua sur ses abdominaux durs comme la pierre.

— Je maigris à vue d'œil.

La chaleur de sa peau sous sa main aiguillonna les terminaisons nerveuses d'Alyssa. La seule lumière dans la chambre était la lueur de la lampe de chevet. Alyssa espérait que cela dissimulait le rouge de ses joues. Toucher Everett était un plaisir dangereux.

— Passe la commande. On trouvera bien un moyen quand la pizza arrivera. Mieux vaut ça que d'expliquer à Casey pourquoi tu es trop faible pour pouvoir lui ouvrir la porte demain matin.

— Ouais, si nous étions enfermés, il pourrait se dire que mon épuisement a d'autres causes.

— Tu aimerais bien !

— Oh ! allez, tu n'as jamais pu résister à mon corps !

Alyssa étouffait encore un rire dans l'oreiller quand il finit de commander la pizza.

— Tu te rappelles le soir où on s'est rencontrés ?

Le murmure d'Everett et la pénombre rendaient la question intime et mystérieuse.

— Bien sûr que oui. J'ai failli être expulsée de mon appartement. Le propriétaire n'a pas apprécié que tu me donnes la sérénade à 4 heures du matin.

— Et comment aurais-je découvert quel était ton appartement, sinon ?

Il se rapprocha subrepticement et elle feignit de ne pas le remarquer.

— Je t'avais donné mon numéro de téléphone. Tu aurais pu m'appeler.

— Et voilà, tu recommences. Ça manque tellement de romantisme. Même si tu étais tout à fait poétique dans la salle de billard, quand je t'ai vue.

Elle leva les yeux au ciel.

— Et tu adores me rappeler ça.

— J'ai demandé au barman de continuer à te servir des verres jusqu'à ce que tu dises que j'étais beau.

Même dans l'ombre, elle sentait qu'il souriait.

— Et tu as répondu que tu ne voulais que de l'eau.

Elle tourna la tête, incapable de résister à son sourire.

— Je devais déjà être soûle.

Everett secoua la tête.

— Je te connais trop bien, Lyss. Je t'ai déjà vue pompette, mais jamais soûle.

Le silence s'étira entre eux. Quand il tendit la main pour enrouler une mèche de ses cheveux autour de son doigt, elle soupira. Elle avait toujours adoré la sensation de ses mains dans sa chevelure.

— Dis-moi à quoi tu penses, dit-il d'une voix rauque.

— Ce n'est pas important.

— Tout ce qui parle de nous est important.

Ses lèvres étaient douloureusement proches et la seule idée qu'elle avait en tête, c'était la sensation qu'elles lui donneraient. Elle connaissait si bien ses baisers. Sa bouche était exigeante, passionnée et tendre à la fois. Quatre ans auparavant, elle était partie pour fuir sa vulnérabilité. Maintenant il était de retour dans sa vie, et ses défenses tombaient à nouveau. Elle se tenait au bord d'un abîme, ne sachant s'il fallait plonger ou faire demi-tour.

J'en ai assez de la sécurité.

Elle effleura des lèvres le coin de sa bouche. Les bras d'Everett l'entourèrent instantanément, la serrant étroitement contre lui. La sécurité ne fut plus qu'un lointain souvenir.

Bien que le baiser fût lent et doux, le désir se répercuta en elle et elle s'accrocha à lui. Comment avait-elle survécu quatre ans sans cela ? Sans être caressée et cajolée ? Sans sentir la passion se ruer dans ses veines ? Sans sentir son cœur battre avec exigence ?

Elle ouvrit les lèvres et savoura la chaleur veloutée de sa langue. Des souvenirs d'autres caresses lui revinrent en foule et elle murmura doucement. Ce baiser était une danse familière, qui attisait les flammes entre eux.

Prenant le visage d'Alyssa entre les mains, Everett recula un peu. Il était si proche qu'elle voyait le tendre éclat de ses yeux et sentait son haleine sur sa joue. Ce baiser les avait amenés au bord d'un « maintenant ou jamais ».

— Je devine ce que tu penses, murmura-t-elle.

— Je suis sûr que oui, dit-il d'une voix tremblante.

— Cette pizza prend trop de temps. J'ai deviné juste ?

L'aube était déjà là quand Everett s'éveilla, à côté d'Alyssa. Ils étaient tous deux habillés. Elle l'avait écarté fermement après leur baiser. Ce n'était pas grave. Le baiser avait été magique et elle s'était ensuite endormie près de lui. Après quatre ans de séparation, ce simple fait était un rêve. Tout le reste pouvait attendre.

La seule chose qui le chagrinait, c'était la raison pour laquelle ils avaient dû partager le même lit. Bien qu'il ait plaisanté sur la réception de la pizza, il n'était pas loin de la vérité. Dès qu'il avait quitté la pièce, Kennedy s'était mise à pleurer. Leur petite fille n'était heureuse que lorsqu'elle les avait tous les deux sous les yeux.

Il était son père et il voulait qu'elle aille bien, mais cela leur posait un véritable problème et pas seulement en termes de bien-être émotionnel. En dehors de la logistique quotidienne, il y avait la question de la comparution de Georgia. Everett voulait y assister, mais il n'avait pas l'intention d'y emmener Alyssa et Kennedy. Si, comme il le soupçonnait, Georgia avait joué un rôle dans la mort de Sean et Delilah et que Kennedy en avait été témoin, il ne voulait pas que l'enfant revoie sa tante.

Georgia avait déclaré son intention d'obtenir la garde de sa nièce. Everett comptait sur le fait qu'elle ne l'obtiendrait pas, mais on avait vu des choses plus étranges se produire.

Par ailleurs, cette comparution le mettait mal à l'aise. Maintenant que Sean était mort, Georgia n'allait-elle pas faire un coup d'éclat et lui imputer tous ses crimes ? Il l'en croyait capable. Il l'entendait presque affirmer que son frère l'avait forcée à voler du bétail et à tuer un ouvrier…

— Quelle heure est-il ?

La sensation du corps d'Alyssa étendu contre le sien lui sortit toute autre idée de la tête.

— Tôt.

Elle se redressa pour regarder le bébé.

— Elle semble dormir profondément. Je pense que tu pourrais te lever, maintenant.

Il poussa un soupir exagéré.

— Tu me chasses du lit ?

— Va prendre une douche et prends tes bouteilles de bière avec toi. Et… Everett ?

Il s'était levé pour sortir, mais il se retourna.

— Ne fais pas de bruit.

Une heure plus tard, il préparait un toast pour Kennedy tandis qu'Alyssa prenait une douche. Bien que le bébé soit toujours grincheux quand l'un d'eux n'était pas là, ce n'était plus un drame comme la veille. Pour le moment, elle avait trouvé un nouveau jeu.

— Je vois. Tu jettes ton anneau par terre et tu veux que je le ramasse, dit Everett. Et dès que je te le redonne, tu recommences. C'est un jeu génial. Les règles sont un peu unilatérales, et je ne suis pas sûr que quelqu'un de plus de six mois le trouve drôle.

Kennedy lui adressa un sourire radieux et il sentit son cœur fondre. Quand il posa le toast devant elle, elle l'étudia avant d'en écraser soigneusement un coin sur le plateau.

— Je suppose que tu te demandes comment on peut passer autant de temps sous la douche ? reprit-il. Je me posais la même question quand j'étais avec ta mère. Ta mère Alyssa, pas l'autre. Je crois que ça a à voir avec les flacons qu'elle range dans la salle de bains. Il y en a partout. J'imagine que tu feras la même chose quand tu seras grande.

Kennedy émit un gargouillement et agita le toast.

— C'est normal. Moi, j'ai le droit d'avoir un rasoir, une brosse à dents et un déodorant. J'ai trouvé une petite place pour eux au fond de l'armoire.

— Qu'est-ce que vous chuchotez ?

Alyssa sortit de la salle de bains, vêtue d'un jean et d'un T-shirt, les cheveux enveloppés d'une serviette.

— C'est une conversation père-fille, les mères ne sont pas admises, dit Everett. Il va falloir que je sorte. Tu sais quoi faire, n'est-ce pas ?

— Verrouiller la porte et n'ouvrir à personne, récita-t-elle. Où vas-tu ?

Le moment de vérité était arrivé.

— Georgia a une comparution au tribunal ce matin.

Alyssa se rapprocha de lui.

— Elle va être libérée ?

Il était tenté de lui répondre que c'était impossible. Mais elle lui avait demandé d'être honnête.

— Je ne sais pas exactement quel est l'objet de l'audition. Bien que nous ayons de nouveaux éléments dans l'affaire, je n'en ai pas encore fait état. Ce qui veut dire que les charges contre Georgia n'ont pas changé. Je suppose qu'il s'agit de mise en liberté sous caution.

— Qu'est-ce que ça veut dire ?

— Quand Georgia a été arrêtée, le juge a pris en compte certains facteurs : son casier judiciaire, le fait qu'elle puisse ou non présenter un danger pour la communauté ou qu'elle s'enfuie, ou si elle se présenterait pour son procès. Il lui a accordé la liberté sous caution, mais elle en a rompu les termes en tentant de quitter la ville.

— Il l'a envoyée en prison, alors, il a dû considérer qu'il y avait un risque de fuite, dit Alyssa.

— Exactement. Mais son avocat a peut-être des arguments en faveur de la remise en liberté sous caution. Le juge pourrait être d'accord s'il présente des garanties.

Il l'observa, contrarié à cette idée.

— Ça signifie qu'elle serait de nouveau libre.

— Elle a tué Sean et Delilah, nous le savons. Et si Kennedy a vu ce qui s'est passé, elle pourrait s'en prendre à elle.

— Sur le plan légal, nous ne savons rien du tout.

Il lui prit les mains.

— Je ne pense pas que Georgia voie Kennedy comme une menace pour sa sécurité ou sa liberté. Tu te rappelles ce qu'a dit Patty ? La plupart des gens ne pensent pas qu'un très jeune enfant puisse se rappeler ce qui lui est arrivé.

Il pinça les lèvres.

— Bien que Georgia soit une source constante d'ennuis, elle n'est pas stupide. Elle sait qu'elle aura affaire à moi si elle tente quoi que ce soit contre Kennedy.

Il vit qu'il ne l'avait pas convaincue, mais c'était le mieux qu'il pouvait faire. Au fond de lui, il se demandait si la meilleure hypothèse n'était pas que Georgia essaie de s'en prendre à Kennedy. Même si c'était la dernière chose qu'il voulait, il pourrait ainsi la renvoyer derrière les barreaux.

— Pourquoi Sean et Delilah ont-ils tourné comme ça ? demanda Alyssa. Les gens ne naissent pas mauvais.

— Dans leur enfance, Sean et Georgia n'ont pas eu les mêmes règles que Casey et moi. À l'époque, je leur enviais leur liberté. C'est seulement maintenant que je comprends quel cauchemar a dû être leur enfance. Leur père était toujours absent, en quête d'argent ou de femmes. Obligée de les élever plus ou moins seule, leur mère recourait à des mesures désespérées.

— Comment ça ?

— Je ne connais pas les détails, dit Everett. Je me souviens seulement que tout le monde les regardait avec pitié.

Alyssa fit la grimace.

— Je peux comprendre que c'était difficile pour eux. Mais beaucoup de gens ont eu une enfance difficile. Ce n'est pas pour ça qu'ils commencent à voler du bétail ou à commettre des meurtres. Au contraire, beaucoup d'entre eux sont déterminés à ne pas répéter les erreurs du passé.

— Bien sûr que oui.

Everett savait qu'elle pensait à elle-même. Aux épreuves endurées par sa mère et aux leçons qu'elle en avait tirées.

— Mais les enfants Dodd pensaient que le monde entier était contre eux.

— Donc Sean et Georgia n'ont pas eu le bon exemple et ils en voulaient à toute la ville ?

— Et ils avaient assez d'audace pour vouloir changer les choses. Aucun d'eux n'a jamais manqué de courage.

— Mais Casey allait épouser Georgia, rétorqua Alyssa. Elle doit donc avoir quelques qualités.

— Même si je ne l'ai jamais aimée, je suis convaincu qu'épouser Casey était la seule chose qui pouvait la transformer. Mon frère est un type bien. Mais elle a tout gâché.

Il haussa les épaules en enfilant sa veste. Alyssa s'approcha de lui et en arrangea les revers.

— Je ne savais pas contre qui tu te battais, mais je te disais d'être prudent chaque fois que tu allais travailler.

— Cette fois, le méchant – ou la méchante – a un nom.

Il l'embrassa légèrement sur le front.

— Rien d'autre n'a changé.

— Tu crois ?

Bien qu'elle se soit baissée pour ramasser des bouts de toast sur le sol, il eut le sentiment qu'elle parlait de Kennedy.

9

Comme le temps n'était pas assez chaud pour une promenade, cela ne dérangea pas Alyssa de rester à la maison. Résolue à s'occuper pendant l'absence d'Everett, elle s'assit sur le tapis avec des jouets et des livres pour bébé.

Kennedy s'asseyait déjà toute seule et, quand elle était allongée, arrivait à rouler sur elle-même. On voyait aussi qu'elle était prête à ramper, car elle relevait son derrière et se balançait d'avant en arrière.

— J'ai peur de ce que ce sera quand tu commenceras à marcher, dit Alyssa. Dans cet espace, tu mettras la pagaille en quelques secondes.

Mais leur installation était temporaire. Après les fêtes, ils devraient discuter de ce qu'ils allaient faire. Bien qu'Alyssa sache que c'était nécessaire, elle était curieusement réticente à l'idée d'un déménagement. Malgré les menaces, elle se disait qu'ils avaient appris à être une famille entre ces murs.

L'un des jeux favoris de Kennedy était de faire « coucou ». Elle ne se lassait jamais de chercher un objet caché et criait de ravissement quand elle le trouvait. Pour la première fois, quand Alyssa tapa dans les mains, le bébé l'imita, rapprochant ses menottes dans un geste d'applaudissement un peu flou. Au début, Alyssa se dit que c'était une coïncidence, puis elle s'aperçut que Kennedy le faisait à chaque fois.

— Oh ! que tu es intelligente ! Tu applaudis. Attends qu'Ev… que papa voie ça !

Elle venait de prendre son téléphone pour filmer l'enfant quand la sonnerie de l'interphone retentit. Elle aurait voulu que ce bruit ne la fasse pas sursauter autant. D'accord, ils n'attendaient personne, mais Georgia était au tribunal en ce moment même. Il y avait des centaines de raisons pour lesquelles quelqu'un pouvait sonner.

Vérifiant que Kennedy était en sécurité, elle se leva et alla à la porte.

— Bonjour…

— C'est Ryker et Maribelle Colton.

Elle reconnut la voix du père d'Everett.

— Notre fils est à la maison ?

— Non, mais montez, je vous en prie.

Un bref survol de l'appartement lui confirma qu'il était en ordre. Alyssa prit Kennedy dans les bras et alla ouvrir la porte aux parents d'Everett. Peut-être aurait-elle dû être plus nerveuse, mais elle avait toujours aimé Ryker et Maribelle.

Avec son habituelle galanterie, Ryker s'effaça pour laisser entrer sa femme. Il était exactement comme s'en souvenait Alyssa. Il se tenait droit, était légèrement débraillé et avait un visage bienveillant.

Le regard de Maribelle se posa immédiatement sur le bébé.

— Oh ! j'ai pensé à cette petite chérie depuis que nous nous sommes rencontrées.

— Voudriez-vous la prendre ? demanda Alyssa.

— Ma chère, rien ne me ferait plus plaisir.

Ryker hocha la tête d'un air approbateur.

— Excellente manœuvre, murmura-t-il tandis qu'ils entraient au salon.

— Puis-je vous servir un café ?

Alyssa indiqua les sofas d'un geste.

— Est-ce trop espérer que mon fils se soit souvenu d'acheter de l'English Breakfast ?

L'effet royal des paroles de Maribelle fut légèrement gâché par Kennedy qui tira brusquement sur son collier.

— Un café, ce sera parfait, dit Ryker. Pour tous les deux.

Dans la cuisine, Alyssa redressa sa queue-de-cheval et envisagea d'envoyer un texto à Everett pour lui dire que ses parents étaient là, puis se ravisa. S'il était au tribunal, son téléphone serait éteint. Le temps qu'il le lise, il serait de toute façon de retour.

Quand elle revint au selon, Ryker et Maribelle étaient assis côte à côte, captivés par le bébé. Alyssa les observa. Où était passée la peur des inconnus si manifeste la veille ? Bien que son sourire soit timide, il était évident que Kennedy se sentait à l'aise avec les parents d'Everett. Alyssa éprouva un nouvel élan d'affection envers ce couple. Elle était aussi très soulagée. Les problèmes de la petite fille n'étaient pas réglés, mais ils étaient peut-être moins graves qu'elle le craignait.

— Maribelle m'a dit qu'Everett et vous avez adopté cette petite demoiselle.

Ryker tapota les coussins du sofa, invitant Alyssa à s'asseoir à côté de lui.

— Ce n'est pas tout à fait comme ça que ça s'est passé.

Il était si facile de leur parler qu'elle se surprit à raconter toute l'histoire sous leur regard intéressé. Le type de l'ascenseur, la livraison du nounours, la tentative de meurtre sur Everett, le notaire véreux et la vilaine tante.

— C'est un énorme engagement, dit Maribelle.

— Un engagement qui fera du bien à Everett, déclara Ryker d'un ton ferme.

Alyssa baissa la tête, saisie par une brusque envie de pleurer. Après tout ce qu'ils avaient traversé, entendre ces mots dans la bouche de ce père si droit et si conservateur faisait du bien. Quand elle releva les yeux, il lui adressa un hochement de tête compréhensif.

— Vous avez une sacrée aventure devant vous.

Elle émit un rire tremblant.

— Vous n'en avez pas idée.

— Oh ! je connais mes fils. Je sais que je ne peux pas les joindre ce matin. Je sais aussi que Georgia Dodd passe au tribunal aujourd'hui.

Alyssa eut un sursaut de surprise, mais avant qu'elle puisse répondre, Maribelle frissonna.

— Ne prononce pas ce nom devant moi. Casey est bien mieux sans elle, mais quand je pense à ce qu'elle lui a fait…

— N'y pense plus, ma chérie, dit Ryker en lui tapotant la main.

— Je préfère contempler cette petite chérie.

Elle fit sauter Kennedy sur ses genoux.

— Vous vous joindrez à nous pour les fêtes ? Casey viendra avec sa nouvelle petite amie. Ce sera si agréable d'avoir toute la famille. Après tout…

Elle se tourna vers son mari, les yeux brillants.

— C'est notre première petite-fille.

— Alyssa et Everett ont peut-être d'autres plans, dit-il avec sa gentillesse habituelle.

— Nous n'avons pas encore parlé de…

— Alors c'est d'accord. C'est merveilleux de voir mes garçons casés tous les deux, dit Maribelle.

Alyssa rougit jusqu'aux oreilles.

— Nous ne sommes pas… Everett et moi…

Cessant de bafouiller, elle prit une forte inspiration et déclara :

— Nous ne sommes pas ensemble.

— Bonté divine.

Maribelle considéra le bébé un long moment.

— Vous ne pensez pas qu'il vaudrait mieux vous marier ?

La réaction initiale d'Alyssa fut de rejeter cette suggestion, mais elle ne voulait pas heurter les sentiments de Maribelle, qui était d'une autre génération. Si seulement les choses avaient été aussi simples…

D'une certaine façon, en prenant la responsabilité de Kennedy, ils avaient agi comme mari et femme. Leurs vies étaient devenues dépendantes l'une de l'autre. Ils partageaient les tâches du quotidien et, très bientôt, ils devraient faire de même avec les finances. Alyssa n'avait pas beaucoup réfléchi à l'avenir, mais que l'un d'entre eux s'engage dans une relation avec quelqu'un d'autre semblait hors de question pour l'instant. D'autre part, se marier pour un autre motif que l'amour lui paraissait tout à fait inenvisageable.

— Kennedy nous a été confiée d'une manière peu conventionnelle, par un contrat civil, dit-elle. Pour cette raison, Everett et moi estimons que nous pouvons l'élever sans avoir besoin de nous marier.

Elle espérait que cette déclaration était suffisamment ferme pour mettre un terme à la discussion, mais elle comprit que Maribelle pensait différemment.

— Mais, ma chère, vous y avez réfléchi ? Que vont

dire les gens ? Et quand elle ira à l'école ? Les enfants peuvent être si cruels.

— Alyssa est institutrice, tu te rappelles ? intervint Ryker à sa manière calme. On peut compter sur elle pour savoir traiter cette sorte de situation.

Il était clair que Maribelle n'avait pas terminé sur ce sujet, mais elle reporta son attention sur Kennedy, s'enquérant de ses examens de santé. Grâce à l'organisation de Delilah, Alyssa put répondre sans difficulté.

— Physiquement, elle va très bien. Nous sommes juste un peu inquiets quant aux conséquences de la mort de ses parents, expliqua-t-elle. Nous allons la surveiller de près et consulter si c'est nécessaire.

— À cet âge, rien ne vaut des tonnes d'amour et de câlins.

Joignant le geste à la parole, Maribelle serra Kennedy contre elle.

— Je suis entièrement d'accord, sur le plan professionnel, dit Ryker. Et maintenant, nous allons vous laisser tranquille. J'espère que nous vous verrons pendant les fêtes.

— Je l'espère aussi.

En prenant le bébé des bras de Maribelle, Alyssa se rendit compte qu'elle le pensait. Depuis la mort de son père, elle n'avait pas connu de Noël familial. Sa mère avait tenté de perpétuer la tradition, mais sa santé déclinante ne le lui permettait guère.

Alors qu'ils s'apprêtaient à sortir, Ryker ramassa un morceau de papier qui dépassait sous la porte.

— Apparemment, quelqu'un ne pouvait pas attendre que vous descendiez à la boîte aux lettres.

Ses yeux survolèrent le visage d'Alyssa tandis qu'il le lui tendait.

— Ça va ?

— Tout à fait.

Elle fourra le message dans la poche arrière de son jean.

— Everett sera désolé de vous avoir ratés.

Ryker se mit à rire.

— Nous savons que ce n'est pas vrai.

Maribelle embrassa Alyssa sur la joue.

— Les jumeaux sont un vrai cadeau. Si on aime les cadeaux qui font équipe et vous donnent des inquiétudes toute votre vie.

Quand ils furent partis, Alyssa s'adossa au mur et poussa un long soupir. Puis elle prit le papier dans sa poche. Elle l'étudia un instant, se demandant s'il fallait le déplier. Il n'y avait aucune raison de suspecter quelque chose de sinistre, mais vu la tournure des événements ces derniers temps…

Elle pouvait attendre qu'Everett revienne. Mais si le message contenait une mauvaise nouvelle, mieux valait le découvrir tout de suite. Elle déplia la feuille avec hésitation et lut les mots inscrits au feutre noir.

Profitez bien de votre petite famille tant que vous le pouvez. Les bébés morts ne jouent plus.

Le tribunal de Cactus Creek était proche des bureaux du shérif. Casey attendait dehors, un gobelet de café dans chaque main, quand Everett arriva. Il lui en tendit un.

— Corsé, trois sucres, pas de lait.

Everett accepta la boisson avec reconnaissance.

— Il y a des jours où je suis content que tu sois mon frère.

— Il y a des jours où j'éprouve presque la même chose.

Ils restèrent sur le trottoir quelques minutes, buvant leur café et surveillant l'entrée du tribunal.

— Ça te fait quoi d'être ici ? demanda Everett. Ce doit être dur de voir la femme que tu as failli épouser passer en justice.

Casey sirota sa boisson quelques instants.

— On dirait que cette partie de ma vie est arrivée à quelqu'un d'autre, tu vois ? Nous étions des amours d'enfance, Georgia et moi. Nous marier, c'était logique. Je savais qu'elle était une sauvageonne, mais je pensais qu'elle se calmerait. Maintenant je suis heureux avec Melody et quand je regarde en arrière, je me demande comment j'ai pu être aussi idiot.

— Ne sois pas si dur avec toi. Tu l'aimais.

— Tu crois ? Je n'en suis pas si sûr.

Casey vida son gobelet.

— J'aimais la femme que je croyais qu'elle était. Je n'aimais certainement pas la femme que nous allons entendre.

Ils franchirent les doubles portes et pénétrèrent dans le hall pavé de marbre. Casey déposa son arme à la réception, et ils s'identifièrent avec leurs badges respectifs. Dépassant les panneaux « Séance en cours », ils entrèrent dans la salle principale du tribunal. Le juge Morley Ackerman était déjà là, parlant au procureur, Warren Marano, et à un jeune homme.

— C'est Jacob Cardell, l'avocat de Georgia, murmura Casey.

— Il est bon ?

— Cher.

Ils venaient de s'asseoir quand Georgia, escortée par une gardienne de prison, entra par la porte de derrière. Jacob Cardell se porta immédiatement à sa rencontre et lui tira une chaise avant de lui verser un verre d'eau.

Everett observa la femme qu'il connaissait depuis

qu'elle avait des couettes et des dents manquantes. Il n'y avait pas de doute que Georgia était devenue une beauté avec l'âge. Le teint mat, elle était mince et voluptueuse. Elle regarda autour d'elle en se léchant les lèvres puis rejeta en arrière ses longs cheveux ondulés. Cette attitude aurait été plus appropriée dans une boîte que dans un tribunal. Mais c'était ainsi qu'était Georgia.

Bien que son avocat lui parle avec sérieux, son regard continuait d'errer. Finalement, il se posa sur Everett et Casey, et un léger sourire effleura ses lèvres. Everett ne détourna pas les yeux et lui lança un regard froid et dur. Le sourire de Georgia s'évanouit et elle regarda ailleurs.

Les bancs réservés au public étaient en grande partie vides. L'affaire suscitait un grand intérêt en raison du meurtre et du suicide de Sean et Delilah, mais l'audience du jour étant uniquement administrative, seuls quelques journalistes et curieux étaient là.

Le juge Ackerman déclara la séance ouverte et demanda à Cardell pourquoi il avait requis cette audience supplémentaire.

— Elle veut être libérée sous caution, murmura Everett.

— Ackerman est coriace, chuchota Casey en retour. Une fois qu'il a pris sa décision, il lui faut de sérieux arguments.

— Votre Honneur, ma cliente comprend tout à fait vos raisons d'imposer une peine de prison après qu'elle a rompu les termes de sa liberté sous caution.

À en juger par l'air boudeur de Georgia, il était possible que l'affirmation de Cardell manque de vérité.

— Toutefois, nous sollicitons respectueusement la révision de cette décision.

— Sur quels fondements ?

— Premièrement, ma cliente est disposée à se soumettre à toute condition que la cour pourra imposer, y compris se dessaisir de son passeport, porter un bracelet électronique ou se présenter quotidiennement au commissariat.

— La belle affaire, marmonna Casey.

— Deuxièmement, ma cliente souhaite implorer la clémence de la cour au motif de la compassion. Comme vous le savez, son frère et sa belle-sœur sont récemment décédés dans des circonstances tragiques, laissant leur fille en bas âge orpheline.

Everett se redressa.

— Bien que le bébé ait été remis à la garde d'autres personnes, ma cliente souhaite faire annuler le testament et se porter candidate à la tutelle. Ce sera plus facile d'effectuer toutes ces démarches si elle n'est pas en prison.

Everett sentit la colère brûler dans ses entrailles. Il serra les poings à s'en faire blanchir les jointures et grinça des dents, se forçant à ne pas intervenir. Casey lui lança un regard de biais.

— Tu veux sortir quelques minutes ?

Il secoua lentement la tête.

— Non, il faut que j'écoute ça.

Le juge Ackerman gribouilla quelque chose.

— Vous disiez que l'enfant avait été remis à la garde d'autres personnes, maître Cardell ? Selon le souhait des parents, je présume ?

Avant que Cardell puisse répondre, Georgia le tira par la manche. Everett la vit lui parler avec un air furieux.

— Oui, Votre Honneur, mais ma cliente pense…

— Était-ce le souhait des parents, maître Cardell ? répéta le juge.

— Oui, Votre Honneur.

Ackerman prit à nouveau des notes. Georgia, sentant

visiblement que son avocat n'était pas à la hauteur, le réprimanda avec hargne. Quand le juge leva les yeux, Cardell agita la main pour imposer le silence à sa cliente.

— Votre offre de la soumettre à des conditions particulières n'influence pas ma décision. Quant à la garde de sa nièce, je n'ai pas l'impression qu'il soit urgent de changer le statut de votre cliente. L'enfant est actuellement confiée aux personnes citées dans le testament de ses parents.

Malgré un grommellement de Georgia, le juge poursuivit :

— Au cas où vous ne l'auriez pas remarqué, maître Cardell, votre cliente est accusée de choses très graves. Il sera toujours temps de contester le testament de son frère si elle réussit à se disculper et si les charges qui pèsent sur elle sont abandonnées.

— Votre Honneur, puis-je demander…

— Vous ne pouvez pas. La requête est rejetée.

— Quoi ! Ils sont venus vous voir, hein ? L'agent du FBI et son petit frère l'adjoint du shérif…

Georgia se leva d'un bond, posant un regard furibond sur le juge. Une onde d'intérêt se propagea autour d'Everett et Casey.

Cardell la fit vivement rasseoir et la gardienne de prison apparut en un éclair. En quelques minutes, Georgia fut emmenée hors de la salle.

— Plus rien à voir, les gars.

Casey se leva.

— Au moins, elle a montré son vrai fond et elle reste en prison. Elle ne peut pas faire de mal derrière les barreaux.

Avec un timing parfait, le smartphone d'Everett émit un bip, indiquant l'arrivée d'un texto. Quand la photo d'Alyssa apparut à l'écran, son sang ne fit qu'un tour. Il se précipita vers la sortie.

— Qu'est-ce qui se passe ?

Casey était sur ses talons.

— Tu crois que Georgia ne peut pas nous faire de mal ?

Everett lui montra le message : « Les bébés morts ne jouent plus ».

— Et ça, alors ?

— Ça a été une journée stressante, dit Everett. On peut annuler le dîner avec Casey et Melody. Ils comprendront.

Alyssa secoua la tête. Les choses avaient changé le jour où elle était devenue maman. S'occuper de Kennedy exigeait d'affronter des peurs, pas de les fuir.

— Georgia ne gagnera pas cette bataille.

Avec entêtement, elle posa un plat sur le comptoir.

— Et j'ai déjà commencé à préparer le dîner.

Everett acquiesça d'un air satisfait.

— Il y a une chose qu'il nous faut prendre en compte.

Elle leva des sourcils interrogateurs.

— À l'heure où le message a été glissé sous la porte, Georgia était transférée de la prison au tribunal.

— Ça veut dire qu'elle a un complice. Nous avons déjà envisagé cette possibilité.

— Je suis d'accord, c'est le scénario le plus probable, déclara Everett. Et j'aimerais rendre visite à Ray. J'emmènerai Casey avec moi la prochaine fois.

Alyssa plissa le front.

— Torrington ne me semble pas le genre d'homme capable de t'écraser sur un parking.

— Tu as sans doute raison. Il est plus susceptible de commettre des crimes sur papier. Comment allait Kennedy aujourd'hui ?

— Très bien. Elle a adoré ton père et ta mère. Maintenant, elle dort.

Everett secoua la tête.

— Mes parents sont incroyables. Combien de fois ont-ils parlé du repas de Noël ?

— Ils y ont peut-être fait allusion, dit Alyssa en riant.

Il la regarda remuer la sauce.

— Ça t'ennuierait si on y allait pour les fêtes ?

— M'ennuyer ? Non, au contraire.

Elle prit un peu de sauce pour la lui faire goûter.

— Et je pense que ce serait bon pour Kennedy.

— Tu crois ? Alors faisons-le. On va emmener notre petite fille chez ses grands-parents pour les fêtes. Un peu plus de poivre, à propos, dit-il en désignant la casserole.

Alyssa s'approcha de la fenêtre.

— Oh ! regarde ! Il neige ! Et ça tient au sol !

— Ce sera la première neige de Kennedy, dit Everett en souriant. Quand nous étions enfants, il y a eu une énorme tempête de neige et mon père nous a emmenés à Henderson Park. Je suis sûr que, si nous la couvrons bien, une promenade d'une heure ne ferait pas de mal Kennedy.

Alyssa courait déjà vers la chambre.

— Elle a une petite combinaison adorable !

Henderson Park était proche du centre-ville, et un nombre surprenant de gens profitaient de ce temps rare en Arizona pour faire de la luge, des bonshommes et des boules de neige.

La petite fille contemplait le paysage enneigé, vêtue d'une combinaison de ski et enveloppée dans une couverture. Un bonnet de tricot et des moufles assorties complétaient sa tenue. Elle ne semblait impressionnée ni par son équipement ni par le monde en général.

— Génial.

Everett regardait son téléphone.

— Nous avons une série de photos de toi et moi en train de sourire comme des idiots tandis que Kennedy nous lance un regard noir.

— Ce sera peut-être l'histoire de notre vie dorénavant…

Alyssa poussa un glapissement quand Everett lui introduisit une poignée de neige dans le col.

— Tu vas voir…

En le poursuivant autour de la poussette, les mains pleines de neige, elle songea que quiconque les regardait penserait que leur vie était normale. Quoi que cela veuille dire.

— Il commence à faire froid, dit-elle enfin. Rentrons avant que Miss Grognon attrape un rhume.

Everett s'approcha de la poussette, et Alyssa mit son plan à exécution. La boule de neige qu'elle cachait derrière son dos décrivit un arc et le frappa en plein visage. En le voyant crachoter et essuyer ses yeux, Kennedy se mit à rire.

Il attrapa Alyssa par la taille et elle se résigna au sort qu'il lui réservait. Mais quand il mit les mains en coupe autour de son visage, elle vit l'expression de ses yeux changer et eut un petit hoquet qui n'avait rien à voir avec le froid.

— Lyss…

Inclinant le visage, il ferma les yeux et lui effleura les lèvres. C'était magique, et elle lui passa les bras autour du cou avec un gémissement de plaisir. Devenant plus possessif, il la serra contre lui et l'embrassa pour de bon. Alyssa moula son corps sur le sien avec autant d'impatience. Le désir montait en elle, mais il rompit leur étreinte et recula.

— Ce n'est pas le bon moment, dit-il en désignant Kennedy. Mais j'ai beaucoup plus chaud, maintenant !

La température déclinait rapidement quand ils atteignirent la voiture et Everett poussa le chauffage à fond. Ce ne fut qu'en montant du côté passager qu'Alyssa remarqua la feuille de papier pliée sous l'un des essuie-glaces.

— Il faut vraiment du courage pour sortir par ce temps distribuer des prospectus.

Elle n'avait pas fini sa phrase qu'elle comprit de quoi il s'agissait. Everett tendit le bras et saisit le bout de papier.

— Je ne crois pas qu'il s'agisse d'une publicité.

Dès qu'il l'eut déplié, l'écriture familière, au feutre noir, leur sauta à la figure.

Vous aviez l'air de vous amuser. La neige ou la mort, laquelle vous arrivera en pleine figure la prochaine fois ?

10

Deux heures plus tard, Everett ouvrit la porte à Casey et Melody, tandis que Kennedy poussait des hurlements en arrière-plan.

— Oh ! mon Dieu, s'exclama Melody, un peu alarmée. Il y a un problème ?

— C'est juste un jeu. Elle fait des bulles et elle hurle de ravissement devant son habileté.

Everett les introduisit au salon.

— Et maintenant elle apprend à Kennedy à faire pareil.

— Oh ! je vois, c'est moi qui fais des bulles ? Il a toujours été aussi drôle, ton frère ? s'exclama Alyssa.

— Du moins, il l'a toujours pensé, dit Casey. Voici Melody. Melody, je t'ai parlé d'Alyssa. Everett et elle ont accepté la garde conjointe de Kennedy.

— C'est une grosse responsabilité mais ce doit être tellement gratifiant. Elle est magnifique.

Alyssa eut un élan d'affection envers elle. Melody était amicale et son éloge était sincère. Le bébé, sentant une nouvelle admiratrice, battit des paupières et fit une bulle.

— Je ne savais pas ce que nous allions manger alors j'ai apporté du vin et de la bière, dit Casey en posant des bouteilles sur la table.

— Un tajine de poulet. C'est la spécialité d'Alyssa. On peut aussi bien boire du vin que de la bière.

Everett alla à la cuisine chercher des verres.

— Kennedy est un peu grognon depuis que nous l'avons emmenée chez ses parents hier. Pour cette raison, nous avons décidé de la laisser veiller un peu plus tard.

— On va peut-être le regretter, dit Alyssa, mais l'alternative était que nous la veillions tous les quatre jusqu'au matin.

Elle laissa Everett raconter l'histoire de la nuit précédente et alla vérifier la cuisson du plat. Quand elle revint, la conversation était passée aux menaces qu'ils avaient reçues.

— Et l'écriture ? demanda Casey.

— Un gribouillage au feutre noir.

Everett haussa les épaules.

— L'auteur aurait pu tout aussi bien le taper. Ce qui me rappelle que j'ai eu le rapport du labo. Ils ont comparé l'écriture de Georgia à la lettre de Sean.

— Et ?

— Non concluant. En termes simples, il est possible que Georgia ait écrit le message en déguisant son écriture. Ou qu'un complice l'ait fait pour elle. Il va encore être analysé, mais ça pourrait prendre des semaines.

Ils revinrent à la note déposée à l'appartement. Casey avait enquêté.

— Il n'y a pas de caméra de sécurité dans le couloir, et aucun des voisins n'a vu quoi que ce soit.

— Elle a été glissée sous la porte à une heure bien précise, dit Everett. Elle n'était pas là quand papa et maman sont arrivés. Ils sont restés environ une demi-heure, alors nous savons qu'elle a été déposée à ce moment-là.

— Et il se trouve que cette demi-heure coïncide avec l'arrivée de Georgia au tribunal, souligna Casey. Tu penses que ça veut dire quelque chose ?

Everett but une gorgée de bière en réfléchissant.

— Oui. La seule question, c'est quoi ?

— Son innocence, peut-être, dit Casey. Parce que ce ne peut pas être elle qui l'a écrite et déposée.

— Ou alors elle nous fait comprendre combien elle est dangereuse, acheva Everett.

— Qu'elle peut nous atteindre depuis sa cellule ? intervint Alyssa.

— Ou c'est une coïncidence, ou bien c'est ça.

— J'ai une suggestion à faire, dit Alyssa. Oublions Georgia quelques heures et concentrons-nous sur le dîner.

Il lui sourit avec reconnaissance. L'ancienne Alyssa n'aurait jamais pu prononcer ces paroles. Elle aurait ruminé les menaces, demandant une réassurance impossible. La nouvelle Alyssa avait encore peur mais apprenait à faire confiance.

Il s'interrogea sur le moment où la « nouvelle » Alyssa était née. Ce pouvait être quand elle était sortie du cabinet Torrington avec Kennedy dans les bras. Ou quelques minutes avant cela.

Le tajine eut un grand succès. Ils passaient une bonne soirée et étaient détendus comme s'ils se connaissaient depuis des années. Kennedy s'endormit en buvant son biberon et Everett l'emporta au lit. Après le dîner, ils finirent leurs verres en bavardant paresseusement. Bientôt ils se mirent à parler de la vie en commun d'Everett et Alyssa.

— Quel est le meilleur côté de la vie avec un homme ? demanda Melody.

Alyssa médita la question. Pour elle, c'était d'avoir découvert la véritable personnalité d'Everett, avec ses bons et ses mauvais côtés. Elle n'aurait jamais soupçonné certains d'entre eux, mais ses sentiments envers lui n'avaient pas changé. Ils s'étaient même accrus, devenant plus profonds et plus constants. Il était impossible de s'isoler dans l'espace minuscule qu'ils habitaient. En très peu de temps, ils avaient appris à se soutenir et à être là pour Kennedy. Ils étaient devenus une équipe, et elle adorait ça.

— Tu prends trop de temps pour répondre, la taquina Everett.

— Le meilleur, ce sont les chaussettes, dit-elle avec un sérieux feint. Il y en a partout. Tu vas au lit, il n'y a pas de chaussettes. Tu te réveilles, c'est infesté de chaussettes. Je pense à ouvrir un magasin de chaussettes dépareillées, je ferais fortune.

En riant, Melody se tourna vers Everett.

— Même question pour toi. Comment est-ce de vivre avec une femme ?

Il lança un regard malicieux à Alyssa et celle-ci grogna.

— Je crois que le meilleur, ce sont les « écarts ».

— C'est quoi les « écarts » ? s'enquit Casey.

— Un truc de filles, dirent Alyssa et Melody en chœur.

— Mais si tu vis avec une fille, tu dois le savoir, dit Everett.

— Tu ne lui as pas fait jurer le secret ? demanda Melody à Alyssa.

— Quelqu'un va m'expliquer ce que sont les « écarts » ? lança Casey.

— Les femmes parlent toujours de manger sainement et de garder la ligne, n'est-ce pas ? Mais elles ont ce truc qu'elles appellent les « écarts ». Mauvaise journée au travail ? Un verre de vin. On est lundi ? Chocolat. Ton petit ami n'a pas remarqué ta nouvelle robe ? Pizza. C'est ça les écarts.

— Génial, dit Casey en secouant la tête. Et c'est le meilleur côté ?

— Je pense que la question du linge vient en second.

À en juger par l'étincelle dans ses yeux, Everett s'amusait.

— Avant qu'Alyssa emménage, je croyais bien me débrouiller. Je n'avais pas trop mauvaise allure quand je sortais le matin. Maintenant, j'ai un tiroir pour les slips et les chaussettes, un autre pour les shorts et les vêtements de travail, et tout le reste est pendu sur des cintres. Je sais maintenant qu'en matière de vêtements j'étais totalement ignorant.

— Sérieusement ?

Casey regarda tour à tour Alyssa et Melody.

— Vous faites toutes ça ?

— Ça fait partie des règles, dit Melody. Une fois que vous êtes tombés dans nos griffes, on vous apprend à plier un drap-housse et il n'y a plus de retour en arrière.

Everett se tourna vers Alyssa avec un regard lumineux et elle retint son souffle.

— Mais il y a aussi les moments où je te regarde avec Kennedy. Ton expression quand tu lui chantes des chansons. Parfois je t'observe quand elle n'est pas là. Je ne t'épie pas ! dit-il en riant. Mais quelquefois, tu danses en faisant la cuisine ou le ménage, même s'il n'y a pas de musique. Et ça, c'est ce qu'il y a de meilleur dans la vie en commun.

Ces paroles émurent profondément Alyssa. Et les yeux d'Everett… Y avait-elle lu une promesse ?

— Finis ton verre, dit Melody à Casey. Nous devrions y aller.

— Hé, il n'est pas si tard. Nous n'avons pas besoin de…

— Je pense qu'on devrait partir, insista Melody en

désignant Everett d'un mouvement de tête. C'était une soirée formidable, les amis.

Conscient que Casey et Melody les avaient laissés seuls parce qu'il avait étalé ses émotions, Everett prit un instant pour se recentrer. Sa confession l'avait autant surpris qu'eux. Il se demandait ce qu'Alyssa en pensait. Quand il pénétra dans la cuisine, il ne sentit pas la tension à laquelle il s'attendait. Au lieu de cela, Alyssa sursauta d'un air coupable.

— Tu finis les restes sans moi ?

— Peut-être bien, dit-elle, la bouche pleine.

Il rit, soulagé de n'avoir pas tout gâché.

— Prenons des bières et allons nous asseoir. La vaisselle peut attendre.

Ils se laissèrent tomber sur le sofa, une bière à la main.

— Melody a l'air gentille, dit Alyssa.

— Elle l'est, approuva Everett. Je suis tellement content que Casey soit heureux. Ce sera sympa de les revoir à Noël.

Elle lui jeta un regard mesuré.

— Ta mère estime que nous devrions nous marier. Pour le bien de Kennedy.

Everett sursauta et renversa sa bière sur sa chemise. Marmonnant un juron, il épongea le liquide avec une serviette en papier.

— Ah bon ?

— Je lui ai répondu que nous pouvions l'élever sans être mariés. Je ne crois pas que je l'ai convaincue.

Everett s'adossa au sofa, songeant à la suggestion de sa mère. Il avait toujours vu le mariage comme une étape effrayante. Faire une promesse censée durer toujours ? Cela lui paraissait aussi aléatoire que de regarder dans une boule de cristal. Mais maintenant il comprenait.

Quand les gens se mariaient, cela ne voulait pas dire qu'ils savaient à quoi ressemblerait le reste de leur vie. Mais ils se faisaient la promesse de rester ensemble quelles que soient les épreuves à traverser. Et c'était réconfortant au lieu d'être effrayant.

Comment expliquer à Alyssa qu'il avait changé d'avis ? Il vida le reste de sa bière. Il pouvait faire une tentative. Peut-être pourrait-il la convaincre que sa mère avait raison…

— Elle n'a pas tort.

Conscient qu'Alyssa le regardait avec stupéfaction, il poursuivit :

— Je veux dire, c'est une petite ville. Les gens ont une vision conservatrice de ce que devrait être la famille. Et le mariage a ses avantages.

— Naturellement. Pour les gens qui s'aiment.

Son corps mince vibrait de tension. Ça tournait mal. Il devait trouver une raison convaincante.

— Si nous sommes mariés, Georgia n'aura pas la moindre chance quand l'heure viendra de contester le testament.

— Elle n'a pas la moindre chance, de toute façon. C'est une criminelle, tu te rappelles ?

— Même comme ça, nous serions doublement sûrs que personne ne peut nous prendre Kennedy.

Il lui prit la main.

— Ne t'inquiète pas, nous pourrons toujours divorcer dans quelques années.

La vitesse à laquelle elle bondit du sofa aurait fait honte à un puma. Sans un mot, elle alla dans la cuisine, et quelques instants plus tard, il entendit un bruit d'assiettes qu'on chargeait dans le lave-vaisselle. Il la suivit avec hésitation.

— Lyss…

Elle pivota pour lui faire face et il fut choqué par l'expression de son visage. Il savait qu'il l'avait mise en colère, mais jusqu'à cet instant, il n'avait pas compris qu'il l'avait aussi blessée.

— Ne dis rien de plus.

Elle tordait un torchon entre ses mains en parlant. Sa voix se fêla et elle fit un effort pour la maîtriser avant de continuer :

— Quand nous étions ensemble, je rêvais d'un avenir avec toi, Everett. Et mes rêves comprenaient le jour où tu me demanderais en mariage.

— Laisse-moi…

— Non. Tu as eu ton tour de parole, maintenant c'est à moi. J'ai toujours su qu'il y avait une part de toi que tu me cachais. Je me disais qu'un jour tu me parlerait. Et que, quand ce jour viendrait, nous pourrions faire des plans d'avenir. Mais je n'avais jamais imaginé ça… Une demande en mariage avec une clause échappatoire !

Everett se figea. Son cerveau s'était arrêté sur les mots « une part de toi que tu me cachais ». Comment pouvait-il lui en parler quand lui-même ignorait comment l'affronter ?

Quand il ouvrit la bouche, les mots ne voulurent pas sortir. À l'instant le plus critique de sa vie, il n'arrivait pas à parler. Avec un hoquet à mi-chemin entre le rire et le sanglot, Alyssa se détourna et continua de remplir le lave-vaisselle.

Serrant les poings pour s'empêcher de taper dans un mur, Everett la contempla quelques secondes, puis se dirigea vers la porte d'entrée. De l'air frais, c'était ce dont il avait besoin. Il allait s'éclaircir les idées, revenir et faire une autre tentative. C'était trop important pour laisser les choses en l'état.

Il sortit sans vraiment savoir où il allait. La neige avait cessé de tomber, mais le froid était assez mordant pour lui donner un choc. Regrettant l'impulsion qui l'avait poussé à sortir en T-shirt et en baskets, il dévala l'escalier et arriva sur le parking. Bien qu'il ne soit pas habillé pour courir, il envisagea de faire le tour du pâté de maisons. Un peu d'exercice l'aiderait à dissiper la crispation de ses muscles.

Il allait s'élancer quand il sentit une présence derrière lui. Quelqu'un venait droit vers lui. Ses cours d'autodéfense lui revinrent en un éclair, et il se prépara, ne se retournant qu'à la dernière seconde. Vêtue de noir, un capuchon sur la tête, la silhouette était petite et frêle. Il tenta de distinguer un détail, quelque chose à se rappeler s'il devait faire une déposition… La seule chose qui retint son attention fut les baskets inhabituelles. Elles étaient bordées d'un motif rappelant des dents d'alligator. Se balançant sur ses pieds, il garda les bras détendus, prêt à bloquer son adversaire.

Le miroitement du couteau le prit par surprise et il fit un écart en grognant quand la lame décrivit un arc. Ce n'était pas une agression aléatoire. En le visant au ventre, son agresseur voulait lui faire le plus de mal possible.

Everett était au FBI depuis assez longtemps pour savoir qu'essayer de désarmer un assaillant muni d'un couteau était une très mauvaise idée. Prendre la poudre d'escampette en évitant la lame était un bien meilleur plan. Malheureusement, personne n'avait parlé de ces règles à son agresseur.

La silhouette se plia en deux, couteau brandi. Everett prit un instant pour envisager les options. Il pouvait attraper le bras tendu et le briser, mais son agresseur pourrait s'échapper malgré tout. Et il voulait voir son visage.

Cette fois, quand son adversaire se jeta sur lui, Everett recula et feignit de tomber. Puis il se redressa sur ses coudes et attendit qu'il se rapproche. Au bon moment, il lui donna un coup de pied dans la jambe.

Son ennemi chancela en grognant et posa un genou à terre. Everett saisit alors le bras qui tenait le couteau dans l'intention de l'écraser par terre. Mais, avec une agilité qui le stupéfia, l'autre roula sur le côté, lui planta le couteau dans l'avant-bras et se libéra en même temps. Everett sentit une chaleur poisseuse se répandre sur son bras tandis que la silhouette capuchonnée prenait la fuite.

Vacillant sur ses jambes, il reprit la direction de l'immeuble. Des taches noires dansaient devant ses yeux, et il devait se forcer à mettre un pied devant l'autre. Quand il atteignit le bas de l'escalier, sa vision devint floue et il tomba à genoux.

Quand Everett était sorti, la première réaction d'Alyssa avait été la colère. Pourquoi était-il aussi fuyant ? Chaque fois que l'émotion affleurait, son mécanisme de défense était de changer de sujet. Si cela ne marchait pas, il s'en allait, tout simplement. Exactement comme il venait de le faire.

Pourquoi devrait-elle s'inquiéter s'il se cantonnait dans cette attitude « masculine » ? Bien qu'ils élèvent une enfant, ils n'étaient pas ensemble. Ses insécurités n'étaient pas son problème.

Sauf qu'elle l'aimait toujours. Ce n'était pas parce que Everett pouvait réprimer ses émotions qu'elle arrivait à faire de même. Et elle sentait qu'il continuait de livrer la même bataille. Baissant la tête, elle agrippa le comptoir. Tout ça était injuste. Ils souffraient tous les deux. Pourquoi ne pouvaient-ils faire autrement ? Rien ne les empêchait d'en parler.

Mais comment pouvait-elle aller le chercher avec le bébé endormi ? Son téléphone dans une main et l'écoute-bébé dans l'autre, elle ouvrit la porte d'entrée. Il n'y avait aucune trace d'Everett sur le parking, et la nuit était assez froide pour l'inciter à rentrer. Elle jetait un dernier coup d'œil alentour quand un bruit léger attira son attention.

Hésitante, elle se pencha par-dessus la rampe. Là, au pied des marches, un homme était allongé sur le flanc dans la neige. Elle s'immobilisa, se demandant s'il s'agissait d'un piège. Mais en l'entendant gémir, elle oublia toute précaution.

— Everett ! cria-t-elle.

— Reste où tu es…

Faible et rauque, sa voix était à peine reconnaissable. Alyssa le regarda avec effroi grimper les marches à quatre pattes. Quand il parvint au sommet de l'escalier, ce qu'elle vit la frappa de plein fouet. Un gros couteau était planté dans son avant-bras et sa chair luisait de sang. Ses vêtements étaient couverts d'éclaboussures écarlates. Son visage était exsangue. Il se redressa en agrippant la rampe. Tandis qu'elle se précipitait vers lui, il vacilla et s'appuya contre le mur.

— J'appelle le 911.

Pendant qu'elle passait l'appel, Everett s'effondra. Après avoir fini de parler au répartiteur, Alyssa s'accroupit à côté de lui.

— L'ambulance est en route. Que s'est-il passé ?

— Le type…

Ses dents claquaient.

—… est sorti de nulle part.

— Tu es gelé, je vais chercher quelque chose pour te réchauffer.

Alyssa rentra en courant dans l'appartement. Heureusement, Kennedy dormait profondément. Elle prit un gros pull et une couverture polaire dans l'armoire. Se ruant ensuite dans la salle de bains, elle s'empara d'une serviette et de la trousse de premiers secours. Lorsqu'elle posa la couverture sur les épaules d'Everett, il appuya brièvement la tête sur son épaule.

— Appelle Casey. Dis-lui que le type portait des baskets avec un motif de dents d'alligator. Il est peut-être encore dans les parages.

— Il saura ce qui s'est passé avec mon appel au 911. Je vais lui envoyer un texto et l'appeler depuis l'hôpital.

— Et Kennedy ?

— Elle peut venir avec nous dans l'ambulance. Arrête de t'inquiéter, Everett. Laisse-moi me charger des détails pratiques.

Elle savait qu'il ne fallait pas retirer le couteau. Elle enveloppa donc son bras d'une serviette et se servit d'un bandage pris dans la trousse pour la maintenir en place.

— Ça devrait stopper le saignement, le temps que l'ambulance arrive.

— Il était posté dans l'ombre.

Everett appuya la tête contre le mur.

— Il m'attendait.

Un frisson parcourut Alyssa. Elle était en train de vivre son pire cauchemar. Depuis la mort de son père, la peur la contrôlait comme un jouet mécanique. Mais maintenant qu'elle y était, son côté rationnel prenait le dessus. Tout ce qui comptait, c'était qu'Everett reçoive des soins.

— Des antalgiques.

Elle trouva un flacon dans la trousse et en fit tomber quelques cachets dans sa main. Il prit la main qu'elle lui tendait.

— Lyss, ce que j'ai dit… Ce que j'aurais dû dire…

Elle secoua la tête.

— Ce n'est pas le moment d'en parler.

Il marmonna quelque chose qu'elle ne saisit pas. Lorsqu'une sirène se fit entendre, elle poussa un soupir de soulagement et revint aux considérations pratiques.

Durant leur enfance, Everett et Casey avaient eu plus que leur lot de visites à l'hôpital. Leur gémellité semblait leur avoir apporté le double d'hématomes et de fractures.

— Cet endroit n'a pas beaucoup changé, remarqua Everett quand on le fit sortir de l'ambulance.

Les antalgiques faisaient effet et il pouvait parler normalement. Il observa le visage d'Alyssa, cherchant des signes de panique. Bien qu'elle soit pâle, elle semblait maîtresse d'elle-même. Elle avait répondu en détail aux questions des secouristes. Une infirmière la fit asseoir au fond, tandis que les urgentistes se mettaient au travail.

— Une fois que nous entamerons la procédure, je vous demanderai de sortir, lui dit celle-ci. Mais vous pouvez rester pendant l'évaluation initiale.

— Merci.

Pour la première fois, il y eut une sorte de tremblement dans sa voix. Everett ignorait pourquoi, mais cela l'aidait de savoir qu'il pouvait apercevoir le bout de ses bottes.

Un médecin entreprit de l'examiner.

— OK, nous avons un patient masculin adulte avec une blessure au bras droit. Il rapporte qu'il a été poignardé il y a une demi-heure. Je suppose que le shérif a été informé ?

Il y eut un murmure de confirmation.

— Nous avons une lame de couteau pénétrant d'environ quatre centimètres dans le segment antéromédial. Signes vitaux ?

— La tension, le rythme cardiaque et la température sont dans la normale.

Everett comprit que c'était l'un des secouristes. Lorsque le médecin manipula doucement son bras, il serra les dents.

— Il y a du mouvement dans le poignet et le coude droits, mais le patient trouve l'examen douloureux. Il faut prévoir un sérum antitétanique et des antibiotiques pour contrer les effets de la pénétration d'un corps étranger. L'extraction sera faite sous anesthésie générale.

Il s'adressa directement à Everett pour la première fois.

— Avec une blessure aussi profonde, la seule manière de ne pas endommager les tissus environnants est de vous anesthésier.

Everett fronça les sourcils. Il n'aimait pas l'idée de laisser Alyssa et Kennedy seules. Il fallait que Casey arrive, et vite.

— J'aurai des séquelles ?

— Ce type de blessure est difficile à traiter parce que les lésions vasculaires et nerveuses peuvent être graves. Il faut faire un scanner de votre bras. Je ne peux rien vous promettre à ce stade, mais je ferai de mon mieux pour limiter les séquelles irréversibles.

— Merci.

Il y eut une certaine effervescence autour de lui et il comprit que l'équipe s'apprêtait à le transférer.

— Alyssa ?

— Je suis là.

Elle entra dans son champ visuel, Kennedy dans les bras, et lui prit la main.

— Ça va ? demanda-t-il d'une voix rauque.

— Oui, mais je n'ai pas de couteau planté dans le bras.

Elle souriait, mais ses yeux brillaient de larmes contenues.

— Appelle Casey. Il saura quoi faire, comment l'annoncer à mes parents.

— Je vais le faire. Toi, laisse le médecin s'occuper de toi.

— Désolée, il faut y aller, dit l'infirmière.

Alyssa embrassa la main qu'elle tenait. Tandis que la civière se mettait en mouvement, il tourna la tête.

— Et… Lyss ?

— Oui ?

— Tu sais que, quand j'ai parlé de divorce, c'était une ruse, n'est-ce pas ? Juste pour que tu dises « oui ».

Son rire léger fut la dernière chose qu'il entendit.

11

— Alyssa !

Une demi-heure plus tard, Melody fit irruption dans la salle d'attente, Casey sur les talons.

— Est-ce que ça va ? Comment va Everett ? On peut faire quelque chose ?

— On pourrait commencer par poser une question à la fois ? suggéra Casey. Par exemple, on peut t'apporter quelque chose à boire ?

— De l'eau, ça serait bien, dit Alyssa en désignant la machine dans un coin de la pièce. J'ai peur de réveiller Kennedy si je bouge.

Bien qu'elle soit heureuse de les voir arriver, c'était un peu comme la rupture d'un barrage. Jusque-là, elle s'était sentie engourdie, curieusement dépourvue de sensations. Mais la peur l'avait retrouvée et se jetait sur elle en jubilant.

— Hé !

Melody s'assit à côté d'elle et lui frotta le dos en cercles.

— Il va s'en sortir.

— Tu ne l'as pas vu…

Elle attendit que Casey lui tende un verre d'eau.

— Il a un couteau planté dans le bras, dit-elle en mimant le geste.

Casey serra les poings. Alyssa vit ses propres sentiments se refléter dans ses yeux. Ils avaient tous deux envie de piquer une crise. Il lui passa par la tête que tout cela pouvait n'être qu'un cauchemar. Et si elle refusait de se soumettre ? Cela finirait-il plus vite ou cela empirerait-il au contraire ?

— Les médecins savent qu'ils doivent préserver le couteau pour les preuves, n'est-ce pas ?

— Je crois qu'ils pensent davantage à sauver son bras.

Casey sortit de la salle, tendu comme un arc. Melody posa un bras sur les épaules d'Alyssa.

— Il n'avait pas l'intention de paraître insensible. Il est inquiet et il gère ça de la seule façon qu'il connaît. Et il a dû appeler leurs parents pour leur annoncer la nouvelle.

— Ça ne fait rien, dit Alyssa. Everett et moi, nous sommes restés quatre ans ensemble. Son mode de fonctionnement est le même.

— On est en train de le soigner, mais c'est pour toi que je m'inquiète.

Le ton bienveillant de Melody faillit faire pleurer Alyssa.

— Tu as eu un choc terrible.

Ces mots plantèrent le décor des trois heures suivantes. Le temps qu'ils passèrent dans la salle d'attente semblait se précipiter puis se figer. Et pourtant, l'horloge au mur montrait qu'il s'écoulait régulièrement.

Alyssa sentait qu'elle se vidait de son énergie. Une infirmière arriva, poussant un berceau à roulettes rempli de couvertures. Ce fut un soulagement de déposer Kennedy dedans, mais elle resta terriblement angoissée. Casey faisait les cent pas comme un tigre en cage, et elle n'arrivait pas à décider si elle voulait faire comme lui ou lui jeter quelque chose à la figure.

— Il devrait être sorti de la salle d'opération, maintenant. Je vais voir ce qui se passe, grommela Casey.

Kennedy émit un petit gémissement dans son sommeil.

— Elle va bientôt se réveiller et avoir faim.

Alyssa se mordit la lèvre.

— Je n'ai pas pensé à prendre son biberon.

Melody lui tapota la main.

— Laisse-moi voir ce que je peux faire. Le personnel doit avoir l'habitude de ce genre d'urgence avec les familles.

Tandis qu'elle partait à la recherche d'une infirmière, Alyssa se pencha sur le berceau. *La famille.* Ce mot avait le pouvoir de la recentrer.

— Nous sommes la sienne, et il est la nôtre, murmura-t-elle en regardant la bouche en bouton de rose de Kennedy.

Un mouvement attira son attention, et elle leva les yeux, pensant que Melody ou Casey étaient revenus. Une silhouette capuchonnée se tenait sur le seuil de la salle. Le regard d'Alyssa tomba sur ses baskets. Des dents d'alligator.

L'instinct remplaça toute pensée rationnelle. Elle s'empara de son verre et le jeta de toutes ses forces en direction de l'intrus. Celui-ci se baissa, et le verre s'écrasa sur le mur. Alyssa ayant poussé un cri perçant, l'inconnu pivota et s'élança hors de la salle. Quelques secondes plus tard, Casey et un agent de sécurité faillirent entrer en collision dans le couloir.

— Que s'est-il passé ?

— Il… était… là !

Alyssa tremblait si fort qu'elle n'arrivait pas à articuler.

— L'homme qui a agressé Everett était là, dans cette salle !

Casey ne perdit pas de temps à lui demander comment elle savait que c'était la même personne.

— Mettez quelqu'un sur les caméras de sécurité et

entamez une fouille du bâtiment, dit-il à l'agent de sécurité. Il est peut-être encore dans les parages.

L'agent obéit à ses instructions pendant que Casey appelait les bureaux du shérif. Kennedy, perturbée par tout ce bruit, se mit à pleurer. Alyssa la prit et la berça. Au creux de son estomac, une boule de colère croissait au rythme de ses battements de cœur.

— Pourquoi est-il venu ici ? demanda-t-elle quand Casey eut achevé son appel.

— N'est-ce pas évident ? Il est revenu pour Everett.

Casey émit un rire bref.

— Le couteau ne va pas tarder à être analysé, mais le type voulait le récupérer ou alors finir ce qu'il a commencé.

— Non.

Les pensées défilaient dans sa tête comme des vagues. Elle se mit à faire les cent pas, tenant le bébé contre son épaule.

— Si c'était le cas, il n'avait aucun motif pour venir dans cette salle.

— Tu as raison, dit Casey. Il y a de fortes chances qu'il soit venu pour toi et Kennedy.

Heureusement pour les neurones survoltés d'Alyssa, Melody revint avec un biberon de lait maternisé. En buvant, la petite fille fixa ses grands yeux bleus sur Alyssa. Elle allait grandir avec force et confiance, songea celle-ci, et il ne fallait pas qu'elle lui transmette ses peurs. Kennedy saurait qu'elle était aimée, peu importe ce qui était arrivé à ses parents. Cette nuit serait un souvenir affreux mais ne définirait pas l'avenir.

Ayant fini de boire, Kennedy se redressa et regarda autour d'elle avec intérêt. Décidant que Casey et Melody étaient venus la voir, elle entreprit de les séduire avec des sourires et des gloussements.

— À la maison, elle se rendormirait tout de suite après son biberon.

Alyssa sourit en sentant Kennedy rebondir sur ses genoux avec excitation.

— Ce soir, elle est prête à faire la fête jusqu'à l'aube.

Melody tendit une main au bébé, qui lui prit un doigt et essaya de le mordre.

— Au moins, elle ne remarque pas que quelque chose ne va pas. Et Everett ne semble pas lui manquer.

Alyssa jeta un regard nostalgique en direction de la porte.

— Pas encore.

— Il faut que je te pose une question, même si tu me dis de me mêler de mes affaires, dit Melody. Pourquoi n'êtes-vous plus ensemble, Everett et toi ?

— À cause de ça…

Alyssa se renversa dans son fauteuil, posant la tête contre le mur.

— Des couteaux, des hôpitaux, des méchants qui le guettent dans le noir… C'est ce qui nous a séparés à l'époque. C'était trop dur pour moi de le savoir en danger.

Casey parut perplexe.

— Alors les raisons sont de ton côté ?

Elle fronça les sourcils, désorientée par la question.

— Que veux-tu dire ?

— Oh ! rien. La nuit a été longue, je parle à tort et à travers.

Alyssa vit qu'il était embarrassé, mais ne s'y laissa pas prendre. Elle avait toujours eu un doute. Combien de fois avait-elle essayé de comprendre l'origine des conduites d'évitement d'Everett ?

— Tu es en train de me dire qu'Everett avait ses propres raisons de ne pas vouloir être avec moi ? Est-ce quelque chose qui lui est arrivé ?

Casey leva la main.

— Hé, c'est avec Everett que tu dois en parler.

— De quoi ?

Ils se retournèrent au son de la voix. Everett les observait, assis dans un fauteuil roulant. Un brancardier le poussa dans la salle, activa le frein et repartit. Son bras droit était dans une attelle et son visage était pâle, mais il avait l'air d'aller. Son regard se posa tour à tour sur Casey et Alyssa.

— Oh ! Dieu merci !

Terriblement soulagée, Alyssa courut vers lui.

— Qu'ont-ils dit ? Tu peux rentrer à la maison ?

Il posa sa bonne main sur son épaule tandis qu'elle s'agenouillait à côté de lui.

— Commençons par le début. De quoi Casey pense-t-il que tu dois me parler ?

— Je me demandais si Alyssa, Kennedy et toi deviez venir loger chez moi quelques jours, répondit Casey.

L'idée lui était peut-être venue à l'esprit, mais sa réponse avait été trop rapide. Il y avait des chances que son frère se fasse la même réflexion.

— Merci, mais tout ira bien, dit Everett en leur adressant un sourire. Et j'aimerais vraiment savoir de quoi vous parliez.

À cet instant, le chirurgien arriva pour s'entretenir avec lui.

— Il n'y a pas eu de dommage nerveux ou vasculaire ni de fracture. J'ai lentement ôté le couteau et réparé le muscle abîmé. Après ça, ma crainte était la chair entourant la lésion.

Il esquissa un petit sourire.

— Malgré mes efforts, vous aurez une cicatrice importante.

— Mais je peux rentrer chez moi ? demanda Everett.

— Je ne vois aucune raison de vous garder, dit le chirurgien. L'opération a été longue mais est réussie. En deux semaines, vous devriez récupérer une ampleur de mouvement normale, et je vais vous donner une ordonnance pour des séances de physiothérapie. N'en faites pas trop, mais ne vous reposez pas non plus. Bougez normalement le bras sans vous restreindre et essayez de récupérer votre force.

Quand Everett l'eut remercié pour ses soins, il partit.

— Avant de nous demander comment je vais vous raccompagner, parce que je n'ai pas de siège bébé, si je prenais ta déposition ?

Casey adressa un regard de sympathie à son frère, en cherchant son calepin dans la poche de sa chemise. Une lassitude immense s'abattit sur Everett. Mais il savait combien il était important de recueillir la déposition d'un témoin aussitôt que possible.

— OK.

Il lança un regard d'excuse à Alyssa.

— Finissons-en.

Son récit fut factuel et concis. Il avait suffisamment pris de dépositions pour savoir ce dont avait besoin Casey et il anticipa toutes les questions. Griffonnant fiévreusement pour ne rien perdre, son jumeau fronça les sourcils quand Everett eut terminé son récit.

— Il était tard. Pourquoi étais-tu dehors à cette heure-là ?

Everett lui lança un regard noir.

— J'avais besoin de prendre l'air.

Casey tapota son stylo sur son calepin.

— Tu étais dans la rue et pourtant, tu ne portais ni veste ni pull. Par une des nuits les plus froides de l'année. Tu peux m'en dire plus sur ce besoin de prendre l'air ?

— Je pensais aller courir.

Casey se rendait-il compte qu'il grinçait des dents ? Penchant la tête de côté, son frère contempla ses baskets usées sans faire de commentaire.

J'espère que je t'interrogerai un jour dans des circonstances similaires.

— Dis-moi quelle impression tu as eue du type qui t'a agressé.

— C'est arrivé très vite, dit Everett en haussant les épaules. La seule sensation que j'ai eue, c'est qu'il était petit et léger. Et rapide et agile. Ça aurait même pu être une femme.

Alyssa leva des yeux effrayés.

— Tu ne penses pas… ?

— Que c'était Georgia ? Comment serait-ce possible ?

— Tu as raison, dit-elle en se détendant. Mais qui d'autre pouvait t'attendre dans le noir ? Avec un couteau ?

— Sans doute le même qui a essayé de m'écraser. Et ça peut être n'importe qui. Mon job au FBI ne me vaut pas que des amis, dit Everett. Désolé, mais c'est vrai.

Casey feuilleta ses notes.

— Tu as dit que tu pensais qu'il t'attendait.

— C'est l'impression que j'ai eue. Il n'a pas tenté de me voler. Il s'est jeté sur moi pour essayer de me poignarder.

Casey parut se perdre dans ses pensées un instant.

— Depuis combien de temps t'attendait-il, selon toi ?

— Je ne lis pas dans les pensées, dit Everett en levant

les yeux au ciel. Et je n'ai pas essayé d'entamer la conversation vu qu'il voulait m'éventrer comme un poisson.

— Gros malin. J'ignore pourquoi tu es sorti en T-shirt et en baskets. Comme tu es mon frère, j'imagine que ce ne sont pas de vilaines raisons. Mais penses-y du point de vue de l'agresseur.

Everett baissa les yeux sur son attelle.

— Une raison particulière pour laquelle il devrait avoir un point de vue ?

— Il était dehors ce soir. Vu la nature ciblée de l'agression, il est probable qu'il t'attendait. Mais il ne pouvait pas savoir que tu sortirais quand tu l'as fait. Ce n'est pas comme si tu sortais régulièrement à cette heure-là pour « courir ». Je dirais que les chances que tu sortes avec cette neige et à ce moment-là étaient proches de zéro.

— Tu peux te dispenser des guillemets, dit Everett. Tiens-t'en au sujet.

— À moins qu'il ait été là ce soir et tous les autres soirs, il avait un autre mobile pour être là avec un couteau.

Alyssa poussa un petit cri quand elle comprit.

— Il n'attendait pas que je sorte.

Everett pinça étroitement les lèvres.

— Il avait l'intention d'entrer.

Kennedy observait son bol de fruits d'un air critique. Prenant un morceau de banane, elle l'écrasa soigneusement entre le pouce et l'index. Puis elle l'offrit avec un doux sourire à Everett.

— Tu sais quoi ? Je crois que je vais m'en tenir au café.

Sans se laisser décourager, Kennedy trouva un bout d'orange et se mit à le sucer bruyamment.

— C'est la seule à avoir dormi.

Alyssa réprima un bâillement en parlant.

— Pourquoi ne fais-tu pas une sieste, maintenant ?

Elle avait du mal à croire que ce type, aussi blanc qu'un cachet d'aspirine, lui disait *à elle* d'aller dormir.

— Euh, parce que tu as plus besoin de sommeil que moi ?

— J'ai trop à faire, dit-il en haussant une épaule.

— Tu es en arrêt de travail.

Dès qu'elle eut prononcé ces mots, leur ironie la frappa.

— Bien sûr. Va dire ça au gars qui m'a planté un couteau dans le bras.

— Que vas-tu faire ?

— Sans doute la même chose que Casey.

Il engloutit son café comme s'il s'agissait d'un remède vital.

— Chercher des crimes similaires. Fouiller la base de données en quête d'un profil qui corresponde. Vérifier si des baskets à dents d'alligator sont en vente dans les magasins d'ici. Revoir ma liste d'arrestations, et la croiser avec celle des libérations. Chercher quel complice Georgia aurait pu avoir.

— Tu disais que tu voulais revoir Torrington.

— Tu es d'accord ?

Il secoua la tête.

— C'est une question idiote. Ce que je voulais dire…

— Ce que tu voulais dire, c'est : « Pourquoi tu ne piques pas ta crise comme d'habitude ? »

— Ce n'est pas ce que j'ai dit, répondit-il gentiment. Je sais combien tu as souffert de la mort de ton père.

Elle baissa la tête, prenant le temps de remuer son café.

— Quand nous étions ensemble, ton travail était là mais à distance. Je n'ai jamais eu à affronter ses conséquences. Dans mon imagination, c'était une sorte de monstre qui rôdait à la lisière de nos vies, attendant de frapper. Je ne pouvais pas me débarrasser de la crainte que tu sois tué. Mais depuis que nous nous occupons de Kennedy, je suis plongée dans la réalité de ce que tu fais.

— J'aimerais que ce ne soit pas le cas…

— Moi aussi. Mais maintenant que je suis forcée d'affronter ton monde, je le vois pour ce qu'il est.

Elle leva les yeux et se rendit compte qu'il la regardait d'un air perplexe.

— Tu as parlé des côtés positifs de ton travail. Même si je n'en suis pas encore là, je vois bien que c'est ton expérience qui nous garde en sécurité. La raison pour laquelle je ne pique pas une crise, c'est que j'apprécie aujourd'hui ce que je détestais autrefois.

Everett posa la main sur la sienne.

— Est-ce ce dont tu parlais à Casey à l'hôpital ?

— En partie. Je lui ai dit que nous avons rompu parce que je ne pouvais pas supporter que tu sois en danger.

Elle soutint son regard.

— Mais c'est drôle, il semblait penser qu'il y avait une autre raison. Il a dit que je devais te poser la question à toi.

En l'observant, elle eut un aperçu de ce qu'elle espérait. Son expression changea du tout au tout : son armure s'évanouit et ses vulnérabilités apparurent. Elle retint son souffle. Était-il sur le point de lui dévoiler un secret dont elle pressentait l'existence ?

Puis l'expression de ses yeux changea. Son dilemme était clair. Il pouvait laisser tomber ses défenses et prendre le risque de souffrir, ou laisser son armure en place et ne jamais reconstruire leur relation. Quatre ans auparavant, elle s'était dit que s'il l'aimait assez il lui dirait ce qui l'avait blessé. Le moment était venu de l'inviter à le faire.

Au moment où elle cherchait sa main, la sonnerie de l'interphone se fit entendre. Alyssa poussa un juron.

— Un de ces jours, je jure que je vais arracher ce truc !

Everett haussa un sourcil.

— Je ne t'ai jamais entendue proférer de tels mots.

— La nuit a été longue.

Elle pressa les mains sur ses joues brûlantes. Everett alla répondre à l'interphone et revint, l'air légèrement perplexe.

— Ce sont deux collègues du FBI.

— Qu'est-ce qu'ils veulent ?

— J'imagine qu'on va le découvrir.

Il alla ouvrir la porte. Une grande femme à l'air compétent et un jeune homme un peu enrobé entrèrent.

— Alyssa, je te présente les agents Hayes et Heath.

Ils se saluèrent de la tête. Karen Hayes jeta un coup d'œil au bras en écharpe d'Everett sans faire de commentaire.

— J'irai droit au but. Vous avez rédigé un rapport faisant part de votre crainte que Sean Dodd et sa femme ne se soient pas suicidés mais qu'ils aient été assassinés. Le bureau de Phoenix y a vu assez d'intérêt pour demander une enquête. Comme vous êtes en congé, l'affaire nous a été attribuée.

— Je dois vous mettre au courant de nouveaux développements, dit Everett.

Les deux agents échangèrent un regard.

— C'est précisément ce que j'allais vous dire. Georgia Dodd s'est évadée de prison hier, annonça Hayes. J'ignore si elle a une raison de rester dans la région…

Un hoquet bruyant attira leur attention. Kennedy,

lasse de manger son fruit, le jetait morceau par morceau sur le sol.

— Georgia a une très bonne raison de rester. Elle veut sa nièce et elle ne quittera pas Cactus Creek sans elle.

12

Alyssa contempla le salon et secoua la tête. Le premier jour, elle s'était demandé comment deux adultes et un bébé allaient y tenir. À présent il abritait trois agents du FBI, un adjoint au shérif, Kennedy, Melody et elle.

— Je devrais peut-être y aller.

Melody se dirigea vers la porte.

— Reste où tu es, lui dit Alyssa avec un regard sévère. J'ai besoin de renfort dans cette atmosphère de testostérone.

— L'un d'eux est une femme, murmura Melody.

— Je crois qu'ils adoptent l'arrogance macho en même temps que le badge, répliqua Alyssa sur le même ton.

Elles posèrent un regard d'empathie sur l'agent Hayes, qui faisait son possible pour s'identifier à ses collègues masculins. L'amitié croissante qu'Alyssa éprouvait à l'égard de Melody était exactement ce dont elle avait besoin en ce moment.

Avec son enfance perturbée, elle trouvait difficile de se fier à quiconque. Mais elle savait qu'en cas de besoin Melody n'hésiterait pas à sortir en pleine nuit pour lui prêter main-forte. Leur rencontre lui faisait l'effet d'un trésor. Alyssa n'avait pas l'intention de la laisser s'éloigner de sitôt. Peut-être aurait-elle dû appliquer le même principe à l'homme de sa vie ?

Son regard vola vers Everett, à l'autre bout de la pièce. Toute fatigue évanouie, il parlait avec chaleur, refusant ou approuvant les suggestions. Bien que les quatre policiers soient de rang égal, il avait pris avec aisance les rênes de la discussion.

— Tu dis que vous vous êtes séparés à cause de son métier…

Elle prit conscience que Melody l'observait.

— Mais tu savais qu'il était au FBI quand tu l'as rencontré. Qu'est-ce qui a motivé ta décision ?

Alyssa prit l'écoute-bébé et conduisit Melody à la cuisine où elles pourraient parler pendant qu'elle préparait le déjeuner de Kennedy. Le bébé s'était endormi au milieu d'un énergique jeu de « Coucou ! ».

— Everett venait d'être engagé par le Bureau quand nous avons commencé à sortir ensemble, dit-elle. Avant ça, il travaillait comme assistant juridique dans un gros cabinet d'avocats. Je ne connais pas les détails, mais ça n'a pas marché. Il faut que tu saches que mon père a été assassiné et je… eh bien, j'ai toujours eu peur de perdre quelqu'un de la même manière. Mais nous étions jeunes et naïfs au début, tu vois ? J'avais vingt-deux ans. Je ne me demandais pas : « Est-ce l'homme avec qui je veux passer le reste de ma vie ? »

— Mais c'était le cas ?

Alyssa coupait des carottes. Elle s'immobilisa. Bien sûr que oui. Pourquoi avait-il fallu un bébé surprise et un agresseur enragé pour lui faire voir ce qu'elle savait depuis toujours ?

— Everett adore son travail. Il ne voit pas le danger. Pour lui, il s'agit seulement de redresser des torts.

Elle rit.

— On dirait un Robin des bois moderne. Bref, comme

notre relation devenait sérieuse, je lui ai demandé s'il envisagerait de revenir à son job précédent.

— Il ne l'a pas très bien pris, j'imagine ? dit Melody.

Alyssa repensa à la manière dont Everett avait serré les dents et regardé par la fenêtre en silence. À l'époque, elle s'était dit que c'était parce qu'il n'avait pas envie qu'elle se mêle de sa carrière. Maintenant, elle n'en était plus si sûre. C'était presque comme s'il avait vu un fantôme.

— Il ne m'a pas vraiment répondu. Il a eu un rire bizarre et il a dit qu'il y avait des manières plus dangereuses de gagner sa vie que d'affronter des terroristes.

— Est-ce qu'il essayait de changer de sujet ?

— Probablement.

Alyssa se remit à découper les légumes.

— Nous avons continué comme avant. J'ai essayé de repousser mes craintes, mais plus nous nous rapprochions plus c'était difficile. Puis, un soir, j'ai regardé les nouvelles à la télévision. Il y avait un reportage en direct sur une prise d'otage. Je n'ai pas pu le distinguer, mais je savais qu'Everett était là.

Voyant que l'opération dégénérait en bataille rangée, elle s'était convaincue qu'Everett était mort ou mourant. Quand il avait franchi la porte au petit matin, il était fatigué, sale et sanglant. « Mon travail, c'est de rétablir l'ordre, Lyss », lui avait-il dit. Il avait eu l'air désemparé quand elle avait éclaté en sanglots.

— Ce soir-là, il m'a demandé si je pourrais m'habituer un jour à son métier.

Sa voix n'était plus qu'un murmure quand elle déposa les carottes dans la casserole.

— J'ai dit que non. C'était il y a quatre ans. Je ne l'ai pas revu jusqu'à ce que je reçoive une lettre m'invitant à la lecture du testament des parents de Kennedy.

— Et tu ressens toujours la même chose ?

Melody lui prit la casserole des mains et la posa sur le feu. Alyssa cilla rapidement.

— Tout ce que je sais, c'est que nous ne pouvons pas nous permettre de nous tromper cette fois-ci. Il faut penser à Kennedy.

Elle avait mal à la tête à force de réfléchir à ce qui se passait. En même temps, elle essayait de déchiffrer ses sentiments. Elle ne manquait pas de courage, elle le savait. Elle avait trouvé la force d'affronter ses peurs. Maintenant, elle devait faire le bon choix, pour elle-même et pour sa fille.

— Ce n'est pas une réponse, dit Melody en la ramenant à la conversation.

— C'est tout ce que tu auras, répliqua Alyssa avec un sourire. Parce que quand je saurai ce que je ressens tu ne seras pas la première à qui je le dirai.

Le lendemain matin, Everett et Casey trouvèrent porte close en arrivant au cabinet Torrington. Casey jeta un coup d'œil par la fenêtre.

— On dirait que Ray s'est offert des vacances. Redis-moi de quoi nous voulons lui parler ?

— Je suis certain qu'il avait l'intention d'escroquer Kennedy. Ça ne veut pas nécessairement dire qu'il est impliqué dans le reste, mais ça me rend soupçonneux. Je veux lui demander ce qu'il sait des intentions de Georgia vis-à-vis de Kennedy. De tout ce qui a trait à Georgia, en fait.

— Tu penses qu'elle a pu le recruter ?

— On a vu des choses plus bizarres. Allons interroger les voisins.

Le magasin adjacent vendait des tenues western.

Lorsqu'ils étaient enfants, c'était un de leurs lieux préférés. Depuis les têtes de buffle et l'artisanat apache aux bottes et aux chapeaux disposés sur des tonneaux, tout rappelait l'héritage de Cactus Creek. Tom Hicks, le propriétaire, était un copain de golf de leur père et une publicité vivante pour ses marchandises. Inclinant son Stetson, il s'avança vers eux à grands pas.

— Salut, les gars. Ryker vous a-t-il parlé des promotions que nous faisons sur les bottes cousues main ?

— Non, mais si quelqu'un se demande quoi m'offrir pour Noël…, dit Casey en haussant un sourcil.

— Ce n'est pas le moment, grommela Everett.

Ils expliquèrent à Tom qu'ils étaient en mission et celui-ci les fit entrer dans son bureau.

— Ce sera bref, dit Everett. Nous aimerions vous poser quelques questions sur le cabinet Torrington. Savez-vous depuis combien de temps il est fermé ?

Tom noua les doigts sous son menton.

— Ray est parti avant-hier. Il avait un problème familial et il devait quitter la ville. Je lui ai demandé quand il serait de retour, mais il n'en savait rien.

Everett jeta un coup d'œil à Casey. Était-ce une coïncidence si Ray était parti le jour où Georgia s'était évadée ?

— Vous n'auriez pas le numéro de sa réceptionniste, par hasard ?

— Brenda ? Non, mais ma femme doit l'avoir. Elles sont toutes deux membres de la chorale.

Dix minutes plus tard, ils étaient de retour dans la voiture et Everett achevait sa conversation avec Brenda.

— Alors ? demanda Casey.

— Elle est un peu amère. Ray ne lui a pas dit qu'il fermait le cabinet. Elle est allée travailler comme d'habitude et n'a pas pu entrer.

— Ça a toujours été une ordure, même quand nous étions gosses. Tu te rappelles quand il a cassé une vitre de l'église et accusé Philo ? Son père a fait don d'une petite fortune à l'église pour étouffer l'affaire.

— Justement, on va rendre une petite visite à Robert.

— Ce type a passé sa vie à couvrir son fils. Rien n'a changé.

— Ce n'est pas vrai. Moi, j'ai changé.

Everett plia les doigts de sa main droite.

— C'est à Alyssa qu'il faut le dire, répliqua Casey sans quitter la route des yeux.

— Que j'ai changé ?

Reste léger. C'était sa tactique pour faire disparaître les problèmes. Cela marchait très bien la plupart du temps. Le seul qui ne saisissait pas le message était assis à côté de lui. Casey se figurait qu'être son jumeau lui donnait des privilèges.

— Je suis le seul à savoir ?

Ils étaient sur une portion de route tranquille, et Casey lui lança un regard de biais.

— Tu n'as jamais consulté un thérapeute ?

— Je n'en ai pas besoin…

— Bien sûr que non, ricana Casey.

Quand il reprit la parole, son ton était plus doux.

— Tout ce que je dis, c'est : parles-en à Alyssa ou tu la perdras.

Everett leva la main.

— D'accord, ça suffit.

Ils achevèrent le reste du trajet en silence.

Robert Torrington vivait dans une élégante demeure de style colonial. Cet avocat à la langue acérée était considéré comme un poids lourd dans son domaine, bien qu'il soit cloué dans un fauteuil roulant depuis dix ans. Tandis que son frère s'engageait dans l'allée bordée de hauts palmiers, Everett contempla la maison.

— Je n'ai jamais entendu dire que Torrington senior transgressait la loi. Et toi ?

Casey secoua la tête.

— Ce type est hyper pénible mais honnête. Le fils ? Il y a des rumeurs, mais je ne suis certain de rien.

Everett repensa à la tentative éhontée de Ray pour dépouiller Kennedy de son héritage.

— Je suis certain que Ray est un escroc. Il voulait mettre la main sur l'argent que les Dodd ont laissé à leur fille. Est-il assez malin pour avoir planifié ça lui-même ou quelqu'un l'a-t-il conseillé ? C'est ce que j'aimerais lui demander.

— Je ne te conseille pas de faire part de ces soupçons à son père.

— Robert s'attend peut-être à ce que tout le monde s'écrase devant lui, mais j'ai l'intention d'obtenir des réponses.

En quittant Cactus Creek, Everett avait laissé derrière lui cette mentalité de petite ville.

Dès qu'ils firent halte devant la maison, la porte d'entrée s'ouvrit. S'extrayant maladroitement de la voiture, Everett vit un homme de grande taille, en pantalon noir et chemise blanche, les observer, avant de s'adresser à Casey.

— Adjoint Colton. Nous n'attendions pas votre visite.

— En effet.

Everett avait pris la parole avant son frère.

— Les policiers n'ont pas besoin de prendre rendez-vous.

— Je te présente Deval Holden, dit Casey tandis que les yeux de l'homme se posaient enfin sur le badge d'Everett. Le maître d'hôtel de M. Torrington.

— Prendre rendez-vous n'est pas obligatoire, agent Colton, mais cela dénote de la courtoisie envers un homme âgé.

Le maître d'hôtel n'avait pas bougé, leur bloquant l'accès à la maison. Everett n'allait pas tomber dans le piège.

— Comme vous l'avez correctement supposé, je suis ici pour parler à Me Torrington.

Il continua à marcher, défiant Holden de le stopper. Au dernier moment, le maître d'hôtel recula et ouvrit la porte.

— M. Torrington a passé une mauvaise nuit. Je vais voir s'il est assez bien pour vous recevoir.

Il les escorta dans un élégant salon et les quitta sans un mot.

— Je sais que c'est difficile, mais il vaut mieux museler le méchant flic, dit Casey. Juste un peu.

Everett prit une profonde inspiration et souffla lentement.

— Quelqu'un m'a poignardé. Ce type menace ma petite fille. Et effraie Alyssa.

— Qui que ce soit, nous l'arrêterons.

Casey lui posa une main sur l'épaule.

— Mais je ne pense pas que ce soit Robert Torrington. Et il est plus susceptible de réagir à la flatterie qu'à l'hostilité.

— Donc maintenant, nous offrons le choix en matière d'interrogatoire ?

Bien qu'Everett grommelle, il savait que son frère avait raison. Il laissait ses émotions obscurcir son jugement.

— Oh, mon Dieu !

Ces mots étaient accompagnés d'un bruissement de soie et d'un nuage de parfum.

— Deux beaux hommes que je n'attendais pas. Qu'ai-je fait pour mériter cela ?

La femme qui venait d'entrer dans la pièce avait probablement la cinquantaine, mais elle était si parfaitement vêtue et maquillée qu'elle en paraissait vingt de moins. Everett se rappela les ragots que lui racontait sa mère. Notamment le scandale qu'avait déclenché Robert Torrington en laissant tomber sa femme – la mère de Ray – pour une strip-teaseuse. Ce devait être, songea-t-il, Renata Rose-Torrington.

— Madame Torrington ? Je suis l'agent Colton, du bureau du FBI de Phoenix, et voici l'adjoint au shérif Casey Colton. Nous aimerions vous poser quelques questions sur votre beau-fils.

— Ray ? Oh ! il a dû s'absenter.

Renata prit place sur un luxueux sofa blanc et indiqua les fauteuils placés de chaque côté.

— C'était plutôt soudain, d'ailleurs.

Un témoin qui voulait parler. Résistant à la tentation d'échanger un sourire avec Casey, Everett s'assit.

— J'espère que tout va bien.

— J'ignore ce qui se passe. Tout ce que je sais, c'est qu'il est arrivé avant-hier à l'heure du dîner en pleine panique et que Robert et lui se sont enfermés pendant une heure. Après cela, Ray est reparti ventre à terre.

Elle lissait les plis de sa jupe avec nervosité.

— Ce n'est pas comme si on me tenait au courant d'habitude, mais cette fois, ils m'ont complètement ignorée.

— Vous avez une idée de l'endroit où se trouve Ray ? demanda Everett.

— J'ai peut-être entendu quelque chose en passant devant le bureau de Robert.

Renata examina ses ongles avec une moue parlante. Elle était jalouse de la relation entre son mari et son beau-fils et malheureuse d'être exclue de la dernière crise en date.

— Mon mari a conseillé à Ray de se réfugier chez des parents à Denver et de faire profil bas quelque temps. Il lui a dit qu'il avait tout gâché. Que tromper des clients devrait être facile, mais qu'il s'était attiré la visite des fédéraux. Que s'il n'arrêtait pas de faire l'imbécile, il allait le virer.

— Renata !

La voix de Robert Torrington tenait de l'aboiement. Il entra dans la pièce dans son fauteuil roulant.

— Tu n'as rien d'autre à faire ?

Le comportement de sa femme se modifia instantanément. Elle se leva d'un air soumis, rappelant à Everett une rose fanée.

— Puis-je demander à la gouvernante de vous apporter des rafraîchissements, messieurs ?

— Merci, mais nous n'allons pas rester.

— Eh bien, c'est déjà ça, dit Robert en arrêtant son fauteuil roulant devant Everett. Serez-vous assez bon pour m'expliquer la raison de cette visite forcée ?

— Votre fils et moi sommes les curateurs des biens d'une enfant. Je dois prendre des décisions et j'aimerais entrer en contact avec lui, dit Everett. Avez-vous ses coordonnées ?

Son approche prit Robert et Casey par surprise.

— Je suis désolé, agent Colton, mais vous avez fait le trajet pour rien, riposta Robert avec un sourire suffisant. Si vous aviez appelé au préalable, je vous aurais dit que mon fils ne possède pas de téléphone portable. Comme il est actuellement en voyage, je n'ai aucun moyen de le joindre.

Everett lui rendit son sourire.

— Mais vous devez avoir l'adresse des parents chez qui il séjourne à Denver.

— C'est ma femme qui vous a dit ça ?

— Mme Torrington nous a dit qu'elle n'a pas été incluse dans les conversations sur la situation actuelle de votre fils.

Everett écouta avec satisfaction Robert aboyer l'adresse de son cousin à Denver. Mais cette satisfaction ne dura pas. Le temps qu'il contacte la police de Denver, Robert aurait mis son fils au courant et il serait depuis longtemps parti.

À dire vrai, Everett ne soupçonnait pas Ray d'être à l'origine des agressions. C'était aller trop loin que de l'imaginer tuant ses riches clients pour mettre la main sur la fortune de leur fille. Mais il était possible qu'il se soit associé à Georgia dans l'espoir de recevoir une partie de l'héritage. Quoi qu'il en soit, on revenait toujours à la même question : comment avait-on pu tuer Sean en le poussant à foncer dans un mur ?

— Et s'il n'est pas là ?

— Que voulez-vous dire ? fit Robert en bombant le torse.

— Je pense simplement à l'enfant. Un curateur qui ne remplit pas ses devoirs peut-il être révoqué ?

— C'est la justice qui doit régler cela, lança Robert avec un regard d'intense aversion. Techniquement, un curateur incapable ou incompétent peut être remplacé.

— Merci pour votre aide.

Robert cilla.

— C'est tout ?

— Je suis certain que vous ne manquerez pas de nous contacter si vous vous rappelez quelque chose qui pourrait faire avancer nos investigations, dit Everett en se levant.

— Et quelles sont ces investigations, agent Colton ?

— Pour l'instant, je ne soupçonne qu'une chose, c'est que votre fils complote pour dépouiller une orpheline de son héritage. Mais si je découvre qu'il est impliqué dans autre chose, je reviendrai.

— Vous me menacez sous mon propre toit…

— Mon frère ne menace pas, dit Casey alors qu'Everett se dirigeait vers la porte. Il fait des promesses et il les tient.

13

Non, je ne suis pas accro au shopping.

Alyssa livrait une bataille perdue d'avance. Il y avait tant de choses qu'elle voulait acheter pour Kennedy.

Melody était venue boire un café et bavarder avec elle, mais son travail au ranch ne lui laissait pas beaucoup de temps. Ça ne faisait rien, l'avait assurée Alyssa, Everett n'avait pas l'intention de rester dehors très longtemps. Mais cela faisait presque trois heures. Elle avait fait le ménage, la lessive, et préparé le repas. Elle fit défiler quelques photos sur son téléphone.

— Ce sera sa faute si j'achète un traîneau grandeur nature et un vrai renne.

Allongée sur son tapis de jeu, Kennedy, qui essayait de manger l'un de ses pieds, gloussa joyeusement.

— Et s'il ne prend pas garde, il va déballer ce joli peignoir duveteux le matin de Noël.

Alyssa inclina le téléphone pour le montrer à Kennedy.

— Qu'est-ce que tu en penses ? C'est trop ?

Le bébé émit un gargouillement.

— Tu as peut-être raison.

Au coin de la pièce, il y avait une pile de paquets qu'on avait livrés pendant que Melody était là. La seule pensée de ce qu'ils contenaient enthousiasmait Alyssa. Quand Everett rentrerait, elle les ouvrirait et suspendrait la chaussette de Noël de Kennedy à l'arbre. Puis, une fois le bébé endormi, elle envelopperait ses cadeaux…

— Oh ! je sais ce que je vais faire.

Sautant sur ses pieds, elle chercha le plus petit paquet de la pile. Cet article avait été le plus cher et le plus difficile à trouver. Au départ, elle n'était pas sûre qu'il soit possible de placer un traceur GPS sur un bébé, mais elle était devenue experte en la matière. Convaincue qu'Everett la trouverait paranoïaque, elle ne lui en avait pas parlé.

Elle ouvrit la boîte contenant un petit bracelet, un bouton à agrafer aux vêtements de l'enfant et une notice expliquant comment les activer. L'une de ses priorités avait été de trouver une méthode pour localiser Kennedy. Elle se disait que si quelqu'un – *Georgia* – réussissait à enlever la petite fille et trouvait le traceur caché dans le bouton, il le retirerait tout simplement. Un joli bracelet rose était plus susceptible de rester en place.

Un instant, l'image de Georgia enlevant Kennedy la submergea. Écartant cette idée, elle se concentra sur le gadget électronique. Quelques minutes plus tard, Kennedy portait son bracelet et ses mouvements correspondaient à un point lumineux sur le téléphone d'Alyssa.

— Voilà, chérie. Plus de secrets pour moi jusqu'à tes dix-huit ans.

C'était une petite victoire dans une période par ailleurs éprouvante. Savoir que quelqu'un les épiait était moralement épuisant. Seuls Everett et Kennedy la distrayaient de cette angoisse constante. Et maintenant, cette application.

— Mais qu'est-ce qu'il fait ? !

Juste au moment où Alyssa vérifiait son téléphone, elle entendit Everett tourner la clé dans la serrure. Sa tension se dissipa immédiatement. Résistant à la tentation de courir vers lui et de lui nouer les bras autour du cou, elle le regarda s'agenouiller près de Kennedy.

— N'avale pas tes orteils, petit cœur.

Quand il lui embrassa la joue, le bébé roucoula de contentement. Alyssa secoua la tête pour disperser une bouffée d'émotion soudaine.

— Je suis désolé. J'aurais dû appeler.

Il la regarda, et Alyssa vit les plis de lassitude autour de ses yeux. Il lui résuma rapidement sa visite au cabinet Torrington et chez Robert.

— Est-ce possible que ce soit Ray qui t'ait poignardé ? Il a pu paniquer et décider de s'enfuir.

— Mon agresseur était plus petit que Ray, dit Everett. À mon avis, il fait profil bas, parce qu'il sait que je le soupçonne d'avoir essayé d'escroquer Kennedy.

Il avisa alors la pile de paquets.

— Tu as été drôlement occupée…

— C'étaient les dernières courses de Noël. Je veux…

Il rit.

— Je sais, un Noël spécial pour Kennedy.

— Pour nous tous.

Elle ne pourrait jamais expliquer combien c'était important pour elle. Elle changea donc de sujet.

— Kennedy ne s'en souviendra pas, alors je veux prendre un tas de photos.

— Alyssa, dit-il en lui jetant un regard mesuré, est-ce que dans tes plans il y a le fait que je porte un pull affreux ?

Elle baissa la tête.

— Juste pour les photos.

Il poussa un soupir exagéré.

— Montre-moi.

Elle fouilla dans les paquets et en ouvrit un.

— Promets-moi de garder l'esprit ouvert.

— C'est si grave que ça ?

Alyssa les lui présenta un par un, souriant de sa réaction.

— Maman Elfe, papa Elfe et, pour Kennedy, « Élevée par les Elfes ».

Il mit la tête entre les mains, mais à la façon dont ses épaules tressautaient, elle comprit qu'il riait.

— Je me suis dit que ça ferait un mignon portrait de famille.

Quand il releva les yeux, le rire était parti. Bien que son expression soit indéchiffrable, le regard qu'il lui lança la réchauffa des pieds à la tête.

— Dire que je pensais passer un Noël tranquille…

— Eh bien, excuse-moi si Kennedy et moi t'avons gâché tes fêtes de célibataire…

— Qu'est-ce que c'est que ça ? l'interrompit Everett.

Quand elle avait remué les paquets, une feuille de papier pliée avait glissé sur le sol. Se baissant pour la ramasser, il l'ouvrit maladroitement. Le message, comme le précédent, était écrit au feutre noir.

On dirait que le couteau a causé de sérieux dégâts au dur à cuire. Hâte de voir ce que le prochain fera au bébé.

— Qui a livré ça ?

Everett s'était redressé, téléphone en main. Alyssa le dévisagea, les yeux écarquillés et le visage d'un blanc de craie. Il vit sa poitrine monter et descendre à toute allure. Quand elle porta une main à sa bouche, Everett réprima un juron. Qu'est-ce qui lui prenait ? Elle venait juste de lire une horrible menace, et il réagissait en aboyant comme si c'était elle la suspecte. Il s'approcha d'elle et l'enlaça d'un bras.

— Je suis un crétin, je suis désolé.

Tremblant de tous ses membres, elle se laissa aller contre lui.

— Tu es un crétin, en effet.

Les mots furent étouffés par sa chemise.

— Qu'est-ce que tu as dit ? Je n'ai pas bien entendu. Quelque chose comme « crétin incroyablement sexy » ?

Elle leva la tête et il vit des larmes dans ses yeux.

— Tu es impossible.

— Mais incroyablement sexy ? insista-t-il avec espoir.

Elle réussit à sourire tout en reniflant.

— Il faut que je me mouche.

Elle disparut dans la salle de bains et revint une minute plus tard. Elle avait les yeux rouges et le visage défait, mais elle secoua la tête quand il haussa les sourcils.

— Pose tes questions. Je sais que c'est important.

Il s'assit sur le sofa et tapota les coussins près de lui.

— Qui a livré les paquets ?

Alyssa prit place, fronçant les sourcils pour se souvenir.

— C'était un livreur normal. Quand il a sonné, j'ai regardé par la fenêtre. Son véhicule était dans le parking et comme Melody était là, je me suis dit que je pouvais ouvrir la porte.

Il n'aimait pas son raisonnement. Deux femmes et un bébé seuls… Le livreur aurait pu être armé. Il écarta ces images perturbantes. Quand il se serait occupé de la lettre, il reviendrait à la question de la sécurité.

— Tu te souviens du nom de la société ?

— Non, mais le slogan parlait de sourires.

Elle plissa le nez.

— Envoyer des sourires ? Non, ce n'est pas ça.

— Livrer des sourires.

Everett serra le poing et sentit son bras l'élancer.

— C'est Blaze Couriers.

— C'est ça. Comment le sais-tu ?

— Parce que c'est la même qui a livré le nounours.

— Oh…

Elle alla prendre le bébé. Ensommeillée, Kennedy se blottit au creux de ses bras. Bien qu'il ait l'esprit ailleurs, Everett remarqua qu'Alyssa jouait avec un bracelet au poignet de la petite fille. Il ne l'avait jamais vu jusque-là et le trouva joli.

— Je suppose que tu n'as pas vu le nom du livreur.

Alyssa secoua la tête.

— Tu peux me le décrire ?

— De taille moyenne. Dans la vingtaine. Mince. Châtain. Je n'ai pas remarqué la couleur de ses yeux. Il n'avait rien de remarquable.

— Ça pourrait être Joe, le type qui a livré le nounours, dit Everett. Je vais aller le voir.

Il contempla Alyssa, sa beauté, sa douceur, ses manières protectrices avec Kennedy. Le simple fait de la regarder lui procurait un mélange de joie et de chagrin. Jusque-là il n'avait pas osé rêver d'avenir avec elle. Mais il eut brusquement envie de lui demander de lui faire confiance.

Alyssa dut sentir son humeur, car elle redressa le bébé endormi contre son épaule. Il pencha la tête pour déposer un baiser sur sa joue puis traça des lèvres une ligne allant du creux de son oreille à la base de son cou. Alyssa eut un petit soupir qui lui dit tout ce qu'il avait besoin de savoir. Se faisant provocant, il joua avec sa bouche jusqu'à ce qu'elle pousse un gémissement. Alors il glissa la langue à la rencontre de la sienne et leurs bouches se fondirent en un baiser à la fois tendre et passionné.

Lorsque Alyssa s'appuya contre lui, le bébé remua, et ils eurent un sursaut de culpabilité.

— Je…

Elle s'interrompit et reprit :

— Je ne veux pas rester seule pendant que tu sors.

Everett avait envie de lui demander si ce baiser avait représenté autant pour elle que pour lui, mais il se résigna à traiter des choses pratiques.

— Laisse-moi appeler Casey.

Quelques minutes plus tard, il acheva sa conversation avec son frère et expliqua à Alyssa ce dont il s'agissait.

— Si tu es d'accord, vous irez chez mes parents, Kennedy et toi. La maison possède un système d'alarme dernier cri et Casey a fait mettre une alerte sur ton téléphone. Si tu appelles le 911 ou le commissariat, ils répondront immédiatement. Il a aussi demandé à une patrouille de passer devant chez eux toutes les heures. Et, bien sûr, nous avons émis un avis de recherche concernant Georgia.

Elle se détendit.

— Ça ne dérangera pas tes parents ?

— Ma mère meurt d'envie de voir Kennedy.

Il sourit.

— Si elle recommence ses insinuations sur le mariage, c'est toi que ça va déranger.

— Je la distrairai avec les pulls que j'ai achetés, dit-elle en lui rendant son sourire.

Il lui prit Kennedy des bras et se dirigea vers la chambre.

— Je vais préparer cette petite pendant que tu mets tout ce qu'il faut dans le sac éléphant.

Les craintes d'Alyssa se dissipèrent rapidement. La maison de Ryker et Maribelle était certes grande et luxueuse, mais aussi confortable et accueillante.

Elle s'arrêta devant le perron. Maribelle se dirigeait déjà vers la voiture, bras tendus.

— Laissez-moi mettre cette petite fille à l'abri du froid.

Avec toute l'habileté d'une mère et grand-mère, elle sortit le bébé de son siège auto et gravit les marches du porche. Alyssa les regarda disparaître à l'intérieur. Elle aurait dû les suivre, mais elle voulait d'abord poser une question. Everett était sur le siège passager. Elle se tourna vers lui.

— Tu seras…

— Prudent ? Je te le promets.

Cela ne suffisait pas, mais elle ne savait que dire d'autre. En fait, elle avait des dizaines de choses en tête, mais aucune n'était pertinente à cet instant.

— Ne pas pouvoir conduire, c'est vraiment frustrant.

Everett se retourna. Il attendait l'arrivée de Casey, comprit-elle. Elle aurait dû se réjouir qu'il se consacre à cette affaire. Ils auraient tout le temps de penser à l'avenir quand il y en aurait un. Se penchant en avant, elle lui embrassa la joue.

— Hé ! s'exclama-t-il, l'air surpris mais content. À quoi dois-je ça ?

— C'est pour te souhaiter bonne chance. Pour te remercier. Il faut qu'il y ait une raison ?

— Je suppose que non.

Il sourit et prit sa main, qu'il posa sur son genou.

Les yeux de Maribelle brillaient de plaisir.

— C'est merveilleux d'entendre des rires d'enfant entre ces murs.

Ryker se redressa, les cheveux aussi ébouriffés que s'il avait reçu une décharge électrique.

— Je suis désolé d'apprendre l'existence de ces menaces. Je suis sûr qu'Everett arrêtera cette personne très bientôt.

— Oh ! bonté divine, je l'espère ! s'exclama Maribelle. Ça me fait frissonner rien que d'y penser.

Elle glissa la main d'Alyssa au creux de son bras.

— Pourquoi ne venez-vous pas avec moi à la cuisine pendant que je finis de préparer le déjeuner ? Ryker peut distraire le bébé.

Une heure plus tard, Alyssa avait l'impression de connaître ces gens depuis toujours. Ce n'était pas le cake au citron de Maribelle, la porcelaine ni même les fleurs cueillies par Ryker dans la serre qui lui donnaient l'impression d'être chez elle, c'étaient les sourires et l'affection.

Après le déjeuner, Kennedy s'endormit. Alyssa la déposa sur le sofa et la borda dans sa couverture préférée. Maribelle vint s'asseoir auprès d'elle.

— Je sais qu'elle n'est pas votre enfant biologique, mais elle me rappelle Everett au même âge. C'était un si joli bébé.

Elle rit.

— Je me plains d'avoir dû élever des jumeaux, mais ils ne m'ont pas donné beaucoup de souci. Jusqu'à ce qu'Everett ait son diplôme. Il a affronté des choses difficiles cet été-là.

Alyssa sentit son cœur battre plus fort. C'était l'été qui avait précédé leur rencontre.

— Vous savez ce qui s'est passé ?

Maribelle secoua la tête.

— Après une absence d'un mois, nous avons été choqués de voir à quel point il avait changé. Il avait perdu beaucoup de poids. Il venait d'être engagé comme assistant juridique dans un grand cabinet de Phoenix. Ryker et moi étions inquiets, mais il a repoussé toutes nos tentatives de dialogue. Notre seul espoir était qu'il se confie à Casey. Peu de temps après, il a démissionné et a rejoint le FBI. Nous n'avons jamais découvert ce qui l'avait affecté à ce point.

Alyssa n'aurait pas dû s'en mêler. Casey l'avait très bien résumé : « Pose la question à Everett. » S'il voulait qu'elle connaisse son passé, il lui en parlerait.

— Quel était le nom de ce cabinet ?

14

Tout en roulant vers le siège de Blaze Couriers, Everett et Casey discutaient du thème récurrent de l'affaire.

— Mais comment Georgia a-t-elle pu pousser Sean à foncer dans un mur ?

Everett avait étudié les rapports d'enquête au point d'en avoir mal à la tête, il n'arrivait toujours pas à comprendre.

— Il y a eu des spéculations comme quoi Sean et Delilah auraient été tués ailleurs et leurs corps placés dans la voiture après l'accident. Mais les autopsies ont confirmé que ce n'était pas le cas. Sean était au volant quand cette voiture a heurté le mur.

Casey pinça les lèvres.

— Je suis arrivé sur place avant qu'on enlève les corps. Ils ne pouvaient pas survivre à ça.

— Quelles sont les autres théories ? La voiture était trafiquée ?

Casey secoua la tête.

— La voiture n'avait rien du tout. On l'a examinée sous toutes les coutures.

Everett tambourina des doigts sur sa cuisse.

— Alors est-ce qu'on aurait pu utiliser un contrôle à distance ? Quelque chose qui aurait fait que Sean ne puisse pas freiner ?

— Mais pourquoi n'aurait-il pas fait un écart ? Il y

avait des choses moins radicales à faire que de foncer dans un mur.

— Peut-être qu'aucune commande ne fonctionnait ?

Everett haussa les épaules.

— On dirait un film de science-fiction, je sais.

— Tout est possible, concéda Casey. Ce que je sais, c'est qu'on n'a rien trouvé jusqu'ici.

— Ce qui veut dire que c'est tout simple.

Everett sentait son moral baisser.

Blaze Couriers avait ses locaux dans les faubourgs de Cactus Creek, sur la route de Tucson. Ils consistaient en un petit bureau de réception et un entrepôt. Il y avait aussi une cour grillagée, dans laquelle stationnaient plusieurs véhicules. Quand Casey et lui entrèrent, un homme leur fit signe de s'asseoir sans même les regarder.

— Je suis à vous dans une minute. Vérifiez que vous avez une pièce d'identité. Pas d'identité, pas de colis.

Everett s'approcha du comptoir.

— J'ai une pièce d'identité, dit-il en sortant son badge. Ça vous va, Antonio ? ajouta-t-il en lisant le prénom de l'homme sur sa chemise.

— Euh, bien sûr, dit le dénommé Antonio en se levant maladroitement. Que puis-je pour vous, monsieur ? Euh… agent ? Je veux dire…

— Je cherche un de vos livreurs, Joe Meyer.

— Joe ? Il est sorti pour une livraison.

Il prit un porte-bloc à pince avec une liasse de papiers.

— Il doit bientôt revenir pour sa prochaine livraison.

— Bientôt, ça veut dire quoi ? demanda Everett.

— Dix minutes.

Les yeux d'Antonio jaugèrent nerveusement Casey, appuyé contre la porte.

— Ou plus tôt s'il termine plus vite sa livraison.

— Nous allons l'attendre.

— Dois-je l'appeler ? Lui dire que vous êtes ici ?

— Non, Antonio. Ne faites pas ça, dit Everett en souriant.

Casey se déplaça pour regarder par l'une des fenêtres et Everett fit de même avec l'autre. Dix minutes plus tard, une camionnette de livraison s'arrêta dans la cour et Joe en sortit.

— C'est lui ? demanda Casey en haussant les sourcils.

— C'est lui.

Everett regarda Joe approcher. Était-ce lui qui était sorti de l'obscurité pour le poignarder ? Alyssa l'avait décrit comme étant de taille moyenne, mais il était plus petit que ça et pas bien gros. Il n'était pas certain que la taille de son agresseur corresponde à celle de Joe.

La porte s'ouvrit et Joe apparut, sifflant joyeusement. Lorsqu'il approcha de la réception, Everett et Casey vinrent se placer derrière lui.

— Ravi de vous revoir, Joe.

Se retournant brusquement, Joe les dévisagea l'un après l'autre.

— Hé, je me souviens de vous. Le nounours, non ?

Son sourire se fêla misérablement et il eut l'air d'avoir envie de pleurer. Casey regarda son frère de haut en bas.

— Un nounours ? Ce n'est pas comme ça que le décrivent la plupart des suspects.

Le visage de Joe s'allongea encore.

— Suspect ? Qu'est-ce que vous voulez dire ?

— Il y a un endroit où on pourrait parler ? demanda Everett.

— Désolé, j'ai trop à faire. N'est-ce pas ?

Joe posa un regard suppliant sur Antonio.

— Il y a un bureau à l'arrière, dit ce dernier.

Antonio haussa les épaules d'un air impuissant en les faisant passer derrière le comptoir.

— Le FBI, mon vieux, dit-il en réponse au regard noir que lui lançait Joe.

Le bureau tenait davantage du local de rangement. Everett s'appuya de la hanche contre une caisse d'emballage, tandis que Casey prenait sa position habituelle contre la porte. Joe recula dans un coin.

— Je vous ai dit tout ce que je savais sur le nounours.

— Vous avez fait une autre livraison chez moi aujourd'hui, Joe, dit Everett. Parlez-moi de celle-là.

— Je ne me souviens pas de toutes mes livraisons.

— Vous allez vous souvenir de celle-ci.

Prudemment, Everett retira la lettre sous plastique du dossier qu'il portait et la tint de sorte que Joe puisse la lire.

— Parce que ou bien vous êtes coupable d'écrire des lettres de menace ou bien quelqu'un vous a demandé de la livrer en même temps que les paquets.

Joe se lécha les lèvres.

— Je n'ai jamais vu ça avant.

Everett regarda Casey.

— Ça tiendra devant la justice ?

Casey haussa les épaules.

— C'est risqué. Un jury pourrait penser qu'un mystérieux inconnu a introduit la lettre dans les paquets pendant qu'il avait le dos tourné. Vous avez signé quand vous les avez réceptionnés au dépôt, Joe ?

— Euh... oui.

— Et vous avez fermé votre véhicule à chaque livraison ?

— Bien sûr.

— Alors vous feriez mieux de vous trouver un bon avocat. N'importe quel procureur fera de la charpie de vous quand vous direz que vous n'avez jamais vu cette lettre.

— Et menacer un bébé ?

Everett secoua lentement la tête.

— Je ne vois pas comment vous obtiendrez la sympathie du jury avec ça, Joe.

— Elle a dit que c'était une farce.

Les mots s'étaient échappés de la bouche de Joe et il s'avachit contre le mur.

— Une blague familiale. Elle m'a dit que vous comprendriez l'humour.

— Elle ?

— Georgia. La femme que j'aime, murmura-t-il en détournant la tête.

Pendant que Kennedy dormait, Ryker alla s'occuper de sa serre et Maribelle bavarda avec Alyssa en rangeant des papiers. À l'aide de son smartphone Alyssa se renseigna subrepticement sur Alexandria et Foster, l'un des cabinets les plus respectés de Phoenix. Spécialisé dans les litiges financiers, il avait parmi ses clients une grande banque américaine.

On disait aussi que le cabinet était prêt à tout pour parfaire sa réputation. Cette obsession de l'excellence avait été critiquée huit ans auparavant, à la suite de la tentative de suicide d'une jeune stagiaire.

Huit ans auparavant. Alyssa fixa le vide, l'esprit envahi par toutes sortes de possibilités. Everett pouvait-il avoir été impliqué dans cette tentative de suicide ? Elle devait arrêter de se faire des idées. Lui attribuer une histoire dont elle ne savait rien était dangereux. Elle reposa son téléphone.

— Je peux vous aider ? demanda-t-elle à Maribelle.

Quelques minutes plus tard, elle se retrouva immergée dans un système de classement unique. Elle n'avait jamais rien vu de la sorte, et cela lui demandait toute sa concentration. Mais c'était une manière curieusement thérapeutique de passer le temps.

Quand Kennedy se réveilla et réclama bruyamment à manger, Alyssa tendit le biberon à Maribelle.

— Vous aimeriez le lui donner ?

— J'adorerais ça.

Maribelle et Kennedy s'installèrent dans un grand rocking-chair. Alyssa les contempla en souriant. Tous les cadeaux qu'elle avait prévus n'avaient aucune valeur comparés à cela.

Quelques minutes plus tard, Everett et Casey arrivèrent.

— Vous l'avez trouvé ?

— Oui, et il a tout avoué.

Everett lui passa un bras autour de la taille. Elle se blottit contre lui, envahie par le soulagement.

— Je ne comprends pas. Il avait des griefs envers les Dodd ? Envers toi ?

— Non. Il s'est juste associé à Georgia. Elle l'a dragué dans un bar et l'a convaincu qu'elle était l'amour de sa vie. Le pauvre idiot ferait n'importe quoi pour elle.

— Alors elle est toujours dans les parages ?

— Nous l'arrêterons, dit Casey. Joe est en cellule, claironnant tout ce qu'il a fait pour Georgia. La seule chose qu'il n'a pas dite, c'est où elle se cache. Sur ce, il faut que je retourne au bureau, conclut-il.

Maribelle agita la main à son intention.

— Nous te verrons à Noël.

— Qu'est-il arrivé à « Tu ne peux même pas bavarder cinq minutes avec ta mère » ? murmura Casey.

— Elle a un nouvel amour, dit Everett en désignant

le bébé. Prépare-toi à ce qu'elle oublie ton prénom d'ici une ou deux semaines.

Quand Casey fut parti, Everett se tourna vers Alyssa.

— Ce n'est qu'une question de temps avant qu'on la retrouve.

— Ce qui m'inquiète, c'est ce qu'elle peut faire pendant ce temps. Elle a fait la preuve de ses intentions, dit-elle en désignant son bras en écharpe. À moins que ce soit Joe ?

— Non, il a un alibi pour le soir de mon agression. Il a confirmé que c'est Georgia qui m'a poignardé. C'est ça qui t'inquiète ? Tu préférerais rester ici ?

Alyssa soupesa les options. L'appartement était exigu et pas pratique. Cette maison, d'un autre côté, était grande, confortable, dotée de toutes les facilités.

— Je veux rentrer à la maison.

Tandis qu'ils repassaient par le centre de Cactus Creek, les illuminations se mirent à briller dans le noir. Les bureaux fermaient et des passants se hâtaient, encombrés de paquets.

La patinoire au bout de Main Street était bondée, mais la queue pour le train du Père Noël était réduite. Accompagné d'un renne, le petit train en bois emmenait les passagers dans les collines entourant Cactus Creek.

— C'est l'une de nos traditions préférées, dit Everett en s'arrêtant à un carrefour. Casey et moi, nous comptions les jours avant de pouvoir monter à bord du train du « pôle Nord ».

— On devrait le faire, dit Alyssa.

— Bonne idée. L'année prochaine, quand Kennedy sera assez grande…

— Nous essayons de lui créer des souvenirs cette année… Faisons-le avant de rentrer à la maison.

— Tu es sûre ? insista Everett. C'était une journée stressante. On pourra toujours revenir demain.

— Il n'y a pas trop de monde, répliqua-t-elle. À une autre heure, il faudra faire la queue.

Elle avait raison. Le trajet ne prenait qu'une heure, mais la queue pouvait être trois fois plus longue. Bien qu'Everett ne soit pas convaincu que Kennedy en retire quelque chose, il appréciait ce qu'Alyssa essayait de faire. Elle voulait pouvoir partager ces expériences avec Kennedy dans le futur.

Et lui-même ne voulait-il pas écarter le stress ? Cela en vaudrait la peine, juste pour voir l'expression de Casey quand il lui raconterait. Il se gara et se retourna pour regarder Kennedy. Réveillé depuis peu, le bébé observait les illuminations de Noël d'un air fasciné. C'était donc réglé. Elle adorerait les couleurs et les vibrations du train du Père Noël.

Le guichet ressemblait à une maison en pain d'épices, et on leur donna des billets rayés comme des sucres d'orge.

— Je ne comprends pas bien comment on est passés de ce bon vieil Arizona au pôle Nord, murmura Alyssa tandis qu'ils montaient à bord du train.

— C'est la magie de Noël, lui dit Everett d'un air solennel.

Comme le train entamait son trajet en bringuebalant, Everett se détendit. Kennedy sur les genoux, Alyssa faisait bonjour aux gens qui passaient. Le bébé regardait les lumières, les yeux écarquillés, et se balançait au rythme de la musique. Tout cela rappelait qu'il y avait autre chose que Georgia et ses menaces. Le clou du voyage était un arrêt à la boutique du Père Noël. Les passagers purent se dégourdir les jambes, nourrir le renne et déguster du chocolat chaud et des cookies.

— Bien sûr, le Père Noël a son magasin ici même, ironisa Everett. Juste au cas où les passagers auraient des courses de dernière minute à faire.

Alyssa n'écoutait pas.

— Il faut que j'aille voir de plus près ces petits chaussons.

— Sérieusement ? Elle ne marche pas encore et elle a besoin de chaussons ?

Elle lui jeta un regard de pitié.

— Oui. Mais elle ne doit pas les voir.

— Bien sûr que non. Je vais l'emmener revoir le renne pendant que tu cèdes à la folie des achats.

Cinq minutes plus tard, les elfes invitèrent les passagers à remonter à bord. Il n'y avait pas trace d'Alyssa.

— En voiture !

Un elfe indiqua le train à Everett.

— Je cherche ma… mon amie. Elle est entrée dans la boutique.

— Elle vous attend probablement dans le train, monsieur.

C'était une supposition raisonnable, mais Everett savait qu'Alyssa ne serait pas montée sans Kennedy et lui.

— Non, elle doit être encore dans la boutique. Allez vérifier, s'il vous plaît.

L'air un peu moins gracieux, l'elfe secoua la tête.

— La boutique est fermée, maintenant, monsieur. Il faut monter à bord.

Everett regarda autour de lui. Il était le dernier sur le quai. On allait se souvenir de lui comme du type qui avait gâché la tradition de Cactus Creek… Il se pencha vers l'elfe.

— L'express du Père Noël n'ira nulle part tant que je ne l'aurai pas retrouvée.

Alyssa commençait à être irritée. Cet elfe était la personne la moins efficace qu'elle ait rencontrée.

— Il y a un problème avec ma carte ?

Elle savait que c'était impossible. Elle avait transféré une part de ses économies sur son compte courant quelques jours auparavant, pour couvrir les dépenses des fêtes.

— Euh… non. Apparemment, c'est notre système qui est en panne. Je vais voir avec mon collègue.

C'était donc un elfe sans expérience. Un farfadet remplaçant. Alyssa poussa un soupir d'impatience.

Le magasin se vidait rapidement et elle commença à se demander si les chaussons en valaient la peine. Mais ils étaient si mignons. Kennedy serait adorable avec eux, le matin de Noël.

— Je suis désolé, dit l'elfe, de retour. La transaction a bien eu lieu.

— Quel était le problème ? demanda-t-elle tandis qu'il lui tendait un sac bariolé et sa carte.

— Je ne devrais probablement pas vous le dire, mais la caisse a été débranchée.

— L'électronique, hein ? remarqua Alyssa avec sympathie.

Elle chercha son sac pour y ranger sa carte. Sauf qu'il n'était pas là où elle l'avait laissé. Son cœur eut un sursaut. Reculant d'un pas, elle survola la zone autour de la caisse. Mais elle savait déjà que c'était vain. Elle avait posé son sac à côté d'elle et il avait disparu.

— On m'a pris mon sac !

Avec une bouffée d'irritation, elle nota l'échange de regards entre les elfes. Quand était-elle devenue le genre de cliente qui suscite des regards entendus ?

— C'est votre sac, madame ?

L'un des employés se baissa et ramassa quelque chose à ses pieds.

— Oh…

Gênée, elle se sentit rougir.

— Merci. Il a dû tomber sans que je m'en aperçoive.

— Les autres passagers sont tous dans le train, madame.

Étonnant comme quelqu'un avec de grandes oreilles et un chapeau pointu pouvait sembler aussi critique. Fourrant sa carte dans sa poche, elle se précipita sur le quai, où Everett attendait, Kennedy dans les bras. Consciente que les autres passagers la fixaient, Alyssa passa un bras sous le sien et l'entraîna dans un wagon.

— Qu'est-ce qui t'a retardée ? demanda Everett.

— Il y a eu un dysfonctionnement. De la caisse et de mon cerveau.

Bien que cet épisode ait un peu entaché son plaisir, Alyssa était ravie de leur excursion. En retournant à la voiture, ils se sentaient bercés par cette sentimentalité que seules les fêtes pouvaient procurer.

— Je sais que tu en avais assez de l'atmosphère de petite ville quand tu as quitté Cactus Creek, mais ça ne t'a jamais manqué ? demanda-t-elle tandis qu'ils rentraient chez eux.

— Cactus Creek est l'un de mes endroits préférés, et je ne me suis jamais considéré supérieur parce que je suis parti. Mais il y a des choses qui ne me manquent pas. J'aime mettre des limites entre mes voisins et moi, et je ne parle pas seulement de limites physiques.

Il eut un petit sourire et son expression s'adoucit.

— Mais d'autres choses me manquent. Passer voir mes parents et mon frère quand j'en ai envie. M'asseoir sous le porche avec mon père pour regarder les étoiles. Le bruit des criquets au lieu de celui des sirènes. Boire une bière avec mes amis sans avoir à le planifier des mois à l'avance… Et puis mes parents vieillissent, je n'aimerais pas apprendre une mauvaise nouvelle par téléphone.

Il tourna la tête pour la regarder.

— Pourquoi me poses-tu la question ?

— Je suis curieuse. Je ne suis arrivée que récemment, mais j'aime ta ville natale.

— Vraiment ?

Il semblait surpris.

— Elle me donne l'impression…

Elle chercha la bonne description.

— Que tout est à sa place. Tu comprends ce que je veux dire ?

— Oui, et je suis d'accord.

Ils étaient arrivés chez eux et Everett arrêta la voiture dans le parking. Kennedy était profondément endormie, un ballon en forme de canne à sucre à la main.

— Il faut que je prenne une photo, dit Alyssa.

Ouvrant son sac à main, elle chercha son téléphone mais sentit une feuille de papier pliée. Elle la prit, les sourcils froncés.

— Qu'est-ce que c'est ?

Everett se pencha vers elle tandis qu'elle la dépliait, et ils lurent ensemble à la lumière des réverbères.

Jolis chaussons. N'oubliez pas d'y chercher des morceaux de verre.

Alyssa se repassa encore une fois ce qui s'était passé dans le magasin.

— Je savais où était mon sac, affirma-t-elle avec colère.

— Il est probable qu'on t'a suivie à l'intérieur, qu'on a

trafiqué la caisse et qu'on a placé cette lettre dans ton sac, dit Everett. Mais tu n'as remarqué personne à proximité ?

Elle secoua la tête.

— Il y avait du monde et le train était prêt à partir. Ça m'irritait de devoir attendre. J'ai à peine remarqué les gens autour de moi.

— Une autre lettre à ajouter à notre collection.

Il soupira d'un air las.

— Je vais envoyer les chaussons au labo pour les faire examiner. Tu les veux toujours ?

— Oui, bien sûr ! Georgia ne va pas tout gâcher !

Alyssa était outragée.

Everett contempla le visage de Kennedy. Ces joues rebondies, ces yeux brillants, ce sourire coquin le fascinaient davantage que n'importe quel spectacle. Y avait-il eu un moment où il s'était dit qu'il pourrait ne pas s'attacher à elle ? Tout chez cette petite fille éclairait son monde. Même la changer n'était pas si mauvais que ça. Il chantait joyeusement et lui disait qu'il raconterait ça à ses amies plus tard.

Kennedy le regardait, aussi bougea-t-il les sourcils et tira-t-il la langue. Elle gloussa et il sentit son cœur bondir de joie. Il lui déposa un petit baiser sur la joue. Mais…

— Pourquoi Kennedy n'arrête pas de me taper sur la tête en riant ?

Il se frotta le crâne. En s'apercevant dans le miroir, il remarqua combien il ressemblait à son père et lissa promptement ses cheveux.

— C'est son nouveau jeu. C'est ton père qui l'a inventé. Tu dois faire semblant d'être blessé, expliqua Alyssa.

— Tu me rappelleras de remercier mon père.

— Allez, c'est l'heure du bain.

Alyssa prit Kennedy dans ses bras.

— Je crois que tu viens de me sauver d'un grave traumatisme crânien, ironisa Everett

Bien qu'ils aient adopté des horaires, ils avaient compris que l'organisation ne tenait pas vraiment s'agissant d'un bébé. Ce soir-là, tout se déroula sans heurt et ils se tapèrent mutuellement dans la main en sortant de la chambre sur la pointe des pieds. Aucun d'eux ne mentionna le fait que, bien que Kennedy n'ait plus peur de les voir disparaître, ils avaient continué à dormir dans le même lit. C'était commode, ils pouvaient se relayer plus facilement auprès d'elle.

— Tu nous avais déjà imaginés avec un bébé ? demanda Everett.

— Oui.

Elle n'en dit pas plus et il comprit qu'il ne fallait pas insister.

Quand elle revint, Alyssa portait des rouleaux de papier et tout ce qu'il fallait pour emballer des cadeaux. Assise en tailleur près du sapin, elle commença par trier ses nombreux paquets. Avec les guirlandes lumineuses jetant des éclats dorés sur ses cheveux, elle incarnait pour Everett le parfait fantasme de Noël.

— Je crois qu'il y a une bouteille de vin quelque part. Je ne garantis pas sa qualité, mais je l'ouvre, si tu veux.

Elle lui sourit.

— Du vin au lieu de la bière ? On fête quelque chose ?

— D'avoir baigné et couché Kennedy sans difficulté.

— Alors je porterai un toast à ça.

Quand il revint avec les verres, elle fredonnait un chant de Noël à mi-voix. Le cœur d'Everett fit un bond. Soudain, il se rendit compte combien il était heureux. Après tout ce qu'ils avaient traversé, il ne devait pas gâcher cette deuxième chance. Il posa les verres sur la petite table et lui dit :

— Reste où tu es.

Alyssa le regarda avec un mélange d'amusement et de perplexité se diriger vers la petite chambre. Quand il revint, sa main libre était cachée derrière son dos.

— Tu n'es pas la seule à avoir fait des achats de Noël.

S'agenouillant à côté d'elle, il lui montra la branche de gui qu'il cachait et la tint au-dessus de sa tête. Alyssa se mit à rire.

— Tu t'en es souvenu !

— Bien sûr que oui. Je me souviens de chaque seconde de notre relation.

Son petit hochement de tête était tout l'encouragement dont il avait besoin. Il se pencha sur elle, la regarda une seconde dans les yeux, puis effleura doucement ses lèvres. Lorsqu'il recula, Alyssa glissa une main sur sa nuque pour l'attirer à elle. Cette fois, il ne se retint pas. Il l'embrassa tendrement, goûtant ses lèvres et respirant son odeur familière. Elle lui rendit son baiser, murmurant doucement tandis qu'il faisait courir ses doigts dans ses cheveux soyeux. Cela dura une éternité, pendant laquelle le souvenir de baisers passés alluma des étincelles de désir dans tout son corps. Finalement, Alyssa recula en respirant fort, mais avec une expression déterminée.

— J'ai besoin que tu me dises ce qui s'est passé l'été après ton diplôme.

Il se rassit sur ses talons, sentant la chaleur du baiser se retirer. Mettant la branche de gui de côté, il envisagea les tactiques habituelles. L'humour ne marcherait pas. Changer de sujet ?

— Qui t'a dit ça ? Ma mère ou Casey ?

— Peu importe. Tu as passé nos quatre années ensemble

à te cacher. Nous le savions tous les deux, mais nous n'y avons rien fait parce que j'avais mes propres problèmes.

Elle lissa un morceau de papier cadeau.

— Maintenant nous avons un bébé à élever. Nous nous devons l'un à l'autre – et à elle – d'être honnêtes.

Quand elle releva les yeux, elle avait les joues roses.

— Et s'il doit y avoir une suite à ce baiser, nous ne pouvons pas garder de secrets.

En même temps qu'une part de son cerveau lui ordonnait de fuir, une autre partie enregistrait sa suggestion qu'il puisse y avoir une suite au baiser. Allait-il écouter la voix de la lâcheté qui lui déconseillait d'assumer ou suivre son cœur et dire la vérité à Alyssa ? Un instant, la peur le submergea. Elle le verrait comme un raté. Il ne voulait pas risquer que son sourire tourne au mépris…

Elle posa une main sur la sienne.

— Est-ce que je t'ai dit que je ne suis sortie avec personne depuis quatre ans ?

Il émit un son étranglé.

— Vraiment ?

— J'ai dîné quelquefois avec des hommes, mais rien de plus. C'étaient tous des crétins.

Elle fit la moue.

— Non, c'était juste qu'ils n'étaient pas toi.

De son bras libre, il l'attira si fort qu'ils s'étalèrent sur le plancher. Ignorant ses protestations au sujet du papier cadeau, il l'embrassa à nouveau.

— La seule personne à qui j'en ai parlé, c'est Casey. Je ne sais même pas par où commencer.

— Contente-toi de parler. Tu verras où ça te mène.

Elle lui passa les bras autour de la taille et posa la tête contre sa poitrine.

— Je ne vais nulle part.

Jusqu'à ce qu'elle entende son histoire… Il avait fait tant d'efforts pour ne pas repenser à cette époque que s'ouvrir lui faisait encore plus mal qu'il n'aurait cru.

— Un cabinet de recrutement de Phoenix m'a contacté à la fin de mes études. Leur discours m'a tourné la tête. Leur client, un gros cabinet d'avocats, n'embauchait que les meilleurs. Ils ne voulaient pas seulement des diplômes, ils cherchaient des gens qui puissent supporter la pression. Ça aurait dû me mettre la puce à l'oreille. Mais le salaire qu'on m'offrait m'a fait vaciller sur mes jambes.

Allongé sur le plancher, Alyssa contre lui et Kennedy endormie dans l'autre pièce, il avait l'impression de parler de la vie de quelqu'un d'autre. Et en un sens, c'était le cas. Mais une vie qui avait affecté chacune de ses pensées depuis.

— J'ai compris presque immédiatement que ce n'était pas pour moi. Travailler dans la police est incontestablement dur, mais l'une des compétences clés est l'empathie. Même quand il s'agit d'arrêter des méchants, on a toujours affaire à des gens. Au risque de paraître sentimental, on se dit qu'on fait du monde un meilleur endroit. L'été que j'ai passé dans ce cabinet d'avocats, j'ai compris qu'il s'agissait avant tout de combattre les autres, que ce soit un autre cabinet ou ses collègues.

— Ça a l'air féroce, commenta Alyssa.

— La férocité, c'est un mot trop doux.

Il frissonna et elle resserra les bras autour de lui.

— J'avais sympathisé avec une des stagiaires, Caroline, et nous travaillions ensemble sur une affaire. Mineure, mais la direction nous mettait tout de même la pression. Puis, un jour, tout a changé.

La douleur était toujours là, profondément logée dans son cœur. Il serra les dents, stupéfié par son intensité.

— Tu veux un verre de vin ? suggéra Alyssa.

— Si je m'interromps, je ne pourrai pas recommencer.

Everett se fut quelques secondes pour rassembler ses pensées, puis reprit :

— Nous avions travaillé tard. Caroline était allée aux archives chercher un dossier. Elle est partie si longtemps que j'ai décidé de lui apporter un café. Quand je suis arrivé…

Il se redressa et plaqua une main sur ses yeux.

— Je ne peux pas, je suis désolé.

— Hé…

Alyssa s'agenouilla à côté de lui, prenant sa main entre les siennes.

— Si c'est trop dur, tu n'es pas obligé de continuer.

Il posa brièvement le front sur son épaule.

— Non, mieux vaut que tu entendes le reste de l'histoire. Quand je suis entré dans la pièce, l'un des associés en sortait. Il m'a bousculé. Au début, je n'ai pas trouvé Caroline. Puis j'ai entendu un bruit sous l'un des bureaux. Elle était cachée là. Ses vêtements étaient déchirés et son visage tellement contusionné que je l'ai à peine reconnue. Elle avait été…

Il s'étrangla sur le mot.

— Violée ?

Il acquiesça.

— Quand j'ai voulu appeler le 911, elle m'en a empêché. C'était lui, l'associé que j'avais vu quitter la pièce. Il lui avait dit que si elle en parlait sa carrière serait terminée.

— Mais c'est monstrueux ! s'indigna Alyssa.

— J'ai essayé de la persuader d'aller voir la police, mais elle a refusé. Elle ne voulait même pas contacter un centre d'écoute pour femmes violées.

Everett se frotta le visage de la main.

— Après cela, son état s'est détérioré peu à peu. Son travail en souffrait, et on la menaçait de renvoi. Ça me tuait mais je ne pouvais pas l'aider. Et quand je le voyais lui…

Il secoua la tête.

— Ensuite, elle a fait une tentative de suicide et ça a été l'enfer.

— Est-ce que la vraie raison est sortie ? demanda Alyssa avec espoir.

— Non. On a supposé qu'elle avait du mal à faire son travail. Il y a eu une enquête interne.

Il ricana.

— Une mascarade, depuis le début. La conclusion était que personne dans le cabinet n'aurait pu faire quoi que ce soit. Mais je savais, Lyss. Et je n'ai rien dit.

— Mais qu'aurais-tu pu faire ? Si tu étais allé voir la police, ils auraient eu besoin du témoignage de Caroline.

— J'aurais dû faire quelque chose. Parler aux associés. Aller voir la presse. Rendre visite à sa famille. N'importe quoi. Je l'ai laissée tomber.

— Toutes ces choses demandent des preuves que tu n'avais pas. Tu as vu l'associé quitter la pièce. Après ça, Caroline t'a dit qu'il l'avait violée. Je suis sûre que c'est ce qui s'est passé, mais tu n'avais aucune preuve. Si tu avais raconté cette histoire, tu aurais risqué ta carrière.

Les lèvres d'Everett prirent un pli amer.

— Il l'a reconnu.

— Pardon ?

— Le jour où je suis parti, je suis allé le voir dans son bureau. Je voulais le regarder dans le blanc des yeux. Quand je l'ai collé au mur en le tenant par la gorge, il m'a dit qu'elle s'était jetée à sa tête. « Comme toutes les autres », c'est l'expression qu'il a utilisée. Nous avons, euh, échangé d'autres paroles et il a avoué qu'il s'était trompé. Je lui ai dit que dorénavant je le surveillerais. Encore un écart et je mettrais mes menaces à exécution.

— Que lui est-il arrivé ? demanda Alyssa.

— Il a démissionné peu de temps après. Peu importe. La seconde tentative de suicide de Caroline a été la bonne. Elle est morte d'une overdose médicamenteuse le mois suivant.

Everett baissa la tête et fixa le plancher.

— Elle avait besoin de moi et je n'ai pas su la protéger.

Alyssa lui prit le bras.

— Ce n'est pas vrai. Tu as fait ce que tu pouvais, mais la culture d'Alexandria et Foster…

Il leva des yeux emplis de douleur.

— Je ne t'ai pas dit le nom du cabinet.

15

Everett était couché sur le flanc, le dos tourné à Alyssa. Une heure s'était écoulée, et bien qu'elle ait cru avoir des dizaines de choses à lui dire, chaque fois qu'elle ouvrait la bouche pour parler, sa langue se figeait. Pour finir, elle lui posa une main sur l'épaule et dit la seule chose importante.

— Je suis désolée.

Il resta silencieux un long moment, les muscles crispés.

— Tu m'as demandé de dire la vérité, Lyss. C'est l'une des choses les plus difficiles que j'aie eues à faire. Mais tu t'étais déjà renseignée sur moi.

— C'est ta mère qui m'a dit le nom du cabinet. Et oui, je l'ai cherché en ligne. Mais je ne savais pas du tout ce qui s'était passé. Si je l'avais su, tu penses que j'aurais ignoré ce que tu traversais ?

Avec son bras en écharpe, se retourner était impossible. Il se redressa donc maladroitement.

— Tu aurais eu le droit de remettre ma valeur en question.

En contemplant son visage dans la pénombre, elle comprit qu'elle n'aurait qu'une chance. Trouver les mots adéquats à cet instant était crucial.

— Everett, nous avons été ensemble quatre ans et tu ne m'as jamais laissée tomber. Grâce à toi, tout était amusant et magique, mais tu as fait aussi en sorte que je me sente aimée. J'ai pu te parler de mon enfance comme je ne l'avais jamais fait. Ma vie était enfin normale, parce que tu m'acceptais. Tu me donnais l'impression d'être chez moi.

En voyant la mâchoire d'Everett se décrisper, elle sentit son propre cœur s'ouvrir.

— Nous nous sommes séparés à cause de mes problèmes, pas à cause de quelque chose que tu as fait ou pas fait. Et j'ai passé quatre ans à le regretter.

— Lyss…

— Attends, je n'ai pas fini.

Elle tenta de sourire, les lèvres tremblantes.

— Quand nous nous sommes revus, le destin nous a fait prendre un tournant radical. L'époque où nous nous amusions est terminée. Nous sommes parents, maintenant, et nous avons été éprouvés jusqu'aux limites de la raison. Durant tout ce temps, tu as fait en sorte que Kennedy et moi soyons ta priorité. Ce qui est arrivé à Caroline est horrible, mais cela ne te définit pas. Tu en as seulement retiré un surcroît d'empathie à ajouter à l'homme bien que tu étais déjà.

Baissant la tête, il prit possession de sa bouche, y glissant la langue dans un mouvement lent et sensuel. Alyssa se pressa contre lui, s'abandonnant aux sensations qui la traversaient. Le corps d'Everett était aussi puissant qu'autrefois et la sensualité qu'il exsudait réveillait ses souvenirs érotiques.

— Euh… On n'oublie pas quelque chose ? dit-elle en lui posant une main sur la poitrine.

— J'ai des préservatifs, répondit-il en lui mordillant l'oreille. Je ne m'en suis pas servi pendant quatre ans, mais les vieilles habitudes ont la vie dure.

— Je suis ravie de l'entendre. Mais je pensais plutôt au fait que nous avons de la compagnie, dit-elle en désignant le petit lit.

— Je n'y avais même pas pensé, grommela Everett. Je veux dire… j'aurais fini par m'en souvenir.

Alyssa rit doucement.

— Il y a une autre chambre. On peut emporter l'écoute-bébé.

— Qui a dit que le romantisme était mort ?

— Vas-y, dit-elle en le poussant gentiment. Et ne fais pas de bruit, sinon tu seras mort aussi.

Quelques minutes plus tard, elle le rejoignit dans le lit étroit de la petite chambre.

— Quelles précautions, plaisanta-t-il. Ça rend les choses plus excitantes.

— C'est *toi* qui les rends excitantes.

Alyssa glissa les mains sous sa chemise tandis qu'Everett la dévorait de longs baisers affamés. Elle eut l'impression que son corps était en feu. Il s'allongea sur elle et lui écarta les jambes de ses cuisses musclées, pressant son érection contre son ventre, à travers leurs vêtements.

Puis, reculant un peu, il défit les boutons de sa veste de pyjama en faisant pleuvoir des baisers sur son visage. Quand le vêtement fut déboutonné, il le repoussa pour dévoiler ses seins.

— Tu es si belle, Lyss. J'ai envie de me perdre en toi.

Ses doigts laissaient une traînée d'électricité statique sur sa peau. Ses caresses étaient parfaites, chaque fois plus intenses et enivrantes. Quand il baissa la tête pour capturer un bout de sein dans sa bouche, elle arqua le dos et cria. Pour Alyssa, le sexe était bien davantage qu'un plaisir physique. C'était l'expression d'un lien profond, d'une intimité qui était en soi une déclaration d'appartenance.

— Je n'ai pas mon agilité habituelle, dit Everett au bout d'un moment. Débarrassons-nous de ces vêtements.

Tandis qu'Alyssa retirait son bas de pyjama en se tortillant, il ôta maladroitement ses propres vêtements. Puis il la rallongea sur le dos et prit position entre ses jambes. Sa bouche revint sur ses seins, léchant, taquinant et envoyant des frissons de plaisir dans tout son corps. Il prit tout son temps pour la caresser de haut en bas, et quand ses doigts s'attardèrent entre ses jambes, elle sentit de la lave en fusion couler dans ses veines. Une vague de plaisir inimaginable la parcourut. Everett pouvait lui faire n'importe quoi, chacune de ses caresses allait droit au but.

Des couleurs explosèrent sous ses paupières et une série d'éruptions volcaniques la soulevèrent. Les yeux d'Everett se braquèrent sur les siens.

— Je te veux.

— Oui.

C'était plus un halètement qu'un mot. Everett prit un préservatif dans la table de chevet et le lui tendit avec un sourire taquin.

— Je peux me servir de ma main droite pour certaines choses, mais là il y a besoin de précision.

— Je vais le faire.

Prenant le préservatif, elle déchira l'emballage. Everett s'allongea et la regarda dérouler l'objet sur son membre.

— Tu fais ça bien, dit-il d'une voix rauque.

Elle bougea pour se remettre à sa hauteur.

— Je t'ai souvent vu le faire.

Il grogna, l'attirant à nouveau sous lui. Empoignant ses hanches, il lui ouvrit les cuisses et se pressa contre elle.

— Regarde-moi, Lyss. Je veux voir tes yeux.

Il la pénétra doucement pour lui laisser le temps de s'adapter à lui. Alyssa souleva les hanches, le pressant d'aller plus vite. Ses doigts se plantèrent dans ses épaules, tandis qu'elle se plaquait contre lui. Everett réagit en s'enfonçant en elle d'une seule longue poussée.

Il recula lentement, puis s'enfonça à nouveau, plus profondément. Alyssa sentit l'air quitter ses poumons, la laissant pulser, brûler, voler dans les airs. Ses muscles intérieurs étaient déjà agités de spasmes quand elle lui réclama davantage. Et il lui donna ce qu'elle voulait, à coups de reins de plus en plus rapides et plus forts. Lui soulevant les hanches pour qu'elle vienne à sa rencontre, il la fit gravir petit à petit une spirale d'extase.

Son corps se referma autour de lui. Et Everett se laissa aller de tout son être. Rejetant la tête en arrière, il s'unit à elle dans un orgasme à leur faire perdre la tête.

Les quatre années précédentes s'évanouirent quand leurs corps s'immobilisèrent et qu'ils se blottirent l'un contre l'autre dans la chaleur du lit.

Alyssa était sa drogue. Une seule caresse et Everett était à nouveau accro à elle. Non qu'il s'en préoccupe. Il était heureux de replonger dans cet enchantement.

— Tu m'as tellement manqué.

Ses lèvres le chatouillaient dans le cou. Il plongea la main dans ses cheveux. L'embrasser, c'était goûter au paradis. Ils bougeaient comme des danseurs qui connaissent les pas et s'enthousiasment des infinies variations possibles. Leurs corps s'accordaient naturellement, ils étaient faits l'un pour l'autre.

Finalement, il se leva et lui tendit les mains pour l'entraîner dans la salle de bains. Ils se douchèrent ensemble. Puis, il l'enveloppa dans une serviette, la sécha, l'emporta dans la petite chambre et la déposa gentiment sur le lit.

— Nous dormons dans cette pièce ? s'étonna Alyssa avec un petit sourire. Ça veut dire que nous n'avons pas fini ?

Il feignit un regard lubrique.

— J'ai d'autres plans pour toi avant le matin.

Quand il eut fini de se sécher, il s'allongea contre elle dans la chaleur du lit. En sombrant peu à peu dans le sommeil, il songea que rien au monde ne pouvait égaler la sensation du corps nu d'Alyssa entre ses bras.

En s'éveillant, Alyssa reprit progressivement conscience de son environnement. Un corps dur et chaud pressé contre son dos. Des bras musclés qui l'entouraient. Une délicieuse détente de ses membres. Elle sourit en se rappelant la nuit.

Mais quelque chose n'allait pas. L'obscurité était complète. N*ous avons laissé la lampe allumée.* Elle tendit la main, cherchant l'écoute-bébé. Ses pires craintes se trouvèrent confirmées. Le témoin vert était éteint. Elle tenta d'allumer la lampe, en vain.

— Everett !

Elle était debout, cherchant ses vêtements dans l'obscurité.

— Que se passe-t-il ?

— Il y a une panne d'électricité.

Ils se ruèrent hors de la chambre en même temps, Everett en caleçon et Alyssa à moitié nue. La chambre principale était éclairée par la lueur de la lampe de chevet à piles. Et le lit était vide. Les genoux d'Alyssa se dérobèrent et elle se couvrit le visage des mains.

— Elle a disparu. Notre bébé…

Tandis qu'Everett examinait les fenêtres et les portes à l'aide de son smartphone, elle s'effondra contre le mur.

— Ce n'est pas le moment de t'écrouler. Elle a besoin de nous.

Choquée par ces mots durs, Alyssa inspira profondément.

— C'est ta faute, tout ça ! Si tu ne m'avais pas fait l'amour, je ne l'aurais jamais laissée seule !

— Crie si ça te soulage, mais habille-toi en même temps.

Il la poussa vers le placard.

— On a désactivé l'alarme et ouvert la fenêtre de la cuisine. Après avoir coupé l'électricité et pris Kennedy, ils sont juste ressortis par la porte.

Alyssa enfila un jean et un pull.

— J'appelle le 911.

Prenant son téléphone, elle fixa l'écran.

— Pourquoi hésites-tu ? demanda Everett,

Elle ouvrit l'application qu'elle avait téléchargée la veille et lui montra l'écran.

— Je sais où est Kennedy.

Il étudia quelques instants le petit point clignotant. Puis, s'habillant en un éclair, il prit ses clés de voiture.

— Mets des biberons et des bananes dans le sac éléphant. Tu m'expliqueras en chemin.

— Attends !

Elle dut courir pour rester à sa hauteur.

— Tu seras capable de conduire ?

— Mon bras a tenu bon cette nuit. Je pense qu'il réussira à tourner un volant.

Tandis qu'ils suivaient le signal sur des routes obscures, Alyssa alternait entre la terreur et l'engourdissement. De sombres pensées encombraient son esprit. Si Kennedy n'était plus là, Georgia hériterait-elle de l'argent et des biens des Dodd ? Était-ce sa motivation ?

— Je voulais un moyen de garder Kennedy en sécurité, si Georgia essayait de la kidnapper.

Les joues ruisselantes de larmes, elle expliqua à Everett comment le bracelet et la puce étaient reliés à l'application.

— Je n'imaginais pas qu'on en aurait besoin si vite.

— Pourquoi ne m'en as-tu pas parlé ? demanda Everett.

— Je pensais que tu me dirais que je suis surprotectrice.

— Je te suis très reconnaissant d'être surprotectrice.

Alyssa regarda la carte, et ses craintes redoublèrent.

— Tu crois que Georgia a l'intention de l'emmener au Mexique ?

— Si c'est le cas, elle ne prend pas la route la plus directe, dit Everett. Je n'écarte pas cette possibilité, mais j'ai envoyé un texto à Casey pour lui dire de mettre la pression à Joe. Il connaît peut-être la cachette de Georgia.

— Elle ne saura pas s'occuper de Kennedy.

Alyssa ravala un sanglot.

— Kennedy aura tellement peur, quand elle verra que nous ne sommes pas là. Surtout si elle reconnaît Georgia.

— On va la retrouver et la ramener à la maison.

Il était si résolu qu'Alyssa laissa ces mots l'apaiser et repousser un peu ses craintes. Au bout d'une demi-heure, le point cessa de bouger sur l'écran.

— C'est où ?

— Près de Deming, au Nouveau-Mexique.

Alyssa examina la carte.

— Mais ce n'est pas une ville. On dirait les contreforts de la chaîne des Cookes.

— Je ne connais pas cette région, mais ça m'a l'air d'une cachette idéale pour une fuyarde.

16

Everett utilisa le système mains-libres de sa voiture pour parler à Karen Hayes. Depuis le bureau du FBI à Phoenix, elle était en liaison avec Casey ainsi qu'avec ses collègues d'El Paso.

— El Paso pense qu'il s'agit d'un ranch inhabité dans le désert du Nouveau-Mexique. Le signal semble venir d'une écurie sur la propriété.

— Peut-on se fier à cette information ? demanda Everett.

— D'après Casey, son suspect est devenu plus communicatif. Apparemment, Georgia a des liens avec la région que nous examinons. Avant le vol au ranch OverHerd, elle a eu une brève liaison avec un rancher de Deming. Même s'ils ont rompu quand il a vendu, Joe dit qu'elle se servait de cet endroit comme cachette.

— Ça m'a l'air intéressant.

Everett consulta son GPS. Ils roulaient sur l'Interstate 10, à proximité de Deming. Le jour était tout à fait levé, et des nuages cotonneux voguaient dans un ciel d'un bleu hivernal, au-dessus d'un paysage d'une beauté lugubre. Il ne voulait pas communiquer sa peur à Alyssa, mais la pensée de leur petite fille en compagnie d'une femme suspectée de meurtre lui nouait l'estomac.

— Il n’y a pas eu de mise à jour. L’application montre que Kennedy est au même endroit depuis plus d’une heure.

Il lança un regard à Alyssa. Son attitude l’inquiétait. Avachie sur son siège, elle lui rappelait une poupée de chiffon. Des taches trop rouges brillaient sur ses joues pâles. Ses membres étaient bizarrement repliés, comme prêts pour une action qui ne viendrait pas.

— Nous y sommes presque.

Il lui toucha la main et fut alarmé de la trouver glacée.

— Mais qu’est-ce qu’on va trouver en arrivant ?

Everett quitta l’Interstate. À l’aide de son GPS et des indications des agents du FBI, il suivit une route qui les emmenait au ranch où ils soupçonnaient Georgia de se terrer.

— Si on approche en voiture, elle va nous entendre et paniquer, dit-il à Alyssa. Le seul moyen est de la prendre par surprise.

Elle continua de contempler par la fenêtre la vaste étendue aride. Il se disait qu’elle pensait à la même chose que lui. Si Georgia avait décidé de se cacher, il n’y avait pas de meilleur endroit pour le faire, et pas de terrain plus difficile pour la pister.

Enfin, il vit une crête devant eux. La formation rocheuse s’étendait en travers de l’horizon aussi loin que portait le regard, mais son GPS montrait qu’il y avait une route. Confiant dans la technologie, il suivit les instructions, et ils gravirent bientôt une corniche très raide. Quand ils furent au sommet, il s’arrêta à plusieurs mètres du bord afin qu’on ne voie pas la voiture depuis la vallée.

— J’ai des jumelles dans le coffre.

Il alla les chercher et en profita pour fourrer son arme dans son holster d’épaule, sous sa veste. Son bras droit n’était pas encore tout à fait guéri, mais il voulait être sûr de pouvoir tirer si Georgia tentait de faire du mal à Kennedy.

Prenant Alyssa par la main, il l'entraîna avec lui au bord de la corniche. Accroupis, ils survolèrent la vallée du regard. Immédiatement en dessous d'eux il y avait une vaste grange à étage. Les constructions suivantes se trouvaient plus loin.

— Ça pourrait être l'habitation d'un ranch.

En sortant les jumelles de leur étui, il montra à Alyssa ce dont il parlait. À travers les jumelles, la taille et le plan du ranch devinrent nettement visibles. Outre la maison principale, il y avait plusieurs bâtiments, notamment des bungalows en rondins. C'étaient sans doute les quartiers du personnel, à moins que le propriétaire ne loue ces logements. De toute façon, si Georgia connaissait cet endroit, c'était la cachette idéale.

Mais l'application montrait que Kennedy était dans la grange en dessous d'eux. En tout cas, c'était là que se trouvaient son bracelet et la puce. L'application ne pouvait pas leur dire si c'était sur un bébé en vie…

Reste positif.

Il se concentra sur la forme de la grange. Il y avait un étage, avec un toit en pente. Il ne connaissait pas l'élevage, mais il comprit que le rez-de-chaussée servait d'écurie et de sellerie, et l'étage de grenier à foin ou de logement. Peut-être était-ce pour cette raison que Georgia avait choisi cet endroit. Si on la cherchait, on ne fouillerait que la maison principale en négligeant les dépendances.

Où avait-elle laissé sa voiture ? Il expédia un texto à l'agent Hayes, décrivant la grange. Si elle avait l'intention d'envoyer d'autres agents, il lui faudrait toute l'aide possible. Il suggéra aussi qu'ils fouillent la zone pour retrouver le véhicule de Georgia. Il fallait le mettre hors d'usage au cas où elle déciderait de prendre la fuite.

— Il faut descendre sans que Georgia nous voie.

Il y avait une fenêtre dans le mur qui leur faisait face, mais le mur perpendiculaire était aveugle.

— Si nous avançons de quelques mètres, nous pourrons descendre sans nous faire voir. Tu penses que tu peux y arriver ?

La résignation fit place à une sombre détermination sur son visage.

— C'est pour Kennedy. Regarde !

Elle se mit à glisser sur le derrière, faisant rouler des cailloux. Ce n'était pas la descente la plus gracieuse qu'Everett ait vue, mais c'était efficace. Comme ce serait aussi plus aisé pour son bras, il l'imita.

Quand ils atteignirent le fond de la vallée, Everett prit la main d'Alyssa et ils coururent jusqu'à la grange. Plaqués contre la paroi, ils tendirent l'oreille. Il n'y avait aucun bruit.

— Regarde l'application, murmura-t-il à Alyssa.

Elle avait gardé son téléphone en main. Elle le consulta rapidement et le lui montra. Le point rouge clignotait sur l'écran.

— Elle est là.

— Alors il faut entrer.

Accroupi, Everett se déplaça le long de la grange. Une odeur de fumier assaillit ses narines et il fut momentanément ramené à son enfance, quand il rendait visite à son oncle. Il dut se secouer pour revenir au présent.

Il avait fait signe à Alyssa de rester où elle était, mais en regardant derrière lui, il vit qu'elle l'avait rejoint. Espérait-il qu'elle obéisse alors que Kennedy était tout près ? Lui adressant un froncement de sourcils d'avertissement, il continua d'avancer vers l'angle du bâtiment.

L'absence de tout bruit le préoccupait. Kennedy aurait dû être réveillée à cette heure-là. Si on ne la nourrissait pas, elle se mettait à pleurer. Et comme en plus Everett et Alyssa n'étaient pas là, il se serait attendu à ce que ses cris ameutent tout le FBI. Et puis il y avait le fait qu'elle était avec Georgia. Si Kennedy avait été témoin de l'agression de ses parents, elle devrait être terrifiée.

Il avait maintenant atteint le point où il pouvait voir le devant du bâtiment. Sa supposition sur l'usage du rez-de-chaussée était exacte. La zone était divisée en petites stalles, et il calcula qu'il y en avait six. Prudemment, il avança un peu le long du mur. Et se figea.

Le son était faible, mais perceptible : une radio jouait de la musique rock. Cela venait de l'étage. Si Georgia était là-haut, ça voulait dire qu'il pouvait entrer.

Son instinct de flic luttait avec son instinct de nouveau papa. Ses années d'expérience lui soufflaient de ne pas supposer que Georgia était seule. Quelle erreur ce serait d'entrer et de prendre la balle d'un complice…

Mais il savait que Kennedy était là. Et qu'elle était silencieuse… Ce qui signifiait que quelque chose de grave se passait. Alors qu'il soupesait ses options, Alyssa le contourna, et il prit sa décision. Il la rattrapa sans mal, mais pas avant qu'elle ait pénétré dans la grange. Agrippant son bras, il la serra contre lui. Elle ne résista pas, mais tout son corps vibrait de tension.

— Lyss, s'il te plaît. Il faut que tu me laisses agir.

— Elle est là, Everett.

L'angoisse sur son visage répondait à la douleur qu'il sentait dans sa propre poitrine.

— Je n'ai pas besoin d'une application pour le savoir. Notre fille est là et je dois aller la chercher.

Par-dessus sa tête, Everett survola la grange du regard. Un faible rayon de soleil jouait sur les planches jonchées de foin. Un balai gisait sur le plancher et une selle cassée pendait du mur. Et là, attirant son regard, il y avait deux objets qui lui glacèrent le sang.

Le premier était le bracelet de Kennedy. Quand elle le vit, Alyssa gémit et se couvrit la bouche. Everett la serra plus fort tandis qu'elle chancelait.

— Ne perds pas espoir. Tu m'as dit que c'était pour ça que tu voulais la puce. L'application capte les signaux des deux, tu te souviens ?

— Mais la puce est plus petite. Elle pourrait être cachée dans le foin.

Elle ravala un sanglot.

— Et qu'est-ce que c'est que ça ?

Posant un genou à terre, Everett ramassa une petite boîte blanche et lut les indications avec une incrédulité croissante. Maintenant, il savait pourquoi Kennedy ne pleurait pas…

— Qu'est-ce que c'est ? murmura Alyssa.

— Un antihistaminique pour enfants.

Il serra la boîte dans son poing.

— Ça dit « Peut causer de la somnolence ». J'ai eu affaire une fois à une mère qui…

Il n'acheva pas son histoire.

— Georgia a drogué Kennedy ?

La colère d'Alyssa, qui brûlait généralement à basse température, flambait dans ses yeux. Réagissant avec célérité, Everett l'attrapa par le bras avant qu'elle puisse gravir les marches qui menaient à l'étage.

— Laisse-moi passer le premier.

— Aucun de vous n'a besoin d'aller là-haut, dit soudain une voix.

Georgia avait toujours aimé soigner ses entrées.

— C'est moi qui descends.

La femme qui se tenait dans l'escalier ne ressemblait pas à ce qu'Alyssa avait imaginé. Plus petite et plus jolie, Georgia était aussi plus vulnérable que l'image de sorcière que s'en était faite Alyssa. Mais ce fut tout le temps qu'elle accorda à son apparence. Son cerveau était trop occupé à enregistrer deux autres choses. L'une était que Georgia tenait Kennedy contre son épaule. L'autre était l'arme qu'elle braquait sur la poitrine d'Everett.

— Vous les Colton, vous n'arrivez pas à admettre quand vous avez perdu, hein ? Exactement comme quand on était petits.

— Est-ce que le bébé va bien, Georgia ?

Alyssa ignorait comment Everett arrivait à garder un ton aussi calme.

— Combien d'antihistaminique lui as-tu donné ?

— Elle va très bien. Je lui en ai juste donné un peu plus que la dose recommandée.

Alyssa ne put réprimer le grognement qui lui montait aux lèvres, et Georgia lui jeta un regard de pitié.

— C'est quoi le problème ? Vous m'avez retrouvée, de toute façon.

— Elle est si petite. Je peux la prendre ? Voir comment elle va… ?

Elle supplierait s'il le fallait. Georgia ricana.

— Bien sûr. Et pendant ce temps, l'agent Colton va me mettre une balle entre les deux yeux. Le bébé est mon ticket de sortie. Je me fiche qu'elle hurle à s'en faire péter les tympans. Ce n'est pas comme quand je l'ai prise.

Elle agita le revolver en direction d'Everett.

— À propos, lâche ton flingue.

Obéissant, il défit sa veste et ôta son holster d'épaule. Comme il le déposait sur le sol, Alyssa – qui haïssait les armes de toutes espèces – eut le sentiment que leur dernière chance s'était évaporée.

— Tu en as d'autres ? demanda Georgia.

— Non. J'ai été blessé au bras. Je ne peux rien tenir.

Georgia se mit à rire.

— J'aurais bien aimé te planter le couteau dans le ventre. Sans rancune, Everett, mais c'est toi dont je voulais me débarrasser.

— Tu n'as pas besoin de faire ça, Georgia. Reviens à Cactus Creek. Raconte ce qui est arrivé à Sean et Delilah…

— Tu sais déjà ce qui s'est passé.

Lentement, tenant le revolver braqué sur lui, elle descendit le reste de l'escalier.

— Tout le monde croyait à l'histoire du suicide. Et puis tu es arrivé.

— Je n'étais pas là le soir où ils sont morts. J'avais seulement des soupçons.

Alyssa le voyait se glisser dans le rythme adéquat. Il déchiffrait la scène, mesurait l'humeur de Georgia et réagissait en conséquence.

— Tu es la seule à savoir ce qui s'est vraiment passé et à pouvoir rectifier l'histoire.

— Tu t'attends sérieusement à ce que je te le dise ? C'est quoi, ça ? Une vengeance pour ce que j'ai fait à Casey ? Le flic héroïque qui pousse la meurtrière à avouer ? Et dans le couloir de la mort, Georgia déclarera « J'ai vu la lumière grâce à lui » ?

— S'évader de prison et enlever un enfant, ce n'est pas exactement la meilleure défense, dit Everett. Je suppose que tu n'as pas tout dit à ton avocat. Mais peut-être y a-t-il quelque chose dans la vraie version qui pourrait t'aider. Je ne pense pas que tu vas t'en tirer. Mais, qui sait, ta condamnation pourrait être réduite ?

— Il est doué, hein ? Je me suis souvent demandé si je n'avais pas choisi le mauvais frère.

Georgia adressa un regard ironique à Alyssa.

— D'accord. Tu veux tellement le savoir, je vais te le dire. Ton ami Sean allait faire porter le chapeau à sa petite sœur pour le bétail. Tu m'as vue avec une belle maison, une piscine, des vacances à l'étranger, une collection de voitures anciennes ? Non. Mais tout à coup, j'étais devenue le cerveau de l'opération.

— Tu devais être en mesure de prouver que c'était Sean.

Elle secoua la tête, sa chevelure noire volant dans tous les sens.

— Il avait une arme secrète. Comme toujours, Delilah était en coulisses. C'est comme ça qu'ils ont bâti leur fortune. Sean gagnait l'argent, elle le faisait fructifier. Elle s'est servie de toutes ses compétences pour lui donner l'air honnête et mettre la faute sur moi. Et si j'étais à l'origine des vols de bétail, ça voulait dire que j'étais aussi coupable du meurtre de Pierre Tostig.

— Mais Sean et toi, vous étiez toujours proches. Tu ne pouvais pas trouver un moyen ?

Bien qu'Alyssa prête surtout attention à Kennedy, silencieuse et immobile, elle comprenait qu'Everett tentait d'établir un lien avec Georgia, sachant que chaque minute qui s'écoulait rapprochait d'autant ses collègues du FBI. Allait-il leur donner assez de temps ?

— Ils ont refusé de me parler quand je leur ai demandé !

Ces mots sortirent de la bouche de Georgia avec tant de force que l'arme dans sa main oscilla dangereusement.

— Oh ! je sais qui était derrière tout ça ! Sean ne m'aurait jamais tourné le dos si Delilah ne l'y avait pas encouragé. Quand Kennedy est arrivée, il n'était plus question que de leur fichue petite famille. Je n'avais pas une chance. J'étais désespérée, alors quand je suis allée chez eux ce soir-là, j'ai pris quelques armes avec moi.

Georgia se mit à faire les cent pas nerveusement.

— Ils étaient en train de dîner. Ils n'avaient pas envie de m'inviter, mais je pense qu'un revolver pressé sur le ventre de Sean a amélioré ses manières. Les choses ont très vite dégénéré quand il a essayé de me prendre l'arme. Nous nous sommes battus. Des assiettes ont volé. Delilah nous hurlait d'arrêter. Elle ne voulait pas que son précieux bébé soit blessé.

Alyssa ferma brièvement les yeux, se représentant la scène. Elle pouvait s'identifier au besoin de Delilah de protéger son enfant maintenant qu'elle était dans la même position. L'impuissance faillit la submerger, mais elle la repoussa. Pour le bien de Kennedy, elle devait rester forte.

— C'est là que j'ai vu ma chance. Je pouvais les forcer à m'écouter si je me servais de ce qu'ils aimaient le plus. Quand je me suis approchée du bébé, Delilah s'est jetée sur moi comme une tigresse. J'avais un couteau à la main et elle s'est coupée. Elle hurlait et pleurait, essayant de me reprendre Kennedy. Je ne pensais pas encore à la tuer, alors j'ai dû me battre avec elle jusqu'au garage. À un moment donné, elle s'est accrochée à ma jambe et je l'ai traînée.

Alyssa repensa à la description d'Everett. Il s'était demandé si Sean avait traîné Delilah jusqu'à sa voiture. Comme la vérité était différente !

— Que faisait Sean pendant ce temps ? demanda Everett.

— Que pouvait-il faire ? Je lui avais dit que je tirerais dans la tête de Kennedy s'il sortait de la cuisine.

Georgia lui sourit brusquement.

— Tu dois te souvenir combien c'était dur de prendre le dessus sur mon frère. Je dois dire que ça faisait du bien.

Alyssa pressa un poing sur son estomac, réprimant sa nausée. Kennedy avait été là tout du long. Elle le savait déjà, mais entendre Georgia décrire ce qui s'était passé rendait les choses encore plus terribles. Quant à Georgia… Comment pouvait-on tirer fierté d'actes aussi horribles ? Et Everett restait si calme, la laissant parler de ses crimes sans manifester son dégoût. La fierté d'Alyssa devant son professionnalisme croissait à chaque minute.

— Il y a eu un problème. Je n'avais pas de siège pour le bébé. Heureusement, les clés de la voiture de Delilah étaient dans le garage, je l'ai obligée à prendre le siège-auto et à le mettre dans la mienne. Je savais qu'ils me suivraient, bien sûr, alors je les ai entraînés dans une course-poursuite.

Elle se mit à rire.

— Une sacrée poursuite, je te le dis !

— Tout ça mène à la question la plus importante, dit Everett. Comment diable as-tu pu persuader ton frère de foncer dans un mur ?

Georgia sembla perdre un peu sa maîtrise d'elle-même. Elle agrippa plus étroitement Kennedy, jetant des regards à droite et à gauche comme pour chercher une issue.

— Je n'ai pas persuadé Sean, je l'ai forcé. Pour la première fois de notre vie, c'était moi qui dirigeais. Le bébé était dans ma voiture et Sean me poursuivait. Delilah était avec lui. Elle était au téléphone, me parlant, m'offrant tout ce que je voulais à condition que je rende Kennedy. Ça m'a juste rendue furieuse. Elle essayait de me piéger. Tout d'un coup, elle devenait gentille ?

Alyssa prit conscience d'une modification dans l'attitude d'Everett. Il semblait prêter attention à quelque chose à l'extérieur de la grange. L'espoir monta en elle. Était-ce le FBI ? Allaient-ils pouvoir approcher sans que Georgia s'en aperçoive ? Pour l'instant, elle était tellement absorbée par son histoire qu'il semblait improbable qu'elle remarque le passage d'une fanfare.

— C'est en arrivant sur Sheldon Street que l'idée m'est venue. L'entrée du parking du centre commercial était juste assez large pour un véhicule. J'ai fait demi-tour, de façon à faire face à Sean, et j'ai reculé dans le parking. Quand je suis sortie, j'ai foncé sur lui. Il allait si vite qu'il n'avait pas le temps de freiner. La seule alternative était soit d'entrer en collision avec ma voiture et de risquer la vie de son bébé, soit de braquer et de foncer dans le mur.

— Sean a donc fait ce qu'aurait fait tout parent dans la même situation.

Everett avait momentanément cessé de dissimuler ses sentiments, et le chagrin dans sa voix déchira le cœur d'Alyssa.

— Il a sauvé la vie de son bébé aux dépens de la sienne et de celle de Delilah.

— J'aurais dû me douter que tu allais encore le faire passer pour un saint.

Georgia ricana.

— J'ai dit à mon avocat que je n'aurais jamais un procès équitable si les frères Colton s'en mêlaient.

— Un procès équitable ? Tu as forcé Sean à foncer dans un mur à toute allure. Et quand t'est venue l'idée de placer une fausse lettre de suicide sur le tableau de bord ?

Georgia retroussa les lèvres en une sorte de rictus.

— Je suis allée les voir et j'ai compris tout de suite qu'ils étaient morts sur le coup. Peu importait quelle histoire je racontais désormais, n'est-ce pas ? Je pouvais faire en sorte de m'en tirer.

Alyssa sentit son estomac se soulever. Elle n'avait jamais vu de photos de l'accident, mais à l'expression d'Everett et de Casey quand ils en parlaient, elle savait que ça avait été horrible. Pourtant, la première pensée de Georgia après avoir vu les corps broyés de son frère et de sa belle-sœur avait été qu'elle pouvait utiliser leur mort pour se sauver. C'était une confirmation du fait qu'elle était une tueuse de sang-froid.

— Quand je suis revenue à ma voiture et que j'ai vu Kennedy dans son siège, j'ai compris que j'avais l'alibi parfait. J'ai écrit une lettre de la main gauche et je l'ai scotchée sur le tableau de bord de Sean. Puis je suis allée chez eux et j'ai pris des vêtements et de la nourriture pour soutenir l'idée que le bébé avait passé la nuit chez moi. Je me suis dit que les traces de lutte dans la cuisine joueraient en ma faveur. On se dirait que Sean et Delilah s'étaient battus. J'étais la tata gâteau qui s'occupait de sa nièce pendant que son frère bien-aimé se suicidait avec sa femme. J'étais hors de cause. Et ce serait resté comme ça si tu n'étais pas arrivé pour renifler partout.

— Ça ne t'est pas venu à l'esprit de dire la vérité lors de ton inculpation ? Si tu avais avoué pour le vol de bétail, tu aurais pu avoir une peine réduite.

— Tu ne m'écoutes pas. Tu sais comment était mon frère. Ils allaient tout me mettre sur le dos.

La voix de Georgia monta dans les aigus.

— Oui, les vols de bétail, c'était l'idée de Sean. De même que le meurtre de ce petit curieux de Tostig. Mais avec Delilah qui trafiquait les comptes et moi qui travaillais pour eux, je ne pouvais pas me défendre. Je serais tombée avec eux.

— Quand vous vous êtes évadée, vous auriez pu fuir. Pourquoi êtes-vous revenue chercher Kennedy ? Parce qu'elle était votre accès à l'argent de Sean ? demanda Alyssa.

Georgia lui lança un regard noir.

— Pourquoi n'aurais-je pas cet argent ? Quand Torrington m'a contactée pour me parler du testament, il m'a dit que je devais essayer de le contester. Il a dit qu'il m'aiderait si je lui donnais une part de l'héritage.

— Ce bon vieux Ray, marmonna Everett. Pas étonnant qu'il ait pris la fuite.

— Ce n'est pas la seule raison pour laquelle je la veux, dit Georgia en contemplant le visage de Kennedy. Je veux m'occuper d'elle, même s'il faudra passer notre vie à fuir.

— Mais dans les lettres, tu parlais de la tuer.

Georgia s'apercevait-elle qu'Everett se rapprochait tout doucement ?

— C'était pour vous effrayer, pour vous obliger à vous dédire de la garde.

Un léger sourire flotta sur ses lèvres.

— Je n'ai jamais eu de problème à lever des mecs, et Joe est tombé raide dingue de moi en quelques minutes. Je lui ai servi l'histoire du méchant agent du FBI qui m'avait piégée parce que j'avais laissé tomber son frère.

À la mention de Casey, Everett serra les dents mais se retint.

— Alors pendant que tu étais en prison, c'était Joe qui livrait les messages ? demanda-t-il. C'est aussi lui qui m'a foncé dessus en voiture et qui a suivi Alyssa dans l'ascenseur chez Hoyle ? Sans oublier la boutique du Père Noël.

— Oui. Il s'est montré très créatif.

Elle baissa les yeux sur Kennedy.

— Je ne lui ferai jamais de mal. Elle est tout ce qui me reste.

Elle relâcha un peu sa prise sur son revolver et Everett saisit sa chance. Plongeant en avant, il s'empara de Kennedy et se mit à courir en zigzags, plié en deux. En passant à la hauteur d'Alyssa, il l'attrapa par la taille et l'entraîna avec lui.

Lorsque Georgia poussa un cri de fureur, Alyssa risqua un coup d'œil par-dessus son épaule, à temps pour la voir lever son arme et viser. Une soudaine volée de balles traversa l'espace et Georgia tomba en avant, tête la première.

Après que Georgia eut été neutralisée par ses collègues, Everett continua de courir jusqu'à ce qu'ils soient dehors. Il y avait plusieurs voitures garées près de la grange et, voyant Casey accroupi à côté de la sienne, Everett remit Kennedy à Alyssa et les poussa en direction de son jumeau.

— Surveille-les. Et demande aux secouristes d'examiner Kennedy, lança-t-il à Casey.

Alyssa le regarda avec effarement retourner à l'intérieur. Casey trouva un plaid dans le coffre de sa voiture et le mit sur ses épaules. Kennedy pleurnicha un peu puis, après avoir exploré le visage d'Alyssa du bout des doigts, poussa un énorme soupir ensommeillé. Alyssa la berça et lui chanta une de ses chansons favorites. Lorsque les ambulanciers arrivèrent, ils vérifièrent les signes vitaux de Kennedy et la déclarèrent en parfaite santé.

— Donnez-lui beaucoup de liquide et gardez-la au chaud, mais elle semble heureuse maintenant qu'elle est avec sa maman.

Alyssa éclata en sanglots, cherchant ses clés dans sa poche entre ses larmes. Elle demanda à Casey s'il pouvait trouver la voiture d'Everett et lui rapporter le sac éléphant. Lorsqu'il revint, Kennedy engloutit son biberon et s'endormit pendant qu'Alyssa la changeait. Après cela, les minutes s'écoulèrent comme des heures, tandis qu'Alyssa s'usait les yeux à fixer la grange, attendant le retour d'Everett.

— Que se passe-t-il ?

Malgré le plaid, ses dents claquaient quand elle s'adressa à Casey, qui était venu s'asseoir près d'elle. Ensemble, ils contemplèrent la grange.

— Même si la suspecte est neutralisée, ils doivent sécuriser la scène, répondit-il.

Ce doit être si difficile pour lui de rester professionnel, pensa Alyssa. En l'occurrence, « la suspecte » était son amour d'enfance, la femme qu'il croyait épouser un jour. Maintenant, il ignorait si elle était morte ou vivante. Une part de lui devait éprouver du chagrin pour tout ce que Georgia avait représenté pour lui.

Enfin, ils virent du mouvement à l'entrée. Alyssa baissa la vitre pour mieux voir. Everett sortit de la grange, en tête d'un petit groupe d'agents du FBI équipés de gilets pare-balles.

Il ne portait pas de protection quand il avait arraché Kennedy à Georgia. Bien que cette idée la fasse frissonner, elle savait qu'il avait eu raison. Grâce à son entraînement et son instinct, il avait jugé que c'était le bon moment et sauvé la vie de leur petite fille.

C'est ainsi qu'il est. C'est ce qu'il fait. Elle n'avait jamais été plus fière de lui.

Après avoir parlé quelques minutes avec ses collègues, il les rejoignit à l'arrière de la voiture de Casey.

— Georgia est morte. Les secouristes ont fait tout ce qu'ils pouvaient mais ils n'ont pas pu la sauver.

Casey se redressa au bout de quelques minutes.

— Je vais vous laisser un peu seuls pendant que je parle à l'agent Hayes.

Quand il fut parti, ils restèrent silencieux un long moment.

— Ce n'est jamais facile quand quelqu'un meurt, dit enfin Everett.

— Mais c'est encore plus difficile pour toi. Tu connaissais Georgia depuis l'enfance.

Il hocha la tête.

— Je ne cesse de repenser au passé et de me demander s'il y avait des signes que cela tournerait aussi mal.

— Ne t'inflige pas ça. Georgia est responsable de ce qui lui est arrivé aujourd'hui.

Elle désigna de la tête une longue silhouette. Casey était de retour et se tenait à quelques mètres du véhicule.

— Mais je pense qu'il y a quelqu'un d'autre qui se torture avec les souvenirs et la culpabilité.

Everett lui prit la main et l'embrassa.

— Je vais aller le voir. Ça ira pour toi ?

— Ma fille et moi, nous allons très bien.

C'était vrai. Elle n'était pas indifférente à ce qui venait de se passer, mais elle avait de nouvelles capacités qui l'aideraient à tourner la page. Elle regarda Everett se diriger vers son frère et poser un bras sur ses épaules.

Les deux hommes s'accoudèrent au capot d'une des voitures banalisées du FBI, parlant tour à tour puis restant silencieux. Au bout de quinze minutes, ils revinrent à la voiture de patrouille. Alyssa tendit Kennedy à Everett pour en sortir. Elle se dégourdit les jambes et frissonna dans l'air froid. C'était un bon frisson, le frisson d'une survivante.

— Lyss ?

Everett lui prit la main.

— Je ne sais pas pourquoi tu souris, mais c'est la veille de Noël.

Elle l'entraîna en direction de la crête.

— Qu'est-ce qu'on attend ? Allons chercher la voiture. Il faut rentrer à la maison. Je n'ai pas encore emballé les cadeaux.

17

Alyssa passa le reste de la journée résolument plongée dans les préparatifs. Le matin de Noël, elle se réveilla avec l'impression d'avoir été heurtée par un camion.

— Tu penses que ça ira pour Kennedy ? demanda-t-elle à Everett pendant qu'ils buvaient un café au lit. Elle a été enlevée et elle a vu sa tante se faire tuer.

— Elle était droguée, alors elle n'a pas eu conscience de tout ça. Et les ambulanciers ont confirmé qu'elle est en forme. Le seul problème, c'est si elle se souvient que Georgia est entrée dans l'appartement et l'a prise dans son lit. Mais nous savons déjà qu'il faut surveiller les signes de stress post-traumatique chez elle. Si c'est le cas, il faudra s'en occuper.

Il posa un bras sur ses épaules.

— Tu tiens le coup ?

— Ça va. Je tremble encore de temps à autre quand je pense à ce qui aurait pu arriver. Mais je suis surtout reconnaissante d'avoir récupéré ma famille.

— En parlant de famille, maman veut savoir si nous sommes toujours d'accord pour le déjeuner ?

— Bien sûr. Je ne le manquerais pour rien au monde.

— Et, sur une échelle de un à dix, comment noterais-tu ton humeur festive ?

Il y avait une étincelle familière dans son regard.

Alyssa se trémoussa de plaisir tandis qu'il entortillait les doigts dans ses cheveux.

— Tu avais l'intention de m'offrir quelque chose ?

Il posa les lèvres dans son cou.

— Je pensais plutôt à démarrer une nouvelle tradition…

Quelques heures plus tard, ils arrivèrent chez Ryker et Maribelle. Bien que l'ambiance soit un peu triste autour de la table, par un accord tacite ils ne parlèrent pas des récents événements. C'était le premier Noël de Casey et Melody en tant que couple, ainsi que celui de Kennedy.

— J'ai une famille de mangeurs de viande, expliquait Maribelle. C'est une tradition Colton de manger de la dinde à Thanksgiving *et* à Noël.

— Mais c'est papa qui l'a fait cuire, n'est-ce pas ?

Everett échangea un regard nerveux avec Casey. Maribelle lui tapa sur le dos de la main avec une cuillère.

— Je ne sais pas d'où vient cette légende que je ne sais pas cuire la viande. Mais oui, ton père a fait rôtir la dinde.

— Il suffit qu'elle regarde un morceau de bœuf pour le carboniser, murmura Everett à Alyssa. Quand nous étions enfants, nous pensions que l'alarme incendie était la cloche du dîner.

Elle s'étrangla légèrement, et il lui fit un clin d'œil malicieux en lui tapotant le dos.

— Tout va bien, ma chère ? demanda Maribelle.

— Je crois que j'ai une miette de pain au maïs coincée dans la gorge.

Elle lança un regard noir à Everett.

— Maman se charge des accompagnements et des desserts.

Cette fois, il lc dit tout haut, en levant son verre de vin en direction de sa mère.

— Et c'est un cordon-bleu dans ce domaine.

C'était vrai. La table pliait sous le poids de la nourriture : la purée de pommes de terre, la sauce à la viande, le sauté de haricots verts, les petits pains, les choux de Bruxelles et les carottes, la sauce aux airelles et le gratin de patate douce. Dans la cuisine, une tourte au potiron et une tarte aux noix de pécan attendaient d'être servies avec de la glace, quand les capacités digestives des convives seraient revenues à la normale. Pas avant la mi-janvier, songea Alyssa.

Kennedy, assise au bout de la table dans sa chaise haute, était dans son élément. La nourriture et un public étaient ce qu'elle préférait. Elle aimait vraiment ces gens-là, et ce jour-là, ils lui offraient tous des cadeaux. Elle était proche de l'extase.

— Je ne comprends pas pourquoi elle me tape sur la tête avec la poupée que je lui ai donnée.

Casey se tâta le crâne avec précaution.

— Elle ne l'aime pas ?

— Demande à papa.

Everett se frotta la tête à ce souvenir. Ryker se mit à rire.

— Tous les bébés aiment chahuter, n'est-ce pas, ma chérie ?

Kennedy lui sourit et lui offrit un morceau de haricot vert à moitié mâché. Il le prit solennellement et feignit de le manger.

— Qu'allez-vous faire maintenant ? demanda Maribelle. Je veux dire, tu vas devoir retourner à Phoenix ? Et le travail d'Alyssa…

Ryker posa une main sur la sienne.

— Ce n'est pas encore le moment, ma chérie.

Everett glissa un regard de biais à Alyssa.

— Ce sera le moment quand nous en aurons nous-mêmes discuté.

Après le déjeuner, Everett et Casey débarrassèrent la table et chargèrent le lave-vaisselle.

— Maribelle, vous avez bien élevé vos garçons, remarqua Melody.

— Il y a certaines traditions de Noël qu'il vaut la peine de perpétuer.

Maribelle se débarrassa de ses chaussures et se resservit un verre de vin. Kennedy, épuisée d'avoir été l'attraction principale, s'endormit. Alyssa la déposa sur le sofa et la borda dans sa couverture. Ryker posa la main sur son épaule en contemplant le bébé endormi.

— Merci de nous avoir offert notre plus beau cadeau de Noël, à Maribelle et à moi.

— Oh…

Sa gorge se noua et elle s'empara de sa main.

— Elle vous aime aussi.

— Vous résoudrez tout, vous verrez.

De l'endroit où ils se tenaient, elle pouvait voir dans la cuisine. De temps à autre, elle apercevait Everett et l'entendait rire avec son frère. Everett et elle avaient tout résolu. Du moins le pensait-elle. Ils voulaient être ensemble. Mais à quoi cela ressemblerait-il désormais ? Le « ensemble » d'Everett était-il le même que le sien ? Quelques minutes plus tard, il sortit de la cuisine.

— Tu veux aller faire un tour ?

Laissant Kennedy à la garde de quatre adultes attentifs, ils se vêtirent chaudement et sortirent dans le jardin. Des restes de neige s'accrochaient encore au sol, et les plates-bandes de Ryker évoquaient la mélancolie dans la lumière grise. Everett prit la main d'Alyssa et la mit au creux de son bras pour lui désigner les endroits où Casey et lui jouaient, enfants. Enfin, se tournant vers elle, il prit une profonde inspiration.

— J'ai réfléchi.

— Moi aussi. Mais vas-y d'abord.

— Je peux refuser cette promotion et prendre un travail de bureau.

Les mots étaient sortis précipitamment de sa bouche. Everett Colton était plus nerveux qu'elle ne l'avait jamais vu.

— Comme ça, tu n'auras pas à t'inquiéter pour moi.

— Tu ferais ça ?

Il acquiesça.

— Mais tu aimes ton travail.

— Je t'aime davantage, dit-il, les yeux brillants. Quand je dis « davantage », je veux dire plus que tu ne le sauras jamais. Plus à chaque moment, à chaque inspiration, à chaque baiser. Par-dessus tout, je veux que tu saches que, si j'ai la chance de t'entendre dire que tu m'aimes, ma réponse sera toujours que je t'aime *plus*.

Avec un petit sanglot, elle prit son visage dans les mains.

— Il n'y a pas de « si ». Je suis tombée amoureuse de toi il y a huit ans. Ça n'a pas changé du fait de la distance. Au contraire, ça n'a fait que renforcer mon amour pour toi. Depuis que nous sommes de nouveau ensemble, les obstacles n'ont fait que renforcer ce que nous avions.

Elle pressa les lèvres sur les siennes.

— Mais je ne veux pas que tu quittes ton travail.

— Et ta crainte que je sois en danger ?

— J'aurai toujours un peu peur, mais la manière dont tu t'es occupé de Kennedy et moi et le fait que tu lui aies sauvé la vie m'ont fait voir les choses autrement. Je ne peux pas laisser ce qui est arrivé à mon père conditionner ma vie et affecter l'avenir de Kennedy. Je t'aime, et je prendrai tout ce qui vient avec : le bon et le mauvais.

Il la souleva et l'embrassa à en perdre haleine. Quand il la reposa par terre, l'éclat amoureux de ses yeux ne fit rien pour restaurer son équilibre.

— Attends. Tu disais que tu avais réfléchi toi aussi.

— D'accord. Écoute-moi.

Elle lissa le devant de sa veste.

— Je ne veux pas que tu changes d'emploi, mais que dirais-tu de te faire muter à Tucson ?

Il fronça les sourcils.

— Pour quelle raison ?

— Je voudrais adopter Kennedy avec toi pour de bon et l'élever ici, à Cactus Creek.

Elle observa de près sa réaction.

— Je sais que tu en es parti parce que tu voulais quitter cette ambiance de petite ville, mais c'est exactement ce que je veux pour elle. Et je veux être proche de sa nouvelle famille.

— Je n'ai aucune objection au fait de l'adopter, mais ton travail ?

— Après les fêtes, j'irai voir le principal de l'école de Cactus Creek. Je voudrais travailler à temps partiel quand mon congé prendra fin. Kennedy en a tellement vu. Et je pense que tes parents seront ravis de la garder pendant que je travaille. S'ils arrivent à caser cela dans leur propre emploi du temps, évidemment. Sinon, je demanderai à Patty où trouver une nounou convenable.

Il siffla.

— Tu as beaucoup réfléchi à tout cela, hein ? Où allons-nous vivre ? Dans la grande maison des Dodd ?

Elle frissonna.

— Certainement pas. Cet endroit est souillé. En tant

que curateur de Kennedy, tu devrais la vendre et investir l'argent pour son avenir.

— Je vais y réfléchir.

Il la prit par les épaules pour la faire se retourner.

— Tu vois cette maison, près de la rangée d'arbres ? C'est celle de Casey.

Il pivota légèrement.

— Et ce bout de terrain-là m'appartient. Qu'est-ce que tu dirais de faire les plans de notre nouvelle maison ? Juste là ? On pourrait faire en sorte qu'il y ait tout plein de place pour les serviettes.

Elle plaqua une main sur sa bouche.

— Toi aussi, tu as beaucoup réfléchi.

Il se mit à rire devant sa surprise.

— Pendant longtemps, j'ai été heureux d'être loin de Cactus Creek. Mais maintenant que j'ai une famille à moi, je vois ses avantages.

Elle posa la tête contre sa poitrine.

— Malgré tout ce qui s'est passé, c'était un Noël heureux.

— Ça ne va pas tarder à être encore mieux.

Il mit la main dans sa poche et en sortit une branche légèrement écrasée de gui. Souriant, il la tint au-dessus de leurs têtes.

— Et juste pour que tu saches, j'ai l'intention de beaucoup te distraire en te faisant l'amour, Alyssa Bartholomew. Tu ferais mieux de commencer à t'y habituer.

Retrouvez prochainement,
dans votre collection

BLACK ROSE

Kidnappée... et séduite, de Cindi Myers - N°704

Partagée entre crainte et curiosité, Faith écoute Dane Trask qui la retient prisonnière dans la grotte où il se cache depuis des semaines. Certes, elle n'aurait pas dû patrouiller seule dans la montagne à sa recherche. Mais le récit de cet homme traqué et les accents de sincérité de sa voix la troublent malgré elle. Au point que bientôt sa décision est prise : elle va l'aider à prouver son innocence et à confondre ceux qui l'ont accusé à tort...

Un prisonnier très troublant, de Nicole Helm

En tant que fille d'espions, Willa est habituée au danger. À la méfiance également... Aussi, lorsque l'agent Holden Parker la suit chez elle alors qu'il est sur la piste d'un tueur à gages, elle lui tend un piège et le capture. Avant de se rendre compte que son séduisant prisonnier poursuit le même objectif qu'elle et qu'ils sont recherchés par le même ennemi implacable...

Le voile de la menace, de Carol Ericson - N°705

Mia ne peut se défaire d'un sentiment d'insécurité depuis qu'elle a remis les pieds à Coral Cove, après dix ans d'absence. Harcelée, menacée, elle songe à repartir. Mais alors, qui s'occuperait de revendre la demeure victorienne pleine de secrets dont elle a hérité ? Heureusement, la présence à ses côtés de Dylan Reese, le chef de la police dont elle était secrètement amoureuse adolescente, la rassure...

Témoin malgré elle, d'Angi Morgan

« J'assurerai ta protection jusqu'à ce que tu aies recouvré la mémoire... » Jolene enrage. Si Levi imagine qu'elle va lui obéir sans protester, il rêve ! C'est vrai, elle est poursuivie par de dangereux criminels, persuadés qu'elle peut les identifier suite au meurtre dont elle a été témoin. Mais elle a tout oublié, et il est hors de question qu'elle soit surveillée comme une enfant par Levi, le garde du corps de son père.

Retrouvez prochainement,
dans votre collection

BLACK ROSE

Étroite protection, de Carla Cassidy - N°706

Kate en a l'intime conviction : son père n'est pas mort dans un accident, il a été assassiné. Pourquoi, sinon, chercherait-on à la faire taire ? Gagnée par une peur irrépressible, et révoltée par l'attitude de la police qui refuse de la croire, elle se résout à demander son aide à Zack West, un détective privé réputé qu'elle connaît depuis l'enfance – et qu'elle déteste...

Pour sauver celle que j'aime encore, d'HelenKay Dimon

Avec hésitation, Connor ouvre l'étrange paquet qu'un inconnu vient de lui livrer. Un anneau d'or s'en échappe et se met à tourner sur lui-même. Connor sent alors son cœur manquer un battement : cette alliance, c'est celle de Jana, sa femme dont il vit séparé depuis des mois, et qui vient d'être enlevée par des hommes sans scrupule...